与混沌试炼

[英]A.F. 斯特德曼 著 吴华 译

中信出版集团 | 北京

图书在版编目（CIP）数据

斯堪德与混沌试炼/（英）A.F.斯特德曼著；吴华译. -- 北京：中信出版社, 2024.11. -- ISBN 978-7-5217-6911-1

Ⅰ. I561.84

中国国家版本馆 CIP 数据核字第 2024RZ8635 号

Skandar and the Chaos Trials
Text Copyright © De Ore Leonis 2024
Jacket Illustrations Copyright © Two Dots 2024
Interior Illustrations Copyright © Simon & Schuster UK 2024
Published by arrangement with Simon & Schuster UK Ltd
1st Floor, 222 Gray's Inn Road, London, WC1X 8HB
All rights reserved. No part of this book may be reproduced or transmitted in any form or by any means, electronic or mechanical, including photocopying, recording or by any information storage and retrieval system without permission in writing from the Publisher.
Simplified Chinese translation copyright © 2024 by CITIC Press Corporation
All rights reserved.

本书仅限中国大陆地区发行销售

斯堪德与混沌试炼

著　者：［英］A. F. 斯特德曼
译　者：吴华
出版发行：中信出版集团股份有限公司
　　　　　（北京市朝阳区东三环北路27号嘉铭中心　邮编　100020）
承 印 者：嘉业印刷（天津）有限公司

开　　本：889mm×1194mm　1/32　印　张：14.5　字　数：312千字
版　　次：2024年11月第1版　印　次：2024年11月第1次印刷
京权图字：01-2022-1427
书　　号：ISBN 978-7-5217-6911-1
定　　价：64.00元

版权所有·侵权必究
如有印刷、装订问题，本公司负责调换。
服务热线：400-600-8099
投稿邮箱：author@citicpub.com

献词

—

献给妈妈海伦。
谢谢你教给我要拥有梦想,实现梦想。

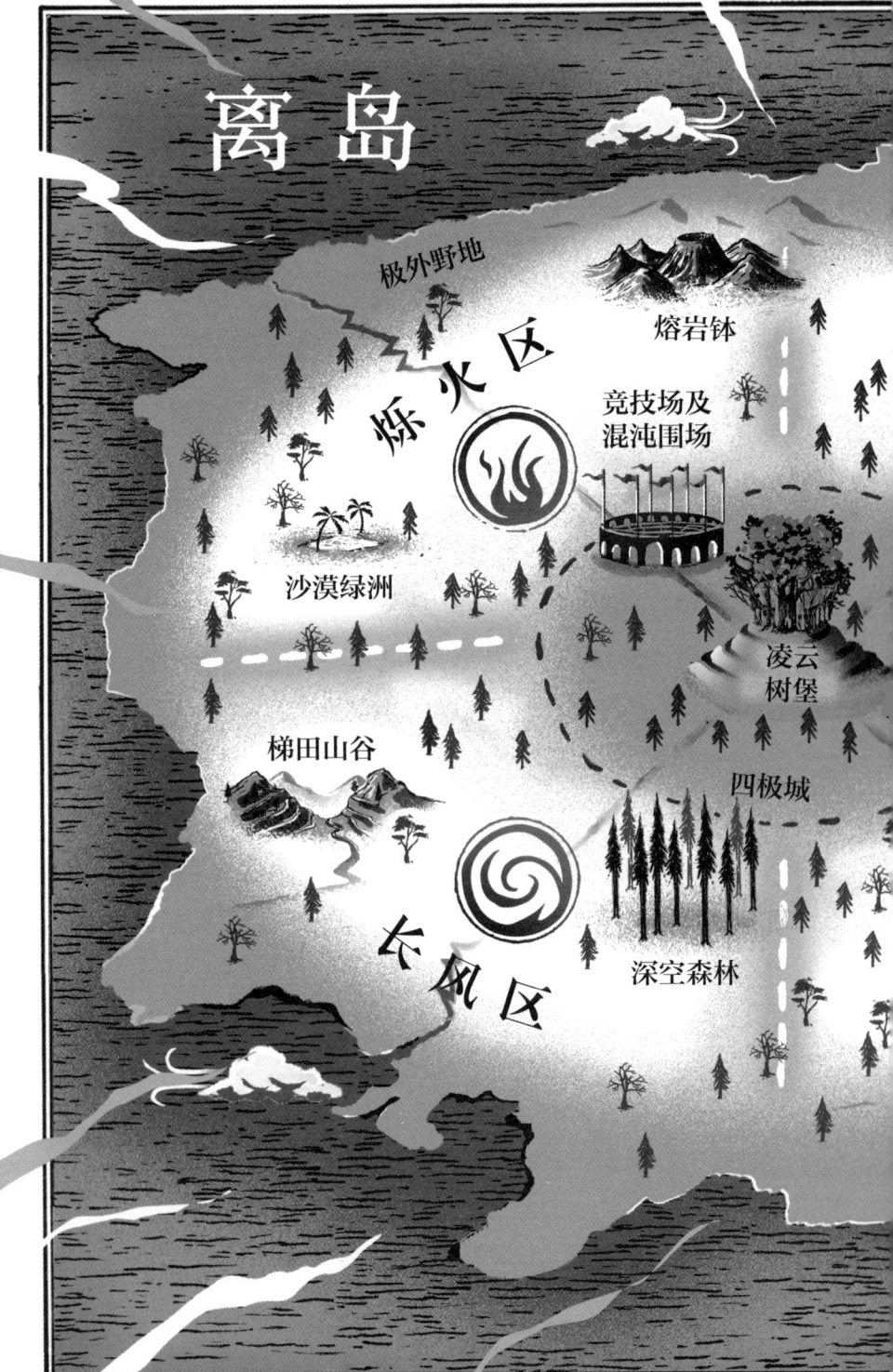

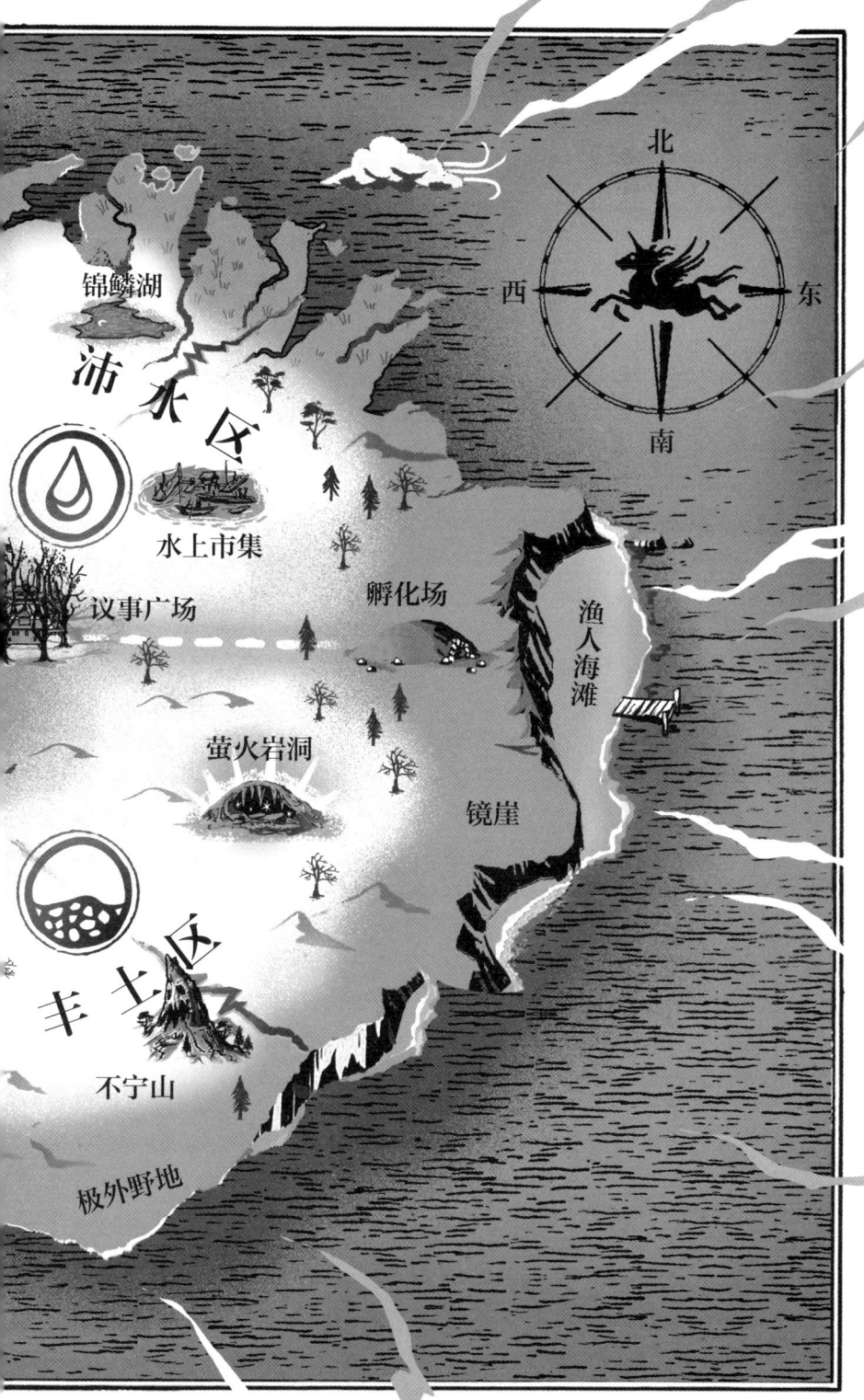

目录

序章		001
第一章	莎莉极汁三明治	004
第二章	荒野突变	021
第三章	四分石	039
肯纳	幸福	054
第四章	丰土考验	057
第五章	不宁山	074
第六章	孵化场被洗劫	088
第七章	流浪者	108
肯纳	希望	129
第八章	魂之光	134
第九章	同盟狂热	158
第十章	烁火考验	177
肯纳	怀疑	195
第十一章	费尔法克斯出逃	199
第十二章	圣诞之乱	219
肯纳	内疚	239
第十三章	生日惊喜	243
第十四章	诱饵	259

第十五章	沛水考验	274
肯纳	孤独	290
第十六章	欺骗	294
第十七章	长风节庆典	319
第十八章	阿加莎的礼物	333
肯纳	恐惧	348
第十九章	秘密	352
第二十章	长风考验	369
第二十一章	另一个海岸	385
肯纳	怀念	401
第二十二章	手足情伤	403
第二十三章	艾弗哈特姐妹	423
第二十四章	回家	436

尾声 ... 447

致谢 ... 449

序章

混沌司令尼娜·卡扎马前来检查孵化场的损坏情况。
对将要面临的一切,她毫不知情。

教官雷克斯·曼宁骑行在侧,阳光洒在坡顶,映得他的银色独角兽闪闪发光。
对将要面临的一切,他也完全没预料到。

孵化场一侧,裂缝掩在草丛中。五名特勤昂首守卫着孵化场。
对已发生的一切,他们也一点儿没察觉。

特勤准许这离岛上最重要的两名骑手靠近。
所以对二人的到来,谁也没有在意。

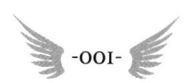

混沌司令卡扎马透过裂缝向内窥视。

银环社新社长雷克斯·曼宁也随之向内望去。

他们简直无法相信自己的眼睛！

卡扎马司令眨眨眼睛，渐渐适应了黯淡的光线。"下一个夏至日的卵呢？怎么不在支架上？"她旋即质问道。可外面一直有特勤值守，谁也进不来的。

他们还没有意识到，一切皆已成空。

司令钻过裂缝，匆忙中带落了松散的泥土。雷克斯紧随其后。

孵化场内，地面上，所有支架上都是空的，独角兽卵不翼而飞。

稀薄的空气里，两人皆是心里一凉。

他们疑心顿起。

先回过神来的是雷斯克。尼娜看着他，被恐惧压得喘不过气。他们冲向下一层，纷杂的脚步声摧破了寂静。

独角兽卵，不见了。

再下一层。

独角兽卵，无踪无影。

再下一层，下一层，下一层……直至古老的土丘深处。

还是没有。

他们终于明白了。

未来十三年,这里再不会有独角兽出壳。
整整一代骑手,不会再有独角兽相伴。

尼娜和雷克斯伫立在崖顶,海浪拍打着脚下的镜崖。
"绝不能走漏风声,"尼娜说,"万万不可!"
"我们会找到独角兽卵的,"雷克斯回应道,"你我二人。"
然而,沉重的真相,仍然沉甸甸地悬在他们头顶。
孵化场,空了。

第一章
莎莉极汁三明治

斯堪德·史密斯正在寻找他的福星恶童。这不是第一次了。有人可能会说，嗜血的独角兽怎么能弄丢呢。他们显然不认识凌云树堡中进入第三年训练期的骑手。这个夏天，英少生们的独角兽都变得莫名其妙，斯堪德觉得它们现在已经完全不受骑手的控制了。福星恶童也不例外。

这是假期的最后一天，训练马上就要再次开始了。斯堪德一手托着沙克尼家特制的鞍具，一手拎着缰绳，已经找了一上午。此刻，他在凌云树堡的山坡上一屁股坐下，沮丧地扯着草叶。福星恶童整个夏天都神出鬼没，斯堪德根本不知道该去哪儿找，而他们四人小队本来约好今天要去四极城共进午餐的。

这时，博比·布鲁纳骑着她的鹰怒呼啸而下，声势浩大，一副十足的驭风骑手的模样。她磨破的夹克袖子高高挽起，突变带来的瓦灰色羽毛从手腕一直蔓延到肘部。

鹰怒直奔斯堪德而去，博比迟疑了一下，似乎是没来得及让它减速。但斯堪德惊恐地爬起来时，看见博比的嘴角微微一撇，这说明她完全是故意的。

"你找到它了吗，驭魂宝宝？"博比也不管斯堪德已脸色煞白，大声问道。

斯堪德本想抱怨她危险骑行，但午餐时间快到了，饿肚子的博比可没有好脾气。

他转而叹了口气说："没有，你们先去吧。"

"可是吃完饭咱们还要去找你姐姐呢，记得吧？约在银色要塞外面碰面。"博比松开缰绳，任由鹰怒抓住一只跑过的兔子。

听到兔子的骨头嘎吱作响，斯堪德皱了皱眉头。

博比没在意："要是想去我发现的那个不可思议的地方吃饭，那现在就得走。来不及啦！"

"我就不明白了，怎么就不能把它的名字告诉我们？"

"因为是个惊喜。"她转弯抹角地说。"呃……从什么时候开始他也会迟到了？"

米切尔·亨德森骑着红夜悦向他们飞来。红夜悦比起其他独角兽来更像恶魔，它的鬃毛、尾巴、四蹄连同眼睛都燃着明亮的火焰。但斯堪德的注意力不在这些上面，因为他的福星恶童正屁颠屁颠地跟在它的暴躁好友身边。

"你终于回来了！"斯堪德一把搂住了福星恶童黑亮的脖子，

既生气，又松了口气。独角兽高兴得摇头晃脑，兽角下白色的驭魂头斑映着阳光，闪耀夺目。团聚的喜悦在他们的联结中掀起阵阵涟漪，只是斯堪德有些不快——他注意到福星恶童昨天还光洁锃亮的黑色皮毛此刻覆盖着一层厚厚的灰尘。

"它怎么脏兮兮的？"博比问道。鹰怒飞快地往旁边一闪——它有点洁癖。

"我不想插嘴，"米切尔阴阳怪气地说，"但难道就没人问问我好不好？"

不知为什么，米切尔身上的绿色夹克没了拉链，衣襟敞着，露出褐色的胸膛。

博比哼了一声。

"不准笑！我可警告你啊，罗伯塔！"

"怎么弄的？"斯堪德轻声问。

米切尔叹了口气，突变成缕缕火苗的头发翻腾着。"红夜悦弄的。它整个夏天都在四处放火。现在，我也是它的目标了。"

斯堪德皱起眉头："但它不会伤害你，对吧？"现在，四人小队的四头独角兽的行为愈发混乱无序，可它们总不至于故意伤害自己的骑手吧？

"所以我把T恤脱了。"米切尔懊恼地说，"你以为我只是嫌热？"

"我……"斯堪德瞥见博比正咬着自己的手，以免笑出来，"我没明白你的意思。"

"红夜悦先是烧焦了拉链周围的布料,所以夹克拉不上了,"米切尔气呼呼地说道,"然后它又烧了我的T恤,那件备用的没等我套头上就烧光了。我能通过联结感受到,它觉得这样很好玩。直到我上半身一丝不挂它才罢休!"

"但愿红夜悦下次别打他裤子的主意。"博比小声说道,斯堪德忍不住咧嘴直笑。

"你们俩嘀咕什么呢?"米切尔大声嚷嚷道。

博比连忙掩饰:"快走吧,要迟到了。弗洛把肯纳送回去就会到四极城跟咱们碰面。我还邀请了铁匠诗人。"

米切尔睁大了眼睛。"杰米也要去?完了。"他指指自己的夹克,毁掉的衣襟在风中扑棱着,火元素徽章一闪一闪地泛着光。

斯堪德有了个主意。"用福星恶童的缰绳捆上不就行了?"他把它递给米切尔,"至少能把你的夹克固定住呀。"

米切尔怀疑地看了看那条蓝色的缰绳,似乎意识到想要按时赴约,也没别的办法了。米切尔讨厌迟到。

"你可能就此开创新时尚。"博比调皮地打趣。

"哎呀,闭嘴吧你。"米切尔气哼哼地说着,把缰绳缠在腰上绑紧。

斯堪德骑上福星恶童,和大家一起冲下凌云树堡的山坡,向着四极城的商业主街飞去。他看到那些红色、蓝色、绿色和黄色的树屋一派欣欣向荣,心里特别高兴。之前的元素灾难和元素紊乱曾将它们摧毁,如今又修复如初了。而远处银色要塞的高塔银戟也再次显出冲天之势。

不过，离岛上也有很多建筑尚未修缮，六月发生的一切也仍旧让斯堪德心有余悸。夏至日，离岛差一点就覆灭于元素魔法的失衡，而这全拜银环社滥杀荒野独角兽所赐。斯堪德、博比、米切尔和弗洛，从开鸿骑手和荒野独角兽女王那里赢得了尸骨手杖，找到了拯救离岛的办法。可斯堪德面对的，是一场他无法想象的噩梦：他的姐姐肯纳和一头刚出壳的荒野独角兽彼此联结，这联结，竟是由他们的母亲——织魂人——强行织造出来的，一如她自己当年所为。

混沌司令卡扎马虽然大为忌惮，但也算公道。她允许肯纳留下，和斯堪德在一起，直到对这对不合法理的骑手和独角兽做出最终判决。

起初，斯堪德还很乐观，兴冲冲地给爸爸写信，告诉他肯纳留在凌云树堡了。可兴奋劲儿一过去，他就开始为纠缠在姐姐心脏上的那根伪造的联结而忧虑了。他开始关注肯纳那头命定的独角兽——它曾出现在他这个补魂者的梦境中，一身灰斑，独自矗立于极外野地。尼娜越是迟迟不做决定，斯堪德就越是渴望弄清：到底有没有办法，把那头灰斑独角兽还有原本属于肯纳的一切，都还给她。

"你绞尽脑汁地琢磨什么离奇的事儿呢？"博比问道，石灰色的鹰怒放慢速度，来到福星恶童旁边。

"你怎么知道的？"

"你脑门儿都凹进去了。"博比嚷嚷起来声音很大,但她对他人感受的关注是悄无声息的,尤其是斯堪德。

"我姐姐。"他简单地答道。他还不想透露为肯纳和她命定的独角兽重建联结的念头。他需要更多的信息。

"尼娜到底在打什么主意?"博比突然发了火,"这么拖着,可一点儿也不像个驭风者。直接做决定不就行了!那些调查有什么用?难道织魂人还能躲在肯纳的鞍袋里?"

肯纳和她的荒野独角兽要在银环社大本营银色要塞接受测试。博比一开始就对此十分不满,每次听弗洛说银环社的新任社长雷克斯·曼宁比他爸爸多里安·曼宁好,就要大加嘲讽。

"其实一点儿也不难,不是吗?"博比最后抱怨说,"雷克斯他爸差点儿毁掉这个岛,还想以独角兽杀手的罪名把我们全抓起来!"

斯堪德也不愿意让肯纳待在银色要塞的盾墙之内。

作为银色独角兽和银骥骑手的社团,银环社是离岛上最强大的组织,他们和驭魂者是死对头,其竞争关系可以追溯到几个世纪之前。

"小堪,在银色要塞做测试是最安全的,"弗洛坚持说,"对肯纳和离岛上的其他人都是。荒野独角兽造成的伤害永远无法愈合,记得吗?"

现在,差不多一个月过去了,斯堪德很高兴地发现,弗洛是对的。银色要塞要求肯纳定时报到,倒没发生过什么不好的事。

他们会问她和织魂人相处的始末，调查她那条织造出来的联结，让她尝试元素魔法。特勤不允许肯纳骑上那头荒野独角兽，只允许她用手掌抚摸它的脖子。到目前为止，她还没召唤过哪怕一丁点儿火星。

"你有没有想过，"肩并肩飞行的时候，博比问斯堪德，"肯纳和织魂人在一起的那段时间，都做了些什么。"她似乎有些犹豫，不像平时那么自信。

"肯纳告诉过我们，她和织魂人不怎么说话，织魂人一门心思地准备织造联结呢。"斯堪德生硬地说道，"我相信她。"

"我当然也相信她，可是……为什么艾瑞卡·艾弗哈特好不容易给女儿伪造了联结，却又把她扔在凌云树堡不管呢？这感觉不太像……织魂人会干的事呀。"

"是的，"斯堪德沉声说道，"确实不像。但我能肯定，肯纳已经把她知道的都说出来了。她现在明白织魂人有多邪恶了。她只是想留在凌云树堡，成为一名骑手——这一直是我们俩的梦想。"

然而谁也没有想到，联结的另一边是一头荒野独角兽，不是吗？

博比指了指："这边走！"

三个好朋友拐个弯离开了商业街，钻进一片茂密的树林，枝杈上满是形形色色的餐厅。

杯盘琳琅，半空中飘荡着轻松的闲谈，香味勾人馋虫。经过离岛墨西哥玉米卷店时，斯堪德的肚子咕咕直叫，但还有比萨、咖喱、西班牙小吃、炸豆丸子、拉面、熏鸡、薄饼……也都叫他难以割舍。

高处的聊天声突然起了变化，闲适里多了几分敬畏。

"是凌云树堡的银骥骑手！"

"奥卢·沙克尼的女儿！"

"瞧那银色独角兽，闪闪发光哪！"

弗洛·沙克尼来了，银刃犹如一道银光，在街巷中穿梭着，迎向四人小队的其他成员。在离岛上，银色独角兽罕见而强大，因而银刃总能激起人们的好奇，然而弗洛很不喜欢这种惹人瞩目的感觉。

弗洛先望向斯堪德，冲他一笑，让他放心："肯纳很好，好极了。我把她送到银色要塞时，雷斯克说这可能是最后一次测试啦。"

斯堪德心里一下子充满了希望。也许银环社的新社长真的不一样？

弗洛看见米切尔腰上捆着福星恶童的缰绳，疑惑地扬起眉毛。斯堪德笑出了声："待会儿再跟你讲。"

银刃跟在福星恶童后面，弗洛深吸一口气。"真香啊！我妈妈常说，签订条约后，离岛上的东西都好吃多了。"

斯堪德伏在福星恶童的翅膀上，浏览钉在树干上的菜单。他有点怯怯的。有很多菜品他都没尝过，倒不是因为他是本土生，而是因为他从小到大都没什么钱下馆子。

弗洛、米切尔和博比聊起了斯堪德没怎么听说过的美食，他用手指捋了捋福星恶童的鬃毛。黑色独角兽轻柔地低吼，肚腹抵着斯堪德的腿，微微震颤。新奇的食物一下子变得没那么重要了——福星恶童才不在乎那些玩意儿呢。

"哎哟，那不是铁匠诗人吗？"博比大声嚷嚷着。斯堪德连忙抬头。

"别那么叫我行吗！"杰米哀怨地说着，走近了四名骑手。

"很帅呀，杰米。"弗洛说。

铁匠的皮围裙不见了，口袋里那些叮当作响的工具也随之消失，锻铁淬钢的烟灰污渍都擦干净了，他甚至还穿了件领子板正的绿色衬衫。

"啊，是吗？多谢夸奖。"杰米心不在焉地说着，一只手拨了拨金棕色的头发，一棕一绿的眼睛望向米切尔。米切尔正要从红夜悦背上下来，慌得差点儿绊住。

"需要帮忙吗？"杰米问道，狡黠地一笑。

米切尔一松手，从泰廷家族特制的鞍座上滑下，重重地落在地上。"不、不用。我很好，我没事，我好极了。"他结结巴巴地说着，推推棕色眼镜，徒劳地整理着系不上的夹克。

杰米的目光扫过他腰上的那根蓝色缰绳。

米切尔的火焰头发又红又亮。

"呃，说来话长。都怪红夜悦，它——"

"到了！"博比大喊一声。他们来到了一家名叫莎莉极汁三明治的餐厅。博比兴高采烈地指了指树干上的菜单，弗洛和斯堪德却面面相觑，不明所以。

米切尔恼火地说："你该不会告诉我，你这顿大张旗鼓的午餐就是来小摊儿上吃三明治吧！为了赴宴有人可连上衣都没得穿了！"

"这可不是小摊儿，米切尔。莎莉极汁三明治乃绝妙佳肴。要是你愿意，完全可以把它当作高级餐厅啊！"博比满怀深情地盯着菜单。

"说句公道话，莎莉极汁三明治确实不错。"杰米说，"我经常来这儿。"

"好吧，吃三明治也没什么不好的。"米切尔立刻说道。

弗洛和斯堪德下来看了看菜单。

莎莉极汁三明治
九月菜单

💧 沛水区：三文鱼凤尾鱼蛋黄酱三明治

🌱 丰土区：什锦蔬菜豪华三明治

🔥 烁火区：香辣鸡块培根三明治

🌀 长风区：芥末鲜虾三明治

本月特供：
博比·布鲁纳原创救急三明治

所有菜品均以长风区新鲜全麦面包或白面包制作
可选有无葵花籽

"你在开玩笑吗?"斯堪德已经笑出来了。

"博比,你怎么说服莎莉的?她竟然能同意?"弗洛显然担心这里面有什么猫腻,毕竟四人小队都知道博比的救急三明治是什么配方:黄油、奶酪、覆盆子果酱和马麦酱。

米切尔半张着嘴巴:"你这三明治吃了伤身体啊!"

"莎莉说这款可受欢迎了!"博比骄傲地说道,"快来!"她把鹰怒的缰绳套在专为骑手们准备的金属环上,一步三级地爬上梯子,招呼大家快点儿跟上。

树屋里,柜台后面站着一个女人,她系着彩虹色的围裙,一头黑色鬈发,面色红润,带着笑意。"哟,这不是特供三明治的原创大厨嘛。"她轻声说着,迎向四人小队。

"你好呀,莎莉!"博比踮着脚尖跳来跳去,兴奋得橄榄色的皮肤都泛起了红晕,"来五份救急三明治!"

"呃,博比,我其实想要带蛋黄酱的那个。"斯堪德赶快说道。

"我要烁火区的香辣鸡块。"米切尔说。

"给我一份鲜虾的吧……"弗洛有点心虚地说。

莎莉啧啧道:"真不识货呀,救急三明治可是畅销款。"

"应该不会有人点第二次吧?"米切尔低声对斯堪德说。

最后,只有杰米同意尝尝博比的这款三明治,条件是她以后不再叫他铁匠诗人。杰米在六月唱出了自己的真言之歌,但他仍然不愿意继承父母的衣钵,成为一名吟游诗人。

这家三明治餐厅显然很火爆。他们挤来挤去,碰见了鹰怒的甲胄师里斯。他咕哝着跟博比打了个招呼。里斯上了年纪，胡子花白，脾气不大好。他的经历和红夜悦的甲胄师差不多，曾为四位骑手打造过铠甲。不过与杰米不同，他们不屑于和英少生交朋友。

露台上只有一张空桌了。杰米冲着一群闹哄哄的食客挥挥手，便有个年轻女子走过来。她一头金发扎成马尾辫，手里还拿着三明治。

"这位是克拉拉，"他毕恭毕敬地介绍道，"她是司令独角兽的甲胄师。"

克拉拉却盯着米切尔。"这是怎么啦？"她指了指烧焦的夹克。

为了不让米切尔尴尬，杰米替他答道："他是凌云树堡的英少生。"

"哦哦哦，第三年。你真该看看尼娜的闪电差，当年刚参加混沌联考时，叛逆得差点儿连铠甲都挂不上去。"

"所以这种行为是正常的？"米切尔不好意思地问。

"非常正常。"克拉拉安慰道。

"那独角兽时不时地闹失踪呢？"斯堪德小声问道。

"比较少见，但也不用发愁。"

"鹰怒一点儿变化都没有，"博比说，"它还是那么完美。"

"炫耀可不好啊，博比。"弗洛责备道。

"尼娜最近怎么样？"杰米有些担心。

"她每天都出去好几个小时，但我知道她不是去训练，因为她一直没穿铠甲。回来的时候闪电差筋疲力尽，尼娜也很沮丧。"

"她怎么了？"斯堪德问。他想到了肯纳，还有她悬而未决的未来。

"不知道。"克拉拉耸耸肩，装在围裙里的工具叮当作响。她转向弗洛："你爸爸想跟她谈谈，但她一直躲着。"

弗洛的爸爸奥卢·沙克尼是离岛上最棒的鞍具师。跟斯堪德一样，尼娜的鞍具也是由沙克尼家族定制的。

"如果尼娜继续这样下去，那肯定没资格参加今年的混沌杯了。"克拉拉灰心丧气地说，"我们本来很有希望连赢三届。这可是史无前例的！"

斯堪德心里一沉。史上唯一一位差点儿连赢三届的司令是他的妈妈艾瑞卡·艾弗哈特。然而，她的独角兽彼岸血月在第三次比赛中惨遭杀害。艾瑞卡转而投向了荒野独角兽的阴暗面，成了织魂人。

"斯堪德，你没事吧？"其他人还在跟克拉拉聊着，弗洛轻声关切道，"你是不是在担心明天要开始的训练？米切尔说了，教官们肯定会给我们仔细讲解混沌联考的。"

"有一点儿。"他言不由衷。所有英少生都很想了解他们第三年将面临的挑战，尤其是混沌联考。就像第一年的训练选拔赛和第二年的比武锦标赛，第三年，他们也必须通过混沌联考的试炼，才能留在凌云树堡。据斯堪德在疾隼队的那些学长说，第三年的挑战会设置在四大区域，那些地方每年都在变，根本不可能提前做准备。

当然，这也拦不住米切尔，他整个夏天都在研究历届混沌联考。可当他从书本转向实际向若成生和步威生打听经验时，他们都不太愿意多谈。弗洛觉得他们可能是遭受了什么心灵创伤。博比则说他们是故意保密，防着未来混沌杯的竞争对手。而斯堪德压根儿就没把这些放在心上——他另有要研究、要琢磨的东西。

"我去跟克雷格聊两句。"斯堪德看见那位书店老板正穿过露台。

克雷格经营着混沌篇章书店，是驭魂者的朋友。当年，魂元素被判为"非法"，驭魂独角兽被处死，年长的驭魂骑手惨遭灭顶之灾，是克雷格从他们那里抢救收集了不少资料。他也是唯一一个知晓斯堪德心愿的人，那个不能宣之于口的愿望就是，为肯纳和她命定的独角兽重建联结。

他走近克雷格，回忆却突然浮现：肯纳出现在正自我毁灭的凌云树堡。他僵住了，仿佛再次听到她质问他为什么撒谎：关于他的结盟元素，关于他们的妈妈。他想解释，他其实是驭魂者当中的特例——补魂者，能利用梦境找到骑手命定的独角兽，并帮助他们建立联结。他想解释，他梦见了一头有灰色斑点的荒野独角兽，那是命运安排给她的。可不管怎么解释都太迟了。斯堪德想起肯纳疏远的神情，胃里一阵翻腾，他以为自己永远地失去了她。不过，斯堪德表达了深深的歉意，肯纳便告诉他，她极度渴望拥有一头独角兽，于是和银环社当时的社长多里安·曼宁偷偷离开了本土。后来为了逃离曼宁，她又被他们的妈妈骗了。所有的误会说开了，姐弟二人原谅了彼此。

"这里夹的什么玩意儿？"克雷格正在研究面包里淌出来的果酱和马麦酱，瞥见斯堪德在桌旁踟蹰，便向他发问。

这问题把斯堪德拉回了现实，他笑着说："你肯定不想知道。"

"肯纳怎么样了？"克雷格和气地问道，招手让斯堪德坐下。

"又去银色要塞了。"斯堪德深吸一口气，"你有什么发现吗？"

克雷格摇摇头，头顶的发髻直晃。"到目前为止，我认识的驭魂者都对织造联结一无所知，更不用说怎么切断了。从没有人想过要切断联结——几个世纪了，杀死在辖独角兽一直都是犯罪。而杀死荒野独角兽会带来什么厄运，咱们已经知道了。"

有人发出犯恶心的呻吟声。

米切尔大笑着嚷嚷："我可提醒过你啊！"

原来是杰米刚咬了一大口救急三明治。

"看来还是以后再试为妙。"克雷格机智地说着，起身准备离开，"我会继续寻找答案，可你也得想想打算在这条路上走多远。肯纳很爱那头荒野独角兽，对吧？"书店老板棕色的眼睛凝视着斯堪德。

"我知道，我……我还没决定要不要告诉她，"斯堪德犹犹豫豫地说，"这要看肯纳最后会怎么样。我必须保证她的安全。"

"安全未必等同于快乐，斯堪德，"克雷格提醒道，"你要记住。"

四人小队来到银桦大道尽头，等着和肯纳·史密斯碰面。他们待了不过几分钟，福星恶童就和红夜悦合伙点燃了鹰怒上方的一根树枝，气得它大声嘶鸣。它正忙着抖掉落在整齐鬃毛上的灰烬时，银色要塞的银盘盾阵掀开了一角。

一名骑手出现了，身后跟着一头荒野独角兽幼崽。

斯堪德盯着苍鹰之恨的眼睛，但对视只持续了几分钟，他就不禁眨了眨眼睛。九月的下午那么暖和，可他还是觉得不寒而栗。荒野独角兽的眼睛里充满了无尽的幽暗和永恒的痛苦。苍鹰之恨注定永存于死亡之中，而斯堪德那内心强大、极富生命力的姐姐，与之形成了联结。

几个月过去，这头荒野独角兽幼崽已经长成了一匹马大小，和斯堪德还是初出生时的福星恶童差不多。但相似之处仅此而已。福星恶童的兽角和它黝黑闪亮的皮毛一样，是黑色的，而苍鹰之恨的兽角是透明的，如鬼似魅，蜜色的皮毛已经一块块地脱落，黯淡无光。

在凌云树堡训练了两年，福星恶童的肌肉紧实有力，翅膀丰满强劲。苍鹰之恨却瘦得能看清骨头——背部的脊骨凹凸不平，走动时五对细弱的肋骨上下起伏，抬起前腿，大腿骨就能戳出来。它翅膀上有些地方的羽毛都掉了，露出皮肤，像是大蝙蝠的翼膜，完全没有大型猛兽的模样。

苍鹰之恨本该永远流落荒野。它的联结是伪造的，不是命定的。它命中注定的骑手没能在十三岁那年的夏至日抵达离岛上的孵化场，而本来属于肯纳的那头灰斑独角兽，却还孤零零地游荡在极外野地。

肯纳冲着斯堪德笑了，斯堪德脑海中却浮现出阿加莎·艾弗哈特关于这条伪造联结的警告：看看伪造的联结把艾瑞卡变成什么样了……五种能量将你拉向五个方向……驾驭独角兽需要驾驭五种元素……

斯堪德一直梦想着肯纳能登上离岛，能和他一起成为混沌杯的骑手。但如果离岛认定她过于危险，不愿接纳她呢？要是凌云树堡将她驱逐出去，斯堪德该怎么办？

这念头让他惴惴不安，于是他又转向了那个尚未成形的计划：姐姐是有可能拥有另一种未来的。他决定今晚睡在福星恶童的马厩里，去梦里寻找姐姐的那头灰斑独角兽。他需要确认，肯纳命定的独角兽是安全的。

保险起见，以防万一。

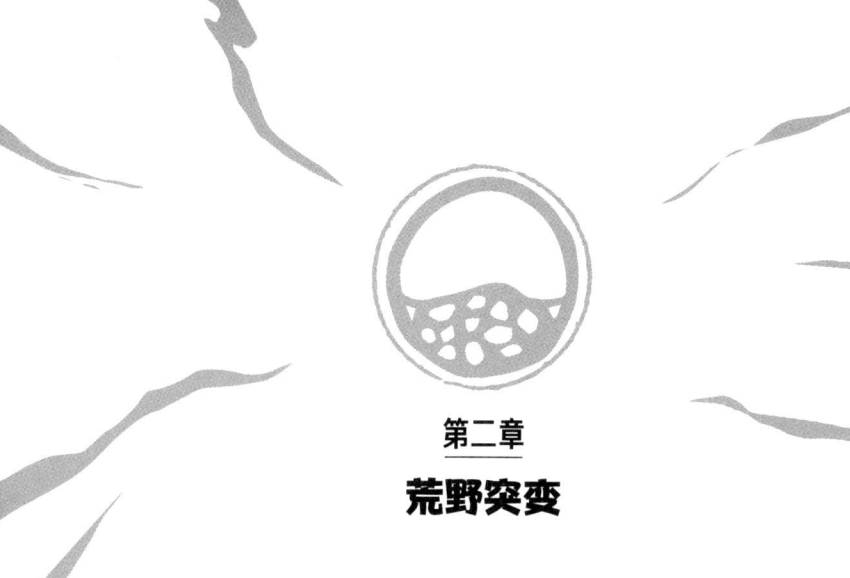

第二章
荒野突变

当天晚上,斯堪德来到了福星恶童的马厩。独角兽警觉地睁开一只眼睛,红色和黑色的光交替闪着,联结中掠过恼怒的震颤——它被吵醒了,很不高兴。

"我能跟你一起睡吗,小伙子?求你了,行不行?"近来斯堪德一直都没有要求睡在福星恶童的翅膀底下,但现在他必须这么做。夏天里有那么几次,福星恶童想要独占马厩,就用火焰或寒风警告他。然而今晚,黑色独角兽却蓬起了羽毛,仿佛在说:"哦,好吧,如果你非来不可的话。"它抬起一侧巨大的黑羽翅膀,让斯堪德依偎在身边。

"嘿,你这是怎么啦?"斯堪德轻声细语,抚摸着福星恶童的身子。

福星恶童低声叫着,胸腔隆隆作响,斯堪德通过联结感受到的情绪很杂乱。他用脑袋抵着福星恶童的身体，听着独角兽的呼吸，尽量安慰自己：司令的甲胄师不是说了嘛，这种情况对英少生的独角兽来说很正常。

不一会儿，骑手和独角兽睡着了，共赴补魂者的梦境。

斯堪德现在已经驾轻就熟。梦境中他与肯纳刚一重叠——一只白色的手一晃而过，不是他的手——就立刻从她身上脱离，在她身边坐下。姐弟二人坐在树屋外的平台边，垂着双腿晃荡着。这肯定是凌云树堡的某个地方，因为斯堪德抬头望去，只看见一片葱茏。他知道，梦境中的地点与骑手此刻所在的位置一致。于是他没有久留——他不是来找肯纳的。

联结牵动着斯堪德的心。在过去的一个月里，他和福星恶童这么做过好多次，那闪闪发光的联结向着极外野地延伸，他也没多看一眼。

斯堪德触碰到了白色光索，沿着它向前跑，闯进了——

"她在哪儿？"

斯堪德的梦境与肯纳命定独角兽的梦境重合了，每一次进入补魂者的梦境，他都经由联结感知到那头灰斑独角兽的疑问。

"她在哪儿？"

斯堪德试着平复自己的情绪，想象姐姐的脸，可是——

杀戮。血腥。孤独。愤怒。

斯堪德不由得哆嗦起来。荒野独角兽今天愤恨异常。它挣扎着想要脱离它的身体，想要把他们的感觉剥离开来。斯堪德感到可怖的暴怒降临，暗影遮住了他的视线，而后疼痛袭来。他的胸口疼得像火烧，脑袋里嗡嗡作响。他在梦境里停留太久。他总是停留太久。他喊了出来。

"小堪？"

有人摇晃着他，将他唤醒，让他摆脱了荒野独角兽无尽的痛苦。

肯纳站在弟弟面前，棕色的头发乱蓬蓬的，苍白的脸上满是担忧。斯堪德本能地向她伸出了手，就像小时候那样，而她的回应没有一丝迟疑。他们紧紧地拥抱，他胸口和脑袋里的疼痛消散了。她身上散发着马盖特咸咸的气味，还有凌云树堡的松树清香——家的感觉。

"做噩梦了？"

斯堪德点点头。这是个好借口——他从小就总做噩梦。他还不想跟肯纳细说补魂者的梦境。她知道他梦见了她命定的独角兽，但她不知道他现在还在深入梦境，也不知道那梦境会伤害他。

"你怎么到这儿来了？"斯堪德换了话题。

"来看看苍鹰之恨。你想一起来吗？"肯纳的语气里有几分异样，但他还是跟着她，沿着马厩的环形走道往前走，灯光照亮了栏门后探出的兽角。他喜欢姐弟二人独处的时刻，不过这种机会不多，因为肯纳现在还得和驭水教官同住一间树屋。

喘息声和尖叫声回荡在身后,他们走近了苍鹰之恨的围栏。它被夹在中间,两侧是凌云树堡最强大的独角兽:驭水教官珀瑟芬·奥沙利文的天庭海鸟和雷克斯·曼宁的银光女巫。雷克斯不仅是银环社的新任社长,还是凌云树堡新任命的驭风教官。

据弗洛说,雷克斯不想张扬自己这"银环社首位兼任凌云树堡教官的社长"的称号。斯堪德则怀疑,这与雷克斯声名狼藉的老爸去年残杀荒野独角兽的事脱不开干系。他滥杀不嫌多,因为这样斯堪德就永远不能帮它们和各自命定的骑手重建联结了,而那些骑手正是被挡在孵化场大门之外的驭魂者。

肯纳打开了苍鹰之恨的栏门,用福星恶童的果冻软糖逗它。斯堪德紧张得大气都不敢喘。他不信任荒野独角兽,无法将姐姐托付给它。现在不能,以后也可能永远不会。荒野独角兽会比肯纳活得更久。伪造的联结意味着苍鹰之恨没有像福星恶童那样放弃自己的永生。它们之间永远没有平等。他回忆着刚才的梦境,安慰自己:肯纳命定的独角兽还在,还安全。

"苍鹰之恨怎么不吃呢?"肯纳放弃了,把爸爸寄来的软糖塞进黑色裤子的口袋里。肯纳穿的是正式的骑手制服:黑色短靴,黑色T恤,黑色裤子。但在她获得批准正式成为凌云树堡的成员之前,是不能穿元素夹克的。

斯堪德耸了耸肩:"福星恶童一出壳就吃了一块。要不是从小就喂,它可能也不会喜欢。"

"苍鹰之恨出壳后,没时间吃糖。"肯纳平静地说着,斯堪德没有回应。她几乎从不提起和织魂人在一起的那段时间,每次他先提起,她都会结束这个话题。博比的话钻进了他的脑海:你有没有想过……

"小肯,"斯堪德试探道,"你说没有时间,是什么意思?"

"因为我不应该出现在孵化场,不是吗?妈妈怕别人发现我们。"

"那你和织魂人聊得多吗?"斯堪德小心翼翼地问,"你和她在一起的那几个星期?"

肯纳叹了口气。"我不知道还能告诉你什么,小堪。我知道人人都想从我嘴里问出织魂人的秘密,可说真的,我们都没怎么说过话。她显然打算织造联结之后就……抛弃我。"肯纳哽咽了,"她把我扔下了,记得吗?我只想忘记这一切。"

"是啊,我知道。对不起,我不应该——"

但肯纳突然回头看了看苍鹰之恨,又望向福星恶童的围栏,脸上浮现出决心已定的神色。

她抓住斯堪德的胳膊。"好了,奥沙利文教官应该提过吧,他们今晚要开个关于英少生的大会——可能跟联考有关?我在想,也许……"肯纳深吸一口气,"你可以帮帮我,让我骑一骑苍鹰之恨?"

最后一个词说得紧张又含糊,斯堪德明白了,肯纳早就想好要开口求他了。"小肯,你知道,他们还不允许你骑——"

"我已经落在其他初出生后面了。"肯纳打断他,"我能肯定,

第二章 荒野突变

卡扎马司令随时都会批准我参加训练。到时候我却连骑都没骑过苍鹰之恨，那该多丢脸啊！"

"你很快就能赶上大伙儿的！"斯堪德安慰她。

但肯纳一遍遍地将同一绺头发捋到耳后，沮丧至极："我觉得我跟它很疏远！我知道骑一骑会有帮助的！求你了，小堪，帮帮我吧！"

斯堪德犹豫了，他理解肯纳的感受。就在几个月前，离岛的元素失衡影响了他和福星恶童的联结，斯堪德也被危险、嗜血的狂躁所控制。为此，福星恶童被监管起来，一连几个星期，他都不能触摸自己的独角兽。"我不——"

肯纳双臂环抱，眼神冷峻起来。"如果有必要，我自己就可以骑上苍鹰之恨。我是在请求你的帮助，而不是许可。"姐姐脸上的严厉神情仿佛在说"我比你大，照我说的做"。这是她从小就学会的神情，因为爸爸的状况时好时坏，无法撑起这神情背后的权威。

斯堪德曾击败织魂人，救下新元飞霜，曾从开鸿骑手和荒野独角兽女王那里赢得尸骨手杖。尽管与所谓"非法"的魂元素结盟，他还是一路走到了训练的第三年。他一直为成为混沌骑手，为实现梦想努力着。所以，斯堪德知道，他现在已经能够反抗姐姐的权威。只是，他不忍心让她失望。

十分钟后，斯堪德和福星恶童穿过了围墙马厩的东门，后面跟着隐在树影中的肯纳和苍鹰之恨。福星恶童的不安在联结中翻腾，斯堪德想传递些积极情绪，可他自己也力不从心。他已经后悔了。上方树屋里每传来一阵窸窸窣窣、叽叽喳喳的声音，都让他紧张得肚子疼，每一根摇曳的树枝都似杯弓蛇影。苍鹰之恨一直发出咝咝的喘息声，意图猎食似的，听来叫人毛骨悚然。他暗自祈祷它千万别施展荒野独角兽的独门魔法"腐臭轰炸"——凌云树堡里的人不可能闻不到！

他们来到了游民树下。斯堪德最先想到的不太可能有骑手出没的地方，就是这里。月光钻过繁茂的枝叶，游民树半明半昧地闪着光。树皮上嵌着元素徽章的碎片——这些徽章的主人不再是骑手，成为游民后，他们就没资格留在凌云树堡。没人喜欢来这儿。这地方提醒着大家曾有朋友离开，而他们自己的表现要是不够出色，徽章也会被嵌在这里。

肯纳对树不感兴趣。她满怀期待地望着斯堪德，兴奋得眼睛亮晶晶的。斯堪德不由得有些心软。

斯堪德尽力放松下来。四周一个人都没有。教官们也都聚在奥沙利文教官的树屋里。肯纳只是在苍鹰之恨背上坐几分钟，然后他们就把独角兽送回去，谁也不会知道。斯堪德甚至都不打算告诉他的队友。

他想象得出他们的反应。弗洛会惊恐不已，因为他带着肯纳违反了教官的规定。米切尔会滔滔不绝地抱怨，说他们应该制订好计划再行动。博比则会因为斯堪德没带她一起来而生气。

不行，绝对不能告诉他们。

"先看我怎样骑上福星恶童，然后我再跟你细讲。"斯堪德说着翻身跨上了福星恶童光溜溜的脊背。教肯纳做事,感觉有点奇怪。从小到大,大部分事情都是肯纳比他强。

肯纳耸了耸肩。"看起来很简单啊。"她这么说,声音却有些发颤。

"是吗?"斯堪德问,"我第一次骑福星恶童的时候可紧张了。"

"我不紧张。"

"其实没必要现在就骑,你懂的。"

"有必要。"肯纳坚定地说。

斯堪德放弃了:"那好吧。像我一样,面朝苍鹰之恨的身子。"

肯纳刚走近,苍鹰之恨就咆哮一声,她吓了一跳,掩饰着自己的紧张。福星恶童的翅膀抵着斯堪德的膝盖,猛然一抽,胸腔隆隆轰鸣,冲着荒野独角兽幼崽发出了警告。福星恶童能感觉到肯纳对斯堪德有多重要,他们都戒备着,一旦有意外,随时召唤魔法。

"然后你要——"

但肯纳已经爬上去了,伏在荒野独角兽的背上,极力地稳住自己,但还是摇摇欲坠。苍鹰之恨低声咆哮起来,鬼魅般的兽角左右摇晃。肯纳似乎毫不在意,右腿一抬就跨坐上去,紧紧地抓住了苍鹰之恨蜜色的鬃毛。"好了!"她叫着,所有的恐惧一扫而空。

"小点声!"斯堪德提醒道,但他也忍不住咧嘴笑了。他的姐姐终于骑上了独角兽,位置和姿势都很完美。

"没想到你骑荒野独角兽都这么容易。"斯堪德假意抱怨，实则内心充满了骄傲。

肯纳笑得很开心。"和咱们那次尝试滑板一样。我当时就觉得，那对咱们以后成为骑手有帮助，因为同样需要平衡嘛！我滑得挺好，可你就摔了个——"

"喂喂！"斯堪德说着也笑起来，"才不是那么回事呢！我可加入了——"

"疾隼队，"肯纳嚷嚷着打断他，"凌云树堡的精英飞行小队什么的。戾天骑手这样，戾天骑手那样，你一天得显摆个十次。"

"我可没有。"斯堪德咕哝道，但他幸福得晕晕乎乎。这么长时间以来，他和肯纳都必须表现得很懂事。为了照顾爸爸，他们根本没有时间去以身试险或打破规则。可现在，他们身在离岛，两人都成了骑手，一切都是那么的——

距离最近的树干上，树上的铠甲反射过一道绿光。一开始，斯堪德看不清它从何而来，因为它太亮了。但转瞬间他就反应过来了，是肯纳手掌上那来自孵化场的伤口在发光。

"你在干什么？"他低声叫道，生怕惊动上方树屋里的骑手们。

黑暗中一道道光勾勒出肯纳的脸，绿色的，然后是红色、黄色、蓝色、白色。她似乎一点儿也不担心，反而露出了胜利的神情。

"小肯，快停下！"斯堪德突然不那么信任她了。她在银色要塞不是没能召唤出任何魔法吗？"你还没准备好！你还没学会怎么控制它！别人会看到的！"

砰！

泥土、树根和树皮炸飞了，向上掀起，碎片无数，斯堪德什么也看不见了，直到福星恶童猛吹一口气他才看清一切。

苍鹰之恨扬起前蹄直立，背上腾起黑雾，清晰可见的骨架映着月光闪闪发亮。肯纳的手掌不再发光，她死死地抱住了独角兽的脖子。不可思议的是，这还不是最可怕的一幕。游民树！肯纳和苍鹰之恨在这棵名树四周炸出了一个大坑。坑一直延伸到了树根下。树根似乎已经腐烂，像是染上了某种可怕的疾病。整棵树吱嘎作响，散发着不祥的气息。时间仿佛放慢了。福星恶童抬头望着泛着荧荧火光的树干，眼中闪着黑色和红色的光。苍鹰之恨的前蹄重重落地，游民树的树干呻吟着，随后开始倾斜。

"咱们得离开这儿！"斯堪德冲着肯纳大喊。两头独角兽好像很清楚危险将至，向着凌云树堡的围墙冲去。

斯堪德回头张望了一次又一次，他们还没冲出去。耳中只能听见木头崩裂的声音，树叶暴雨般噼里啪啦地砸在邻近的树上，嵌在树干上的徽章碎片像一颗颗金色的冰雹落在斯堪德的头发里。

一根树枝坠落，擦过肯纳的肩膀，吓得她惊声尖叫。

惊慌失措的斯堪德骑着福星恶童猛然转向，把苍鹰之恨逼向左侧。两头独角兽奇迹般地冲进了凌云树堡围墙的拱门里，蹄子踏在石头上，咔嗒作响。

斯堪德跳下福星恶童，又把瑟瑟发抖的肯纳从苍鹰之恨背上拽下来。他满脑子只有一个念头：不能让他们发现这是她干的。斯堪德和肯纳合力把苍鹰之恨推回马厩的围栏里。它火花乱喷，余烬落在斯堪德左手的拇指上，灼伤了他的皮肤。

哗啦！

游民树终于彻底倒了，巨大的冲击力震得马厩的石头地板都颤个不停。有人会发现他们的。没时间了。

斯堪德没理会拇指的刺痛，一把抓住肯纳的手。福星恶童感受到他们的急迫，小跑着冲在前头。他们匆忙经过一排排围栏，一盏盏吊灯一闪而过。终于，福星恶童尖叫着迎向红夜悦，鹰怒和银刃则隔着栏门，偷偷打量着汗流浃背的两人。

斯堪德闩上福星恶童的栏门，这才注意到姐姐脸色煞白。她的两颊泛起了幽灵般的白色，整个人痛苦地缩成一团。

斯堪德冲向拱腰缩背的肯纳："你受伤了吗？"

"小堪，"她轻声说，"我有点不对劲。你看我的血管！"

斯堪德拉起她颤抖的手一看，胆汁差点儿呕出来。肯纳胳膊上的静脉呈现出属于土元素的深绿色。他眼睁睁地看着那些血管凝固，变成了蜿蜒的藤蔓，从她的皮肤里凸了出来。他清清楚楚地摸到了她手腕上的那条。

"这是突变吗？"肯纳的声音里交织着恐惧和兴奋。

斯堪德刚要回答，肯纳就疼得大叫起来，一根刺穿透了她的皮肤。

吵嚷声沿着围墙传来。有人发现了倒下的游民树。

"啊——"肯纳叫着,藤蔓弯弯曲曲地缠绕着她的右臂,新冒出了更多的尖刺。

"快走,小肯。"斯堪德的声音颤抖着。他把她搀起来,扶着她跟跟跄跄地回到树林里,不去理会游民树那边传来的喊叫声。肯纳勉强爬上最后一级梯子,尖叫一声,摸到树屋的金属门,两个人几乎一头摔了进去。

斯堪德的伙伴们都窝在豆袋沙发上:博比吃着三明治,米切尔在看书,弗洛正叠起一封信。三双眼睛齐刷刷地看向斯堪德。

"帮帮我。"他小声说。他不知道他想让他们干什么,他只知道他需要他们。

博比和弗洛立刻搀过肯纳,扶着她躺倒在红色的豆袋沙发上。尖刺还在不断地冒出来,但她已经没有了反应,脸色灰暗,似乎失去了意识。米切尔跪在旁边,眯起眼睛,仔细观察着缠绕在她右臂上的黑色藤蔓——现在已经蔓延到了黑色T恤的袖口底下。

斯堪德仍然呆立在门口。都是他的错。他愣了好一会儿才反应过来,米切尔在问他话。

"出什么事了,斯堪德?这看起来像突变。她不使用魔法怎么会突变?"

斯堪德深深吸了一口气:"她骑了苍鹰之恨。"

弗洛立刻追问:"你发现她时她就这样了?"

"不是,我……"斯堪德迟疑着说,"我帮了她。她很难过。

我不知道还能怎么办。"看到大家的表情,他慌了,"反正她迟早会骑上苍鹰之恨!"

博比好奇地打量着他,但这一次,她把自己的想法藏在了心里。

米切尔却气炸了,手舞足蹈地嚷嚷:"火球威猛!你疯了吗?你没想过教官们知道了会怎么样?你,斯堪德,一个驭魂者——没错,魂元素在离岛上仍然是非法的——竟然协助你的姐姐……织魂人在她和荒野独角兽之间伪造了联结……你,你……"他气结,"你到底帮她干了什么?"

"你怎么能冒这个险,小堪?"弗洛轻声问。然而,她的声音里还有些别的东西——愤怒?委屈?

豆袋沙发上的肯纳动了动。"不怪他,"她脸上恢复了血色,"是我求他帮忙的,是我执意要骑苍鹰之恨的。"

米切尔的头发熊熊燃烧:"斯堪德不是单细胞生物,他自己有脑子,只是显然不怎么用罢了。"

斯堪德没搭茬,他更关心肯纳的情况:"不疼了是吗?"

她点点头,睁大了眼睛。"现在只有一点儿痒。只有突变发生的那一刻才疼。"她突然兴奋起来,"你能相信吗?我竟然也出现突变了!疼痛是正常的吗?"

"不是。"斯堪德、米切尔和弗洛异口同声地说。

博比吞下最后一口三明治:"有点儿疼有什么大不了的?又没什么影响!看看她!状态很好啊!你们比遭遇暴风雪的蛇还要大

惊小怪！"

肯纳笑出了声，随后有些不好意思地说："不过我确实毁了一棵树。"

见她安然无恙，斯堪德的怒火终于爆发了："那不是什么普通的老树，肯纳！那是游民树！"

"你毁了游民树？"弗洛目瞪口呆。

"整棵倒了。"斯堪德轻描淡写，仿佛那不算什么灾难。他转而质问肯纳："你当时在想什么？召唤魔法，注入联结，你要干什么？"

但肯纳已经倚着豆袋沙发睡着了。

斯堪德拿来毯子，盖在肯纳身上，他小心地避开她胳膊上的突变——藤蔓上的尖刺清晰可见。

博比耸了耸肩："反正也没人喜欢游民树。"

"这不是重点。"弗洛轻声道。

"是土元素突变。"米切尔嘀咕着，"可她不是驭土者啊。应该还有别的吧？"

"别的……会不会伤到她？"弗洛惊恐地问道。

这下就连博比也担心起来了。斯堪德知道，他的三位好朋友此刻的所思所想和他一样：织造出的联结包含了五种元素，还有四种突变在等着肯纳。

难道每一次都会剧痛难忍？会不会还有什么危险是斯堪德没想到的？他的思绪飘向了极外野地，飘向了那头灰斑独角兽，还有那个尚未成形的计划。

找到解除伪造联结的办法，突然成了迫在眉睫的重任。

斯堪德祈祷没人发现倒了的游民树与肯纳有关，但当晚，奥沙利文教官的到访打破了他的希望。

树屋的金属门猛然洞开，惊醒了肯纳，驭水教官的身影出现在门口。她双目漩涡激荡，盈满厉色，来回地打量着斯堪德和他的姐姐。她满腔怒意，只说了三个字：

"跟我走。"

姐弟俩一句话也不敢说，紧赶慢赶地跟着奥沙利文教官走了。他们走过摇摇晃晃的栈道，爬上层层叠叠的梯子，最终来到了教官们的树屋。要是其他时候来，斯堪德可能还要欣赏欣赏平台上鲜花盛开的拱门、从平台中央穿过的大树、一圈圈盘绕在树干上的吊灯，但现在他眼里只有四座不同颜色的大树屋，树屋各踞平台一角，颜色与各位教官的结盟元素相应。阿加莎的树屋与这里隔着一条栈道——毕竟，官方认可的元素仍然只有四种。

水元素树屋的门廊卷起一阵波浪，拢住斯堪德和肯纳，送他俩跟在奥沙利文教官蓝色的斗篷后面进了门。

肯纳来到凌云树堡之后就一直住在这里，斯堪德却是第一次进入驭水教官的树屋。他立刻被嵌在墙壁上的玻璃鱼缸吸引了，晶莹剔透的鱼缸里面，是大大小小、颜色各异的鱼。

奥沙利文教官发现他在看鱼。"业余时间，我救助受伤的鱼，帮它们重返家园。"她突然开口说道，"人总得有个爱好。你现在用不着担心我的鱼。"

在凌云树堡的两年，斯堪德和奥沙利文教官关系很亲近，可她还是常常像她那头灰色的头发一样尖锐严苛。实在难以想象，她竟然会温柔地照料这些受伤的鱼。

教官转向肯纳。"我接到一些报告，说你——"她顿了顿，蓝色的眼睛扫向肯纳藤蔓缠绕的胳膊，"说你出现突变了。"

"是的。可是——"肯纳答道。

"事情是这么——"斯堪德也同时开口解释。

"够了！"奥沙利文教官喝道，"不承认也没用。游民树恐怕已无法恢复原样。有十名骑手向我指证，树倒之前，你们两人正在树下。"

她漩涡翻涌的眼睛盯着斯堪德："你明知道肯纳是不可以骑上苍鹰之恨的。洪流奔涌！到底是什么让你胆敢如此违反规定？"

"我以为不会有人——"斯堪德刚开口就刹住了。

"看见，是吗？你以为不会有人看见目前在训的唯一一名驭魂者和荒野独角兽女孩弄倒了凌云树堡最大、最古老的树？"

奥沙利文教官转身冲着近旁的鱼缸深吸一口气："如果你俩再小心一点，或许还真能保守秘密，不让我们知道肯纳已经召唤了魔法。可骑手们来报告时，雷克斯·曼宁就在我的房间——所有教官都在。这下恐怕要惊动司令了。肯纳，为什么要冒险做这件事？银色要塞的调查就要结束了！"

斯堪德心里发慌："可是，骑手和独角兽不小心破坏树木是常事啊，所以那些树才都包着铠甲！"

"那些骑手联结的可不是荒野独角兽！命运悬而未决的也不是他们！"

肯纳像要哭出来似的："卡扎马司令会不会不准我参加训练了？"

奥沙利文教官叹了口气："我认为尼娜不会因为这件事就针对你，肯纳，即便她知道你使用了魔法，并造成了巨大影响。"

"这是意外！"斯堪德坚持道。

奥沙利文教官没理他："卡扎马司令从一开始就站在你这边，但要说服她和银环社同意你参加训练一直都是难题。现在，毫无疑问，他们还要研究研究你的新突变。"

"不能保密吗？别让他们知道我出现突变了，行吗？"肯纳小声问，"现在先别说？"

奥沙利文教官严肃地看着她："想都别想。让离岛上的人相信你已经够难的了，你要是再掩盖自己的真实情况，那就可能什么都没有了。"

肯纳默默地点了点头。

"我建议你们二位，从现在起，都给我好自为之。"

"好的，教官。"斯堪德和肯纳一起应道。

奥沙利文教官汹涌的目光仿佛要穿透斯堪德："我费了很大

力气才让肯纳和苍鹰之恨留在凌云树堡。请不要再让我如此失望了。"

斯堪德内疚不已。他没想到奥沙利文教官帮了他们这么多。

驭水教官打开屋门:"回去睡觉,斯堪德,明天可是你们英少生的大日子。"

斯堪德偷偷看了眼肯纳。他不知道她是脸色发白,还是鱼缸折射出了诡异的光映在了她脸上。

"你姐姐不会有事的。"奥沙利文教官笃定地说。

"明天见,小堪。"肯纳无力地挥挥手,突变的荆刺藤蔓映着吊灯的光。

第三章

四分石

第二天一早。

"奥沙利文教官竟然有家鱼医院！"博比兴奋极了，"她的树屋是真正的水族急救站！"

前一天晚上，弗洛、米切尔和博比很担心游民树倾倒的后果，一直等着斯堪德回来。他才跨进门口，弗洛就扑过去一把抱住他，松了口气。听斯堪德讲完，米切尔高兴地说："果然如此，虽然理智上知道他们不会把你们俩都关进监狱，可还是忍不住担心啊！"

博比则对驭水教官的业余爱好更感兴趣。

"鱼？天哪！"博比又念叨了一遍，今天早上她已经为此大笑过五次了。

四人小队骑着各自的独角兽，站在英少生的训练平台上——位于凌云树堡之下的第三层。平台被草坡环绕，四元素训练场各踞一方。

"罗伯塔,你能闭嘴吗?"米切尔说,"今天是我们成为英少生后的第一次训练,说是一辈子中最重要的一次训练也不为过。昨天睡得那么晚,这会儿我阻止红夜悦乱喷火已经够费劲的了,你还叽叽呱呱地议论奥沙利文教官!"说话间,红夜悦正试图点燃自己的缰绳。

"她竟然救助鱼,米切尔!是鱼!"

"够了,博比。"弗洛冷然回道,博比没声儿了。

望着平台上的其他英少生,大家仿佛又回到了还是初出生的时候。午夜星用后腿站起来,前蹄射出闪电,罗米利只能死死地抓住它的鬃毛。驭土者伊莱亚斯大喊大叫地让午夜星站好,可他自己的独角兽巡行磁力正从嘴里喷出一股股的沙子。法鲁克的独角兽毒雾不肯往前走,站在原地狠狠踏步,把地面都踏裂了。玛丽萨的水中仙和梅布尔的悼海互相喷水,然后喷出冷气把水冻住,两头独角兽周身都结满了霜。就连福星恶童也往前冲,想飞起来。

"不行,小伙子!"斯堪德叫着,拽住它兜圈子,"现在还不可以飞!"

"它们都是怎么了?"弗洛哀怨地说道。银刃脚下的地面震动着,滚滚浓烟从银色独角兽的翅膀周围冒出来。

"我们就没事!"博比淡淡地耸了耸肩,她的鹰怒安安静静地站着,远远地躲开了红夜悦喷火的尾巴。

一头白色独角兽飞临上空,盘旋几圈后开始下降。英少生们纷纷抬头张望，见那陌生的独角兽渐渐靠近，都警觉起来。

"那是谁啊？"加布里埃尔问道，他费力地让普利斯女王挨着福星恶童左侧站好。

萨莉卡正把头盔底下的黑色长发编成辫子，这时也停下来，仰望着感叹："它真美！有人认识这头独角兽吗？"她自己的赤道之谜嫉妒地哼了一声。

唯独斯堪德笑了。早在马盖特时，他就在一个普普通通的公园里见到了这头白色独角兽。"那是北极绝唱。"他轻声说道。

二十年来，第一次有成年驭魂者莅临英少生的平台。

"抱歉，我迟到了，"阿加莎·艾弗哈特轻快地说道，"我得去接个朋友。"她摸了摸北极绝唱雪白的脖颈，忍不住笑出了声。

"我以前好像没见过阿加莎笑，"博比说，"这可叫人不太放心啊。"

"她这是……比衣柜里的蛀虫还开心？"弗洛说。博比立刻鼓掌。

米切尔摇摇头："哎，你怎么也这样了。"

"我教了她不少本土的俏皮话。"博比骄傲地说道。

斯堪德知道这句根本就不是什么本土的俏皮话，但他心事重重，顾不上拆博比的台。他看着雷克斯·曼宁迎向阿加莎，看着北极绝唱在银光女巫身旁站定，努力地按捺住心底的忧虑。雷克斯释放了北极绝唱，尽管他妈妈的去世要归咎于另一名驭魂者——织魂人，她杀害了他妈妈的独角兽，让他的妈妈悲痛而终。

肯纳在银色要塞接受调查时，他对她也一直很好。斯堪德不得不相信，雷克斯和他爸爸不一样，后者满腹偏见，现在已经被关起来了。身为织魂人的儿子，斯堪德知道自己最应该明白这一点：孩子不必为父母的错误负责。

奥沙利文教官吹响了哨子，但没什么用。英少生们的独角兽为北极绝唱的出现惊讶了片刻，随后就恢复了老样子——咆哮，尖叫，乱用元素魔法，一团混乱。

"你们或许已经发现了，"奥沙利文教官大声喊道，"暑假期间，你们的独角兽变得不那么听话了。"

"真是轻描淡写。"米切尔咕哝着。红夜悦的四只蹄子都燃起火苗了。

"在步入英少生这一年，独角兽的叛逆是很常见的。它们已经足够了解你们，懂得如何试探你们。它们也很聪明，知道自己拥有的本领和能量。坦率地说，它们非常机灵，知道用不着完全按照你们的命令去做。"

"不是还有联结吗？"法鲁克高声问道，"毒雾最后还是会听我的吧？我们共享情绪啊！"这位驭土者显然有点慌，他紧张地摆弄着发辫上的百里香枝杈。

奥沙利文教官摇摇头："不能仅仅依靠两颗心之间的联结。你们必须好好维护魔法之外的关系，必须在你们之间建立起信任，要让你的独角兽明白，为什么要照你说的做，为什么要和你一起战斗。要向它展现你们共同的未来。这就是凌云树堡要求所有英少生参加混沌联考的理由。韦伯教官，请吧。"

英少生们久候的一刻终于来了。

"衷心祝贺诸位，你们在凌云树堡的训练进入了第三个年头。"终于获得了全体学员的高度关注，韦伯教官很是欣慰。

"赶紧说呀。"博比咕哝道。鹰怒拍拍灰色的翅膀，表示赞同。

韦伯教官高踞瑶尘背上，冷冷地看了他们一眼。"英少生这一年是最残酷的一年。首先，每个元素季节都有测试，你们要在四大区域分别通过相应的考验。这些考验和测试将把你们置于不同且通常很危险的情境，以强化你们与独角兽的关系。"

"危险？"弗洛尖声道。

四个季节。四大区域。巨大的失望包围了斯堪德。混沌联考仍然以四元素为准，没有第五种。

韦伯教官用沙哑的声音继续说道："在整个联考过程中，你们必须利用目前已经掌握的元素魔法，依靠知觉、勇气和技能，迅速适应新的环境。如果能通过联考，你们与独角兽之间的联结——无论是魔法上还是情感上——都将更加牢固，为你们在凌云树堡的最后两年以及最终获得参加混沌杯的资格打下基础，做好准备。"

天庭海鸟哼了一声，奥沙利文教官接过话头："要从第三年迈入第四年，从英少生成为若成生，骑手必须在通过联考的同时集齐四枚四分石——土、火、水、风各一枚。"

除了阿加莎尴尬地左顾右盼外，每位教官都配合着这些讲解摊开了左手手掌。英少生们立刻惊叹连连。教官们各自托着一块闪亮的石头，颜色与他们的结盟元素相应。这些石头就像大块的宝石，棱线锋利，切面光滑，映着清晨的阳光闪闪发亮。米切尔曾说过，联考与什么石头有关，但斯堪德没想到，它们竟然如此美丽。奥沙利文教官向前走动时，他看见那颗晶莹剔透的蓝色宝石上刻着象征水元素的水滴符号。

"关于四分石，有三个要点。"曼宁教官第一次发言，有些紧张，"第一，它们是圣物，象征着离岛能量的源泉——元素。联考间隙，你们收集到的四分石要交由银色要塞保管。"

怎么能交给银环社呢？斯堪德心想。

"第二，你们可能很好奇，为什么我们允许这些正值叛逆期的独角兽靠近四分石，毕竟，这些四分石可是珍贵的宝物。"玩笑一般，雷克斯突变的双颊闪过丝丝电花。

队伍里一阵窃窃私语，是玛丽萨、艾莎和伊凡。驭火者艾伯特曾和他们是一个队的，但可惜的是，他在初出生那年就成了游民。

艾莎抚摸着翡翠匕首，感叹道："曼宁教官人真好啊，不是吗？"

"我想知道他有没有女朋友。"玛丽萨若有所思地推了推蓝框眼镜。

骑着浮雪的尼亚姆"嘘"了一声，让她们安静。这位驭水者的耳朵上各有一枚冰刺，就像戴了一对很酷的耳钉——她可是个不好惹的角色。

新任驭风教官继续说道："很幸运，四分石是不可毁灭的。它们在离岛的历史和独角兽一样漫长。传说是开鸿骑手的曾孙女初次设置了混沌联考，并将四分石首次应用于第三年的训练。凌云树堡延续了这一传统。最后一个要点是——"只听"当"的一声，雷克斯将那枚黄色宝石贴在了自己的胸甲上，"四分石是有磁性的！一旦获得了四分石，就要将它佩戴在显眼的地方，直到该轮考验结束。"

"雷克斯说得好像我们得抢石头似的，"弗洛担忧地对左边的斯堪德说道，"难道不是每人都能有？"

"根据我查到的资料，我对此表示怀疑。"米切尔神色凝重，尽管红夜悦刚刚冲着他的脸打了个嗝——很响。

安德森教官总结道："联考结束后，集齐四种四分石的骑手将升为若成生。没能集齐的骑手须在凌云树堡的入口处等待，看看你的同伴是否愿意救你——他们或许有额外的四分石，刚好能补足你所欠缺的。若能最终集齐四枚四分石，就可以重新进入凌云树堡，否则，就只能成为游民了。"

"我一定要多弄一些，多多益善。"博比自言自语，"那该多威风啊！"

"如果允许多拿，那么就意味着大家要争夺四分石了。"弗洛焦虑地说。

米切尔还算比较有信心："我觉得主要还是靠策略。"

一想到可能再也不能回到凌云树堡，斯堪德就害怕极了。尤其是，他能不能进入第五年的训练，决定着魂元素的未来。

韦伯教官的话让他们忧上加忧："英少生这一年淘汰的骑手最多。真正的骑手就诞生于混沌联考之中。小队会打散，友谊会破裂，侠义会让位于野心。你们中的很多人都会失败。但对于成功者来说，每获得一枚四分石的代价会是什么呢？凌云树堡中的一席，和这些代价相比，孰轻孰重呢？"

奥沙利文教官翻了个白眼："不错，多谢你，韦伯教官，真是鼓舞人心。"

他优雅地颔首，长满青苔的脑袋一晃，毫不在意她的挖苦："混沌联考以元素季节为序，排在最后的是长风考验，届时你们的家人也将受邀前来。"

斯堪德一阵兴奋，心里暖融融的：也许爸爸和肯纳可以一起来看他的比赛？

奥沙利文教官等大家的窃窃私语平息下来，继续说道："所以，你们第一个要面对的就是九月中旬的丰土考验。"

"只剩两个星期了！"昨日幽灵背上的扎克嚷道。

奥沙利文教官没理他，自顾自地说下去："在那之前，训练以四人小组为单位进行。你们将分组练习空战。到了四大区域，你们可能需要盟友，这些前期课程的目的就是教会你们如何协作。教官们今天主要是观察你们的水平。要当心些，独角兽可能仍然会叛逆违令。未能组成四人小队的骑手，请即刻来找教官。"

怕什么来什么，斯堪德的四人小队偏偏对上了敌意小队。

"看阿拉斯泰尔的表情，"宣布对战开始时，弗洛说道，"他好像恨不得杀了我们似的。"

"他那张脸一半都是石头，想和气都和气不起来。"斯堪德说道，这时红夜悦悄悄靠近了福星恶童。

"咱们这么办。"博比轻快地说，"斯堪德和弗洛搞定梅伊和安布尔，米切尔和我去打阿拉斯泰尔和科比。"

"好主意。"米切尔说，"按这计划办，咱们就能用最擅长的元素对战他们最不擅长的元素了。"

然而，斯堪德观摩前面两个四人小队对战时，对这个计划渐渐失去了希望。骑手们很想对战，可他们的独角兽根本不听招呼。

归星和普利斯女王不肯对决，转而一起冲着风元素凉亭发射闪电，想要炸掉它，马里亚姆和加布里埃尔束手无策。野火蝶螈没有按照骑手沃克的命令行动，躲开了萨莉卡和赤道之谜，因为它盯上了一只美味的鸟。场边的教官们偶尔会大声给出建议，但斯堪德觉得骑手们肯定听不见。最终，直到对战结束，也没有哪一方占明显优势，分不出胜负。

接下来，哨音一响，敌意小队就要对战斯堪德及其伙伴们了。八头独角兽大吼着向前冲去，挥动着翅膀，扑向对方。嘶吼声响彻天空，震得斯堪德的肋骨不断撞上铠甲，都要散架了。不出他所料，骑手们的计划瞬间就变成了乌烟瘴气的混战。

冰王子、亲亲睡美人和寻暮径直冲向银刃，准备先解决掉最

第三章 四分石
-047-

强大的银色独角兽。安布尔和梁上旋风则掉转方向,朝着博比和鹰怒来了。正围攻弗洛的科比、阿拉斯泰尔和梅伊一脸惊讶,显然,安布尔没按照他们原定的策略行动。

银刃在空中扬起前蹄,冲着攻来的对手咆哮。弗洛拉开全副防御架势,铠甲银光闪闪。她举起手掌,接连不断地撑起盾牌:冰盾消解了梅伊的一排火箭,沙盾挡住了阿拉斯泰尔密集的岩石,火盾融掉了科比挥向她胸前的硕大冰刀。她的防御很完美,但三对一,让她一直找不到反击和回撤的空隙。

斯堪德四顾寻找博比和米切尔,只见博比和安布尔在风元素凉亭上方缠斗正酣,米切尔……好吧,红夜悦显然打算睡个回笼觉,正毅然决然地往凌云树堡的树林飞去。所幸福星恶童还算听话,于是斯堪德决定先不管另两个小队成员,不动声色地靠近了银刃。

斯堪德经由联结召唤魂元素,掌心泛起了白光。那三位骑手及其独角兽之间绳索般的联结立即呈现出了绿色、红色和蓝色。只有驭魂者能够看见联结、操纵联结,斯堪德决定好好发挥这一优势。

他将魂元素捧在双手之间,然后从掌心这闪耀的光团中抽出纤细卷曲的三股。螺旋状的能量蜿蜒注入了敌方骑手的心脏,注入他们的联结,攫住了其间的元素,他们手中的亮光随之熄灭。整个夏天,其他英少生都在休假,斯堪德的魂元素训练却一直没停。他听见地面上的阿加莎欢呼起来,便知道努力没有白费。

弗洛抬起头望向斯堪德，时间仿佛瞬时停住了。他耸耸肩，她咧嘴一笑，随后以冷静和果决的态度毫不留情地投入了反击。她抛出一股强大的龙卷风，旋涡渐大，逼近对手。她向风中发射沙箭，龙卷风裹挟着元素碎片，愈发庞大。

雪白的冰王子不肯跟银刃对决，猛冲回地面，任凭科比怎么喝令它返回战场，它也不愿再面对强大的银色独角兽。银刃咆哮一声，口中几乎喷出了一条瀑布，像打保龄球似的把亲亲睡美人撞了出去。难道弗洛没控制好？斯堪德先是看见她一脸惊慌，紧接着就瞥见梅伊和亲亲睡美人朝着自己摔过来。

斯堪德迅速召唤风元素，塑造了一支三叉戟，锋刃间缭绕着电花。他本想瞄准梅伊的胸甲，但福星恶童似乎另有打算。

黑色独角兽飞到了亲亲睡美人头顶上方，高得超出了斯堪德能够达到的射程，接着疾速俯冲向地面。

"福星恶童！"斯堪德大喊，"你要干什么？！"然而眼看就要坠向地面时，福星恶童一扬脖子，又猛然飞回空中。斯堪德想让它掉转方向，回到亲亲睡美人那里，他将渴望结束战斗的意图注入联结，可福星恶童回应给他的却是一种紧张的兴奋。这头黑色独角兽此刻就想叛逆一把。

与此同时，博比和安布尔双双回到地面，正在黄色凉亭不远处对战。她们似乎势均力敌。博比胳膊向后摆，正准备投出一支燃烧着的火焰长矛，而鹰怒却扬起前蹄挺立，把博比从亨宁-多佛家族特制的鞍座上甩了下去。她重重摔在地上，铠甲轰地发出一

第三章 四分石

声闷响。训练场上一片死寂。鹰怒可从没摔过博比。

福星恶童总算愿意听从斯堪德的命令,折返战场。只有阿拉斯泰尔和寻暮还在战斗,但面对弗洛和银刃,显然已经慌了神。阿拉斯泰尔表情狰狞,全力将他那一向可靠的钻石利斧投向弗洛。这时,米切尔总算搞定了红夜悦,从凌云树堡赶回来,飞向寻暮。

砰!

亮晶晶的钻石碎片像雨点般从斯堪德身边擦过。

钻石利斧被半空中的弗洛炸了个稀烂。

地面传来了对战结束的哨声。

"看看,多有趣啊!"红夜悦着陆时,米切尔阴阳怪气道,"看来他们说独角兽也会叛逆可不是开玩笑。"

"我觉得自己又变回初出生了。"斯堪德咕哝着。要是福星恶童连飞对方向都做不到,他还怎么通过混沌联考啊?

"初出生弗洛可炸不掉那个斧子。"米切尔说,"钻石是世界上最硬的矿物。她到底是怎么办到的?"

"她是银骥骑手。"斯堪德小声说道,心里则为弗洛担心,不知她这"叛逆一年"会怎么样。银色独角兽在战斗中意外杀死自己的骑手的恐怖故事太多了,所以最终能参加混沌杯的银骥骑手少之又少。

"大家都还好吧?"弗洛赶过来问道。银刃的眼睛还在冒烟。

博比步履蹒跚、一脸沮丧地缩在后面,鹰怒看上去窘迫不安。斯堪德竟感到些许安慰:博比的完美独角兽也未能幸免英少生时期的叛逆。

"博比!"弗洛追问道,"你还好吗?"

"不想提。"博比咕哝道,她的头发被安布尔的闪电攻击电得乱糟糟的。

"突然觉得当独角兽骑手有点儿不安全,是吧?"米切尔说。

弗洛差点儿笑出来。"什么叫突然觉得不安全呀?为什么你们都不太高兴?咱们小队赢了啊,不是吗?我还以为你们都喜欢赢呢!"

"狭义地说,我们确实赢了。"米切尔承认道。

"敌意小队的独角兽比我们的叛逆多了。"博比说。

斯堪德听着大伙儿努力地挖掘优势,仿佛看到不明朗的未来也有路可走,心里重新迸发了希望。自从来到这里,他们就一直齐心协力,克服了各种困难。独角兽陪着他们经历了一切。他们的联结非常牢固,哪怕此刻独角兽正在考验骑手。在这一年里,这情感的基石将是重中之重。

"你们知道吗?"斯堪德笑了,"我觉得咱们在混沌联考中颇有希望呢。"

半个小时后,斯堪德、博比、米切尔和弗洛冲回了他们的树屋。"你们干吗这么着急呀?"肯纳莫名其妙。

训练结束时,韦伯教官很随意地提起,丰土考验的说明已经钉在了各屋的布告栏里。

"待会儿再解释！"斯堪德大声说。果然，在就餐安排、训练时间表和果酱超额通知单当中，有一张染成绿色的纸，上面写着：

> 土是慷慨、多产的元素，其核心是公平。因此，在第一项考验中，关键是合作。每一名英少生都可以领到一枚丰土四分石，完成考验时必须将它佩戴在铠甲上明显的位置。四人小队，成败与共：只要有一名成员没能保住丰土石，即视为整队失败。
>
> 攻击他人是无效的——土地的贡献足够每个人享用。它将以慷慨奖励那些共同努力、战胜最大恐惧的人。它的奖励将使前方的道路变得更加平坦。

"攻击没用，"弗洛松了口气，"好像还不赖。"

"只是你觉得还不赖吧。"博比哀怨地说，"合作可不是我的强项。"

"可到底要我们做什么呢？还是没说清啊。"斯堪德抱怨着。肯纳也在一旁看了看说明。

"唔，明确的讲解是从来没有的，斯堪德，这地方可是凌云树堡,没有什么是简单的。"米切尔嘲讽道。

"总之大家开始时都有丰土石,挺好的。"弗洛努力地保持乐观。

"四个人都通过考验才能保住自己的石头,"米切尔又读了一遍,说道,"这是我唯一不太明白的,也是最怕的。"

"这就是你们之前一直担心的那个英少生的挑战吗?"肯纳问。

"对。"米切尔说着已经朝书架走去。

斯堪德突然想起来,他离开凌云树堡去参加丰土考验的那天肯纳刚好要去银色要塞接受突变调查。要是他们就此把她关在里面怎么办?他咽了口唾沫:"小肯,我不想留下你,可是——"

肯纳笑了:"我没事的,小堪。你只是去一两天嘛,别担心。"

"说句公道话,肯纳,"博比狡黠地说,"毕竟你昨天才毁了游民树啊。"

"啊,是啊……"肯纳尴尬地小声应着。

"等我们回来时你还会毁掉什么呢?让我们拭目以待!"博比大呼小叫地喊道。

肯纳向后一仰头,大笑起来。她笑得那么自在,让斯堪德忍不住相信一切都会好起来的。

肯纳

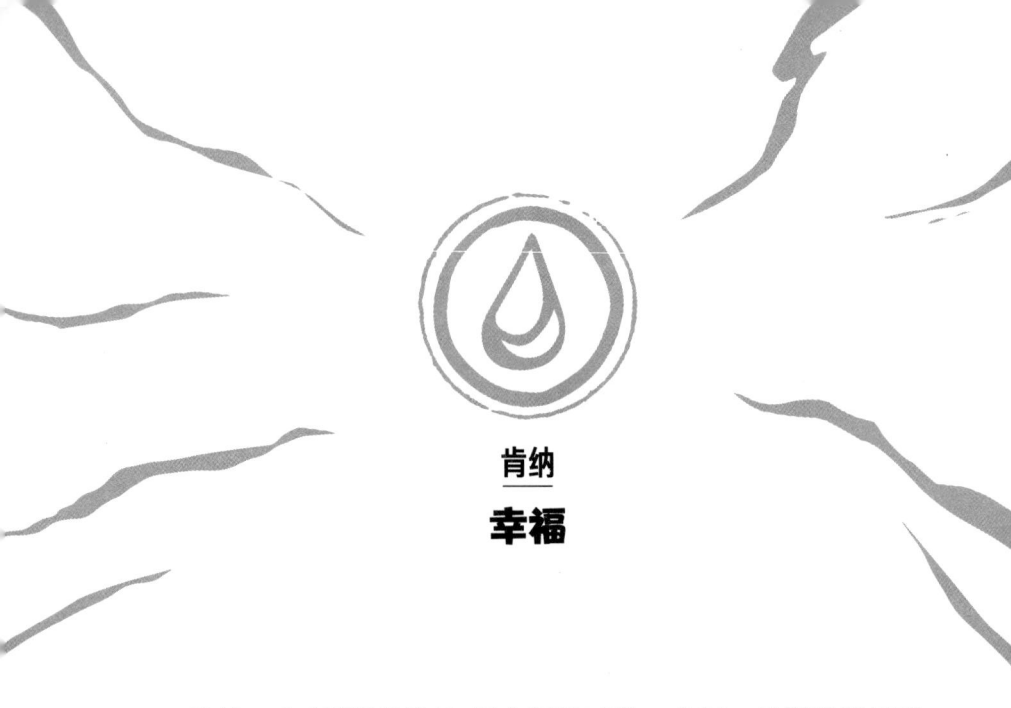

幸福

肯纳·史密斯渐渐记起了幸福的感觉。幸福,是斯堪德见到她时露出的微笑,是独角兽与骑手的联结中那令人安心的搏动,是苍鹰之恨的翅膀拂过脸颊的轻柔。

幸福,是可能。作为初出生参加训练的可能,被接纳的可能,最终归属于某处的可能。

幸福,是缠绕在她右臂上的土元素突变,是力量的生发,是摸索着手掌上的伤痕,想起她终于登上了离岛。

幸福,是梦想。梦想着未来拥有自己的队友,梦想着拥有可称作"家"的树屋,梦想着不再需要梦想,因为一切皆已实现。

游民树倾覆一周之后,肯纳走在凌云树堡的围墙里,心里翻腾着这些念头。当时她害怕极了,尤其是随后而来的突变带来的剧痛。可现在，事情却变得有些……微妙。正如博比所说，反正大家都讨厌那棵树。那棵树记录着失败。

肯纳打开了苍鹰之恨的围栏门，荒野独角兽轻轻地喷着鼻息——是欢迎还是警告？她不确定。她和独角兽警惕地打量着彼此。苍鹰之恨自卫般伏下脖颈，压低透明的兽角，嶙峋的肋骨戳着皮肤，不安地扭动着。肯纳摊开双手，仿佛在说"我不会伤害你，我不会让你再痛苦"。肯纳现在已经明白，每次他们相见，她都需要重复这套操作。但学习这些步骤，她心甘情愿。

肯纳不知道拥有命定的联结是什么感觉。她不知道别的骑手望着独角兽无底深渊般的眼睛时，是否也有恐惧涌上心头。她不知道别的骑手伸手抚摸独角兽的脖颈时，是否也会触到死亡的冰冷。她确切知道的是，别的骑手不曾被两个幽灵纠缠：一个是极外野地命定独角兽那幽灵似的呼唤，另一个是永远没资格打开孵化场大门那幽灵般的噩梦。

肯纳怀疑，面临如此困境的，只有她和苍鹰之恨。有时，她很为这条织造出的联结自豪：发掘它的能量，察觉它的局限，全凭她自己。有时，她又害怕会因它而遭受孤立——就像艾瑞卡·艾弗哈特警告过的那样。不过，她尽量不去想起妈妈。她想假装，至少现在，假装和斯堪德幸福地生活在凌云树堡。如果她装得足够努力，也许——假以时日——假的也能变成真的。

肯纳把手伸进口袋，掏出一颗绿色的果冻软糖——是从斯堪德那儿偷偷拿的。

她把糖放到苍鹰之恨眼前，独角兽哼了一声，腐臭的黑烟缭绕在她手腕处穿肉破皮而出的藤蔓上。她已经习惯了荒野独角兽的气味，和其他难题相比，这不算什么。

肯纳慢慢地把糖挪到掌心，遮住了苍鹰之恨的兽角刺出的伤口。伤口仍然没有愈合。她现在知道了，这个伤口永远不会愈合。

"来呀，小苍鹰，"肯纳好声好气地哄着，"福星恶童就喜欢吃这个，你不想被那个趾高气扬的家伙比下去吧？"她向前靠近一步，伸直了胳膊。

苍鹰之恨血迹斑斑的牙齿一闪，从肯纳手里衔走了果冻软糖。

"这就对了，小苍鹰！"肯纳叫道，"你真棒！"

苍鹰之恨快活地哼唧了几声，抬起蝙蝠翼膜似的翅膀，准许她的骑手靠近些。肯纳心中迸发出纯然的喜悦——她终于可以安心地搂住苍鹰之恨的脖子，享受蜜色羽毛拂过胳膊的触感。

"咱们不会有事的，小苍鹰，你等着瞧吧。"

返回奥沙利文教官的树屋时，肯纳在高处的平台上停留了一会儿，眺望着凌云树堡闪烁的吊灯，亮光映着树干外包裹的铠甲。她常在这里驻足，就为了看一眼这特别的景色。

弟弟的树屋有一扇圆形的窗户，它亮着光，像一座欢迎她的灯塔，从层层叠叠的枝杈、树屋间凸显出来。肯纳喜欢凝视那扇窗户，哪怕她不久前还跟斯堪德的四人小队待在一起。那温暖的灯光提醒着她，斯堪德在这里，只隔着几个摇摇晃晃的栈道和歪歪扭扭的梯子。他就是她的家。现在她想回就能回。

第四章
丰土考验

"还要我跟你说多少遍？"阿加莎厉声说道，"今年我的课程重点是实战魔法，不是修补魔法。"

"可是——"

"非得我提醒你通过混沌联考有多重要吗？虽然你这小肩膀又瘦又弱，可重任就在你肩上——将魂元素带回离岛的重任！"

斯堪德叹了口气："我明白。"他当然没有忘记初出生那年与阿斯彭·麦格雷斯司令谈判的结果。如果他能完成凌云树堡的训练，那么孵化场就不再将他和肯纳这样的驭魂者拒之门外。可是，肯纳现在不能算是真正的驭魂者了。这正是他渴望多多了解补魂者的原因。

"回到正题吧，好吗？"阿加莎恢复教官的语气，以示补魂者的话题到此为止。斯堪德只好暗下决心，以后一定要缠住她问个清楚。

现在是九月中旬，这是斯堪德参加丰土考验之前的最后一次魂元素训练。

"现在我要和北极绝唱一起做示范。我觉得你会喜欢的。"阿加莎骑上她的白色独角兽，走向水元素训练场中央，白色的教官斗篷和北极绝唱的腰背融为一体。阿加莎热衷于示范，因为她只能在教斯堪德的时候使用魔法。这是雷克斯和她达成的协议。

"给你看看我们今年的教学计划。"阿加莎将珍珠般光润洁白的魂元素召唤至掌心，它越来越亮，她的身体也随之发光。她身下的北极绝唱也是如此：它翅膀白得耀眼，魔力透过肌肉，映出了结实的骨骼。虽然不知他们要做什么，但这巨大的能量叫人叹为观止。

这时，转瞬间，骑手和独角兽都变成了两个。

斯堪德眨眨眼睛，可看到的还是这样的画面：两个阿加莎和两个北极绝唱包裹在魂元素的魔力中。福星恶童困惑地尖叫起来，斯堪德也分不清哪个是真的，直到魔法失效，假的那对才消失。

阿加莎看着斯堪德满脸惊讶，得意地一笑，骑着北极绝唱走近了福星恶童。

"你是怎么……有两个你和它……"斯堪德语无伦次。

"观察得不错。"阿加莎挖苦道。

"能不能现在就教我？"斯堪德急切地问。他在想，要是有两个自己，那参加混沌考验可就容易多了。

"别不自量力。我已是炉火纯青的驭魂者,斯堪德。分身术需要巨大的能量和高度的专注。首先你必须明白,这是通过联结进入另一名骑手的神志,让他们看到并不存在的东西——操纵他们的意识。"

"好吧好吧。"斯堪德不耐烦了。他并没有真正理解她的话,只想催她往下讲。

"所以我们一步步来,先学习如何把你的声音传到其他骑手的耳朵里,这叫作'魂语'。"

斯堪德半信半疑,觉得阿加莎在开玩笑。

见他不信,阿加莎解释道:"这是驭魂者专属的一种古老的干扰技巧,在对战中非常有用。我演示给你看。"

阿加莎骑着北极绝唱,小跑着来到了蓝色凉亭对面。"我应该干什么啊?"斯堪德大喊着问道。但阿加莎只是举起一根手指压在嘴唇上,随后在掌中召唤了魂元素。

斯堪德恼火极了,气鼓鼓的。

"你这表情像是便秘了。"

阿加莎的声音清清楚楚地在他右耳旁响起,斯堪德不禁回过头,想看看她是不是溜到了自己背后。然而,没有。她和北极绝唱仍然站在三百米开外。斯堪德后脖颈上的汗毛都竖起来了。

"该你了。"阿加莎说。她的声音又换到了另一侧,把斯堪德吓了一大跳。

他们练习了一个多小时。阿加莎告诉斯堪德,召唤魂元素之后，要将意念专注于他想让对方听到的东西上。不是完整的句子，而是单个的音节。斯堪德越来越沮丧，因为阿加莎一次次地摇头，表示没有听到他的声音。福星恶童觉得无聊，兽角频频射出闪电，可这也没什么帮助。

后来，斯堪德气极了，他生自己的气，生阿加莎和福星恶童的气，忍不住在心里吼道：啊啊啊啊——

这回，阿加莎连忙捂住了左耳。"哎哟！"她叫道，"别这么大声！"

她骑着北极绝唱跑过来，微风吹起一缕缕棕发，拂过她的脸。"好了，总算初见成效了。不过，斯堪德，"她的语气严肃起来，"你必须注意音量。过去曾有些驭魂者冲着对手的耳朵尖叫，这是被人不齿的，因为那真的会伤害到别人。要时刻记着对抗魂元素的阴暗面。"

斯堪德心里一凛："对不起！没伤到你吧？"

阿加莎失笑："没事的，你还是个小不点儿呢！别担心。"

课程剩下的时间里，斯堪德用魂元素塑造了各种兵器：夺魂马刀、摄魂弓箭、劈魂利斧、刺魂长矛、散魂狼牙棒。

"你学得挺快的。"快下课时，阿加莎点评道。她几乎露出了笑意。

斯堪德决定趁她心情好的时候提点儿请求："阿加——"

"是艾弗哈特教官。"她纠正他。

"我想多多了解补魂者的原因是——"

"你想修复肯纳和她命定独角兽的联结。就是去年我们训练时闯来的那头灰斑独角兽。"

斯堪德呆住了。

"我几乎每天晚上都能看见你泡在福星恶童的马厩里。你以为我猜不到吗？"

"猜到就猜到呗！"斯堪德小声嘟囔道。

阿加莎无奈地揉了揉突变的脸颊。第一次相见时，斯堪德还以为那是一块伤疤，但现在他自己的前臂上也有一片能看到骨骼的透明突变，真不敢相信当时怎么就没想到。"我跟你说过多少遍了，那些梦境很危险。你就不能等到以后有经验了再说吗？就算你不愿意来找我，至少也要找个人陪着你，随时叫醒你。几天前的夜里，要不是我拼命地敲福星恶童的栏门，你还得一直疼得嚷嚷呢！"

"你一直关注着我呢，是吗？"斯堪德有些高兴。

阿加莎闪烁其词，不太想承认："我……我只是睡不着罢了。"她叹了口气，又说："我知道你担心你姐姐。我也担心。可她和苍鹰之恨之间已经有了联结。"

"可他们还是不准她参加训练！而且，现在又出了游民树的事——"

"是啊。我听说是因为肯纳的荒野魔法毒害了它的树根。就我个人而言，确实不觉得这是什么重大损失，反正我一向对花花草草也没什么感情。"

"那肯纳的另外几种突变呢？她最后会不会……失去人性，变成织魂人那样？"

"生米已煮成熟饭——她已经有了联结，斯堪德。"

他犹豫了。他还没跟阿加莎提过把肯纳和荒野独角兽分开的想法。如果诚实地面对自己，他会为自己迫切地想赶走苍鹰之恨而感到羞愧。他拿不准阿加莎会怎么想。

他决定冒险一试："如果……切断肯纳和苍鹰之恨的联结，修复她和她命定独角兽的联结，会怎么样？对她来说，这样不是更安全吗？"

阿加莎目不转睛地盯着他："这远超英少生驭魂者的能力。"

斯堪德的心脏怦怦直跳："有可能实现吗？伪造的联结，能不能切断？"

两人之间的空气仿佛在微微震动。

"我不知道，"阿加莎最终说道，"但我觉得这不仅仅是切断和重建联结那么简单，事情要复杂得多。你是在考虑杀死苍鹰之恨吗？我记得上一次有人杀害荒野独角兽时，后果可非常严重啊。"

"没有！"斯堪德怕极了，大喊道，"我没那么想！当然没有！"

"无所谓，反正也没有人能找到尸骨手杖的碎片。"

斯堪德努力地想让对话进行下去，他灵机一动。

"其实，也不一定非得切断肯纳和苍鹰之恨的联结吧？要是直接修复她和那头灰斑独角兽的联结呢？唔，像织魂人那样。艾瑞卡不就有两条联结吗？她身上就没有荒野突变。说不定这真能奏效！"

阿加莎绷紧嘴唇："永远，不要，重蹈，覆辙。"北极绝唱陡然逼近，吓得一旁的福星恶童闪开了。

"为什么？"

"你是真的想问我吗？"阿加莎大发雷霆，"难道我没告诉过你，艾瑞卡逃到本土，是为了躲避那头愤怒的荒野独角兽？难道我没告诉过你，因为我的姐姐更重视她与彼岸血月的联结，所以触怒了它？"

"可肯纳不会那么做的！"斯堪德反驳道，"她会同样爱它们两个！"

"那你告诉我，如果可以选择，离岛允许肯纳带进凌云树堡参加训练的，会是哪头独角兽？哪头独角兽更有可能获得角逐混沌杯的资格？肯定不会是荒野独角兽，对吧？"

斯堪德满脑子都是恐怖画面：肯纳骑着灰斑独角兽踏上了混沌杯的赛道，而荒野独角兽被驱逐到了极外野地，渐渐被愤怒和痛苦吞噬……

"斯堪德，我们只有一个灵魂，"阿加莎冷然道，"没有哪个骑手能够以同样完整的灵魂去爱两头独角兽。没有哪个骑手能够绝对平等地对待它们，尤其是在这座憎恨荒野独角兽的岛上。我决不允许你重演那段历史。"

"好吧，"斯堪德咕哝道，"对不起。我没想那么多。"

出乎意料地，阿加莎探手越过北极绝唱的翅膀，按住了斯堪德披着铠甲的肩膀："忘掉这个念头。如果进展顺利，肯纳会带着苍鹰之恨留在凌云树堡，参加训练，学习控制魔法。有朝一日，我也会教你修补的本事。但是现在，你必须全身心地应对混沌联考。答应我！"

"我答应您。"斯堪德说。他是认真的，至少现在是。"对了，艾弗哈特教官——"

"雷霆密布！又怎么了？"

斯堪德撇了撇嘴——她这语气很像米切尔。"我们不是得在联考时收集四分石嘛，我在想——"

"有没有魂元素的石头？"阿加莎扬起细细的眉毛。

斯堪德等着她说下去。

"净魂石也曾用在混沌联考中——曾经也有净魂考验。但现在全部不复存在了。银环社将它们销毁殆尽了。"

斯堪德皱起眉毛："雷克斯·曼宁说，这些宝石是不可毁灭的。"

阿加莎耸了耸肩："去年之前，人们还都以为荒野独角兽是杀不死的呢。只要银环社想除掉净魂石，那他们肯定能找到办法。相信我，我可是他们当年想要除掉的人。"

英少生们半夜就起床了，摸着黑奋力穿好铠甲，给睡眼惺忪

的独角兽系好肚带，然后排成一队起飞。领头的是三名教官：韦伯、安德森、艾弗哈特。月光之下，斯堪德视野中的四极城渐渐被丰土区富饶的农田取代，而后是高沼地，接着是起伏的丘陵，最后是山脉。他将注意力集中于福星恶童振翅的声音、它鼻息的节奏、靴子底下的铠甲发出的叮当声上。他平静下来，努力不去想前一晚和肯纳告别的情景，也不去忧虑即将到来的考验。

三十六对英少生和独角兽于黎明前集结于山脚下，等待指令。到场的还有两组医师，一组负责骑手，一组负责独角兽，这让斯堪德更加紧张了。

韦伯教官特意清了清嗓子："今年的丰土考验是一场登山赛，等待你们的，是丰土区最具挑战性的山峰——"

英少生中传出一阵窃窃私语。斯堪德旁边是弗洛，她自言自语地嘀咕道："千万不要是不宁山，千万不要是不宁山，千万不要是——"

"不宁山！"韦伯教官指了指左侧的高山，"这座山是有魔力的。据那些曾经登上顶峰的人说，它似乎很不情愿被人攀登。在你们脚下，山地可能会变化，山路可能会被堵死，涓涓小溪可能会毫无征兆地掀起洪流。"

"可是，骑着独角兽直接飞到山顶不就行了吗？"人群中传出安布尔刺耳的声音。她和斯堪德一样，也是疾隼队的成员，此时两人的心思一模一样。

"此次考验禁止飞行。教官们会在附近的空域中巡查，一旦发现有人违规飞行，就会没收其丰土石。明白了吗？"

"明白了，教官。"英少生们不情不愿地应道。

"这次考验考察的是耐力、毅力和团队精神。这些都是骑手在混沌杯赛场上获胜所需要的。不过在这里，与其他骑手争斗是没有好处的。关键是控制好你的独角兽，不要偏离正确的路。骑手和独角兽需要彼此信任，才能获得成功。每个骑手都将领到一枚丰土石。四人小队必须带着各自的丰土石在日落之前到达不宁山的山顶，才能留住它。还有件重要的事：第一个到达山顶的四人小队，另有奖励。"

斯堪德看见博比已经坐不住了，急着要出发，鹰怒则不停地扭过头去啃她的靴子。

"我真的不喜欢高处。"米切尔低声对斯堪德坦陈。

"你可是独角兽骑手啊！"斯堪德惊讶地说道，"会飞啊！"

"那不一样。"米切尔咕哝着，"站在高处，可能会掉下去，那不一样。"

"你也随时有可能从红夜悦背上掉下去啊。"

"哦，谢谢你，真会安慰人。"米切尔气哼哼地说。

"快过来领你们的丰土石。"韦伯教官喊道。他打开了绑在巴迪莎家族特制鞍座上的绿色抽绳袋，萨莉卡、加布里埃尔、扎克和梅布尔立刻围了上去。

安德森教官和艾弗哈特教官也带着绿色抽绳袋。阿加莎没理睬那些围上来的骑手，径直走向斯堪德的四人小队。

她将绿色的丰土石递给斯堪德时，在他耳边轻声提醒："当心。不要惦记别人的石头。如果觉得哪个队要抓你，就躲起来。"

"可这不是丰土考验吗？"斯堪德不明白，"不会有人攻击别人吧？我们要担心的应该是如何控制好独角兽吧？"

阿加莎冷冷地看着他："别犯傻，斯堪德。混沌联考会使骑手变得冷酷无情——这正是其意义所在。人是贪婪的。不错，土元素应该是宽和的，但这不意味着你可以放松警惕。人人都想争第一，人人都想得到奖赏。懂吗？"

见安德森教官走近，她躲开了。安德森教官送来了登山包，里面装着防水装备、毯子、水、食物和指南针。包里还有一张地图，标出了通往山顶的路线。米切尔把它捂在胸前，也不知是冲着谁，轻声说了句："谢谢。"

斯堪德观察着其他英少生，想看看他们是不是也像他一样惴惴不安。至少，他还有博比、弗洛、米切尔壮胆，而有些小队，在过去两年里，有一名甚至两名成员成了游民，就只能缺员上阵，去应付四人齐全的小队。他瞥了一眼阿贾伊和幽抑杀机，他们被安排到缺了艾伯特的玛丽萨、伊凡、艾莎一队，看上去尴尬极了。

"把四分石佩戴在铠甲上，确保它一直可见！"安德森教官喊道。

绿色的四分石扣上了骑手们的胸甲，霎时叮当声一片。

"我们会时刻监督！"阿加莎警告道。北极绝唱、瑶尘和沙漠火鸟随即飞起，绕着山峦兜起了圈子。

米切尔迟疑道："那咱们……"

"冲啊！"博比嚷嚷着一马当先。四人小队向着不宁山下冲去。

一进入茂密的山林，英少生们就分散开了。斯堪德、博比、弗洛和米切尔确认无人偷听后，就将四头独角兽聚拢，一起打开了地图。

"这条路是最近的。"米切尔在地图上画出一条路线，然后看了看指南针。

"能出发了吗？"博比不耐烦地问，"其他小队都要领先了。"

"博比，这次考验不在于谁能抢先，"弗洛说，"在于能不能活着到达山顶……"她棕色的眼睛里满是惊恐。

"这只是一座山啊，弗洛伦斯。"博比不屑一顾。

"这并不'只是'一座山！"弗洛严厉得都有点儿不像她了，"这是不宁山。我生在丰土区，长在丰土区，我知道关于它的故事。"

"什么故事？"斯堪德紧张了。

"这座山是活的。它不愿意让人们攀爬。教官们到底是怎么想的，竟然给英少生设置这么一个挑战？我父母从来不允许我和埃比靠近这座山。"

"迷信。"米切尔不以为然。

"米切尔，"弗洛生气地说，"去年你就是这么说真言之歌的，可是后来呢，发生了什么？那个吟游诗人每一句都说中了，甚至包括肯纳的事。"

"也不一定吧……"斯堪德咕哝道。他不愿相信真言之歌的预言：肯纳会成为织魂人的接班人。和他们的妈妈一样拥有一条织造的联结，并不意味着也要变成像她那样的人。

一只鸟高声鸣叫，把大家都吓了一跳，只有博比翻了个白眼："不管不宁山宁还是不宁，咱们都得爬上这堆石头，否则就保不住丰土石。弗洛的恐怖故事还是留着路上再讲吧。"

然而弗洛没机会讲了，因为他们很快就踏入了属于自己的恐怖故事里。

离开树林之前，一切都很正常。独角兽们总体上还是很听话的，只有红夜悦偏要拖着蹄尖擦岩石，步步都溅着火星。他们还绕了一段路，因为鹰怒发现了一只野兔，拔脚就追，博比拦不住它。尽管如此，当他们走进一条逼仄嵯峨的峡谷，看到前方坡上有一条小溪倾泻而下时，米切尔还是兴奋起来。

"这就是我发现的那条捷径！"他嚷嚷着，得意地挥舞着叠起来的地图，四头独角兽都埋头喝了些清澈的溪水。"只要沿着小溪走到它的源头，就能直接上去！"

"抄近道啊！我懂了！"博比催着鹰怒往前走。石灰色的独角兽高高抬起蹄子才勉强涉水而过——沾湿意味着会沾到泥。

"让红夜悦走前面，"米切尔抱怨道，"我才是认识路的人！"

弗洛却紧紧地抓住玛蒂娜家族特制的鞍座，好像这样能保护自己。

蹚着水往高处走的时候,斯堪德注意到小溪两侧的岩石上有很多洞穴,黑洞洞的,仿佛张着的大嘴,锋利的石笋和钟乳石像利齿似的。独角兽们也看见了。福星恶童的眼睛闪着红光,银刃则冲着岩洞尖声嘶鸣起来。最有仪式感的是红夜悦,它转身对着最近的一座阴暗洞口放了个屁,权作驱邪。

一开始,斯堪德以为独角兽们只是在调皮,但后来,一直泰然自若地走在前面的鹰怒钻进右边的岩洞后,又猛地退了出来,它发出的尖叫声回荡在峡谷之间,叫人毛骨悚然。

"我真觉得那里面有东西。"博比很严肃地说道。

"是其他英少生?"米切尔连忙捂住了胸前的丰土石。

"啊,不会吧!"弗洛跟在斯堪德后面小声咕哝,斯堪德也惊得背后一阵发凉。

福星恶童和银刃追上去,与红夜悦和鹰怒会合。

"咱们是不是应该——"斯堪德话没说完,岩洞里就冲出了一个灰色的东西,撞向了鹰怒。

鹰怒愤怒地咆哮连连,博比本能地召唤了风元素,向那东西抛出一记龙卷风,把它掼向一侧。它似乎是岩洞的一部分,由石头雕凿而成,嘴巴也是黑洞洞的一个豁口。

"当心!"弗洛叫道。

对方接二连三地袭来。

斯堪德又害怕又惊讶,呆若木鸡地看着:原本悬在洞口的钟乳石像融化的蜡烛般向下摊开,一块块变了形状,最后重塑成博比刚才用龙卷风击中的怪兽——它们很像屋顶上的石雕滴水嘴。

"雷霆密布!"米切尔惊叫。灰色的怪兽抓住了红夜悦的尾巴,哪怕这尾巴燃着熊熊火苗,它也死死不放。

"这是石笋妖!"弗洛立即行动,"土元素!得靠绝对的物理力量去打!火元素和水元素派不上用场!用风元素和土元素!"银刃的前蹄喷出一股沙子,把逼近的石笋妖撞回了岩洞。

"要是被它们抓住会怎么样?"博比冷然问道。她拨了拨刘海,紧盯着下一个目标。

"它们会不停地砸过来,困得你寸步难行。要是让它们攫住了脖子,就会窒息而死……小时候爸爸就是这么说的。"弗洛的声音直打战,她的掌心亮起了绿光。

"你怎么不早说啊?现在可倒好,四处都是岩洞,进退两难,我们被凶残的石头妖怪包围了。"博比咕哝着,用沙盾击退了另一只石笋妖。

"是你不肯听,急着要走啊!"弗洛叫道。银刃挥动翅膀,向近处的石笋妖射出一连串玻璃碎片。

妖怪围住了福星恶童的左腿。斯堪德学着弗洛的样子召唤土元素,投出了一簇簇锋利的燧石。联结中突然充满了信任和强烈的保护欲——当他们共同面对危险时,福星恶童的叛逆荡然无存。

在他们的一侧,博比和米切尔互相配合,趁钟乳石刚刚化成妖形,就用龙卷风把它们挡回岩洞。

这时,不知从哪儿蹿出一只石笋妖,挥舞着嶙峋的双臂卡住了福星恶童的脖子。独角兽愤怒地扬蹄直立，斯堪德知道必须使出大招了。他召唤了魂元素，加强了联结内的土元素，一支散魂狼牙棒出现在他手中。他像挥动棒球棒似的，冲着妖怪狠狠一击。只听轰然一响，妖怪飞了出去，高高地撞上了山崖。

福星恶童身子一松，欢快地叫起来，联结里溢满了对骑手的爱意。

斯堪德抚摸着它汗湿的脖子，这时才渐渐理解了奥沙利文教官的话："要让你的独角兽明白，为什么要照你说的做，为什么要和你一起战斗。要向它展现你们共同的未来。"

突然，雷鸣般的巨响从天而降，大小石块互相撞击着坠落下来。

"岩崩！"弗洛大喊。骑手们连忙骑着独角兽疾速穿过小溪。霎时水花四溅。巨石、泥土、断树残枝雨点般落下，紧贴在他们身后，穷追不舍。斯堪德感知到了福星恶童的渴望：它想要飞起来，飞出峡谷，飞离危险。可这是不允许的。一旦违反规定，会害得整个小队都失去丰土石。

斯堪德身后落石轰鸣，他根本听不见博比如释重负的欢呼，只瞥见鹰怒从山崖之间的狭窄缝隙间闪过，不见踪影。红夜悦燃烧的尾巴也一晃而过，接着是银刃的银色鬃毛。福星恶童毫不犹豫地跟在伙伴们身后。他们冲过去了。他们成功了。他们——

哗啦！

斯堪德和独角兽霎时浸入水中，彻底被淹没。意外的落水让福星恶童愤然咆哮，可嘴巴里只能吐出一串串气泡。斯堪德紧紧抱着它的脖子。独角兽拍打翅膀，奋力向上冲去。

他们浮出水面，大口大口地呼吸着空气。一条蓝荧荧的瀑布倾泻而下，落入他们坠入的这片水潭。不远处，六个脑袋——三头独角兽、三名骑手——从水中冒了出来。他们游到潭边，爬上石岸，独角兽跟在后面，抖着翅膀。

大家都披上了毯子。"对不起，"斯堪德说，"都怪我。怪我击中那个石笋妖时，让它撞上了山崖——"

"不是你的错，"米切尔安慰道，"我们本该听弗洛的建议。"

"是啊，你们应该听听的。"弗洛有些无奈，却并不生气。

"对不起，弗洛，"博比难得地道歉说，"这是丰土考验，我不该冲在前头。讲讲关于这座杀人山的恐怖睡前故事吧，我现在想听了。"

弗洛咧开嘴笑了："很久很久以前……"

四个人都笑了，笑得释然，笑得安心。

第五章
不宁山

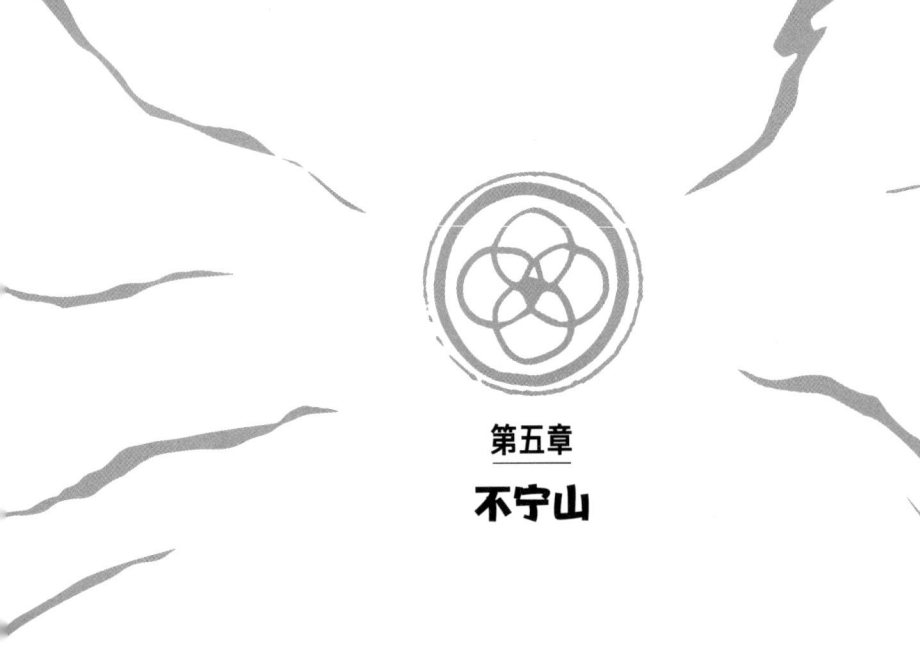

意外落水之后，四人小队继续在不宁山间行进。米切尔、博比和斯堪德认真地听着弗洛转述父母讲的故事。传说，这座山喜欢捉弄在此间闲逛的小孩或英少生骑手。果然，随着时间从早晨推进至下午，他们遭遇了好几次意外。

觉得口渴时，明明那山泉映着九月的太阳，晶亮诱人，可一靠近，水就冻成了冰。米切尔和红夜悦几乎使出了所有火元素魔法，才让冰融化成水。

到了下午三点多，地图突然不管用了。起初，连米切尔都闹不清到底是怎么回事。后来，是博比发现山腰变幻了形态，导致他们走错了方向。米切尔气坏了，弗洛连忙从他手里抢过地图，不然就要被他撕烂了。

既然地图成了摆设，他们能做的，就只有尽量往高处爬了。

他们已经有段时间没遇见其他小队了，斯堪德不确定这是不是好事。他们已经遥遥领先了吗？还是因为穿越山谷拖慢了速度，落在别人后面了？

"这真的……太不安全了。"米切尔哀怨地说。他半闭着眼睛，指了指一侧陡然下陷的峭壁。

"咱们应该快到山顶了。"斯堪德想安慰他。

"我一点儿也不想去山顶，斯堪德。"米切尔怒道，"我不喜欢高处，你忘了吗？"

"你们觉得离日落还有多久？"弗洛跟在福星恶童后面，声音显得很疲惫。

"别想那些！只管往前走就是了。快点儿啊！"走在前面的博比喊道。然而，当斯堪德望向鹰怒，却突然发现它灰色四蹄前方的山路上空了一大块。四周的空气闪闪发亮，看起来像是坚实的山体，可斯堪德已经明白了：只要鹰怒再往前一步，它就会一脚踏空，被迫飞起来，四个人会就此都丢掉丰土石。

"博比！"他大喊，"别动！"

他急迫的声音让博比拉紧了缰绳。

"那边没路了！"斯堪德大声说，"鹰怒蹄子前面的路不是真的！"

裂隙周围的空气闪着光。"哎呀，我的天哪，真是太悬了！"米切尔惊呼道。

博比眯起眼睛向下看。"就差一点儿啊，"独角兽一跃而过，博比舒了口气，"谢谢你啊，驭魂宝宝。"

"咱们得再小心点儿。"弗洛的声音在发颤。

接着，就在他们又渴又饿、烦躁不安的时候，情况变得更糟了。四个人刚拐过弯，就和寻暮狭路相逢了。但不只是阿拉斯泰尔挡住了博比和鹰怒，梅伊和亲亲睡美人也出现在斯堪德右侧的峭壁上，科比和冰王子则从后方卡死了四人小队的退路。

"我可以说这不是针对你，"阿拉斯泰尔眯起绿眼睛，咬牙切齿地说，"但这种谎不撒也罢。"

"驭魂者，特别是还有个小织魂人姐姐的驭魂者，根本不配待在凌云树堡！"梅伊气愤地嚷道，突变的双唇像燃烧的余烬似的一闪一闪的。

"你的特殊待遇已经享受够了吧。"科比刻薄地说。

斯堪德的四人小队寸步难行——阿拉斯泰尔、梅伊和科比包围了三面，左侧是悬崖。这一刻无比寂静，仿佛时间放慢了……而后，元素魔法迸发，混战骤起。

阿拉斯泰尔的沙拳迎面而来，但博比早有准备，鹰怒冲着寻暮咆哮，一阵狂风吹散了沙子。梅伊从高处射出火箭，斯堪德和米切尔双双擎起水盾，福星恶童和红夜悦的兽角对准亲亲睡美人，喷出了水柱。科比挥着冰剑劈向弗洛，结霜的睫毛闪着寒光，而银刃冲着冰王子扬起燃烧的前蹄，挡开了冰剑。

"丰土考验期间，攻击别人是严令禁止的！"弗洛喊道。科比的冰剑融化了。

斯堪德嘴角一动，暗暗地笑了：弗洛的目的可不是训人。

"你们小队的驭风者可不在啊！你果然像大家说的一样，是个石块脑袋！"博比冲着阿拉斯泰尔喊道，几缕电流射向了寻暮。斯堪德觉得这虽是嘲讽对方，却也是个提醒：安布尔在哪儿？她会不会半路杀出来改变战局？

这时，对方改变了战术。寻暮和冰王子攀上高处，与亲亲睡美人会合。鹰怒、红夜悦、福星恶童和银刃困惑地转身，挤在狭窄的山路上，背对着悬崖。

这是个失误。那三人的手掌全部亮起了黄光，向四人小队掀起狂风。福星恶童被风力推着后退，斯堪德感觉到它的后蹄在山路边缘崴了一下，差点儿摔下去。

"风太大了！"弗洛叫道。

"别让独角兽飞起来！"米切尔提醒道。他奋力撑起冰盾抵挡，红夜悦的翅膀半开半合，仿佛时刻准备着飞离这危险之境。

"科比，管好它！"阿拉斯泰尔生气地吼道。只见冰王子咆哮着从嘴里喷出水柱，惹得另外两头独角兽频频走神。

"赶紧溜吧！"斯堪德压低声音说，"趁科比控制不住冰王子！咱们走了这么远，可不能因为飞起来被淘汰！"

"就这么便宜他们了？"博比一边重新撑起被风吹散的盾牌，一边咬着牙说道。

"那不重要，博比！不是非赢不可！"弗洛喊道。银刃紧挨着悬崖，脚下踉跄，情况危急。"数到三，咱们就走！一，二，三！"

鹰怒率先掉转方向，沿着山路跑去。红夜悦紧随其后，接着是福星恶童——

"啊——"斯堪德紧张得肚子里直翻腾，福星恶童的后蹄滑下了悬崖边缘。

"小堪！"弗洛想让银刃停下，但银色独角兽只管跟在伙伴后面狂奔。

福星恶童黑色的翅膀猛然张开，极力保持着平衡，蹄子试探着踏上了一块稳当的石头。这时，上方传来一阵嘲弄的笑声。

对方仍然步步紧逼，掀起风暴，冲击着福星恶童的身体。斯堪德感知到了它的恐惧。可即便如此，独角兽也明白，最最重要的是不要飞起来。

"福星恶童，你一定行！"他轻声细语，在联结中注入信心。

福星恶童全身的肌肉都绷紧了，它的后腿奋力向上蹬，终于回到了山路上。

转瞬间他们就甩开敌对的三人，追着伙伴们飞奔而去。福星恶童全速疾驰在狭窄的山路上，闪过了数不清的可怕急弯，愤怒的叫嚣声消失了，科比、阿拉斯泰尔和梅伊放弃了追击。

斯堪德让福星恶童慢下来，边走边找鹰怒、银刃和红夜悦。难道他跑错了方向？斯堪德回头一看，恐惧一下子漫过全身。

一头荒野独角兽站在他背后的岩石上。

它驮着一名骑手。

黑色的裹尸布拖在身后；白色的颜料涂在脸上，泛着微光；

一缕缕灰白色的头发披散着，拂过蜡黄的脸：是织魂人。朽烂腐坏的独角兽静静伫立，骨断筋裂的膝盖一动不动，泛红的双眼紧盯前方，幽灵般透明的兽角上缭绕着黑雾。黑雾盘桓在织魂人的裹尸布上，和两年前相比，她此刻更不像个活人了。

母亲和儿子凝视着彼此。强烈而复杂的情绪压得斯堪德动弹不得。

恐惧。她还是想杀死福星恶童吗？她是不是已经攻击了他的朋友们？

愤怒。她用一头荒野独角兽困住了肯纳。千不该万不该。肯纳可是她的亲生女儿。

困惑。她为什么在这儿？撇开一切不谈，他仍然被她深深吸引。

织魂人眼神一晃。

"你挡了我的路，斯堪德·史密斯。"

轻忽的字眼飘进了斯堪德的左耳。他转过头，以为织魂人就在身边。

但艾瑞卡·艾弗哈特仍然高踞嶙峋岩石，裹尸布随风摆动。

她用了魂语。

"你挡了我的路。"

这次声音大了些，字词间有种说不出的暴虐威胁之意。

"咱们得走了！"斯堪德挤出一句。他也不确定，这句话是对福星恶童说的，还是对他自己说的。

他们冲向一侧的山崖，从高处绕行。斯堪德不住地回头张望，他以为织魂人会追上来，或者说，他在暗暗期待着什么……他继续疾驰，心慌得怦怦直跳，终于，岩石上的荒野独角兽从视野中消失了。

　　福星恶童又绕过一个弯，猛然看见鹰怒、银刃和红夜悦就站在那儿，上方就是顶峰。博比、弗洛和米切尔立刻七嘴八舌地嚷嚷起来。

　　"谢天谢地，你总算来了！"博比显然等得有点儿恼火了。

　　"你们没飞吧？没有吧？"米切尔问道，"弗洛说福星恶童差点儿掉下去。"

　　"没有。我——"斯堪德说不出话来，又回头看了看。

　　"你没事吧？"弗洛瞪着他，"你这表情跟见了鬼似的。"

　　"她应该走了。"斯堪德哑着嗓子说。他双手攥着缰绳直哆嗦，福星恶童则不断在联结中注入关切。

　　"谁走了？是安布尔在追你吗？"米切尔在鞍座上扭动身子，向远处的山路望了望。

　　"到底怎么了，小堪？"弗洛问。

　　"是织魂人，"斯堪德颤抖着缓了口气，"你们没碰见她吗？"见朋友们面面相觑，他没再说下去。

　　"我谁也没碰见。"博比抢先说道，"她在什么地方？"

　　"就在后面！"斯堪德指了指，"她……她跟我说话来着，用的是魂语。"

"她说了什么？"米切尔平静地问。

斯堪德咽了口唾沫："她说'你挡了我的路'，说了两遍！"

弗洛深吸一口气，又深吸一口气——每当她要说什么忧心事时就会如此。"小堪，这座山喜欢捉弄人，你忘了吗？那可能只是幻象，或者——"

"那是真的。"斯堪德固执地说。可虽是这么说，他心里还是疑窦重重：织魂人怎么会出现在这里？她为什么没有攻击他？

"咱们能不能先完成考验，然后再琢磨斯堪德是不是胡思乱想？"博比不耐烦地说。

"我没有胡——"斯堪德正要反驳，但驭风者实在等不下去了："去领奖赏呀！"

博比和鹰怒一马当先，红夜悦、银刃和福星恶童紧随其后，绕过了最后一重山崖。视野豁然开朗，天空就在眼前，他们终于攀上了不宁山的顶峰。

"真不错，弗洛伦斯！"韦伯教官握了握弗洛的手，"我们又有一名驭土者安全通过了！"

"我们是第一个完成的吗？"博比急着问，"奖赏呢？"

"哦，亲爱的，不是你们，"韦伯教官笑起来，"都快八个小时了！你们小队垫底。"驭土教官见博比一脸惊恐，连忙安慰道："不过没关系，速度并不是这次考验的主要目的。你们齐心协力爬上了山顶，应该为自己骄傲呀。"

斯堪德半点庆祝的心情都没有，他满脑子都是织魂人的模样，满耳朵都是她的声音。

"我要杀了那三个家伙……"独角兽们飞着折返山脚时,博比还在嘟哝。

太阳渐渐西沉时,大部分英少生都围在医疗帐篷四周,有的坐在圆木上聊天,有的拿出包里的零食享用。篝火边,有几头独角兽已经开始打瞌睡了。

四人小队一着陆,医师们就迎上来,检查骑手和独角兽有没有受伤。斯堪德仍然惦记着织魂人,一言不发地喂福星恶童吃了一整包果冻软糖,感谢它努力拼搏,和他一起通过了考验。

不远处,几名英少生围住了尼亚姆。"……山顶的入口处系着绿色的丝带,上面挂着四枚四分石!"她开心地讲着,淡粉色的马尾辫摇来晃去。

"奖赏是额外的四枚四分石?"伊莱亚斯摘掉头盔问道。加布里埃尔的土元素突变是石化的鬈发,而这位驭土者的头发则突变成了密实的沙粒。他把沙粒堆成塑像,顶在头上。

"每种元素一枚。"尼亚姆摊开雪白的手掌,露出一枚亮晶晶的宝石。她的三名队友——法鲁克、阿特和班吉也各展示了一枚。

"很聪明啊。"米切尔观察着,等医师们一离开就说,"你们发现了吗?他们都选了自己最薄弱的那种元素的四分石。"

博比嫉妒极了,扭头就走,远远地躲着尼亚姆的小队。

斯堪德现在才明白在丰土考验中获胜有多宝贵,也不再想着织魂人了。"尼亚姆得到了额外的烁火四分石,所以就不用担心烁火考验了。就算没通过,也照样能够安然结束英少生这一年了吧?"

米切尔点了点头。

"咱们应该快点儿!"博比生气地说。

"至少我们自己的丰土石都保住了呀。"弗洛拍了拍佩戴在铠甲上的绿色宝石。

"光有这个怎么够呢!"博比争论道,她的声音里透着一反常态的焦虑,"我们必须顺利成为若成生!我妹妹今年就要去孵化场了。想想吧,要是她登岛了,而我的小队里却有人成了游民,我就别想让耳根清净了!太丢脸了!"

"她可能连选拔考试都过不了呢。"米切尔觉得忧心忡忡的博比就像一头走投无路的老虎,赶紧劝道,"不是人人都有命定的独角兽。"

"哼,她肯定能通过。伊莎贝尔可是完美小孩。"博比气哼哼地说。斯堪德听不出她这口气到底是嫉妒还是骄傲。

这时起了一阵骚动,韦伯教官骑着瑶尘着陆了,后面还跟着八对独角兽和骑手。敌意小队也在其中,另外四人则是内奥米、迪维亚、马特奥和哈珀。斯堪德跟他们不熟。八人胸前都没有丰土石。其他英少生也发现了,指指点点地议论起来。

博比当场跳起了吉格舞:"敌意小队没通过考验!"

"难道是因为他们的独角兽飞起来了?"弗洛问。

"嘘——"米切尔说,"听听他们怎么说。"

八名骑手围着韦伯教官，各说各的。

"这不公平！"安布尔说，她额头上的星形突变激烈地闪着电花，"他们攻击别人，可我根本没掺和。"

"我们没攻击！"阿拉斯泰尔辩驳道，"都是内奥米编的！是她自己掉了石头，现在觉得尴尬了，所以——"

"不是编的！"内奥米哭道，"是你们攻击了我！"

"够了！"韦伯教官喝道。四周总算静了下来。"科比、阿拉斯泰尔、梅伊，安德森和艾弗哈特教官从空中看得清清楚楚，你们攻击了别人。"

"没错！他们也攻击了我们！"博比一下子心怀大畅。

"还有我们！"扎克也嚷嚷起来，"都怪他们，我差点儿控制不住昨日幽灵！"

"好了。在丰土考验中攻击其他小队，你们的四分石被没收了。"

"你们一开始没说清楚，"梅伊抱怨道，"你们只说攻击他人是无效的，没说会因为这个没收我们的丰土石！"

"这些考验检测的并不只是你们遵守规则的能力，"韦伯教官答道，"还有你们对元素的理解。你们显然完全不懂土元素所蕴含的公平和友谊的本质。你们甩下了自己的队友。安布尔一直在山顶下等你们——等了好几个小时。"

"是的，"安布尔轻声说，"可我也要因此失去我的丰土石，这真是太不公平了。"

韦伯教官晃了晃覆盖着青苔的脑袋："很抱歉，安布尔。这次考验的关键之一就是团队协作。你的四人小队输得很惨。"

"那我们的四分石呢？能还给我们吗？"哈珀问，"我们遭到了别人的攻击呀。"

"不行。"韦伯教官拒绝了，"队友之间本该互相保护，哪怕是遇到了……"他失望地看了看敌意小队，"意外。"

日落时，韦伯教官和艾弗哈特教官开始回收四分石。

阿加莎牵着北极绝唱朝斯堪德走来。

"你好啊，北极绝唱。"斯堪德伸手摸了摸独角兽的鼻头。他勉强能辨认出那驭魂头斑，颜色比头部其他地方要浅一些。

北极绝唱想咬斯堪德的手，阿加莎大笑起来，给了它一块小方糖。

"这可是与致命元素结盟的独角兽啊，你就给它一块糖？"米切尔说。

阿加莎耸耸肩："它想要，就给它呗。"她如实记录——四人小队每个骑手都获得了一枚丰土四分石——然后收回石头，放进绿色的抽绳袋里。

阿加莎正要走，斯堪德脱口而出："我看见织魂人了。"

"什么？"阿加莎盯着他问道。

"你以为你看见了织魂人。"米切尔不客气地纠正道。

"是真的。"斯堪德的声音大了些，"考验期间，她就在不宁山上，还……还跟我说话了。"

阿加莎揉了揉透明的脸颊，皱起眉头："织魂人为什么要这样现身呢？我不明白。她为什么要在你们参加考验时出现？"

"我就是看见她了。"斯堪德生硬地说。

"那她跟你说什么了？"阿加莎问道，她显然还是不太相信。

"'你挡了我的路，斯堪德·史密斯。'"

阿加莎拧紧了眉毛。

"不宁山喜欢捉弄人，"弗洛坚持道，"也许它想把斯堪德吓走？"

"艾弗哈特教官，你那边收完了吗？"韦伯教官大声招呼着，"所有四分石都要即刻交到银色要塞。"

阿加莎一凛，压低声音说："这件事，我倾向于弗洛伦斯的说法，斯堪德。织魂人为什么要在山上出现呢？她不怕被人看到吗？山上可都是英少生啊。"然而，斯堪德听出姨妈的语气乐观得过了头，似乎在刻意掩盖她的担忧。

阿加莎拍了拍福星恶童的脖子，独角兽的鼻息打破了紧张的气氛。"我认为你们还是应该专注于接下来的考验。记着我的话，争夺宝石，并不违背烁火考验的规则。你们都要警惕起来，尤其是你。"她挑衅似的指了指斯堪德，然后一甩白色斗篷，走开了。

"你的姨妈可真是叫人如沐春风啊。"博比评价道。

"嘘——"斯堪德说，"你想让大家都知道我和织魂人有关系吗？"阿加莎是艾瑞卡的妹妹，这在离岛上不是秘密。但除了四人小队、阿加莎和秘密私贩，谁也不知道斯堪德是织魂人的儿子。

飞回凌云树堡的路上，斯堪德努力不去想织魂人的事。他们通过了丰土考验！他们都得到了丰土四分石，距离成为若成生又近了一步，他与福星恶童的联结也更加牢固了。

米切尔聊起了爸爸艾拉，他急切地想把自己通过丰土考验的消息告诉他。"他说不会事先给我写信，因为他也不想给我太大压力。"米切尔解释道，"但现在有了好消息，我可以先给他一个惊喜！"

斯堪德也想给爸爸写信，他浮想联翩：也许可以画幅素描，把四人小队和丰土石都画上，这样爸爸就会期待着学年末来观看长风考验了。福星恶童在凌云树堡花木缤纷的入口前着陆时，斯堪德已经平静多了。

他应该想到，这平静不会持续多久。

第六章
孵化场被洗劫

英少生们一进入凌云树堡,就察觉到出了什么事。本该是睡觉的时间,骑手们却三五成群,窃窃私语。斯堪德、博比、米切尔和弗洛先把疲倦的独角兽送回马厩,然后往自己的树屋走去。摇摇晃晃的栈道上站着不少焦躁不安的骑手,更叫人惊讶的是,疾隼队的少校和上尉正倚着他们树屋的门坐着。

斯堪德连忙迎了上去,心里掠过一丝惊惧:"李凯斯!普利姆罗斯!"

"斯堪德,你终于回来了。"李凯斯舒口气,两人都站了起来。

"怎么了?出什么事了?"斯堪德焦急地问。

两个步威生交换了眼色。"你还没听说?"

"我们去参加丰土考验了!是肯纳出事了吗?"

李凯斯一脸沉郁:"今天早些时候,曼宁教官集合了凌云树堡的全体人员,说……"他迟疑了一下,伸手捋了捋泛着白色泡沫的波浪黑发。

普利姆罗斯替他说下去:"这件事,卡扎马司令保密了好几个月,雷克斯认为现在应该公之于众了。"

"到底是什么事?"米切尔和博比异口同声地问。

"孵化场空了,"李凯斯沉声道,"所有独角兽卵都不见了。今年的,明年的……未来十三年的。曼宁教官说,当时他和司令去检查受损的孵化场,从裂缝往里看时,发现每一层支架都是空的。"

"整整一代独角兽骑手,都没有独角兽了。"普利姆罗斯说道,烈焰眉毛火光闪烁。

米切尔最先回过神来,追问细节:"是什么时候的事?那些独角兽卵丢失了多久?"

斯堪德的心怦怦直跳。他已经猜到了答案。

"六月。夏至之后,尼娜和雷克斯发现那些独角兽卵不见了。但他们认为这应该……"李凯斯看了眼斯堪德。

"就发生在织魂人为肯纳和那头荒野独角兽伪造联结之后。"斯堪德说。

"只有那段时间,孵化场无人守卫。"普利姆罗斯低声说,"骑手们正在疏散,戾天骑手都离开离岛了,记得吗?当时所有人都忙着撤离。"

"所有的独角兽卵都不见了?明年夏至的也没了?"博比慌得

声音都哑了，这让斯堪德更加心惊，"这怎么可能呢……"

"怪不得尼娜一直怪怪的。"弗洛说，"她当时怎么不说呢？"

"或许是不想引起大家的恐慌吧，"李凯斯说，"多亏雷克斯说出来了。现在凌云树堡知道了，很快整座离岛都会勠力相助的！不过，斯堪德，"李凯斯的声音突然急迫起来，"你得赶快去找肯纳，她……"他略略犹豫，"所有人都知道，她六月的时候和织魂人在一起——《孵化场先驱报》报道过，所以现在有传言，说这事肯定跟她脱不了干系。"

"可拯救离岛时她也帮忙了！"斯堪德气愤地说，"当时她和我们在一起，在分汇点呢！"话虽如此，他还是忍不住想，对于在那之前肯纳和织魂人的种种，他知之甚少。

李凯斯抬起双手安抚道："你冲我发脾气没有意义。我和普利姆守在你们树屋门口，就是怕骑手们要来审问肯纳。她不在这儿，可我们还是抓到三个想闯进来的若成生。"

"这么严重啊……"弗洛轻声道。

"还不止呢。"普利姆直截了当地说。

"肯纳在哪儿？"斯堪德问着，已经朝最近的梯子跑去。

博比脸色煞白："对对对，快去找肯纳！她肯定知道织魂人把独角兽卵藏在哪儿！她跟织魂人去过孵化场！"

"她不知道！"斯堪德怒道。可其实，他心里也是这么想的。

"博比，咱们得先确认她是否安全。"弗洛镇定地说。

"我之前听说，"李凯斯轻声道，"肯纳躲在奥沙利文教官的树屋里。"

"谢谢,"斯堪德对李凯斯和普利姆罗斯说,"谢谢你们赶过来。"

四人小队走得飞快,没时间说话。他们一穿过通向教官树屋的鲜花拱门,就轻而易举地锁定了肯纳的位置。三十多人——从初出生到步威生都有——已把奥沙利文教官蓝色的树屋团团围住,正猛拍窗户。斯堪德正要冲过去,门突然开了,肯纳出来了,奥沙利文教官和安德森教官把她护在中间,骑手们立刻围上去,大呼小叫地质问起来。

"织魂人在打什么主意?她想把那些独角兽卵怎么样?"

"她是不是想弄出更多像你这样的怪胎?"

"你是小偷!那枚独角兽卵本来就不是你的!"

斯堪德怒不可遏:他们怎么能这样欺负他的姐姐?

安德森教官显然也很气愤:"我建议你们立刻离开这里,否则有一个算一个,都给我当游民去!听懂了吗?"他双耳上的火苗猛烈地翻腾着。斯堪德从没见过他这样生气。

有那么一瞬间,骑手们似乎在权衡要不要冒险,但最终他们还是散开了,嘴里还不依不饶地咕哝着。

脸色苍白的奥沙利文教官抬头看见四人小队站在平台中央的大树前:"都给我离——啊,斯堪德,你来了,正好。我们现在要把肯纳送到艾弗哈特教官的屋里——骑手们不敢靠近那里。卡扎马司令要召开紧急会议,教官们都得去,所以你能不能……"

斯堪德已经搂住了肯纳。她哭得浑身颤抖。

"它是我的，小堪。苍鹰之恨是我的。要是没有我，它就会孤零零地被抛弃。当时那枚卵正要被送到极外野地去。是我选择了它。这不是偷！"肯纳悲伤欲绝，愤懑不已。

"好了好了，"斯堪德轻声说，"有我呢。"

那天晚上，阿加莎很晚才开完会回来。看见斯堪德的四人小队守在树屋里，她并不惊讶，她没理睬他们，径直走向肯纳。肯纳坐在火炉旁一张铺着羊皮的椅子上，手腕上突变的藤蔓映着火光。

阿加莎跪下来，双手按住肯纳的肩膀，直视着她的眼睛："你一点儿也不知道吗？艾瑞卡的计划？她想把那些独角兽卵怎么样？"

阿加莎急切的语气让斯堪德难受极了。这让他太难受了。真是太难受了。

肯纳使劲儿摇头，眼眶里泛起了泪水。

阿加莎垂下双手，沮丧地握紧伤痕累累的拳头："可你跟艾瑞卡待了好几个星期！总该发现些可疑的迹象吧。"

博比站了起来，她严肃的神情是斯堪德从没见过的。"我恳求你，肯纳。伊莎贝尔——我的妹妹——今年就要来孵化场了。你之前是不是撒了谎，我不在乎。但现在，快把你知道的事情告诉我！我们不是朋友吗？是就说啊！"

斯堪德理解博比，她担心她的妹妹，可他也不能任由她指责肯纳："肯纳什么也不知道！织魂人偷走独角兽卵时，她根本不在孵化场啊！"

"也不一定是织魂人干的，"米切尔插嘴道，"我们只是假设——"

"就是艾瑞卡干的，"阿加莎厉声说道，"这就是她干得出来的事。"

"尼娜怎么说？"弗洛想缓和一下剑拔弩张的气氛，"她应该一直都在寻找那些独角兽卵吧？"

阿加莎倒在火边的椅子里："他们没日没夜地找，一连找了三个月。她和雷克斯以为能赶在大家发现之前找回来。"

"可那是几百枚啊！"博比仍然慌乱暴躁，"织魂人是怎么运走的呢？应该很显眼啊，不是吗？"

"显然不是。不过现在尼娜可以联合更多人来寻找了。如果本土愿意合作的话，搜索会扩大到离岛之外。"

"扩大搜索范围肯定有用，"米切尔说，"那些独角兽卵必然在某个地方——它们是无法损毁的。要是离岛上的特勤都行动起来，一起找，那么迟早能找到。"

"问题就是这个'迟早'，可能会太迟。"阿加莎说，"我不知道尼娜是出于什么原因，竟然隐瞒了这么久。没想到我会这样评价银骥骑手，但是真的，感谢五大元素，幸好有雷克斯·曼宁在。"

"要是没能及时找回独角兽卵，会怎么样？"博比追问道，"离岛会把已经结盟的骑手赶走吗？会让本土生一无所有地滚回老家吗？"

阿加莎在火炉前来回踱步："这并不是唯一的风险。就在艾瑞卡给肯纳伪造了联结之后，发生了离岛历史上最严重的偷盗案——洗劫孵化场——你们真以为这是巧合？"

斯堪德有点喘不过气来："在肯纳之前，她从未给任何人织造与荒野独角兽的联结，除了她自己。"

"没错，"阿加莎阴沉地说，"现在她知道自己有这个本事了。离岛上的其他人也会将这些联系起来，尤其是委员会和银环社。因为肯纳，特别是游民树倾覆事件，他们得知织魂人能够凭空造出联结。这次我们面临的可不是真假的问题——那只是障眼法。这次的危机是，可能会出现一批与荒野独角兽形成联结，且与五大元素结盟的骑手。"

"她会不会已经得手了？是不是已经来不及了？"弗洛忧心忡忡地问。

阿加莎摇摇头："伪造联结只能在夏至日实现——独角兽卵到那时才能成熟，才能孵化。还有时间。"

"可……可是，"米切尔结结巴巴地说，"要是找不到，明年夏天，织魂人就会造出五十多个荒野骑手！"他瞥了一眼肯纳，掩饰不住惊恐的神情。

"而那五十多头独角兽,也会永远失去他们命定的骑手!"博比嚷道。

"你们说,那些独角兽卵会不会在丰土区?"斯堪德突然问,"我们要不要告诉尼娜,我在那儿遇见了织魂人?"

"够了,"阿加莎疲惫地说,"推测应该符合逻辑。以我对织魂人的了解,长久以来,那条伪造的联结足以削弱她的魔力。荒野独角兽会消耗掉她很多能量。斯堪德,你曾亲口告诉我,两年前你在极外野地见到她,解除她与新元飞霜伪造的联结时,她就已经很虚弱了。"

"是这样的。"斯堪德喃喃道。

"根据我和艾瑞卡多年前研究的那些资料,哪怕只是织造出一条联结也需要耗费巨大的能量。"

"这是真的,"自打阿加莎回来,这还是肯纳第一次开口,"她给我织造了联结之后,筋疲力尽,站都站不稳了。"

"所以啊,"阿加莎舒了口气,"织魂人这么虚弱,明年夏至时她如果能从那些偷走的独角兽卵中挑出几枚伪造联结,我都大感意外,更不用说五十多枚了。"

"可要是她比以前厉害了呢?"斯堪德反驳道,"你这只是猜测而已。"

"确实,"阿加莎坦陈,"但是因为我比你年长,比你聪明,所以你应该把我的话听进去。与此同时,"她见米切尔和博比想插话,就提高声调继续说道,"我们还有更棘手的问题。肯纳在凌云树堡不安全。大家都怀疑她跟织魂人有什么猫腻。"

"我这就去跟尼娜解释,我跟织魂人什么关系都没有。"肯纳说,"这件事过一阵儿就会平息下来的。现在只是因为独角兽卵不见了,所以大家才震惊慌张,不是吗?"

"我和你一起去。"斯堪德转而对阿加莎说:"肯纳不能离开凌云树堡,她属于这里,她必须和我在一起。她和苍鹰之恨已经接受了调查,眼看就可以参加训练了。"

"可是,斯堪德,你不觉得这会改变——"弗洛刚开口,就被两声突兀的敲门声打断了。

阿加莎快步走到门口,拉开一条缝,旋即又回来了,手里还拿着一封信。

"是什么?"斯堪德问。阿加莎一言不发,把信递给了他。其他人连忙凑过来。

阿加莎:

就在刚才,委员会和银环社就肯纳的未来进行了投票。我本想推迟,但鉴于肯纳后续可能出现的突变、游民树的倾覆和独角兽卵失踪事件,实在避无可避了。

肯纳和苍鹰之恨必须分开,并分别接受监管——银色要塞和监狱都已做好准备。肯纳需要就独角兽卵失踪事件及她牵涉其中的可能接受询问。

> 委员会和银环社希望有所准备。如果未能找回独角兽卵，织魂人开始制造肯纳那样的荒野骑手的话，那么就意味着，我们会面临一个新的世界——织魂人每年织造出五十条联结。十三年后就会创造出整整一代与五大元素结盟的骑手。前景堪忧，不得不防。因此，他们人为将肯纳留在凌云树堡接受训练，是不安全的。作为司令，我必然会支持他们保护离岛。
>
> 司令卡扎马

信纸背面，另有几行潦草的字迹：

> 请代我跟肯纳和斯堪德道歉，我之所以隐瞒独角兽卵失踪事件，就是因为一旦事发，整座离岛都会立刻针对肯纳。我本来希望争取些时间，争取个好的结果。
>
> 特勤明早会来接她。你相机行事吧，我会保护你的。
>
> 尼娜

树屋里因震惊而一片死寂。

最终，肯纳开口了："可我就要成为初出生，就要参加训练了。我就要和小堪一起生活了！"她绝望地望向弟弟。

斯堪德还不想放弃："明天特勤来时，我跟你一起去。我们去找尼娜，去找雷克斯，去告诉委员会，你和那些独角兽卵没有任何关系。"

"肯纳，我也跟你一起去。"弗洛坚定地说，"我是银骥骑手，雷克斯会考虑我的意见。"

"我也跟你们一起去，"米切尔不太自信，但还是说，"我去跟我爸爸谈谈。他认识很多大人物，包括那些委员。"

"好吧，既然大家都去，那我也去。"博比气冲冲的，"既然肯纳不知道那些独角兽卵在什么地方，那么就请那些大人物赶快去找啊，别只顾着欺负人，完全没意义。"

斯堪德心里感受到了满满的爱意。他拥有最好的朋友。他们一定能说服离岛的权威人士，让他们相信肯纳不是坏人。

但阿加莎突然说道："如果我们这么干等着，让他们把你带走，那么，肯纳，你或苍鹰之恨很可能就再也无法自由行走在这座岛上了。"

阿加莎的话给了斯堪德重重一击，压得他喘不过气。他脑海里闪现出监狱栏杆后面的肯纳。若真是那样，他就永远不能靠近她了。

"尼娜信里有一句'相机行事'，"弗洛问，"艾弗哈特教官，这是什么意思?"

"我想——"阿加莎咽了口唾沫,"我想,司令的意思是,让我帮助肯纳,帮她逃走。"

米切尔皱起眉头:"那不会给你和北极绝唱惹麻烦吗?"

"既然尼娜说她会保护我,那么我愿意信任她。这封信不是礼貌告知,是示警。她给我争取了时间,让我抓住这点空隙把肯纳送出凌云树堡。"

"难道肯纳就不能……也许我们可以……"斯堪德说不下去了,他根本就没有办法。

阿加莎轻轻地摇了摇头,这简单的动作把史密斯姐弟的梦想砸成了万千碎片。

斯堪德忍住了眼泪,肯纳也紧紧地闭着眼睛,肩膀上下起伏。这样僵持了好一会儿,她转向阿加莎:"所以,我和苍鹰之恨必须离开凌云树堡,是吗?"

"你现在就得走。"

"要把她送到哪里啊?"斯堪德绝望地问道。他无法像姐姐那样做出勇敢的样子。

"野花山怎么样?"弗洛建议道,"我父母决不会把肯纳交出去的。"

斯堪德感激地冲她笑了笑。

"那地方藏不住,"阿加莎分析道,"他们会搜查所有与肯纳有关的地方。斯堪德的鞍具师出身沙克尼家族,他们的第一个目标就是那里。"

"那极外野地呢？"博比提议道。

"绝对不行！"阿加莎和斯堪德齐声回绝。

"好吧好吧，对不起，我只是想帮忙嘛……"

"你们能不能停一秒，先听我说？"阿加莎不满地低声道，"被扣上'夺魂刽子手'的罪名之后，我就想办法躲避银环社，开始了逃亡。他们好几年都没抓到我，因为我不是自己东躲西藏，而是有人帮助我藏身。那些人就是流浪者。"

"从没听说过啊。"米切尔说。

"你当然没听说过。他们极为隐秘，也不拘泥于离岛传统。所以我才觉得他们能够帮助肯纳。"

"你要加入那些激进的反叛者了，肯纳。"博比开玩笑道。斯堪德明白，出于对妹妹的未来的担忧，博比一定在强忍着不向肯纳询问独角兽卵的事情。博比冲他点点头，好像在说：不用谢，别客气，驭魂宝宝，这账咱俩以后再算。

肯纳笑不出来，她的语气里满是愤怒。"看来我没得选了，不是吗？"她垂头看看自己的荒野突变，"这座岛就这么憎恨与众不同的人吗？和别人不一样，有什么不好呢？"

"我也曾问过自己很多遍。"阿加莎喃喃道。

而米切尔已经在做计划了："抱歉啊，有个显而易见的问题，那就是咱们怎样才能在大半夜找到那些流浪者呢？我没读过任何关于他们的书和资料。"他那表情就好像这是什么奇耻大辱。

阿加莎没有回答，她走到树屋的另一边，在一个雕刻着繁复匕首图案的储物柜里翻找起来。过了一会儿，她回来了，手上缠着绳子，绳子上坠着四个小东西。

斯堪德凑近细看，发现那是四个木哨，比他在学校里学过的塑料直笛小，比训练时教官们使用的又短又粗的银哨子大。这些木哨都雕成了小鸟的形状。

"用这个。"阿加莎手忙脚乱地把一串木哨递给斯堪德，"每年这个季节，就用杜鹃鸟形状的那个哨子来呼唤流浪者。"

弗洛从后面指了指："那个是杜鹃鸟。"

"先是奥沙利文教官养鱼，现在你又弄出一堆鸟。"博比嘲讽道，"生活真是处处有惊喜。"

"你非得一刻不停地说话吗？"阿加莎诘问道。

"偶尔也停一停。"博比耸耸肩。

斯堪德将杜鹃木哨交给肯纳，让她挂在脖子上。

"我还是不明白，用哨子怎么能找到流浪者呢？"肯纳说，"那些人到底住在哪里？能告诉我们吗？"

阿加莎摇摇头说："流浪者随季节变化在各个区域间游走。自从帮了我之后，他们在丰土区的据点就换了地方。杜鹃代表土元素。这些木哨是流浪者送给我的礼物，以便我能再次找到他们。进入丰土区之后，沿着断层线边走边吹哨子就行了。"

"可是织魂人就在丰土区！"斯堪德不同意，"万一她——"

"斯堪德，"阿加莎厉声道，"织魂人将孵化场洗劫一空，我认为你在不宁山看到的并不是真实的她。而且，她有如此宏大的计划要实施，何必躲在某个地方攻击几个英少生？我对此持怀疑态度。不过，我还是会告知尼娜——在肯纳和流浪者藏好之后——这样司令就可以搜查那座该死的山了。你满意了吗？"

斯堪德点点头，满意了——暂时的。

凌晨三点钟，他们穿过已然安静的凌云树堡。肯纳要去探望苍鹰之恨，斯堪德看见她望向那些暗影重重、身披铠甲的大树，哭得肩膀直颤。她这么伤心的样子，他只见过一次——她没通过孵化场选拔考试的那次。斯堪德想跟上去，但被弗洛拉住了。

"我想肯纳需要自己待一会儿。"她轻声说道。姐姐的身影消失时，斯堪德满脑子都是他憋了一整个夏天的念头：有没有可能帮肯纳和她那头命定的独角兽重建联结？她和他都是驭魂者，可她绝不会是织魂人的接班人，也不该是离岛忌惮的艾瑞卡·艾弗哈特一手创造的荒野骑手。

朋友们正给独角兽套上鞍座，斯堪德毫无底气地问道："肯纳不会永远这么藏着，对吧？"

"当然不会。"弗洛笑了笑，安慰道。

米切尔若有所思："洗劫孵化场的事，织魂人肯定谋划了好长时间。但实施时必须声东击西——制造一件大事吸引所有人的注意，她自己则低调地暗中行动。六月的时候，肯纳曾经告诉斯堪德，是织魂人帮助银环社找到了杀死荒野独角兽的方法。而他们没想到，这些信息是织魂人刻意放出来的。夏至那天，离岛自我毁灭,这件惊天动地的大事完美地替织魂人打了掩护,让她趁机偷走了独角兽卵。不过,不管那些卵被转移到什么地方,总得有人帮她运输。"

"可离岛上怎么会有人帮她?会是谁呢?"博比说。

弗洛一直在担忧最坏的结果:"万一阿加莎猜错了,万一到夏至那些卵孵化时,织魂人已经恢复了足够的能量,那么就会有五十多名骑手被织造出联结,像肯纳一样。"

"如果找不到那些独角兽卵,情况还会更糟,是吧?"斯堪德说,"未来十三年中,织魂人每年都会如法炮制。那是一整代的骑手啊。她自己都能建一座凌云树堡了。"

"也许,她会占领我们的。"米切尔沉郁地说道。

当太阳升起,照耀着丰土区时,斯堪德突然觉得这一切特别荒诞。他们已经过了四极城,又穿过丰土区连绵的农场。他们沿着薰衣草、百里香、迷迭香花田的边缘行进,悄无声息,生怕被人发现。现在,他们来到了石南遍布、铺满苔藓的粗砺荒原上。

肯纳吹响了杜鹃木哨,吹了一遍又一遍,可根本没有流浪者的迹象。

博比觉得整件事都很滑稽,或者至少假装如此。她总要模仿杜鹃鸟的叫声——布谷、布谷——来应和哨声,每每都会被弗洛紧张地拦住。而后米切尔就会不满地嘀咕,质疑到底会不会有人在这清晨昏暗的光线里来找他们,更别说阿加莎描绘的那些流浪者了。

"小肯,我觉得,也不用一直吹哨子吧……"斯堪德提议道。他的耳朵都有点儿疼了。

"万一他们在听的时候我偏偏没吹,不就糟了?"逃亡路上,肯纳的心情倒是出奇地好。斯堪德知道这是为什么。之前在凌云树堡的马厩里,他们起了争执——关于肯纳该不该骑着苍鹰之恨离开。肯纳每一句反驳都胸有成竹,这一点她从小到大都没变过。

她坚持认为,要是徒步逃离,肯定会被抓住,而骑着独角兽,就算出了什么岔子,还有四人小队帮忙呢。再说,现在她已经知道召唤魔法是什么感觉了,也就不会不小心惹出麻烦了。

"从远处看,苍鹰之恨和别的独角兽差不多嘛。"肯纳说。一如既往,她赢了。

和其他荒野独角兽相比,苍鹰之恨更强壮些,也更适应飞行——阿加莎根据织魂人及其织造联结的过往经验得出了这个结论。然而,走在福星恶童旁边,任谁也不会把它与在辖独角兽混同。它透明的兽角映着黎明的第一缕晨光,淡黄色的皮毛单薄而黯淡,时不时地就会凸出干瘦的骨头。斯堪德明知道肯纳和苍鹰之恨已经有了联结,但每次看着它,他还是希望那皮毛不是淡黄色的,而是灰色带斑点的,那兽角不是透明的,而是坚实硬韧的。

弗洛和银刃走在前头,她指着远处斑斓的山峦说:"那就是野花山!"

"野花山是什么地方？"肯纳轻声问道。斯堪德松了口气：哨声总算能停一会儿了。

斯堪德正要跟姐姐讲一讲弗洛一家人的故事，不远处的山坡上突然冒出了一个骑手，骑着一头白色独角兽。

四人小队本能地把肯纳围在中间，免得她被别人看到。他们都是左手拉着缰绳，右手张开举起，一旦情况不对，随时召唤元素魔法。斯堪德看见那个骑手也举起了手，不由得紧张起来——

"等等！"博比眯起眼睛，打量着小跑靠近的骑手，"咱们认识这人啊！这不就是——"

"艾伯特！"四人小队异口同声地叫了出来。

白色独角兽停住步子，背上的男孩露出笑容。斯堪德不敢相信自己竟然过了这么久才认出艾伯特和他的晨鹰。当年他初到凌云树堡时，第一个和他说话的就是艾伯特。然而，艾伯特在初出生那年就成了游民。

"诸位，你们好哇！"艾伯特朝他们挥手。四人小队仍然挡着肯纳。"好久不见！"他红扑扑的脸颊上绽开了酒窝，晨鹰也尖叫着向其他独角兽打招呼。

"艾伯特，"米切尔惊讶地说，"你可真是大变样了！"

此话不假。艾伯特的金色鬈发留长了，用一块棕色的皮子在颈后束起。他原本单薄的身体变结实了，肩膀更宽了，胳膊上也有肌肉了，身上那件有些褪色的紫色束腰上衣比骑手们的黑色制服更适合他。这位驭火者也有了突变：手上的所有关节都像滚烫的炭火，泛着光，冒着烟，看起来很有震慑力。

"这么说，你和那些流浪者是一伙儿的啰？"博比像往常一样直奔主题。

艾伯特点了点头："我是其中一员。我到外面巡行时听到了杜鹃木哨的声音。是谁叫你们来的？出什么事了吗？"他的蓝眼睛打量着福星恶童的白色头斑。他在凌云树堡时，斯堪德用黑色涂料遮住了这显眼的标志。

"我们需要你们的帮助，"斯堪德结结巴巴地说，"是我的姐姐，肯纳，她……呃，你看看吧。"

四人小队移开了，肯纳骑着苍鹰之恨，沿着断层线走向晨鹰。斯堪德等着艾伯特惊慌失措，等着他露出厌恶的神情，可这些都没有发生。

"终于见到你们了。流浪者对二位早有耳闻。"艾伯特随即提高声调，对所有人说道："跟我来！"

肯纳和苍鹰之恨与晨鹰并排走着，艾伯特向肯纳解释，流浪者是怎样随季节变化而在不同区域间迁徙的。肯纳提出一个又一个问题，斯堪德一直紧绷的脸上终于又有了笑容。

"艾伯特都没怎么看她那头荒野独角兽。"米切尔说，"我的意思是，咱们几个是已经习惯了，可他怎么眼睛都不眨一下啊？他以前在凌云树堡的时候可是什么都怕的！"

"还老是从独角兽背上掉下来。"博比回忆道。

弗洛笑着说："他找到了真正的归宿。我们也是。我们就像……同一根树枝上的四只鸟。"她张开胳膊,搂住了斯堪德和博比的脖子。银刃扭过头,气哼哼地瞪了她一眼,好像在说:喂,干什么呢?

斯堪德觉得一切又有了希望,开心地笑起来:"或者,同一个豆荚里的豆子?"

"不不不,不要鸟,也不要豆子,"博比责备道,"弗洛,俏皮话不能太肉麻。应该语不惊人死不休——得有画面感!我们就像伤口上的四条蛆,这样就好多了嘛!"

弗洛光是想着就要吐了。

他们又走了一个小时。福星恶童还没有从丰土考验的疲惫中恢复过来,所以没心情淘气。六头独角兽在山峦间蜿蜒而行,穿过山洞隧道,来到一座小山脚下。斯堪德现在明白了,要不是流浪者带路,根本没有人能找到这儿。

"我们竟然又回到了丰土区。"米切尔咕哝着,不住地向四周张望,好像还在担心会有石笋妖蹿出来。斯堪德也有点儿紧张,不过比起土元素魔法,他更怕织魂人。

终于,艾伯特和晨鹰钻进了山岩一侧的洞穴。肯纳回头看看大家,耸耸肩,骑着苍鹰之恨跟了进去。斯堪德别无选择,只能和她一起进入黑暗之中。

果然,斯堪德心想,肯纳以前就什么也不怕,现在就更不会怕了。

第六章 孵化场被洗劫

第七章
流浪者

随着艾伯特和肯纳走进山洞,斯堪德陷入了全然的黑暗中。

"但愿不是个陷阱。"米切尔轻声说道。红夜悦跟了上来,走在福星恶童后面。斯堪德很庆幸,他朋友的头发燃着火光。

艾伯特笑出了声:"抬头看上三秒钟,这里就会……明亮多了。"

"哼,一点儿也不神秘。"米切尔懊恼地咕哝道,"就因为他现在扎了个很酷的马尾辫,就能故作玄虚了。"

"哇——"肯纳的惊叹声在岩壁间回响。

"山崩土裂!"弗洛屏住呼吸,头发间的银发映着微光,闪闪发亮。

斯堪德抬头一看,只见山洞的顶壁泛着深蓝色的幽光,犹如夜空,时明时昧的光亮像闪烁的星星,就连独角兽们都看呆了。

"这是什么？"米切尔的语气瞬间从懊恼变成了好奇。

"萤火虫，"艾伯特朗声说，"就是它们在发光。我们流浪者就是因为这个，才选择这片网状洞穴作为丰土季的家园。"

"太美了。"弗洛感叹道。

"你知道吗，萤火虫是食肉昆虫呢！"博比大声说。

弗洛叹了口气："非得告诉我不可吗？"

博比指了指自己："实诚人，没办法。"

"你们所有季节的家园都这么棒吗？"斯堪德听到肯纳问。

"没错，"艾伯特眨眨眼睛，肯纳笑了，"不过最华丽的就是这个萤火虫洞穴了。"

他们在蓝色的微光下继续往前走，米切尔说道："看，他可真酷啊！真是难以想象！"

"你也很酷啊！"斯堪德说。

"别说傻话了，斯堪德。"米切尔叹了口气，但旋即又兴奋起来，"杰米——唔，他才酷呢。老实说，我不明白他为什么老是来找我。"

"因为你是个很棒的朋友啊。"斯堪德说，但他一点儿也不明白，杰米和艾伯特或萤火虫有什么关系。

他们越走越深，斯堪德觉得好像被这个网状洞穴吞进了肚子里。突然，前面的路变宽了，萤火虫之外，又增添了挂在嶙峋怪石上的明亮吊灯，亮光之下，一下子冒出来好多人、好多独角兽。

斯堪德看见两个女人在荡秋千，还兴致勃勃地聊着什么。有人在帮独角兽清洁梳洗,但衣服的颜色都与元素无关:紫色和粉色、橙色和棕色、灰色和米色。有些独角兽在洞穴的缝隙间打盹儿,张开的翅膀搭在石头上。一群少年正泡在冒着热气的水池里,见他们经过,便嚷嚷着:"你找到他们啦!""干得好哇,艾伯特!"其中有一个就是腹地岩浆的骑手查理,他在去年成了游民。

前方,篝火熊熊燃烧,浓烟从洞顶的一处大裂口飘向天空。人们围坐在平滑的石头上,看到来了几位凌云树堡的骑手,轻轻的聊天声渐渐低下去了。

一个女人站在那里迎候他们。她身上有一种慑人的沉静。四个人不自觉地翻身下了地。火光勾勒出她高挑的身影。斯堪德注意到她的眼睛很不寻常,是紫水晶般的颜色,他说不好那是不是某种突变。她留着博比那样利落的齐耳短发和齐刘海,头发是白色的。她开口说话时,声音带着一种轻快的调子,好像她会说话之前就先学会了唱歌。

"年轻的骑手们,欢迎来到这里。"她张开双臂,"我叫埃洛拉,流浪者们叫我'寻路人'——大家推选出来的首领便享有这个称号。"她冲着艾伯特点点头,"多亏你回应了杜鹃木哨。"

艾伯特开心极了,耳朵都红了。"这位就是肯纳,"他一一指着,"这是她的弟弟,还有弗洛、米切尔、博比。"

埃洛拉点头的样子仿佛早就认识他们一般。

"你们找我们做什么?"寻路人问道。这时,斯堪德的余光瞥见一头年幼的荒野独角兽正朝着篝火走来。埃洛拉肯定看到了,它那透明的兽角折射出了火光。可她怎么不动、不躲？斯堪德猛然环顾四周，发现这洞穴里竟然有五头荒野独角兽幼崽，上方蓝色的微光映着它们已然腐烂的身体。

"当心！"斯堪德喊道。四人小队立刻回身，摸索着各自的鞍座，准备骑上独角兽应对威胁。

"没关系的。"埃洛拉冷静的声音压下了斯堪德的恐惧。

"什么意思？"米切尔急慌慌地说，"你们这山洞里有荒野独角兽！荒野独角兽！"

"我知道啊，"埃洛拉唇边掠过笑意，"它们不会伤害我们的。流浪者与荒野独角兽之间有着长久的友谊。我们拒绝将其污名化为'恶魔'。"

米切尔不可置信地咕哝了一声，肯纳冲着他扬了扬眉毛。

埃洛拉继续说道："你们知道这些幼崽在极外野地活得多艰难吗？从来到世上那一刻起，所谓'不死之死'就重重地压到了它们身上。成年的荒野独角兽忙于争夺领地，除非幼崽证明自己，才肯接纳。当然，荒野独角兽是无法杀死彼此的。可这不代表它们就感受不到痛苦和煎熬。年幼的荒野独角兽常会逃到四大区域，而我们则尽己所能，治疗它们的伤病，为它们提供一处庇护所，待它们足够强壮，再放归族群。"

肯纳惊叹不已，斯堪德亦然。他之前就见识过荒野独角兽的复杂天性，现在，他终于明白阿加莎为什么让他们来这儿了。

"荒野独角兽不会待太久，但我们会尽力。一代代流浪者都会照顾荒野独角兽幼崽，其中有些如今已经有了自己的族群。也就是说，它们尊重我们，我们信任它们，不会伤害彼此。"

"听你这么说，好像荒野独角兽是有组织的。或者说，会互相结盟，甚至有感情……"米切尔说。

"是啊，当然，它们当然有感情。"埃洛拉轻笑，"你不觉得独角兽比我们聪明得多吗？你们眼下经历的考验，其背后的目的不就是这个吗？你们的独角兽已经长大了，已经发现你们并非永远都是对的，于是不再无条件地服从你们。你们得配得上它们才行。荒野独角兽也是如此。"

博比安静得异乎寻常，紧盯着埃洛拉，只听她继续说道："有时候，荒野独角兽幼崽甚至会与某个流浪者建立深厚的联系。让你们看看吧。诺亚？"

一个比斯堪德小几岁、深色头发的男孩站出来，走到了篝火前。与此同时，原本正在吃着带血生肉的一头最小的荒野独角兽幼崽抬起头，朝着他走了过去。

幼崽幽灵般的透明兽角对准了男孩，斯堪德和福星恶童都紧张极了，觉得那幼崽随时都会发起攻击。可诺亚却伸出手抚摸着幼崽晦暗的皮毛，还避开了它脖子上的一处伤口。荒野独角兽开心地抖开了斑驳的翅膀——福星恶童有时也会这样。诺亚笑了，搂住了幼崽的脖子。

他们对彼此的爱意是那么美好，那么可怕，那么……不可思议。

似乎出于本能，斯堪德将手掌按在福星恶童肩上，召唤了魂元素。他想验证一下，这头幼崽，会不会是男孩命定的独角兽。也许，他也是驭魂者，曾被挡在孵化场的大门之外。斯堪德需要证据——任何证据都可以——来解释那头荒野独角兽幼崽的行为。

可是，没有。男孩胸前没有流淌的色彩，心的四周也没有断裂的联结。

幼崽却猛然转身，盯着斯堪德掌中的魂元素，一步步靠近。斯堪德连忙收拢手指，熄灭了掌心的白光。他忘了，荒野独角兽会被驭魂者吸引。

诺亚和幼崽走向其他荒野独角兽，流浪者们三五成群，宁和淡然。

"这怎么可能呢？"博比最先说出话来。

埃洛拉轻声笑道："其实，我们也不太确定。我们认为这就像相投的灵魂找到了彼此。荒野独角兽从人类身上找到了它们依恋的某种东西，反之亦然。"

"他们之间没有联结吧？对吧？"米切尔半扭着身子，问斯堪德。

埃洛拉答道："没有。没有离岛所理解的那种联结。"

斯堪德想起了去年开鸿骑手在坟墓前讲述的往事：他在一头荒野独角兽幼崽的召唤下漂洋过海，与她结下深情厚谊；她与他共享自己的魔力，她成为荒野独角兽女王，而他，就是这座离岛的奠基人。

荒野独角兽才是这里的原住民，开鸿骑手曾这样告诫斯堪德，它们早已深深根植于元素的经纬之中。他突然想起了丰土考验，那些诡谲的石笋妖，那些莫名消失的山路，想起骑手们如何对抗这个区域的元素魔法，而不是与之协同。见到流浪者之后，斯堪德才第一次思考这个问题：他是否想成为那样的骑手？

弗洛开口了："你们究竟是什么人？我的意思是，什么样的人会成为流浪者？"她瞥了一眼肯纳，肯纳仍然入迷地望着那些荒野独角兽。

"流浪者没有什么典型的定义。不过我们都抗拒这座岛所谓的'传统'。我们当中有些人拥有联结，但是成了游民，有些人曾经拥有联结，现在没了，也有些人从来没拥有过联结。不管哪种，我们都欢迎。"

"你们愿意帮助我们吗？"肯纳牵着苍鹰之恨靠近篝火，让火光映出透明的兽角，"司令、委员会、银环社，他们都惧怕我的身份。"

"人们害怕的时候往往会做出难以想象的事情。"埃洛拉惋惜地说。

"我能留下吗？"肯纳小声问道。登上离岛以来，这是斯堪德第二次听到她问出这句话。第一次是恳求卡扎马司令允许她留在凌云树堡。这一次的回答全然不同，而且简单干脆。

"你当然可以留下。现在、一段时间、永远，只要随你需要。"埃洛拉爽快地答应了。她挥挥手，让肯纳坐在篝火旁的石头上，其他荒野独角兽幼崽则低吼着接纳了苍鹰之恨。

斯堪德感到一种久未体验的情感挤压着自己的心。当人们提供帮助而不索取任何回报时，感激和轻松就会同时袭来。在马盖特的时候，有一次，临近圣诞节，暖气坏了，他们只好匆匆忙忙地找来一位水电工帮忙。当时爸爸的情况不太好，只有肯纳和斯堪德应付，他俩裹着围巾，穿着好几双袜子，瑟瑟发抖地站在那儿，担心要花不少钱。他们看着那陌生的工人伏在桌上写账单。肯纳接过来，斯堪德躲在她身后看。账单上只有一句"圣诞快乐"，还画了一个戴圣诞帽的笑脸。直到今天，斯堪德还记得那位水电工的名字。

四周一下子热闹起来：更多的流浪者涌入洞穴，有的拿着鱼竿，篮子里装着鱼，另有人负责把鱼串起来，准备烧烤。他们忙碌时，斯堪德的目光被几个人的手掌吸引了：那是孵化场赐予他们的伤口，中央的环形伤疤来自独角兽角，五条线蜿蜒伸向五指，不过其他的涂画装饰就缤纷各异了。他看见有小鸟从掌心飞过，也有花朵在指尖闪烁，还有海浪轻拂拍打。

大家都围坐在篝火前，聊着笑着，讲着故事。肯纳在斯堪德旁边，望着手里的烤鱼，说道："我想我跟他们在一起应该没事的——至少现在没事。"

"我真想留下来陪你。"斯堪德喃喃说道。这里没有任何人对福星恶童另眼相待。他以前都没意识到，自己早已习惯了成为那个"特例"。

"我也不想让你走，"肯纳伤感地说，"可是你能留下吗？"

"混沌联考真的很重要，"斯堪德好像在说服自己，"如果我想让驭魂者重归离岛，就非得通过这些考验不可。"

"我想也是。"肯纳的神情看不出喜悲，"对了，你在丰土考验中表现不错啊——阿加莎告诉我的。可惜我要被捕的事横生枝节，打了个岔。烁火考验是什么时候？"

斯堪德耸了耸肩。"应该在十一月或十二月吧。肯纳，我还是会跟尼娜谈一谈，想办法让你尽早回到凌云树堡。"

"我，还有苍鹰之恨。"肯纳纠正道。

"对。"斯堪德飞快地说，"如果烁火考验前你还没回去，我向你保证，考验一结束我就来找你，商量以后怎么办。所有的小鸟木哨我都有，不管你在哪个区，我都能找到你。"他笑了笑，"肯定比马盖特近多了。"

肯纳的脸上掠过一丝阴影。他连忙说下去，同时有一种奇怪的感觉：他似乎不像以前那样了解她了，仿佛他们分开了十年，而不是两年。"要是你不愿意待在这儿，那咱们另想办法。"

"不，"肯纳坚定地说，"我喜欢流浪者。别人看我的时候总像是担心被苍鹰之恨吃掉，可他们不这样。这是个好的转变。再说了，就像你说的，也许尼娜会允许我返回凌云树堡呢。没准儿我还能在这儿学些魔法呢。"

"没错。"斯堪德尽量按下对即将到来的分别的担忧。

"你还是得跟爸爸撒谎，你懂吧。"肯纳叹了口气。

"什么意思？"

"你得告诉他，我仍然跟你一起待在凌云树堡。"

斯堪德无力地点点头。他们已经跟爸爸撒了好多谎——他至今都不知道肯纳和一头荒野独角兽有了联结。之前，斯堪德写信告诉他，自己是一名驭魂者——罗伯特·史密斯闻所未闻的名词——他就已然震惊无比。实在没必要让他徒增忧虑。

"什么声音？"米切尔问。

"像音乐声。"弗洛侧耳倾听。

"我喜欢这首歌！"博比大叫一声，冲到篝火前跳起舞来。很快就有一大群流浪者加入了舞蹈的行列。

斯堪德冲着肯纳咧嘴一笑："爸爸很喜欢这首！通常演奏的时候都是——"

"比赛日！"史密斯姐弟异口同声地说。

肯纳抓着米切尔的手，斯堪德把弗洛拉起来。

"图拉鲁拉……"博比边唱边跳，两只胳膊各挽着一个流浪者。

"他们怎么连这个都有啊？"斯堪德和弗洛也跟着狂热的舞者跳起来，冲着她嚷道。就连米切尔看到肯纳踩着节拍踢腿，也忍不住哈哈大笑起来。

博比伸手一指，喊道："走私来的本土收音机。信号能传到这里！大点儿声！"

"流浪者真的很喜欢违法的玩意儿！"肯纳压过音乐大声叫

第七章 流浪者

道，博比报以一阵大笑。

肯纳伸手抓着斯堪德和弗洛，故意反方向摇晃他俩的胳膊。弗洛忘情地大笑着，斯堪德看见她都笑出了眼泪。这一幕让他幸福得浑身战栗，他完全理解了她去年说的那句"希望我们都是普通人"。她不是银骥骑手，他不是驭魂者。也许那样他们就能一直这么开心。也许那样他们就能不那么焦虑。

"肯纳！小堪！"弗洛突然仰起了脸。成百上千的萤火虫也加入了舞蹈，细小的亮光盘旋在人们周围，闪烁着，旋转着。斯堪德一晃神，脚下一个趔趄，幸好肯纳一把扶住了他。

他重新站稳，音乐声越来越响。斯堪德和肯纳用双手拉着彼此，向后仰着身子，以最快的速度转起圈来。两人都咧着嘴笑，斯堪德笑得脸都疼了。他晕晕乎乎，大汗淋漓，之前被苍鹰之恨灼伤的拇指隐隐作痛，但他不在乎。他不想松开姐姐的手。他希望这首歌无休无止地唱下去。这是来自本土的歌，将他们与过去的自己相连。

肯纳一定看懂了他脸上的神情，于是慢慢地停了下来。而其他人仍然疯狂地手舞足蹈，围绕在他们身旁。姐弟俩久久地凝视对方，把一切感受都倾注于目光之中，欢庆的场景渐渐模糊。

他们小时候也常常如此。这当然不是什么读心术——尽管他们喜欢假装是这样——这其实更像是一种共享。从小一起长大，共享希望和梦想，共享最好的时刻和最坏的时刻。

在爸爸情况不好的日子里，斯堪德和肯纳悄无声息地达成一致，互相扶持着熬过去；因为负担不起费用而放弃校园旅行时，他们不声不响地默默接受；或是在爸爸又一次忘记参加家长会时，心照不宣地装出无所谓的模样。有时候，就算什么也不说，他们也能凭着无声的眼神体味到对方的感受。

斯堪德明白，肯纳心里害怕，不愿放他离开。他把她留在这里，让她想起了他把她留在本土的那段过去。

肯纳明白，斯堪德心里担心，不愿留下她离开。可他更担心留在这里，会让驭魂者——包括肯纳——永远不得安宁。

"咱们很快就能再见面的，"肯纳终于开口了，"以骑手的身份。"

"很快。"斯堪德暗下决心。无论如何，他都要信守这个诺言。

"图拉鲁拉，图拉鲁拉……"博比领着大家排成一列长队，跳着从他俩中间穿了过去。肯纳被拽进了队伍，斯堪德突然心里一空，伤感不已。"我想坐一会儿！"歌曲从头再来时，他喊道。

斯堪德身边坐着寻路人，她正望着跳舞的人，和飞舞在四周的萤火虫。埃洛拉转过头，紫水晶般的眼睛看着斯堪德，看得他有些不安。

"你姐姐在这儿很安全。她想待多久都可以。"

"我们感激不尽。"斯堪德喃喃说道，"阿加莎说你们以前帮过她，是吗？"

"阿加莎是个好心肠的人，尽管她自己不承认。"埃洛拉睿智地说道，"她为我们保守了所有的秘密。"

斯堪德很想问问那都是些什么秘密，可这未免太不礼貌，于是他旁敲侧击："是关于这些萤火虫吗？它们是不是与元素魔法有关？还有温泉，这是土元素的魔法吗？还是……"

埃洛拉的目光凌厉起来："离岛充满了魔法，斯堪德，但它并非总会切合你的想象，或是来自联结，或是战斗时能派上用场。这座岛一直在倾诉，可惜不再有人聆听。"

"你是指真言之歌之类的？"

埃洛拉耸耸肩："那只是一部分。但是飞到这儿来的萤火虫、清晨叫醒我们的鸟儿、寒冷季节里保持温暖的岩洞……这些都不是魔法。一切都取决于我们对这座赖以生存的岛的理解。荒野独角兽幼崽的回归也与元素魔法无关，我们仅有的秘诀就是——无人善待它们时，我们善待它们。于是它们便永远记着。"

斯堪德决定问一个自己害怕的问题："你认为离岛会接受这样的肯纳吗？"

"我不知道。"埃洛拉坦陈，"我所知道的是，离岛已经忘了还有比输赢更重要的事情。有时候，最适合成为领袖的，是那些更安静的人——他们往往心地善良——而不是那些不惜一切代价都要赢的人。"

斯堪德叹了口气。他仍在纠结。他最初的梦想是成为一名名副其实的混沌骑手。而眼下这些人，却抗拒着他从小到大渴望的一切——凌云树堡里的一席之地，乃至混沌杯赛场的一条赛道。埃洛拉是对的吗？离岛已迷失了方向？

埃洛拉想必注意到了他流露出的困惑,一只手搭在了他的肩膀上。"只要渴望足够强烈,改变总是可能的。比如,你的四人小队,就给了我希望。"她指了指正和肯纳跳舞的米切尔,"从小被教导厌恶一切不同的男孩,却与联结着荒野独角兽的女孩共舞。"她又指了指在队伍中打头的博比:"凭冷静果决赢得训练选拔赛的女孩,仍然珍视团队和集体。"最后,她指了指弗洛和斯堪德:"就在几分钟前,我看见银骥骑手和驭魂者在萤火虫间起舞。如果这还不算发生改变的好迹象,那什么才算呢?"

当晚,斯堪德、博比、弗洛和米切尔在萤火岩洞过夜。午夜时分,收音机关上了,流浪者们钻进岩壁上凿出的洞里睡觉。米切尔本来还担心洞里不舒服,可没想到里面铺着软绵绵的苔藓,还有毛线毯子。

流浪者们渐渐静了下来,博比凑到斯堪德的洞口,探头往里看:"让让!"

"喂!"斯堪德抗议道。博比推推搡搡地挤进狭小的空间,两人紧挨着,盘腿而坐。

"咱们走之前,你得跟肯纳谈谈。"她说。

"当然,我知道。"

博比啧啧道:"我是说,正儿八经地谈谈,斯堪德!关于那些独角兽卵,得认真问问。"

斯堪德用脚丫子拨弄着一簇苔藓："她说她什么都不知道。"

"哎哟！你还没发觉吗？事情一旦涉及肯纳，你就自设盲点！她可是跟织魂人一起待了好几个星期！从逻辑上说，她肯定对那些卵的去向有些看法。"

"从逻辑上说？你这话真像是米切尔说出来的。"斯堪德咕哝道，"我信任她，不行吗？"

"你还是不明白。"博比一边抠着紫色的指甲油一边说道，"你和肯纳太亲密了。肯纳为了来找你，情愿漂洋过海。我和我妹妹伊莎贝尔就不同了。我启程来离岛时，我们俩连句'再见'都没说。我和她之间一直争得厉害。独角兽是我的梦想，可伊莎贝尔偏偏也要凑热闹。坦白说，能跟她分开几年，我还求之不得呢。"

"你几乎从不提起她，"斯堪德温和地问，"为什么呢？"

"我怎么提呀？"博比失笑，"你和肯纳姐弟情深，我不知道怎么讲我的事。不过，现在就算伊莎贝尔通过了选拔考试，她也没机会去孵化场的门口试试运气了。本来，我一直觉得——"

"你一直觉得她也会成为骑手。"斯堪德猜到了。

"没错。伊莎贝尔·布鲁纳各方面都是完美的。毫无疑问，她也该有一头命定的独角兽。在过去的两年里，我都在想，等伊莎贝尔登岛时，我得当个好姐姐，得和她分享关于独角兽的一切。"博比重重地叹了口气，"其实，跟弗洛·沙克尼当室友，还真影响了我。可是，要是独角兽卵找不回来了，我可能就永远没法做这些了。"

斯堪德深吸一口气，说道："我会再跟肯纳谈谈。我不能保证一定有用，但我会跟她谈的。"

博比点点头："你是个好人，驭魂宝宝。"她说完就爬回了自己的岩洞。

斯堪德等待着，等岩洞里的所有人都睡着了，就蹑手蹑脚地走向正在附近打盹儿的福星恶童。他想确认一下肯纳命定的独角兽是否安好。

福星恶童打量着靠近的骑手。斯堪德怀疑，这独角兽是不是正衡量自己在丰土考验中的表现，好决定要不要如他所愿。

黑色的独角兽眨眨眼睛，轻轻地尖叫一声，抬起了翅膀，尖端的羽毛泛着微光。斯堪德松了口气，依偎在它的身侧。福星恶童顽皮地咬着他的一撮棕发，热烘烘地朝他的耳朵里呼气。

斯堪德正要合眼，福星恶童却点燃了一撮苔藓，还开玩笑似的锁住了联结中的水元素，好奇地看着他的骑手用靴子把火星踩灭。最终入睡时，联结中还流淌着福星恶童的狡黠，而斯堪德则将疲倦的意识集中于肯纳的那头灰斑独角兽。

斯堪德盘腿坐在坚硬的地上。他是另一个人，穿着短裤，露着膝盖。是肯纳吗？不，他姐姐的肤色没有这么深。他一阵困惑。她怎么会来这儿呢？这不是肯纳。他想看清这个人的脸，想把自己与这个人分开。这个念头刚跳出来，斯堪德身边就多了个男孩——一头棕色鬈发，眼睛是明亮的蓝色。他应该比斯堪德大几岁。

第七章　流浪者

转瞬之间，斯堪德发觉自己正站着，但身体变了，是另一个人的身体。深褐色的手，荧光粉色的指甲。斯堪德努力脱离，片刻之后站在了她身旁。这是个十几岁的女孩，黑色长发编成辫子，搭在肩上。可看到她的脸时——斯堪德是通过别人的眼睛看的——他发觉鼻子上有个东西，沉甸甸的。他抬手摸了摸，这才明白，原来那是一副眼镜。然而，他刚摸到镜框，眼前的人就变了，不再是女孩，而是一个上了年纪的男人。之后，他拼命地呼吸，拼命地想要挣脱那男人的躯壳。挣脱所有的躯壳，他满怀希望，可希望刺痛了他，痛得他喘不过气来……

斯堪德大口地喘息着，疼痛将他拉出了梦境。福星恶童轻轻嘶鸣，因为引路人正看着他们。

"是补魂者的梦境吗？"埃洛拉好奇地问，"我只听说过，还从来没见过呢。"

斯堪德还没有从梦中的剧痛中缓过劲儿来，晕晕乎乎的："有三个人。以前没有过这种情况。通常我只是去找肯纳，然后去找她的灰斑独角兽。这次太奇怪了。我无法挣脱他们的身体，我找不到自己了，我——"斯堪德突然意识到自己竟然说出来了，而通过埃洛拉的紫色眼睛，他知道，她听懂了。

"肯纳在离岛上有一头命定的独角兽，对吗？它仍然流落荒野，是吗？"

"是的。"斯堪德承认了。

"而你是补魂者？"

"我只是偶尔看看她的独角兽好不好。我已经无法修复她的联结了。织魂人已经在她和苍鹰之恨之间织造出了新的联结。其实我并不知道怎样修复联结，要是我能够……"

"你该不会打算切断肯纳和苍鹰之恨的联结吧？"埃洛拉的语气一下子变得严肃起来。

"我……"斯堪德难以回答，他从六月起就一直惦记着这件事了。

"斯堪德，"埃洛拉认真地说，"没有人知道切断织造的联结会对骑手造成什么样的影响。那可能会伤害肯纳，甚至可能会要了她的命。"

"所以我一直想弄清楚呀！"

"听着，"埃洛拉强势起来，"想找到确切的答案是不可能的。相信我，我已经在银色要塞中研究了许多年。"

"银色——"斯堪德脱口而出，"你是银骥骑手？"

埃洛拉点点头："那一天，织魂人杀死了二十四头独角兽，一部分银骥骑手响应征召，研究防御进一步袭击的方法。我们研究了交换法。如果骑手命定的独角兽和荒野独角兽原本命定的骑手都找到了，那么织造的联结是否可以松脱？'松脱'的意思不是切断，而是交换，不是织造，而是重建。也许命运强于织造，允许骑手和独角兽各归其位，恢复真正的联结。我猜，你听说的理论就是这些吧？不然你何必要去梦境中寻找肯纳的独角兽呢？我们也曾试着寻找织魂人命定的独角兽，但没成功，因为她当时的身份还不为人知。"

"可是彼岸血月已经死了。"斯堪德立刻说道。埃洛拉猜错了,他没听说过交换法。这对他来说是新鲜的,是他极度渴求的信息。

"不错。所以没人能够验证交换法,或其他假说。毕竟,我们把所有驭魂者都关起来了。"埃洛拉的语气里带着羞愧,但斯堪德几乎没注意到。

"你的意思是,如果我找到了苍鹰之恨命定的骑手,那么就有可能交换——"

"不。"埃洛拉断然否定,"我的意思是,你必须忘记这一切。你不应该想着改变肯纳和苍鹰之恨,让他们符合这座岛所谓的'规矩'。你要接受她现在的样子,而不是强求她成为你希望的样子。"她转身离开,扔下一句:"睡一会儿吧。"

闻见早餐的香气时,斯堪德的思绪仍然没有停歇。寻路人不懂。他当然接受肯纳,可离岛不会。他不希望她永远藏身于流浪者之间。她也渴望回到凌云树堡,和他一起训练。

离别的时刻到了,肯纳紧紧抱住斯堪德说:"我讨厌这样。"

"我也是,"斯堪德在她耳畔喃喃说道,"我才刚和你团聚。"

"你真的不能留下吗?"肯纳望着他,再次问道。

"我也想留下,但我必须去找尼娜。我有办法,肯纳,我保证。"他心中升起了新的希望。交换联结。这真能实现吗?

肯纳叹了口气,说:"在这期间,我只能和那个艾伯特交交朋友了。他倒是很帅,真的。"

斯堪德松开她，结结巴巴地问："什么意思？艾伯特？啊？"

"哦，别闹。"肯纳翻了个白眼。斯堪德不能确定这是她一贯会有的表情，还是从博比那儿学的。对了，博比。他答应过她。

"小肯，"不知为什么，斯堪德声音发颤，"那些独角兽卵，你再想想？任何细节，只要对找回它们有帮助就行。你一丁点儿都不知道吗？"

"要是我知道，我早就说出来了，小堪。"肯纳伤感地说。

"我也这么想。"离别在即，斯堪德不想再纠缠这件事了。

"要快点儿来接我啊，好吗？"肯纳说着，又拥抱了弟弟。

"在你开始想我之前，我就会来找你了。"斯堪德说，"要留神突变。"

"我不会有事的。"肯纳向后退了一步。这动作叫斯堪德一阵心痛。

几分钟后，埃洛拉将四人小队送到了萤火岩洞的洞口。"祝你们混沌联考交好运。还有一句临别忠告：英少生们，为四分石而战，但不要在其间迷失自己。"她说。

他们骑上独角兽，与流浪者道别。斯堪德努力地克制着内疚的感觉。他又一次抛下了肯纳，让她和荒野独角兽还有那织造的联结自生自灭。他将注意力集中于新的计划，一路上，这计划已经初具雏形。

如果埃洛拉说的是真的，也许他真的能够将两条联结交换——织造的和命定的——让两个骑手各归其位。肯纳将与她那头灰斑独角兽重建联结，苍鹰之恨也将与自己命定的骑手——如果斯堪德能找到的话——恢复联结。这样一来，凌云树堡或许就能接纳肯纳了，他也不用再担心织造的联结或其他四种突变的影响了。顺便，还能将两头独角兽从不死之死中拯救出来呢，不是吗？

想起鬼魂般的织魂人，斯堪德不由得后背发凉，那就是与荒野独角兽牵绊在一起的代价。他不愿意姐姐也落得那般下场，有什么不对？

斯堪德用余光看向弗洛、博比和米切尔。他知道要做到这件事，自己不能单打独斗。

他得和队友们谈一谈，然后去找司令。

肯纳

希望

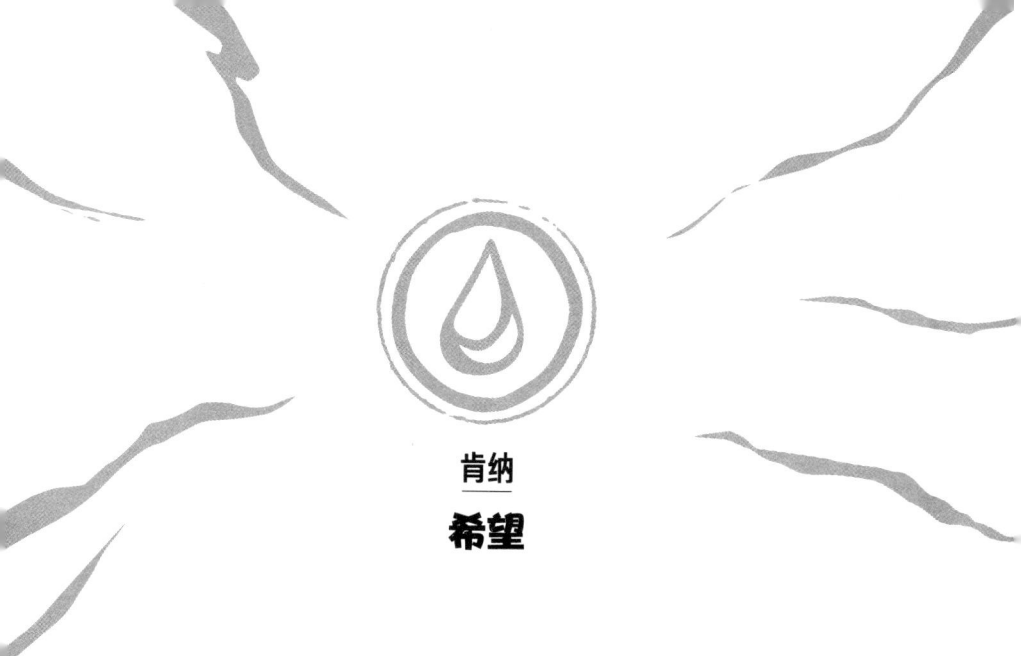

肯纳·史密斯也敢心怀希望了。

希望，是逗她开怀的艾伯特，是被当作普通人而非怪物，是篝火旁的陪伴，还有依偎在苍鹰之恨身边的独角兽幼崽。

希望，是学习。学习流浪者的新的生活方式，学习做回自己，学习聆听离岛魔法的节拍。

希望，是与怜爱荒野独角兽幼崽的人同乐，是与志趣相投者相遇，是遐想这里给她的安全感，是在苍鹰之恨腐臭的翅膀下沉沉睡去。

希望，是相信。相信总有条路能回到凌云树堡，相信斯堪德会来接她，相信他们孩提时的梦想会一起成真。

肯纳投奔流浪者一个多星期之后，埃洛拉第一次邀请她和骑手们一起训练。她骑着苍鹰之恨，走进丰土区九月末的阳光里，后背挺得笔直。她的独角兽脊背瘦骨嶙峋，但她依然骄傲。这里没人在乎苍鹰之恨是不是荒野独角兽。这里没人在乎她的联结是织造出来的，而不是命中注定的。

流浪者骑手们在埃洛拉和她的银辉斗士面前一字排开。肯纳仍然不敢相信，寻路人竟然和弗洛·沙克尼一样，是一位驭土银骥骑手。得知此事时，肯纳心中雀跃不已。埃洛拉宁愿放弃一切特权，也不肯屈从于离岛的传统。就是这样的离岛，正在追捕她和苍鹰之恨。现在，在埃洛拉紫水晶般的目光下开始训练，让肯纳感受到了前所未有的希望。流浪者信任她。这位银骥骑手信任她。

肯纳看见晨鹰在洁白翅膀的边缘燃起火来，烟雾呛得附近的流浪者咳嗽连连。艾伯特连忙召唤水元素浇熄了火苗，一脸尴尬。

"它怎么了？"肯纳骑着苍鹰之恨跑到晨鹰旁边问道。烟雾仍然聚在驭火独角兽的兽角周围，盘桓不去。

艾伯特耸了耸肩："它三岁了。这是个坎儿。它意识到自己远比我有本事。但这用不着担心！这可是你的第一次训练，快打起精神！"他冲她咧嘴一笑，她也冲他笑笑。现在，笑变得容易多了。自打斯堪德把她留在本土，她已经忘了自己的嘴角也能扬起。

"今天有新骑手加入，"埃洛拉大声宣布，"让她感受一下我们的热情！"

骑手们又是挥手，又是叫嚷，肯纳脸都红了。在这里，没有人像斯堪德那样身披铠甲，衣服的颜色也是随意选择的。骑手们年龄不一——年轻的只有十四岁，年长的则至少有七十高龄。他们的突变来自不同元素，有钻石眼睛，也有花朵卷发。这里的独角兽也不像福星恶童那样配有鞍具。它们裸露的皮毛光滑油亮，呈现出深红、铁灰、雪白等各种颜色。

"也许该展示一下我们的成果？"埃洛拉说。

"你一定会喜欢的，肯纳，"艾伯特轻声说道，"凌云树堡可不知道这些。你回去时，千万要替我们保密。"

一位年纪最大的流浪者走到埃洛拉和银辉斗士旁边，两人一起面向着队伍。身后的群山将影子清晰地映在恣意生长的田野上。昨晚在篝火旁，肯纳和那位老人聊过几句，知道他名叫奥托，是位驭风者，他那头灰色独角兽的名字是猛袭鸥鹀。

两位骑手都翻身下地，离开了独角兽。肯纳有些失望，她很想见识见识那些魔法。

两人距离各自的独角兽均有十步之遥时，他们举起了右掌，肯纳能够清晰地看见那来自孵化场的伤痕。埃洛拉的手掌上装饰着绿色树叶，奥托则为圆形伤痕画上了一对金色翅膀。在他们身后，银辉斗士和猛袭鸥鹀都用后腿站起来，扬起了前腿，蹄子踏着空气，迸出火花。埃洛拉闭上了紫色的眼睛，奥托亦然。

"他们这是——"肯纳想问问艾伯特，但他只轻轻地"嘘"了一声。

"等着，你马上就会看到。"

这时，不可思议的一幕出现了。两位骑手的手掌都亮了起来。

奥托缓缓转身，亮着黄光的手上下挥动。起风了，风力渐渐强劲。随后群鸟纷至——燕子、花鸡、雨燕、鸲鹆、知更鸟……鸟儿们嬉戏着，鸣叫着，欢快地呼唤着彼此，在包裹着骑手的微风中飞舞、盘旋。

埃洛拉手心向下，让掌心的绿光正对着脚下的土地。肯纳眼看着她的靴子周围冒出了青草，嫩芽疯长，越来越高，一直长到了埃洛拉的腰部。花朵从草丛中探出——玫瑰、大丽花、绣球花、兰花、百合，寻路人创造出的花束将她簇拥在中央。

流浪者们纷纷鼓起掌来，而肯纳目瞪口呆。埃洛拉和奥托不需要接触他们的独角兽，就能召唤魔法。这怎么可能？这太不可思议了！要是她也能学会这种本领，那么等她返回凌云树堡时，就能轻易超过所有初出生，说不定还能成为训练选拔赛的优胜者！

肯纳藏不住念头，一股脑儿地问道："这是怎么做到的？能教教大家吗？可以教教我和苍鹰之恨吗，哪怕我们……与众不同？"

埃洛拉握起手掌，从花束中走出来。奥托止住了微风，鸟儿像彩云般飞过了山峦。

"你当然可以学，肯纳。"埃洛拉对她说，"苍鹰之恨是与五种元素结盟的，从许多层面上说，它的魔法比其他独角兽更贴近这座岛的本质。"

"可是，不接触它也能使用魔法，这怎么可能呢？"肯纳追问道。

"一切都在于倾听。感受你脚下元素的流动，了解元素季节的变化。关键是相信。骑手与独角兽魔法之间的联结从来都没有限制。这关乎信心和信任。毕竟，联结环绕在心脏周围，不是吗？如果你们的生命和魔法都交融在一起，那么是否接触对方的身体，又有什么重要的呢？"

肯纳兴奋极了："这样一来，在战场上就势不可挡了！独角兽能够召唤元素魔法，而骑手可以在另一个地方利用它，然后——"

肯纳突然住了口，因为寻路人的目光变得凌厉了起来，其他流浪者也发出了反对的声音。

"我们从不将魔法应用于战斗，肯纳·史密斯，"埃洛拉严肃地说，"那不是流浪者驾驭元素的方式。如果你想留在这里，就必须遵守这个准则。"

"从不？"肯纳小声问道，"哪怕遭受袭击也不用？"

"不用，"埃洛拉笃定地说，"我们有幸能以不同的方式接触到元素的原始魔力。我们绝不会滥用它，也绝不会用它行有害之事。你明白了吗？"

肯纳飞快地点点头，可思绪却飘向了妈妈。

艾瑞卡·艾弗哈特每每谈起人生，都像在讲述一场战争。好像肯纳为了坚守自我，就必须与整个世界抗争。可如果她根本不需要抗争呢？如果她就这样活下去，也是可以的呢？

第八章
魂之光

从流浪者那里回来后的几个星期里,斯堪德一直被关于肯纳下落的各种询问纠缠着。凌云树堡再次充斥着关于他的流言蜚语,不管走到哪儿都有人冲他指指点点。然而,尽管斯堪德每天都被叫到议事广场,应付七人委员会、银环社及高级特勤的询问,他却一直没能与卡扎马司令直接交涉。

此刻,斯堪德置身于议事广场属于风元素一侧的行政树屋,他面前坐着的是尼娜委员会的司法代表,她问的问题和其他人一模一样:"你姐姐在哪里?"

"我不知道。"

"你姐姐失踪当晚,你在什么地方?"

"野花山。"斯堪德轻松地答道。

弗洛的父母对所有人声称,肯纳失踪的那天晚上,四人小队和他们在一起。斯堪德十分肯定，他之所以还没被抓进监狱，完全是因为沙克尼家族的影响力。

"你姐姐失踪后，是否与你有过联系？"

"没有。这问题你问过十遍了。"斯堪德咬牙切齿地说，"能不能拜托你带我去见司令？我想跟她谈一谈。"

司法代表啧啧出声——她有一双绿色的大眼睛，戴着眼镜，低头在笔记本上写东西时，长长的黑色刘海总会遮住眼睛："卡扎马司令没有时间接见你这种……"

"驭魂者？"斯堪德接下话茬。

司法代表尴尬地咳了两声。"司令目前正在动员全岛做大搜查。"

斯堪德当然知道尼娜的"大搜查"。她在元素广场发表了激动人心的演讲，像他这样没去现场的，也在《孵化场先驱报》上读到了演讲的全文。她信誓旦旦，表示一定会"不遗余力"地把独角兽卵送回孵化场。

谢天谢地，几分钟后，斯堪德总算从司法代表的办公室里出来了。他一出门就看见博比、弗洛和米切尔正坐在木头长凳上等着。今天被叫来的不止他一个——整个四人小队都遭到了怀疑。

斯堪德挤在长凳边，坐在弗洛旁边，朋友们立刻缄口不言了。自从他跟他们讲了关于肯纳和苍鹰之恨的计划，这几天就总是如此。

"好吧，"斯堪德叹了口气说，"我猜得到你们在说什么。"

第八章 魂之光

"小堪，我们只是……"弗洛顿了顿，碰碰他的胳膊，"这么做肯纳不会生气吗？我担心的是，她可能并不想要她命定的独角兽啊，她很喜欢苍鹰之恨。"

米切尔有些怀疑："可是，织造的联结不可能像真正的联结一样，产生那么深的情感吧？肯纳又没体验过，怎么会知道呢？我认为斯堪德的计划很合理，让两头独角兽都能免于不死之死的折磨！而两名骑手都能找回各自命定的独角兽！"

"可是怎么实现呢？"博比不耐烦地说，"用一条织造的联结换两条命定的联结？怎样才能找到原本属于苍鹰之恨的那名神秘骑手呢？而且斯堪德也根本不知道怎么修复联结！这完全是白费工夫，还不如专心去找那些失窃的独角兽卵呢！"

斯堪德一下子无所适从了。在此之前，四人小队一向步调一致，尤其是关于重要的计划、重要的事情。

"好吧，"他轻声说，"咱们不用现在就急着做决定，赞同与否先放一放。反正现在也不能去找肯纳。我只是想说服尼娜，肯纳不是什么可怕的人物，再提一提交换联结的可能性。这段时间我也会利用补魂者的梦境去寻找苍鹰之恨的命定骑手。"

"我也会去图书馆查查资料，和克雷格一起找找关于织造联结的信息。这么干过的肯定不止织魂人一个吧。"米切尔补充道。他瞥了一眼斯堪德，又说："真不敢相信你竟然背着我，和我最喜欢的书店老板搞起了研究。我有一种遭人背叛的感觉。"

博比翻了个白眼。

"要是肯纳不再出现其他突变就好了。"弗洛说。

"斯堪德·史密斯是吧?"一名特勤走过来,面罩银光闪闪,"司令要见你。"

"现在?"斯堪德很惊讶——为了见到尼娜,他可是央求了好几天。

"别问了!快去啊!"米切尔斥道。

斯堪德指了指朋友们:"他们能一起去吗?"特勤干脆地摇摇头,转身就走了。

"祝你好运!"弗洛冲着小跑追上去的斯堪德喊道。

特勤沿着风元素树屋的走廊前行,没走多远,就拐进了七人委员会的议事厅。斯堪德本来以为委员们会端坐在各自的飓风座椅上,可没想到,大厅里竟然空无一人。

特勤径直走向属于尼娜的闪电交椅,向斯堪德示意。

"坐下!"他命令道。

"什……什么?"斯堪德结结巴巴地问。

"坐在交椅上,它会带你去见司令。抓紧了。"

斯堪德只好照办,坐在这颇具象征意味的宝座上,别提多尴尬了。特勤绕到后面去,不见踪影。斯堪德有点莫名其妙,心里嘀咕着这是不是恶作剧。这时——

"哇啊啊啊啊——"

整个交椅以极快的速度向上升起。斯堪德连忙往下瞥了一眼,却只来得及看到那交叉的金属支腿展开,就冲向了大厅屋顶上的洞口。交椅猛然停住，剧烈地摇晃着。

斯堪德以为会看到开阔的天空，但这里似乎只是建在委员会议事厅内部的一个小树屋。首先映入眼帘的是螺旋状的窗户——风元素的符号，而后他才看见司令从正中央的书桌后站起身来。

"你好，斯堪德。"尼娜招招手，让他从交椅上下来，将他引向窗边装饰着黄色条纹的两把扶手椅。椅子中间有一张矮桌，上面放着几份《孵化场先驱报》，当天的早间头条是：

混乱但可控：
卡扎马开展全岛大搜查

尼娜循着斯堪德的目光看去，叹了口气："我看这是目前能给我的最正面的评价了。"与三年前初次相见时相比，她显得非常疲惫。斯堪德知道，他应该仰望司令，并且渴望成为司令，因为这就是混沌杯的意义。可是她的一举一动都显出不堪重负的样子，他不确定这是不是他真心想要的工作。

尼娜在一张黄条纹扶手椅上坐下，转动着拇指上的戒指。斯堪德注意到它会变色——从红色变成了暗橙色，看起来不像是离岛上的首饰。

"这是心情戒指，"尼娜解释道，"来自本土。你还记得吗？它会根据你的心情改变颜色。我是说——"她轻轻一笑，"现在我当然明白，这与体温有关，可在我小时候，这就是最接近魔法的宝物。"

"你一直戴着它？"斯堪德好奇地问。

"它提醒着我，在此之前，我是谁。"她指了指装饰着金喙神鸟的奢华壁纸，"很抱歉让你那样进来，斯堪德。这是司令的私人居所——每个元素的议事大厅都有，该元素的骑手赢得了混沌杯，就会安排给他。为了避免偷听，这是最佳的谈话地点——交椅在上面，谁也进不来。"

"谢谢你愿意见我。"

"我也要为你不得不接受审讯而道歉。"尼娜做了个鬼脸，一只手将了将黑色的短发，"我至少得做做样子，显得很重视肯纳的下落。委员会的其他人……"她迟疑了一下，"他们恐怕被偏见支配了。他们看着肯纳的时候，看到的并不是一个女孩，而是织魂人。"

"我明白。"斯堪德轻声说。

"她安全吗？你不用告诉我她在哪儿，我只想知道她好不好。"

斯堪德紧张得喉咙都卡住了："她很安全。可……可是我希望她能回到凌云树堡。我们俩必须在一起。"

"我很理解，斯堪德，"尼娜温和地说，"但是，在找回那些独角兽卵之前让她回来，这太冒险了。就连凌云树堡里的骑手也不

第八章 魂之光

会答应啊。而且，她的联结也是个问题。我和雷克斯为此很纠结。荒野独角兽造成的伤害是无法治愈的，万一苍鹰之恨在训练时伤到了其他骑手怎么办？"

斯堪德握住了拇指，那上面就有一处永远不会痊愈的伤口。他颤抖着吸了口气。机会就在此刻。"如果有办法帮肯纳和她命定的独角兽重建联结呢？那样她是不是就能回到凌云树堡了？"

有那么一会儿工夫，司令没有说话。她再开口时，声音里夹杂着担忧："肯纳是与魂元素结盟的吧？让她拥有两头独角兽？像织魂人失去彼岸血月之后那样？"

"不不。肯纳和苍鹰之恨的联结将不复存在，她绝不会变成织魂人那样。她只会变成我这样。"斯堪德急切地说。

"这还好点儿。"尼娜皱着眉头，回忆着，"六月的时候，我们在分汇点谈过这件事，对吗？修补联结什么的，是吗？"

斯堪德点点头，不敢贸然燃起希望。

尼娜的神情与其说是警惕，倒不如说是好奇："具体来讲，该怎么做呢？"

斯堪德的心怦怦直跳。他的话，司令听进去了！"我目前还不太清楚到底该怎么做，而且不能冒险切断那条织造的联结，因为可能会伤到肯纳。另外，当然，杀死独角兽也是绝对不可行的。"

"是的，绝对不行。"尼娜斩钉截铁地说。

"但是，"斯堪德急匆匆地说，"我已经确认肯纳命定的那头独角兽了。要是能找到苍鹰之恨命定的骑手,那么,将一条织造的联结换成两条命定的联结,就有可能实现了。理论上是这样的。"

尼娜浅褐色的脸上泛起犹疑:"这理论是谁告诉你的?阿加莎?"

斯堪德摇摇头:"是一个名叫埃洛拉的骑手,她曾经在银色要塞做过相关的研究。"他话音刚落就意识到,自己不该说出寻路人的名字。尼娜会不会知道埃洛拉加入了流浪者?她会不会猜到肯纳和他们在一起?

"埃洛拉·斯科特?我听说过她。她是唯一一位退出银环社的银骥骑手。在她之后再也没有出现过驭土银骥骑手,直到弗洛伦斯·沙克尼。"尼娜望向窗外,正巧有一头独角兽飞越高高的树屋。"那么,这种交换就意味着,两头荒野独角兽——肯纳的灰斑和苍鹰之恨——都可以恢复为在辖独角兽,是吗?"

"没错!"

"两位骑手都是驭魂者?"

"很有可能。"斯堪德坦承,"不过我和阿斯彭·麦格雷斯的协议仍然有效。如果我能通过接下来三年的训练,离岛就允许魂元素回归,对吧?那时候,他们就可以回到凌云树堡了,对吧?"斯堪德知道,尼娜一定感受到了他语气中的恳切。几个月团聚之后的突然分离,让斯堪德比肯纳留在本土的那些时日还要痛苦。

尼娜向前倾着身子问道:"你要如何找到苍鹰之恨命定的骑手呢?这应该是最迫切的事,因为其他几个条件都已具备了。"

第八章 魂之光

"因为我是补魂者,"斯堪德解释道,"我和福星恶童能够共赴梦境,辨认出那些本该联结为一体的独角兽和骑手,辨认出错过彼此的双方。我会试着在梦境中寻找苍鹰之恨的骑手,不过更困难的是,在现实中找到他。他可能在任何地方,离岛,或本土。"

尼娜撇了撇嘴:"想必这就是你要我帮忙的地方吧。"

斯堪德点点头。

尼娜沉沉地一叹:"你应该明白,我现在的重中之重是找回那些独角兽卵。"

"当然。"

"但是,如果你能清晰地描述出苍鹰之恨的骑手——"

"我可以把梦到的人画出来!"斯堪德抢着说道。

"很好。如果你能办到,那么我就可以与离岛特勤和本土警方协作,一起找到他。他应该和我们最新一届的初出生年龄一样,因为苍鹰之恨是去年夏至出壳的,对吧?"

"对极了!"斯堪德兴奋地说,"他应该十三岁或十四岁。如果我能办到,如果交换法真能奏效,肯纳能回到凌云树堡吗?"

"我会尽最大努力实现这个愿景。"尼娜说着站了起来。她的语气非常笃定,很像一位挥斥方遒的司令,让焦虑了好多天的斯堪德放下了心。博比没必要那么担心,尼娜会搞定一切的。

"卡扎马司令,"斯堪德坐上闪电交椅时突然问,"你曾说你之所以对孵化场失窃的事秘而不宣,肯纳只是原因之一,那其他原因是什么?"

尼娜不屑地说:"只要牵扯到织魂人,这座岛上的人就会彻底失去理智。我们把她当作最大的威胁,结果她果真如我们所愿。坏人之所以恶名滔天,可不是他们自己吹出来的,是我们的恐惧滋养出来的。离岛已经怕极了织魂人,我不想给这种恐惧再添一把火。怕成这样还怎么战胜她?"

斯堪德连连点头,尼娜的话很有道理。"那为什么雷克斯想要公之于众呢?"

尼娜疲惫的脸上浮起怒意,她伸手去拉交椅上的操纵杆。"权力,"她说,"没有人会嫌多。"

她用力一拉,斯堪德猛地坠回了议事大厅。

几个星期之后,吃晚餐时斯堪德迟了一步。他发烧了,因为睡眠不足又沮丧失意。他的补魂者梦境出了问题。他闹不明白,就在一个月以前,他还能轻轻松松地梦到那头灰斑独角兽,可现在他却总是闯进三个甚至四个不同的人的身体里,就像在流浪者岩洞里那次一样。梦中的景象非常模糊,连一张脸都看不清。而且就算他想要继续,那种可怕的剧痛也会把他逼醒。至于那些模糊的面孔是否和苍鹰之恨有关,就更是毫无头绪了。要是他画不出苍鹰之恨命定的骑手,尼娜就帮不上忙。

十月最后一天的傍晚,斯堪德赶到争春食屋时,这里显然弥漫着兴奋的气息。他一边往碗里盛咖喱鹰嘴豆,一边努力偷听周围的谈话，可骑手们在聊的事情他根本听不懂。

弗洛、博比和米切尔已经围坐在他们平时常去的圆形平台上了，斯堪德爬上梯子，与他们会合。

"所以你的意思是，所有的我都可以去？"斯堪德来到平台时，博比正说着。

"我看没有什么不行的吧，虽然别人恐怕不这么想。"米切尔若有所思地说，"反正，论竞争力，谁能比得过你啊。"

博比听得心花怒放，但米切尔是不是在表达赞美，斯堪德就不确定了。

"唔，我觉得咱们还是放弃吧，"弗洛有点儿慌，"就在树屋里一起待会儿不行吗？"

"你们在说什么呢？"斯堪德坐下来问道。

"秘洞舞会的排期确定了，"米切尔解释道，"晚餐前贴出了海报。"

"哦，那个啊。"斯堪德咕哝了一句。按规定，他是可以进入水元素秘洞的。可之前其他驭水者明令禁止他靠近沧渊，他也就不想凑热闹了。

"尽管舞会要十二月才举行，但大家已经开始互相打听，寻找舞伴了。"博比说，"你可以邀请任何人参加你的元素舞会。我嘛，就需要讲一点策略了，因为我要创造机会，进入四个秘洞，参加所有的舞会。"

"你所有的都要参加？"斯堪德追问道。

"是的，没错。"弗洛叹了口气，恼火地说，"可这并不明智，每场舞会都要耗上一整夜，而且一个接着一个。哦，冬至那天会休息。"

博比根本没听进去："好了，总之沧渊的舞会，已经有人邀请我了。"

"什么时候？"弗洛连忙问，"二十分钟前海报才贴出来！"

"我一进争春食屋就有个驭水者若成生问我了——他看着人不错。别那么惊讶，弗洛伦斯。我可是备受欢迎、美丽动人、最有司令相的姑娘。不过我还需要驭土者和驭火者的邀请，所以，"她卷起一份《孵化场先驱报》敲了敲弗洛，"矿池的舞会，就由你邀请我吧！"

"抱歉，博比，我哪个舞会都不想去。"弗洛飞快地说。

博比有点生气，但也没多问："好吧，那你呢，米切尔？"

"不不不！绝对不行！"米切尔坚决地说道，"我要邀请杰米参加湛炉的舞会。"他顿了顿，又说："我知道你们在想什么——这有点儿不合传统，别人可能会看不惯，我应该另邀他人……可是，也没有哪条规定说，不是骑手就不能参加秘洞舞会呀。"

"好吧，功亏一篑，"博比气哼哼地说，"那就祝你们共度美好的夜晚吧！"她埋头翻起了报纸。

"但愿杰米会接受我的邀请。"米切尔紧张地说。

弗洛握住他的胳膊说："他肯定会的。"她又对斯堪德说："小堪，你对这些舞会不感兴趣，对吧？"

第八章 魂之光

斯堪德愣住了，尘封的校园往事突然浮上心头。他那时没有合适的衣服穿，也不懂那些时髦的舞曲，烟雾机的气味叫人喘不过气，这些和尴尬混杂在一起，让他鼻酸。要是秘洞舞会也是这种玩意儿，那最好别跟它扯上任何关系。

"呃，对，舞会什么的，我不喜欢。"他说得很笃定。

弗洛挺高兴："啊，那太好了！到时候咱们就去四极城大吃一顿。又可以吃热狗喽！加蛋黄酱的，对吧？"

斯堪德想对她笑笑，可嘴角却扯不动。

"你看起来累坏了。"米切尔责备道，"我知道你一到睡觉的时候就不在屋里——我每次醒来，你的吊床上总是没人。"

"补魂者的梦境还是没有进展，是吧？"弗洛的声音低了下去。

斯堪德摇摇头。"一切都很模糊。而且我也总是惊醒，因为……"他把"疼"字咽了回去，"明天训练时我要再跟阿加莎谈谈。我得去见肯纳，解释一下目前的状况。"

博比指了指斯堪德的金属羽毛徽章，徽章佩戴在绿色夹克上，夹克已经打上了好几块补丁。"明天晚上不是你们疾隼队的第一次例会吗？"

斯堪德很惊讶——她竟然用了正式名称，没像以前那样称之为"傻不愣登的鸟社团"。"对呀，在烁火节那天。李凯斯已经完成了今年的招募。"他说，"你问这个干什么？"

"尼娜还没找到那些独角兽卵。"她指了指《孵化场先驱报》，

"我每天都在追消息，可每天都是'没找到'。我在想，你们开例会时是不是也帮忙找一找啊。"

斯堪德一下子内疚起来。博比担心她的妹妹会在转年夏至失去命中注定的独角兽。一整代与五大元素结盟、忠于织魂人的骑手——这样的未来让整个离岛惊恐不安。可如果斯堪德扪心自问，他此刻更在乎的是让肯纳回到凌云树堡。至于寻找独角兽卵，司令会想办法的，不是吗？可是让肯纳和她命定的独角兽团聚，这是司令办不到的。这才是他的要务。

"我肯定会跟戾天骑手们说的，"内疚推着斯堪德向博比保证，"我们能够飞得更快、更远，能找的地方也更多。"

"多谢了，驭魂宝宝。"

第二天下午，在英少生的训练场上，阿加莎怒气冲冲："它会去哪儿？"魂元素训练没能按计划进行，因为斯堪德的独角兽不见了。他犯了个错——在其他队友去参加烁火节庆典时，他把福星恶童留在凌云树堡的围墙附近，任它猎捕小动物。这下它又不见踪影了。

"我要是知道，"斯堪德没好气地说，"也就用不着找了。唯一的线索就是，之前每次它自己回来，身上都沾着一层灰尘。"

"灰尘？"阿加莎皱起眉头。他们只好折回山上，北极绝唱庄严地跟在一旁。"也许又是英少生这一年的叛逆吧。试探边界之

第八章 魂之光

类的？"

"别的独角兽可都好好的呢。"斯堪德咕哝道。

阿加莎瞥了他一眼："你好像状态不佳啊，因为担心烁火考验吗？"

"我们都不知道那是什么玩意儿呢。"

"担心是正常的。"

"嗯，好的，谢谢。"斯堪德接住话头说了下去，"其实我真正担心的是我姐姐。我得见见她。"

"你到底要我跟你说多少次？那太冒险了！要是有人跟踪你怎么办？"

"可是——"

"现在所有人都在找她。所有人！"

"我得告诉她进展如何，得告诉她我的计划是什么！"

"所以，你的计划到底是什么？"

斯堪德犹豫了。他还没跟阿加莎提过交换联结的设想。他害怕她会彻底否定，说那根本不可能。

"我也不知道，"他含糊其词，"反正身为补魂者总得有点儿用吧。"

"我们早就谈过了。肯纳已经有了联结，"阿加莎说，"你的补魂技术也还不够完善——这很危险。作为你的姨妈，我虽然不必承担太多责任，但至少得保住你的命。"

"那其他失去独角兽的驭魂者呢？"斯堪德争论道，想让她多说点儿,"你难道不想教我如何修补他们的联结,有朝一日让他们重归离岛吗?"

"有朝一日,不错,"阿加莎叹了口气,"你倒成了个正儿八经的反抗者了。"她怀疑地打量着他,"你好像以为我是了解补魂者的专家,可即便在驭魂者还合法的年代,补魂者也非常稀少。"她顿了顿,"我确实目睹过一些有趣的细节,但你得保证,暂时别再提这事了。"

斯堪德急切地连连点头。

阿加莎比画着讲起来:"目前,你已经体验过补魂者的梦境,也能在梦境中识别骑手及其命定的独角兽。下一步,补魂者必须在现实中验证他在梦境中看到的关系是不是真实的。有一个很简单的方法可以判断。"

"什么方法?"

阿加莎扬起浓密的眉毛:"魂之光。荒野独角兽的骨骼会先闪光,颜色就是结盟元素的颜色;骑手靠近时,他的骨骼如果也闪着同样的光,那就对了。只有驭魂者能够看见魂之光,就像只有我们能看到联结。我曾见过一次。"她至今说来还满是惊叹,"那位补魂者在极外野地的边界,让一个驭土骑手和独角兽团聚了。那绿色的光芒真是太美了。"

斯堪德低头看了一眼自己的驭魂突变,手臂上的骨骼和肌腱在白昼仅剩的光线下清晰可见。他的思绪飞向了肯纳和那头灰斑独角兽。他们最终得以相见时,骨骼也会亮起耀眼的白光吗?

第八章 魂之光

"听我说，斯堪德，"阿加莎边走边说，"肯纳现在和流浪者在一起是安全的。拜托你不要再做什么……"她停下来，搜索着合适的字眼。

"做什么？"斯堪德装出一副无辜的模样。

"蠢事。"阿加莎严厉地告诫道。

十一月的第一个夜晚，斯堪德抵达余晖天台时，还在琢磨魂之光。阿加莎没法儿训练的训练课结束之后，又过了一个小时，福星恶童才回到凌云树堡。

"真有你的。"斯堪德一边掸掉福星恶童皮毛上的灰尘一边思忖：你回来参加精英飞行社团的活动，却躲掉了规规矩矩的训练课。

他们在凌云树堡的制高点着陆时，福星恶童欢快地叫唤着，斯堪德也不得不承认，回到戾天骑手当中感觉很棒，即便也忧虑重重。他朝着马库斯和帕特里克挥手，他俩正在"友好地"掰腕子，各自的独角兽——沙暴轨迹和幻影飓风——毫无兴致地卧在一旁。

"这些可笑的若成生在比什么呢？"阿德拉今年是步威生了，她向芬恩打听，后者则整理着茬苒星霜的鞍具。

"如果帕特里克赢了，马库斯就要永远恭称他'闪电'。"

阿德拉的鬈发冒着烟，噼啪作响："可是马库斯的右臂是砂岩啊，他的驭土突变，对吧？"

芬恩点点头。

"那你可赢不了了哟，亲爱的。"阿德拉低声道。

帕特里克咬牙切齿地说："可是我最喜欢的绰号就是'闪电'！幻影飓风和我飞得很快，而且我们又是与风元素结盟的！你等着瞧吧！"

"放弃吧，伙计。"马库斯不客气地说道。帕特里克的胳膊已经开始抖了。

这时，上尉普利姆罗斯骑着凛冬野火着陆了，安布尔也和梁上旋风呼啸而来。但少校李凯斯和他的潮汐武士还没来。

一个陌生的蒙稚生在天台上着陆，他红色夹克的袖子上装饰着两对翅膀，说明这是他来到凌云树堡的第二年。显然没人告诉他，戾天骑手并不热衷于元素，只在意速度。

那男孩从独角兽的背上取下一把折叠轮椅，坐了进去。"你好！"斯堪德招呼道，"欢迎你加入疾隼队！"

因为这善意，男孩放松了许多。一望可知，他是个驭水者，冰刺从他头上冒出，压住了沙黄色的头发。"你好，我是利亚姆，"他指指自己的独角兽，"这是海岸十字军。"

"我是斯堪德。"

"我知道，"利亚姆咧嘴一笑，"你挺……挺有名的。还有你姐姐。"

"唔，是啊。"斯堪德咕哝道。

"我是不是不该穿这件夹克来啊？"利亚姆看看其他人，小声说，"有时候本土生真挺尴尬的。"

"深有体会。"斯堪德说,"喏,我都把它藏在鞍袋里。"

"真的?"

"当然。"斯堪德很兴奋,戾天骑手中总算又有一名本土生了。不知道利亚姆玩不玩混沌卡牌,他们可以交换。不过,一想到本土,斯堪德就记起了他答应博比的事。

李凯斯刚着陆在天台上,戾天骑手们就围了过去。斯堪德突然紧张起来:戾天骑手愿意去找独角兽卵吗?他们一向不屑于离岛事务,我行我素,并以此为傲。他犹豫了好一会儿,可原本乐天派的博比如今愁眉不展,她的脸浮现在他的脑海中,他知道自己不能让她失望。

"你好吗,斯堪德?"李凯斯捏了捏他的肩膀以示欢迎,"听说你最近常常被叫到议事广场去,但愿他们没把你怎么样。"

"他们最好收敛些,"芬恩低声说着,紧握拳头,关节上覆着雪花,"要是那些特勤敢让你难受,尽管告诉我,我会让他们体验真正的痛苦。"

上尉普利姆罗斯关切地看了芬恩一眼:"你这样真的很吓人,你知道吧?"

"没有,没什么事,真的。"斯堪德飞快地说,"不过我……呃……我在想咱们的例会。"

"有什么想法?"李凯斯捋了捋突变成水浪的头发,饶有兴致地问道。

斯堪德咽了口唾沫:"咱们能不能利用例会时间,去找找那些失踪的独角兽卵？你看，毕竟咱们飞得又快又远，很厉害呀。"

身着黑色飞行服的戾天骑手们认真地听着，个个都盯着他看。

他紧张得提高了声调，急匆匆地说："想想看，要是戾天骑手真的找到了独角兽卵，那我们就是大英雄了，对吧？"

四周静了片刻。

"好啊，算我一个。"帕特里克突然说道。声名远扬的机会总是可以轻易打动他。

"真是的，我怎么就没想到呢！就这么办！"李凯斯大声说。

"真的？"斯堪德震惊不已。

红头发的普利姆罗斯不太高兴："那咱们原先的计划呢，李？全年的计划都已经定好了，这可是咱们在凌云树堡的最后一年。"

"这件事更重要，"李凯斯沉思道，"这关系到一整代骑手，普利姆。"他轻轻颔首，好像在说"就这么定了，上尉"。

"既然司令都找不到，我们又怎么可能找到呢。"安布尔低声对马库斯抱怨。

李凯斯听见了。"我们是精英中的精英！"上校高声说道。

帕特里克欢呼起来："荣耀属于我们！"

安布尔咕哝了几声。

"起飞！"李凯斯说，"不用担心。今晚搜索过后，我们仍然会按惯例欢迎利亚姆！"

利亚姆一下子变得惊慌失措。斯堪德连忙安慰他，说不用害怕，大家不过是烤点儿棉花糖罢了。

第八章 魂之光

一开始很好玩，他们一旦看见地面上有什么可疑之处，就高速俯冲下去，一探究竟。斯堪德每次飞下去都扑个空，什么发现都没有，安布尔就冲他冷笑，笑得他心里一阵阵发慌。也许博比是对的？也许尼娜找不到那些独角兽卵了？

夜幕降临，炅天骑手们不得不接受无功而返的事实。回到余晖天台后，普利姆、马库斯和芬恩便张罗起火盆，帕特里克则缠着李凯斯，用小木棍儿戳他，要他拿出棉花糖。

李凯斯把他轰走了，宣布道："在我们正式欢迎利亚姆和海岸十字军之前，还有一件事。今年，我要设定一项新规，那就是，炅天骑手作为一个集体，一起参加某个秘洞的舞会，共度一个不需要飞行的有趣的夜晚！"

普利姆扬起燃着火苗的眉毛："真是个便宜行事的新规，因为咱们的上校乐于一展舞姿。"

斯堪德慌了神。"为什么啊？"他结结巴巴地说，"炅天骑手不是不在乎元素吗？咱们连庆典都不参加啊。"

李凯斯笑出了声："斯堪德，你说得好像我要你去送死似的！不管怎样，秘洞舞会其实是违背元素隔离原则的，你可以邀请任何人去你的秘洞玩上一夜，这不是跟咱们的理念一致吗？"

普利姆大笑："你可真不害臊！"

李凯斯咧嘴笑了："我看，今年我们可以参加沧渊的舞会。"他转向利亚姆，说道："真是抱歉，蒙稚生太年轻，还不能参加。等明年吧！至于其他人嘛，我是驭水者，我带普利姆，芬恩带帕特里克。"

"恶心！"芬恩和帕特里克异口同声地说，但语气里没有一丝不快。

"阿德拉，你的朋友是驭水者吧？"

她点点头，用手指梳理着冒烟的鬈发。

"好，那么，马库斯……"

"有好几个人能带我去呢。"马库斯心不在焉地挥了挥砂岩手臂。

"我也这么想。"李凯斯高兴地说，"这样一来，斯堪德，你作为名义上的驭水者，就带安布尔一起去吧。"

"什么？！"火盆两侧同时传来了惊叫声。

"我知道你们俩不太合得来。"

"真是顶级的轻描淡写啊。"安布尔咕哝道。

"可你们是戾天骑手，还是要分清主次，不管你们是……"李凯斯指了指两人，"什么情况。疾隼队要一起参加舞会。事情已经定了，就别纠结了，说不定能玩得挺开心呢。"

这之后，斯堪德连棉花糖也吃不下去了。他才不想带安布尔去参加沧渊的舞会呢，哪怕是集体活动！蒙稚生那年结束时，他俩算是达成了临时的休战协议，可根本算不上是朋友。这也太尴尬了，一想到要告诉四人小队，他就有点儿怵头了。

回到树屋，斯堪德惊讶地发现，朋友们还没睡——都聚在布告栏前。他瞥了一眼钉在上面的红纸，问道："是烁火考验的通知吗？"

"我们刚从烁火节庆典回来，就看到这东西！"米切尔一下子紧张起来。

弗洛让出地方，斯堪德挤在她旁边，四个人一起看。

> 火能够猛烈燃烧，是一种无情的、带有破坏性的元素。因此，在第二场考验中，关键是冲突。四分之一的人不会领到烁火四分石，只有从别人那里想方设法弄到手，才能成功。每个英少生都该为自己着想，此刻忠诚一文不值。
>
> 获胜的方法是，让别的骑手失败，正如火焰的燃烧需要消耗燃料。出于火的残酷性，此次奖励将归于所得超过所需者，它将照亮前方的路。

"'每个英少生都该为自己着想'，"米切尔喃喃道，"这话的意思是，烁火考验不是以四人小队为单位进行的。不过，咱们当然还是要一起行动，对吧？"

"我不想从别人那里偷啊！"弗洛快哭了。

"要是一开始就发给你了，那你就不用偷了。"米切尔理智地分析道。

"他们怎么选定不会得到四分石的人呢？"斯堪德问。

"我敢打赌，每个小队都有一个倒霉蛋。"博比说着，告诫弗洛，"要是那人是你，弗洛伦斯，那你为了通过考验，就不得不对别人下手。别忘了，其他骑手也会盯上我们的石头。咱们得做好准备。"她神色严峻地说，"去拿黑板吧，米切尔，或者我去？"

米切尔欣然从书柜后面拿出了黑板："先把所有英少生列个名单，然后缩小潜在目标的范围。也许，咱们可以团结一些能力强的骑手？"

斯堪德突然想起他们把肯纳送到丰土区之后，埃洛拉的临别忠告："英少生们，为四分石而战，但不要在其间迷失自己。"

当米切尔列出每位骑手的名字和元素弱项时，斯堪德则在思忖，他们是不是已经开始迷失自己了。

第九章
同盟狂热

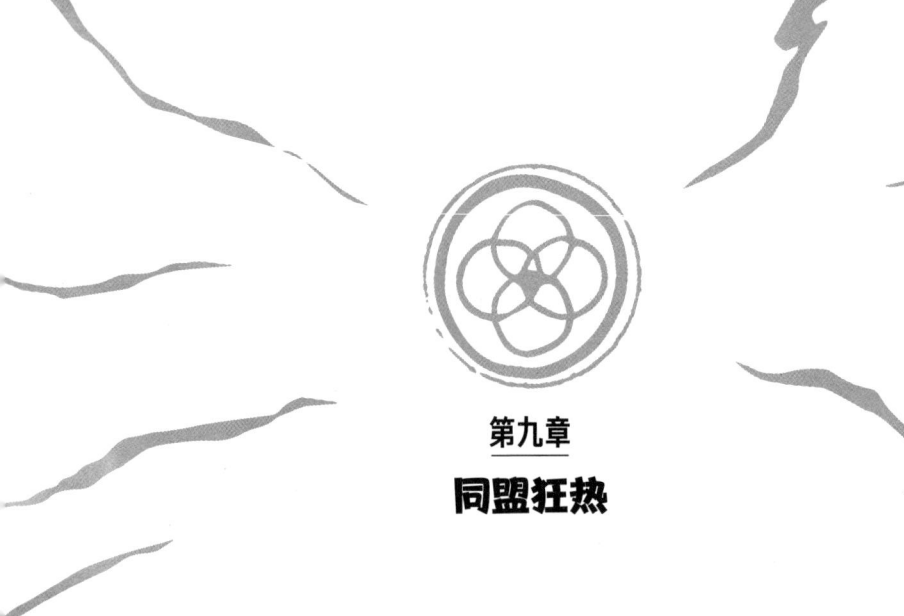

在接下来的六个星期里，凌云树堡中英少生们的生活日渐古怪。人人都把别人视作烁火考验中的潜在盟友或潜在目标。训练时的竞争性越来越强，因为大家都想展示自己的本事，好让更强大的盟友选中。激烈的谈判时有发生。英少生们已经意识到，仅有自己队友的支持是不够的，想保住烁火四分石，通过烁火考验，他们还需要其他骑手的助力。

斯堪德很清楚通过考验有多重要，所以他将进入补魂者梦境的任务缩减为一周三次——仍然毫无收获。他确信自己在梦中进入了更多人的身体，但每当他试图看清那些面孔，剧痛就将他从梦里拽出来。在其他的时间里，他尽量集中精力，努力训练，为即将到来的烁火考验做准备，并引导福星恶童度过叛逆期。

十二月中旬，烁火考验如期而至。

斯堪德正在等弗洛。他醒得比平时早，于是悄悄爬下树桩楼梯，躺在蓝色的豆袋沙发上打瞌睡，不去想日落时才开始的考验。

"去吃早餐吗？"弗洛走进客厅，轻声问斯堪德。从丰土考验以来他们就一直如此。博比和米切尔为了多睡会儿，总是不吃早餐，而弗洛和斯堪德则会一起去争春食屋。

"真不敢相信，这天还是来了！"弗洛紧张地摆弄着红色夹克衣领上的银色圆环——银环社的标志。去年，她一度拒绝参加例会，但现在，换了雷克斯·曼宁负责银环社的事务，斯堪德发现，弗洛和银骥骑手一起训练的时间就多起来了，她还会在银刃不好控制的时候寻求雷克斯的建议。

到了争春食屋，斯堪德还没醒利索，迷迷糊糊地往盘子里盛了鸡蛋、培根、番茄、吐司和香肠。弗洛隔着长长的餐台把蛋黄酱递给他时，他强忍着才没打哈欠。

"小堪，你看上去很累啊。"

"不用担心，烁火考验会让我清醒过来的。"斯堪德打趣。

弗洛皱起眉头，咕哝道："不知道催眠曲对人管不管用。"

"啊？"这种情况常常发生在弗洛和米切尔身上，他们总是忘记斯堪德不是在离岛上出生的，他们习以为常的东西，斯堪德全都不知道。

"哦！"她在通向用餐平台的梯子上半转过身，解释道，"我妈妈有时会请吟游诗人为那些生病的独角兽唱催眠曲，让它们长时间地睡着，病就能好得快些。"

第九章 同盟狂热

斯堪德一边爬梯子，一边胡思乱想。他知道，弗洛的意思是他需要更多睡眠，可这个催眠曲是不是对独角兽和骑手都管用？要是能让他和福星恶童一直睡下去，不就能在补魂者的梦境中看清楚苍鹰之恨的命定骑手了？

他们爬上枝丫最高处的圆形平台时，斯堪德已经想好了，这次考验一结束，他就去问问杰米催眠曲是怎么回事。说不定他的父母也能帮上忙。

他们坐的这张桌子现在已经成了斯堪德和弗洛的首选，部分原因是弗洛喜欢看那些鸟儿绕着各自的巢飞进飞出，不过最主要的，还是因为他们得躲着。

"你到底怎样才答应啊，弗洛？"罗米利跳上平台，白皙的脸微微泛红，她非常坚定地说，"总有办法能说服你。我为烁火考验建立的这个同盟，保你能顺利成为若成生。"

"我到底怎样才答应，昨天训练时就告诉你了，"弗洛耐心地说，"那就是允许我的四人小队一起加入你的同盟。"

"我们很乐意接纳博比和米切尔，可你知道，弗洛，四个人都来是不行的，那会让同盟很不稳定。"罗米利瞥了一眼斯堪德，斯堪德只好假装自己在专心致志地挤蛋黄酱，"要是你愿意加入，我们就给你留个名额。"她紧张地摸了摸头上的羽毛——都是拜突变所赐。

弗洛抱着胳膊："没商量。要么四个一起，要么一个都不。"

"单是你们四个人根本没机会通过烁火考验。"这位驭风者争辩道,"听我说——"

"我说过了,不行。"

罗米利戒备地举起双手,好像弗洛冲她大声嚷嚷了似的,然后悻悻而去。斯堪德觉得与有荣焉——谁也不敢惹银骥骑手,哪怕是弗洛·沙克尼这么好脾气的银骥骑手。

"一切都还好吧?"雷克斯·曼宁爬上梯子,选中了附近一张都是步威生的桌子。和其他教官不同,雷克斯总是和参训的骑手们一起用餐,而且相当受欢迎。斯堪德觉得要不了多久,大家就会为了跟他坐在一起而打起来。

弗洛说她很好,但雷克斯显然很了解她,听出了她声音里的紧张。"我当年参加联考时也经历过这些。"他站在梯子上,一只手毫不费力地托着一整盘食物,安慰道,"忠于朋友绝对是最好的办法。祝好运啊,你们俩都是。"

"多谢你,雷克斯。"弗洛冲他笑笑,但仍然情绪低落。他们这顿早餐被打断了四次,每次过来的骑手都无视斯堪德,只想求得弗洛的支持。他们开出各种条件,从一辈子替银刃打扫马厩,到各个秘洞的舞会邀请,五花八门。骑手们热烈地谈判,而斯堪德静静坐着,直到他们还他俩清净。

"都已经这个时候了,为什么大家还在争取盟友呢?"弗洛说,"小时候,要是别人都来邀请我一起组队,我肯定高兴极了。"她笑了笑,"可现在每个人都来找我,这压力真大啊。"

斯堪德摆弄着一片落叶。他知道弗洛说"不"的真实原因——她不想把他丢下。每个想要与弗洛、博比或米切尔结成同盟的骑手,都有个条件,那就是排除斯堪德这个姐姐与荒野独角兽牵扯不清的驭魂者。

"大家想跟银骥骑手结盟是理所当然的啊,"斯堪德耸耸肩,"你和银刃的魔法最强大嘛。"

"那可不一定。"弗洛嘴里嚼着一块凉吐司,含糊不清地说,"博比是初出生训练选拔赛的优胜者,安布尔赢了蒙稚生的鞍上比武。相比之下,我的成绩也就是普通而已。而且,到了英少生这一年,银刃的魔法越发不好控制了。要是没有雷克斯的帮助,我根本搞不定。"

一提到安布尔,斯堪德就坐立难安。他还没告诉任何人,他要带安布尔参加沧渊的舞会。他继续说道:"那些人也缠着博比呢,相信我,你的态度可比她好多了。"他深深地吸了口气。有些话必须得说。弗洛不该为了他冒险——要是她成了游民,那就不只是离开凌云树堡这么简单了。因为银刃是银色独角兽,银环社会接手弗洛的训练,并且强迫她在接下来的几年里都住在银色要塞。

"那个……弗洛,能跟你做朋友是我的幸运。"他脸颊发烫,着急忙慌地往下说道,"但要是你为了烁火考验,和更厉害的那些人结成同盟,我是绝不会怪你的。你也听见罗米利的话了,咱们四个人单打独斗劣势很大——"

突然,弗洛从她的盘子里拈起一块蘑菇,朝他扔了过去。

"喂！"斯堪德笑了出来，"干什么？"

"冒傻气。"弗洛的语气好像博比，"我就想跟你们三个结成同盟，参加烁火考验。我知道有些小队拆散了，他们选择了强大的同盟，放弃了和朋友并肩作战的机会，但我们不会那么做。我们团结如初。"

"可是——"斯堪德还想说些什么，但弗洛再次拈起了一块蘑菇，威胁似的作势要扔。

斯堪德又笑了："好吧好吧！我道歉！"

下午，英少生们飞向烁火区。斯堪德紧张得肚子里直翻腾，因为他看见各区外围时不时地掠过银光，那是特勤在搜索——当然，是在搜索独角兽卵，但无疑也是在搜索他的姐姐。他们跟着安德森、曼宁和艾弗哈特三位教官飞越天空时，斯堪德努力地专注于风景。独角兽掠过巨石和仙人掌之间的一丛丛约书亚树，然后继续向前，穿过沙漠。远处的火山映入眼帘，岩浆翻滚，像一条条火红的线，勾勒出下方的地势。

斯堪德希望教官们绕过火山地区，但沙漠火鸟、银光女巫和北极绝唱却偏偏降低了高度，着陆在前方平坦的熔岩高原上。太阳沉向地平线，阳光的温度随之褪去。斯堪德努力说服自己，要庆幸翻腾的岩浆在地表之下，不要害怕。

教官们等着英少生们在熔岩钵集合。这是一个圆形的巨大岩坑，据米切尔说，附近的火山处于活跃状态时，这里会充满炽热、翻滚的岩浆。四人小队站好后，很快便察觉其他骑手都按照各自的同盟聚在了一起。斯堪德看见罗米利的九人同盟不但能力强大，而且涵盖了各个元素，一下子就紧张起来了。

"那里面有几个在训练选拔赛和鞍上比武中都排名前十。"米切尔焦躁地说，"不少人都扔下自己原先的队友不管了。"

看起来吓人的不只是罗米利的同盟。科比、阿拉斯泰尔、梅伊和另一个四人小队——阿贾伊、玛丽萨、伊凡、艾莎——联手了。斯堪德更慌了：他的四人小队决定单打独斗，这会不会是个巨大的失误？

但还有一名骑手，是一个人单打独斗。安布尔·费尔法克斯端坐在栗色的梁上旋风背上，咄咄逼人地扬着下巴。

"你们说咱们要不要跟安布尔结成同盟？"他们往岩坑深处走时，弗洛轻声问道。

"你疯了吗？"博比咬牙切齿地说，"安布尔·费尔法克斯一有机会就会背叛咱们的！"

"可她去年确实救了福星恶童。"斯堪德说。他不敢相信，自己竟认真考虑起来了。

"再找一个驭风者加入咱们倒也不是坏事，"米切尔还在琢磨其他同盟，"可非得是安布尔吗？"

"我去问问她。"斯堪德果断地说。

"等她杀了我们，把我们的尸体留给乌鸦享用的时候，你可别跟我哭鼻子！"博比说。

"被乌鸦吃掉就没法儿哭了。"米切尔纠正她。

"闭嘴吧，米切尔。"

斯堪德刚靠近两步，安布尔就猛地在鞍座上回过身来，眯起眼睛，额头上的星形突变威胁似的噼啪作响。"想都别想，驭魂者。"她低声吼道。

斯堪德又上前一步。梁上旋风露出了牙齿。

"安布尔——"

"不，绝无可能。"

"你都不知道我要说什么呢！"

"哼，我知道。"她把栗色的头发捋到一侧，瞪着他，"我不会加入你那可怜兮兮的同盟的。别急着同情我。你要知道，我可不像你，有的是骑手来邀请我。独自参加烁火考验是我自己的选择。这样更有优势。"

"那就随你的便，"斯堪德回敬道，"你一个人去吧。我们不过是表示表示善意罢了。"

"用不着。"安布尔冷冷地说。

斯堪德折了回去，博比见他没带着安布尔一起回来，高兴极了。

"她不想跟别人联手。"他匆匆解释道。安德森教官开始讲话了。

"正如火的魔法，这项考验直截了当。你们将于落日时分进入考验场地，有四分之一的人开始时不会分得烁火石。至考验结束时——日出时分——你们必须将红色的烁火四分石佩戴在铠甲上，才算通过考验。如果你能获得一枚以上的烁火石，那么额外的石头可以用来交换其他四分石，元素任选。"

"说明里可没提这条啊。"米切尔咕哝道。

"记住，混沌联考不只关乎你和独角兽的协同作战，有时还在于战术。"安德森教官耳朵上的火苗闪烁着，他提醒大家，"如果你选择去偷其他骑手的四分石，就很可能招致报复。"

斯堪德看见骑手们将独角兽聚拢，空地上响起了叽叽喳喳的议论声。

"有些同盟百分之百会破裂，"博比小声对斯堪德说，"敌意小队绝不会跟别人分享偷来的四分石，何况它们还能用来换别的石头。"

"他们没通过丰土考验，记得吧？"米切尔听见他俩的话，插嘴道，"他们肯定会去偷烁火石，这样就能换到丰土石了。"

"那咱们可要躲着他们。"弗洛紧张地说。

"我们没法儿躲开所有人。"博比严厉地说，"咱们当中会有一个人没石头，要是大家都想成为若成生，那就只能战斗。"

三位教官走向英少生，每个人都拿着红色的袋子。斯堪德看见曼宁教官向挤在前面的骑手们分发血红色的晶莹宝石。加布里埃尔一块，梅布尔一块，扎克一块。

"真的假的？我没有吗？"萨莉卡嚷嚷起来。雷克斯说了一大堆道歉的话，然后走了。

萨莉卡一下子就哭了，用燃着火焰的手指捂住了棕色的脸。

驭土者加布里埃尔搂着她的肩膀："我们会帮你弄到一块的。我们一起努力。"

北极绝唱挡住了斯堪德的视线，只见阿加莎拿出一块烁火石，当的一声贴到了他的胸甲上。它晶莹剔透的侧面蚀刻着火焰图案，遥遥映着余晖。

"给你。"阿加莎粗声粗气地说着，给了弗洛一块，又给了博比一块——她一把就攥住了。

米切尔神色黯然："你们不给驭火者对吧？所有驭火者都没拿到石头。"

"对不起啊，亨德森。"阿加莎充满了歉意，"你得想办法偷一块了。至于其他几位，特别是你，"她指了指斯堪德，"要时刻保持警惕。"

这时，安德森教官骑着沙漠火鸟飞到岩坑上方，向着下面的火山岩投下烈焰。火焰迅速铺展，像烟花引线似的噼里啪啦地蔓延着。明火勾勒的线条越过火山，消失了片刻，远远兜了一圈之后燃烧着折返了。

曼宁教官应声而动。"你们必须待在火圈之内，"他提醒道，"离开火圈视作考验失败。烁火石必须醒目地佩戴在铠甲上，不可藏匿，违者取消资格。"

炽热的火焰扑回熔岩钵，将巨大的火圈闭合。

第九章 同盟炽热

太阳消失了。斯堪德再看见它的时候，便意味着考验结束了。

"开始！"阿加莎喊道。

英少生们冲出了熔岩钵，以最快的速度分散开来。有几头独角兽飞向最大那座火山的阴影——火圈深处。也有几头跑向了没那么暗的岩石层空洞，闷烧的岩浆提供了些微光亮。

博比和鹰怒打头，奔向一片硕大的火山岩，其他队员跟在后面。福星恶童走近之后，斯堪德就看出这地方确实是个好选择：岩石高耸，投下阴影，能将四人小队藏得严严实实。骑手们让各自的独角兽卧在岩石背后，用它们的翅膀半掩着，交流起来。

"现在情况是这样，"博比轻声说，"米切尔需要烁火石，咱们得帮他偷一块，并且不能因为对方的报复而丢了咱们现有的石头。"她很兴奋，远不像别人那样畏缩。

"罗伯塔，你真是太好了。"

博比翻了个白眼："我早就说过了，我决不允许我的四人小队里出现游民，不然等我妹妹来了，就永无宁日了。"

"但我们只需要一块，给米切尔。"斯堪德瞥了一眼弗洛，见她忧心地依偎着银刃银色的翅膀，"咱们不用惦记额外的石头，那样太贪心，也太冒险。"

"我赞同，"弗洛连忙说道，"可怎么锁定目标呢？这太可怕了。"

"那里的每一个人，"博比指了指岩浆四溢的高原，"都在问同一个问题。我愿用最后一罐马麦酱打赌，他们现在都密谋着要干

斯堪德与混沌试炼
-168-

掉斯堪德呢。哦，无意冒犯。"她又添了一句。

米切尔忧心忡忡，但仍然头脑清晰地分析道："合理的目标是尼亚姆。这次考验她分到石头了，而且她的小队在丰土考验中赢得了奖励，记得吧？她有富余的四分石。"

斯堪德点点头："所以就算偷了她的石头，她也能通过考验。"

"可是我挺喜欢尼亚姆的。"弗洛咕哝道，"竟然要针对她，真是无法想象。"

"如果你想针对我们都不喜欢的骑手，那也可以。"米切尔思索着，"安布尔是个好目标，因为她没有任何盟友。"

"可是，"斯堪德喃喃道，"要是我偷了安布尔的石头，她可能就不肯跟我去参加沧渊的舞会了。"

见博比、米切尔和弗洛都张着嘴巴瞪着自己，斯堪德才意识到自己说了什么。

"你邀请了安布尔？"弗洛声如蚊蚋。

"不是我自愿的！"斯堪德大声解释，"疾隼队全体都要参加沧渊的舞会，所以李凯斯非要我带安布尔去不可，因为我名义上还算是驭水者！"

"你这是开玩笑吧，斯堪德？"米切尔绝望地问。

"不是！我没得选啊！全体炁天骑手都要去，所以我只好——"斯堪德住了口，他看见弗洛从银刃的翅膀底下钻了出来。

"你不是说你不想参加秘洞舞会吗，小堪？"弗洛的眼睛里沁出了泪水，"我们要去买零食，在树屋里安安静静地待一晚，你忘了吗?"

斯堪德结巴起来:"我……他们……所有的戾天骑手都——"

"我明白了,"弗洛脱口而出,"你想跟其他朋友一起玩。很好。"

内疚催得斯堪德心跳加速:"其他秘洞举办舞会时,我们还是可以在树屋里玩啊!我是说,我只会参加沧渊的——"

"这不是重点!"弗洛打断他,翻身骑上了银刃,"我……这些考验,这些石头,我受够了。你们走吧,随便攻击谁,别算我的份。我只想一个人待着。"

"别犯傻!"米切尔说,"你不能自己待着!万一有人攻击你怎么办?"

弗洛倏地冷了脸:"我是银骥骑手。就看他们有没有这个本事吧。"她的语气那么愤怒,一点儿也不像她。斯堪德望着银刃消失在烈焰点点的夜色里,心里难受极了。

"洪流奔涌!"博比一把拽住斯堪德的腿,骂道,"你给我蹲下!气走了四分之一的盟友还不够,还要暴露我们的藏身之处吗?"

"不得不说,斯堪德,"米切尔咬牙切齿地说,"交朋友这事儿我虽然没什么经验,可即便是我也不会放着弗洛不选,去选安布尔!"

"不是我选的!"斯堪德嚷嚷起来,"是疾隼队定的!"

"可这就是你的选择。"博比怒不可遏,"你根本没必要事事服从那个傻不愣登的鸟社团。他们能把你怎么样？因为你早有安排而开除你？斯堪德，这就是你的选择，而你选错了！你和弗洛朝夕相处已经两年半了，你明知道她害羞腼腆，有时很不自信。因为你愿意和她一起留在树屋里，她高兴极了，连热狗都买好了！"

"我也很高兴啊——"

"撇下她，她还能高兴吗？弗洛总觉得她喜欢别人多过别人喜欢她，我跟她说过无数次了，根本不是那么回事！可你看看你干的好事！"

直到这时，他们才发觉自己说话的声音太大了。

四种元素同时向他们藏身的岩石袭来。火焰扑向石基，一支冰矛命中又弹回，闪电照亮了夜空，燧石如子弹一般射向山岩表面。福星恶童、红夜悦和鹰怒慌张地扑扇着翅膀站起来。斯堪德刚抓住鞍座骑上独角兽，对方就掀起了又一阵猛烈的攻击。

他撑起闪着白光的驭魂护盾，挡住了一道闪电，然而在夜色和元素碎片的双重掩护下，他连发起攻击的骑手是谁都看不清。

"驭魂者在那儿！"是阿贾伊和幽抑杀机吗？

"夺他的烁火石！"另一个声音听起来像伊凡和即刻摧毁，但斯堪德不太确定。

米切尔和红夜悦在斯堪德的左侧，和人缠斗着。米切尔拉起燃烧的长弓，射出火箭，但对方死咬不放，爆炸的火球距离红夜悦的蹄子越来越近。

"来吧！"博比大喊。鹰怒在福星恶童前面扬起蹄子直立，火光照亮了它梳成辫子的完美鬃毛。博比怒而出招。

她的掌心旋起一股旋风,风裹挟着周围打斗产生的元素碎片,越滚越大。一待体积足够,博比就将旋风抛向了对面的进攻者,紧接着又将一道闪电注入旋风风眼,狂风卷着电花呼啸而去。

来犯者别无他法,唯有溜之大吉。

"欢迎再来!"博比作势吹了吹亮着黄光的手掌。

"这地方不能待了!"米切尔大声说道。浓烟打着旋儿,从红夜悦的鼻孔冒出来。

"去火山那边?"斯堪德说,他希望能在路上找到弗洛。可就在他这么建议的时候,岩浆蜿蜒的高原上处处都能看见英少生的独角兽在扬蹄奋战,咆哮厮杀,元素魔法点亮了黑夜。所有人的目的都一样——熬过考验。

博比说出了斯堪德的念头:"怎么过去啊?"

他还没来得及回答,福星恶童就在没有任何命令的情况下甩开步子,飞了起来。

"看来咱们也得起飞了!"博比冲着米切尔喊道。

斯堪德向下方张望,看见红夜悦和鹰怒也飞起来了。"但愿你知道自己在干什么,福星恶意。"他告诫道。

有几次,他们被下面的英少生发现了。有一次,梅伊和亲亲睡美人朝福星恶童的肚子射出一束火焰,想逼它回到地面。另一次,伊莱亚斯和巡行磁力则试图用一阵大风让他们偏离飞行的方向。

最终，福星恶童、鹰怒和红夜悦还是在山谷间最大那座火山的阴影中安全着陆了。

这里安静了许多，只有火山口内翻腾的岩浆汩汩作声，浓烟和灰尘弥漫在空气中，很难看清四周，也很难被人看到。

"咱们根本没商量好要不要飞呢，计划都没有达成一致！"米切尔气鼓鼓地说。

"不是我要飞的！"斯堪德抗议道，"是福星恶童的主意。跟它发脾气吧！"

"小点儿声，快过来！"博比指了指火山脚下的一处豁口命令道。

"小心火蜥蜴！"米切尔咬着牙说。红夜悦一踏进黑暗的豁口就被他拽住了，他翻身跳下地，喊道："可千万别踩到！"

"火蜥蜴有什么好怕的？"博比敲了敲地面，"不就是一种小蜥蜴吗？"

"它们是生活在烁火区深处的一种火精灵，我只在烁火节表演之类的场合见过圈养的。它们非常危险。"

豁口内的空间刚好可容纳他们六个。一时间大家都沉默了，只是倾听着火山的震动、独角兽的鼻息和远处激烈的交战声。

"袭击咱们的到底是谁？"斯堪德轻声说，"烟太浓了，我都没看清。"

"我也没认全，"米切尔边说边擦掉脸上的烟灰，"但其中有尼亚姆和浮雪。"

"你拿到她的四分石了吗?"博比兴奋地问着,看了看米切尔的胸甲。

米切尔摇摇头:"她身上没佩戴石头,有人先下手了。"

"哦,这比鸭子大小的龙形生物还要叫人失望啊。"博比扬起下巴,冲着斯堪德努了努嘴,"要是弗洛也在就好了。"

"我该怎么办呢?"米切尔没理会博比,哽咽道,"要是拿不到烁火石,我就完蛋了。谁知道后面的考验还有没有机会让我多拿到一块四分石呢!到时候我就不能留在凌云树堡了,我仅有的朋友就是你们了——"

"冷静,米切尔,"博比打断他,"我们会帮你弄到一块的!只需要把目标范围扩大一点儿!"

"咱们得先找到弗洛。"斯堪德坚持道。

博比挑了挑眉毛,但还是同意了:"那么,现在有两项任务——找到弗洛,给米切尔弄块石头。对吗?"

两个男孩点了点头。

博比站起来,毅然向前走去:"那——"有个四条腿的东西从她的靴子底下钻了出来,亮起红色的光,照亮了四周的山岩。

米切尔吓得僵住了,斯堪德和博比半是着迷、半是厌恶地看着这个怪东西。它模样像蜥蜴,内部的血管全都燃烧了起来,接着整个身体——包括腿、头和尾巴——像熔岩似的摊开来,在地上聚成一摊橙红色的发光液体,一簇簇黑烟从中冒出。

"呃,米切尔,"博比说,"我不明白你为什么这么怕——"

"快跑!"米切尔叫道,"它的黑烟有毒!"

斯堪德不需要再次提醒,一把拽住福星恶童的缰绳冲了出去。

"博比,你……"他们跑出好远,米切尔才气喘吁吁地说,"你是个很好的反面教材。看到火蜥蜴时不该做的事你都做了。"

"我没看见嘛!"

"它死了吗?"斯堪德回头看看,黑烟仍然在从石缝里往外冒。

"火蜥蜴才没那么容易死呢。如果它们被碰了一下,比如被某人的脚碰到,"他瞪了博比一眼,"它们就会自卫式地熔化,放出毒气,等方圆数米内的生物都被毒死了,它们才会恢复原形,撒丫子跑走。"

"别长篇大论的。"博比抱怨道,"两项任务,记得吧?"

他们沿着火山的山坡往上走时,斯堪德一直期待能透过缭绕的浓烟看见银刃那银色的光彩。可直到他们往更高处的熔岩湖走去,也没发现弗洛和她的独角兽。

红夜悦一抬蹄子,掀起一阵烟尘,呛得米切尔直咳嗽:"我想能爬这么高的骑手都会躲起来,保护自己的四分石。"

斯堪德觉得米切尔的话很有道理。他们寻找弗洛的时候没有遇到任何袭击——在湖面的红光中,浓烟勾勒出几个英少生的身影,时隐时现,幽灵一般。

"我不知道还能在这儿坚持多久,"博比呻吟着,棕色的刘海黏在湿乎乎的脑门儿上,"太热了。"

第九章 同盟狂热

他们已经离熔岩湖很近了，独角兽每踏一步，岩浆脉都在它们的蹄下闷燃着。

福星恶童一直咝咝喘着粗气，牙缝间迸出火星。斯堪德看得出来，它一定想飞离火山口中翻滚的橙红色液体。

就在这时，他们听见了尖叫声。

是弗洛的叫声。

第十章
烁火考验

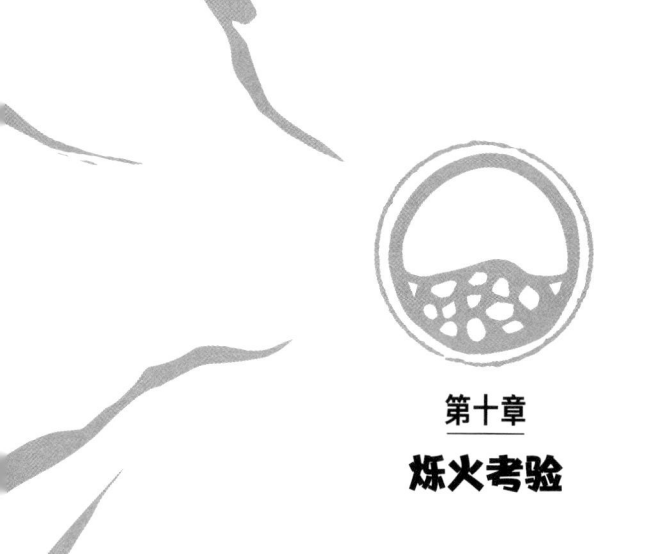

一听到弗洛的叫声,博比就立刻做出反应,拉起鹰怒的缰绳:"要是谁敢伤害她,我一定要他们付出代价!"

弗洛又叫了起来,随即惊恐地大喊:"她在这儿!她真在考验现场!"

斯堪德一下子就明白了弗洛说的是谁。

斯堪德、博比和米切尔毫不犹豫地骑着独角兽朝着叫喊声传来的方向冲去。有那么一瞬,熔岩湖四周的浓烟散去了,斯堪德看见鬼魅般的幽光里透出了弗洛和银刃的身影。

福星恶童、鹰怒和红夜悦一拥而上。

"小堪,她在这儿!"弗洛一见到他就说,"织魂人!"

她从头到脚抖得厉害。博比让鹰怒靠近银刃,隔着灰色和银色的翅膀,拉住了她的手。

"我隔着浓烟,看见她在湖对面。"弗洛声音嘶哑地说道,"她好像在找什么人。但我一叫,她就骑着她的荒野独角兽飞走了。"

恐惧攫住了斯堪德的心:织魂人是不是在找他?

"你确定那是织魂人吗?"米切尔急切地想让弗洛承认她看错了。

"想要证据的话,"弗洛颤巍巍地说,"去那边看看就知道了。"

他们骑着独角兽直奔熔岩湖边,蹄下的火山震动不已。仿佛饥饿怪兽发出的汩汩翻滚声响起时,斯堪德看见了弗洛说的证据。

织魂人的裹尸布。破烂的黑色布带搭在湖边燃烧着,慢慢地浸没在火山怪兽的岩浆肚腹中。

"烁火考验必须中止!"弗洛果断地说,"这太危险了!织魂人随时随地都可能再出现!"

博比不太喜欢这个提议:"你不是说她飞走了吗?也许不会再回来了。"

斯堪德察觉到大家都在等他的意见,便说:"不管织魂人要干什么,都不能因此断送了咱们成为若成生的机会。米切尔需要一枚烁火石。要是中止考验,咱们就没办法帮他了。"

"弗洛,你说呢?"博比恳切地问。

"好吧,但考验一结束,我们就得告诉教官。"

"就这么办。"博比和米切尔异口同声地说。

四人小队在火山一侧发现了一道很深的岩缝,决定暂时将这里作为基地。他们两人一组,博比、弗洛和斯堪德轮流陪米切尔出去，这样每次就只需冒着失去一枚烁火石的风险。岩缝里只有弗洛和斯堪德时，她只在不得不说话的时候才开口，也不肯直视斯堪德。秘洞舞会的事可不会一笔勾销。

有一次，博比和米切尔回来时惊魂不定。

他们发现科比和梅伊离开了其他盟友，躲在一堆岩石旁边，便打算从后面悄悄发起偷袭。博比和米切尔刚刚将魔法召唤至掌心，科比和梅伊却以岩石堆为掩护，冲着前方发起了进攻。马特奥、内奥米、迪维亚和哈珀突然遭遇无情的元素魔法伏击，连各自的独角兽都顾不上了。

"他们投降了，"博比描述着，"举起双手，任由那两个狡猾的家伙抢走了铠甲上的烁火石！"

"可是只有梅伊需要一枚烁火石啊。马特奥小队的三枚石头全让他们抢走了？"弗洛很生气。

"他们想用额外的烁火石去换丰土石。"米切尔郁闷地提醒她。

"再说，他们本来就很卑鄙。"博比补充道。

当漆黑的天空中透出黎明的微光，骑手们愈发陷入疯狂。斯堪德和米切尔眼看着伊莱亚斯和巡行磁力俯冲向加布里埃尔和普利斯女王，射出一连串导弹般的燧石。尽管加布里埃尔的盟友尽力防御，可伊莱亚斯还是在擦身而过时伸出胳膊，从加布里埃尔的胸甲上抓走了红色的四分石。

到了破晓时分，米切尔已经不管不顾地放弃了火山间的这处庇护基地。斯堪德、博比和弗洛想陪他一起出去想办法，但他不肯。"到了这一刻,绝不能让你们失去烁火石。"他说。

然而,尽管红夜悦有令必行,找遍了每一个潜在目标,米切尔的最后一搏还是无功而返。没能获得烁火石的英少生还在开阔地徒劳地挣扎,保住烁火石的那些则躲了起来,只待天亮。

"你们觉得还有多少时间?"米切尔绝望地问道,他又一次两手空空地回到队友们身边。

仿佛为了给出回答一般,呼的一声巨响,火圈熄灭了。太阳升起来了。烁火考验结束了。

在隐蔽的火山口中、黑乎乎的火山岩后、近处的山坡一侧,独角兽和骑手纷纷现身,个个都是筋疲力尽,满身狼狈。

米切尔一直撑到了翻身下地的时候。"我无法相信,"他像被掏空了似的,颓然说道,"我爸爸肯定失望极了。杰米会怎么想呢?他还会愿意跟我一起参加湛炉的舞会吗?驭火者竟然没能通过烁火考验。真差劲。"

弗洛抱着他说:"你不差,米切尔!这不公平!对不起,我不该一开始就扔下你!"两个人说着都抹起了眼泪。

不爱哭的博比尽力保持乐观:"哎呀,没必要现在就灰心!还有两次考验呢,肯定能帮米切尔弄到烁火石!"

"没错。"斯堪德追着弗洛的目光说。

难过失望的四人小队返回了熔岩钵,医师们正等候在那里,为他们检查伤势,教官们则开始记录考验结果。

在这里哭鼻子的更多。斯堪德看见沃克独自蹲在地上抹眼泪,萨莉卡哭着向罗米利道歉，因为她偷了人家的四分石。

"她们俩不是好朋友吗？"博比轻声对斯堪德说。

斯堪德唯有叹气："是啊。"

环顾四周，所见尽是痛苦不堪的英少生，斯堪德不禁想起了几星期前埃洛拉说过的话："我知道的是，离岛已经忘了，还有比输赢更重要的事情。"

是友谊？他想，还是忠诚？如果成为混沌骑手的代价是失去这一切，他真的心甘情愿吗？训练结束时，他真的能成为自己仰望的那种人吗？

"哦，不错啊，安布尔保住了她的石头。"博比往梁上旋风那边瞥了一眼。

"我要好好跟这个驭魂者混蛋算算账！"阿拉斯泰尔突然冲到了斯堪德面前，他人高马大，梅伊和科比费力地拉着他。

"你偷了我的烁火石！我知道，绝对是你干的！"阿拉斯泰尔嚷嚷着，唾沫星子都崩到斯堪德脸上了。

"你在说什么啊？"斯堪德困惑不已，"我没有袭击你。我根本就没看见你！"

阿拉斯泰尔冲着他挥着胳膊："骗子！我亲眼所见还能有假？你就不该参加混沌联考！你的元素都不配拥有自己的考验。你是违法的，应该把你关起来！"他一时甩开了两位队友，冲过来要抢走斯堪德胸甲上的红色宝石。

熟悉的声音响起，洪亮而清晰地喝道："闹够了没有！"

阿加莎骑着北极绝唱来到阿拉斯泰尔面前，成年驭魂独角兽的出现足以让他畏缩。他往地上吐了口唾沫，还骂了一句"驭魂混蛋"，才悻悻然溜走。

阿加莎没理他，翻身下地，从鞍袋里取出写字板和红色抽绳袋，准备收回四人小队的四分石。

"阿拉斯泰尔怎么会认为是你偷了他的烁火石呢？"弗洛说。自考验结束后，这还是她第一次直视斯堪德："不是你干的，对吧？"

"没有！我根本不知道他在说什么！弗洛，你是不是——"他的话被阿加莎打断了。

"怎么样？"她问斯堪德，目光在他身上扫了几遍——他觉得她是在检查他有没有受伤，"通过了一半的考验，还活着，不错。把你的石头给我，我要登记了。"

"考验时织魂人出现了！"弗洛喘息着说道，好像这句话已经在她心里翻腾了许久，"这次我看见她了！"

阿加莎脸色微微发白。"真的？"她问这话的时候却看着斯堪德，仿佛他是她唯一信任的人。

斯堪德点了点头："我们看见她的裹尸布落在熔岩湖边烧着了。"他还以为阿加莎会为之前不相信他见到了织魂人而道歉，但她没有，只是搓了搓突变的脸颊。"艾瑞卡在打什么主意？"她似乎在问自己。

"我想她是在寻找什么人。"弗洛瞥了一眼斯堪德，说道，"我看见她时，她正向烁火区外张望。"

阿加莎愈发担心了："我会告诉司令的。把石头给我，快。"

斯堪德、博比和弗洛交还了各自的烁火石，当阿加莎看向米切尔时，他垂下了脑袋。

"没关系的，"斯堪德安慰他，"咱们能搞定。"

米切尔勉强地点点头。但是当阿加莎在他的朋友的名字旁草草打叉时，斯堪德还是觉得难受极了。

"没关系的。"斯堪德重复了一遍，但更多的是在安慰自己。

从烁火考验结束到秘洞舞会开始的这段日子非常奇怪。英少生们都躲着彼此，宁愿早早睡觉，也不参加平日里的晚间活动了，比如在火元素区域的篝火旁聊天，或是在水元素区域的月色塘边闲坐。一切都变得尴尬无比。

斯堪德参加疾隼队例会时跟马库斯谈到这些，那位驭土者同情地叹了口气："不然还能怎样呢，斯堪德？联考年年不同，你刚刚通过的烁火考验，应该是经历了人人都想干掉对方的一夜吧？真面目都露出来了。我们那届也一模一样，好像谁都不能相信了。"

"本来就不能相信别人。"芬恩无意中听到他们的话，插嘴道，"每个骑手都只为自己。这就是混沌联考的意义。"

"那你觉得这样对吗？"斯堪德骑上福星恶童，为飞出去寻找独角兽卵做准备。"他们真的应该让我们这样对待彼此吗？"他问。

芬恩耸了耸肩："无所谓。这就是留在凌云树堡的代价。成为混沌骑手，甚至成为司令——要么你极度渴望，要么你想都别想。"

斯堪德立刻想到了肯纳。对他来说，他的目标不仅仅是成为混沌骑手。他在凌云树堡多坚持一年，距离魂元素重获合法地位就又近了一步。如果能修复肯纳的联结，距离她成为真正的骑手也又近了一步。他都想好了，一周后去陪肯纳过圣诞节，但他不打算告诉阿加莎，因为她肯定又要阻止他。斯堪德希望能拿出些进展跟姐姐分享，这就要靠杰米多多帮忙了。

烁火考验之后，甲胄师来凌云树堡检查福星恶童的铠甲，斯堪德向他打听了关于催眠曲的一切。杰米很实在，马上和他妈妈谈了谈，她便同意在秘洞舞会的前一晚来凌云树堡一趟。斯堪德希望她能让他和福星恶童多睡一会儿，直到梦中出现苍鹰之恨的命定骑手。

杰米的妈妈即将莅临的那天下午，斯堪德、博比、米切尔和弗洛都带着各自的独角兽在英少生的训练场上进行水元素训练。由于下一场是沛水考验，所以相关科目的数量暂时超过了其他的。

他们在水元素凉亭前列队时，兴致都不怎么高。弗洛整整一周都比往常还要安静。虽然她也会跟斯堪德说话，但都算不上真正的说话。两人客客气气的，自打烁火考验之后，他们就再也没有一起吃过早餐了。斯堪德每天早上都会等她，可她始终没有露面。他渐渐沉迷于在速写本上描摹梦中的模糊面孔，干脆也不吃早餐了。

博比把一份《孵化场先驱报》搭在鹰怒的脖子上，显然想赶在训练开始前看完。斯堪德知道，她是在找独角兽卵的消息。每次疾隼队例会之后，他告诉她一无所获时，她都会黯然失神。

米切尔不停地自言自语，连红夜悦一次次地鬃毛冒火闹着玩儿，他也没管它。终于，博比忍不住了："你知道报纸是易燃品吧？你到底怎么了？"

"既然你问了——我很紧张。"

"为什么事紧张啊？又不是你要进入非自然状况的长时间睡眠。"

"对，但我就要见到杰米的妈妈了。我怕她不喜欢我。"

"你怎么总觉得别人不喜欢你呢？"斯堪德说，"别这么低估自己。"

"斯堪德，我直到去年才确定我爸爸是喜欢我的。而他本来就该喜欢我。至于别人，我只能以完全未知的情况来对待。"

"可是你已经见过杰米的父母了呀，"弗洛困惑不已，"去年在魂元素的秘洞里。"

米切尔没理她。"杰米的妈妈可是备受尊敬的吟游诗人。要是她问起烁火考验怎么办？我可没通过啊！"

"你真的不用这么担心，"弗洛温和地安慰他，"杰米的妈妈肯定会像我们一样爱你。"

"喂喂,'我们'是什么意思?"博比说。弗洛朝着她的小腿踢了一脚。

奥沙利文教官让英少生们两两分组。斯堪德和博比一组,福星恶童和鹰怒隔着浸透了水的草地相向而立。

"今天的课程主题是水元素的延展性,"奥沙利文教官骑在天庭海鸟背上说道,"小组中的一名骑手以大量的水发起进攻,可以是强劲的水柱,也可以是温和的波浪……科比,我盯着你呢。"那名驭水者只是窃笑。"另一名骑手则要以自己的水元素魔法迎战,并将对方攻来的水塑造成有效的兵器,比如剑、矛、狼牙棒——"

"那弓箭呢?"阿特高声问道。弓箭是大家最喜欢的兵器,这已不是秘密。

奥沙利文教官笑了笑:"阿特,如果你和地狱怒火能够在被命中前用尼亚姆和浮雪攻击你的水塑造出一张弓,你明天就可以躺平了。"

"真的?"阿特兴奋地问,"可以不来训练?"

教官点点头,眼睛里的漩涡有几分顽皮。

但英少生们很快就发现,用快速流动的水塑造兵器,比想象中难得多。

博比和斯堪德遇到的难题不同,但相同的是,两人都很沮丧。鹰怒不愿意沾湿皮毛,使出浑身解数躲避水花,于是斯堪德和福星恶童每次向它发射水柱时,它不等水流碰到自己就会直接把水冻成冰柱。

"鹰怒！"博比嚷嚷道，"我们要用流动的水塑造兵器！你这不是作弊吗？"

斯堪德的困扰则和其他英少生差不多——太慢。博比抛来的水尚在半空时，他就开始想象自己钟爱的马刀的形状，开始塑造，可没等他反应过来，水就已经击中他了。他和福星恶童已然浑身湿透。福星恶童收起了玩心，想要反击鹰怒。

斯堪德正要再一次向博比发起水元素攻击时，她挥挥手让他暂停，走了过来。

"我觉得落汤鸡无疑是你最难看的造型之一。"

"谢谢。"斯堪德咕哝着，抹掉刘海上的水，免得淌进眼睛里。

"我说，驭魂宝宝，"博比突然严肃起来，"你今晚真的要弄那个什么催眠曲吗？"

斯堪德吃了一惊。博比从不回避风险。通常是弗洛劝他三思而行，但她最近都不怎么搭理他。

博比叹了口气："我听见你做梦时大喊大叫的。听起来很糟糕，斯堪德，好像很疼啊。我知道你故意轻描淡写，都是为了肯纳，可这真的很危险，可能是致命的危险。"

"杰米的妈妈在呢。你们也都在！如果出了什么岔子，你可以扔点东西把我弄醒。"他开玩笑道。

博比大声笑了起来："好吧，既然你都这么说了。不过，千万当心。"

"我会的。我保证。"

博比似乎满意了，继续朝着他发起了水势攻击。可斯堪德有些慌了。他一门心思只想看清梦境里的面孔，好为尼娜画出来，却将阿加莎的告诫抛诸脑后。如果没有及时醒来，梦里的疼痛，会剧烈到何种地步？

其他骑手一离开马厩，杰米就到福星恶童的围栏外和四人小队碰面了。

"待会儿我妈来了，她要是说起什么吟游诗人的画像之类的，别理她就好。"杰米有些紧张，"今年我唱出自己的真言之歌后，我的画像就应该挂在歌吟学院了。我一直不愿意，也不想让她问个没完。"

"歌吟学院是什么？"斯堪德问。

"就是吟游诗人的'凌云树堡'。我这辈子都在躲它。"杰米一边说，一边梳开了红夜悦鬃毛上的结。

"我……我们真的很感谢你的帮助，杰米。"米切尔轻声说道。甲胄师冲他微微一笑。

"我们还是去凌云树堡的门口接她吧。"杰米说着叹了口气。但就在他和米切尔转身要走时，一个女人向他们走来。她留着浅金色长发，穿一件洋红色的曳地连衣裙，笑容极富感染力。

"你好啊，宝贝！"她抱住了杰米。

"妈！"杰米抗议道，声音闷闷的，"你怎么进来的？"

"我自有办法啊。永远不要低估魅力的力量。"她放开了儿子,紧接着就热情地一把抓住了米切尔的手,差点儿把他的眼镜甩出去。

"米切尔!天哪!杰杰,他比我印象中还要帅气!听说也很聪明呢!"

米切尔的头发熊熊燃烧,斯堪德真担心他会烧坏什么东西。米切尔有些尴尬,但也很高兴。

博比忍住了笑意。"杰杰?"她动起嘴巴,无声地冲着杰米叫道。杰米却耸耸肩,毫不在意。

杰米的妈妈又冲大家说:"斯堪德、弗洛,再见到你们真是太好了!还有你,博比!你们叫我塔莉亚就好。"

斯堪德听见杰米对米切尔说:"看吧,我早就说过,她肯定会喜欢你!"

"那我要不要请她聊聊自己的事?还是讲些好玩儿的话?不过我不怎么好玩儿的,所以讲的话可能也不好玩儿。"

"行啦行啦,"杰米笑着拉起米切尔的手,"你不需要变得更好玩儿、更聪明,或者更勇敢。你是米切尔,这就是我喜欢你的理由。"

米切尔开心地笑了,但很快又微微皱起眉毛:"我的意思是,我已经很聪明了,所以不知道还能怎么变得更聪明。"

杰米大笑起来:"你还说你不好玩儿!"

"呃……我可没开玩笑。"

"哎呀，杰米就是不肯坐下来让人给他画吟游诗人的画像，真叫我尴尬。"塔莉亚跟弗洛解释，弗洛也有点儿尴尬。"我可是歌吟学院的战歌专家，你瞧。"她抬手摸了摸自己的耳环，那是两个交叉的音符，就像一对角斗的剑。

"我又不是吟游诗人，"杰米淡淡地说，"而且我也很忙。我今年是英少生的甲胄师了，妈妈，你知道这意味着有多少活儿要干吗？每一季都要为不同的元素考验特制不同的铠甲呢。"

斯堪德突然觉得很内疚。他只顾着自己的事，都没注意到杰米来凌云树堡为福星恶童装配铠甲花了多少时间。他一直以为那是因为杰米想见米切尔。

"杰米是最好的甲胄师，"斯堪德说，"要是没有他，我真不知该怎么办了。"

"啊，也许吧，不过咱们还是赶快办正事吧。"塔莉亚说着，仔细地打量起斯堪德，"补魂者，好啊，很好。吟游诗人很久都没有协助过像你这样的人了。"

"这么说，你也知道补魂者？"斯堪德尽力平复着紧张的心情。

"哦，是的。"塔莉亚目光辽远，"离岛希望人们忘记的事情，吟游诗人都记得。"她眨眨眼睛，环顾挤在福星恶童围栏外的四人小队，"天哪，你们看起来真憔悴。杰杰跟我讲了混沌联考的那些事，不得不说，真是太可怕了。"

"确实。"弗洛干巴巴地说道。

"唔，催眠曲就没什么好担心的了，我常常唱给受伤的独角兽听呢。"她将一只手搭在斯堪德的肩膀上，"咱们进去吧。"

和塔莉亚进入福星恶童的围栏时，斯堪德尽力向联结中注入安抚。可问题是，他自己也很紧张。塔莉亚刚才是不是说她只为独角兽唱过催眠曲？他现在才想到，应该先跟阿加莎谈谈。

吟游诗人刚在草垛上跪下来，福星恶童就焦虑地连连尖叫。斯堪德喂了它一颗红色的果冻软糖，自己也吃了一颗，壮胆鼓劲儿。这都是为了肯纳。

"等等！"弗洛急切地喊住他，"用这个画出那位骑手！"她将斯堪德的速写本翻到空白的一页，连同一支铅笔一起递了过去。

"谢谢。"他哑着嗓子勉强说道。他的队友和杰米都挤在栏门前，个个一脸担忧。

"你平时是怎么睡在这儿的，现在照做就好。"塔莉亚指点道，"在它翅膀底下？好，就这样。如果我比你先进入恍惚状态，不要惊慌。"

福星恶童黑色的翅膀将斯堪德裹了起来，他努力放松，但这不太容易，毕竟，他不习惯睡觉时有观众在侧。

"梦醒时见啰，驭魂宝宝。"博比说。朋友们纷纷戴上了耳塞，将催眠曲隔绝在外。

斯堪德吓了一跳——塔莉亚毫无预兆地就唱了起来，元素魔法在她身体周围飞舞跃动。他本来想跟她讲讲那些梦境，解释一下……她刚才说，她也会进入恍惚状态，对吧？然而，音符拂过斯堪德的意识，魔法以最舒缓的形式出现——渐渐熄灭的余烬，淅淅沥沥的小雨，扑面而来的暖风，清幽舒缓的薰衣草香……他越来越困，头脑中的思绪渐渐清空，只有一缕逗留得稍久一点："如果情况不妙，你们得叫醒我。"他很想说出来，"如果我开始大喊大叫，你们得叫醒我。"但后来连这个念头也消失了，斯堪德和福星恶童睡着了，共赴梦境。

斯堪德正透过别人的眼睛看出去。他在找人，既兴奋又害怕。斯堪德想从这具不属于自己的身体内脱离，想看清这张面孔。可这个意图刚冒出来，他就进入了另一个人的身体，盘腿坐在地上。这个陌生人的双手正在拔起草叶，将它抛向风中，看着它随风而去，越过一座山崖。

你是谁？斯堪德使劲儿地想，想得胸口发疼，我想看到你。

突然，他又成了坐在这人旁边的人，可陌生人的脸还是那么模糊，看不清任何特征，这让他失望至极。斯堪德的胸口开始疼了，通常，这个时候他就会醒来，但催眠曲给了他更多的时间。他尝试了不同的办法。他伸手去拉陌生人的手，注意到指关节上有一处胎记，尽管没有实际的接触，但轮廓渐渐清晰起来了。

男孩的脸出现了。金发男孩，惊愕的灰色眼睛，白皙的脸颊上有些雀斑。男孩的年纪，正是凌云树堡初出生的年纪。

一阵猛烈的拉扯，斯堪德胸膛里的联结闪闪发光。他知道这是福星恶童在催他互换身份，要给他看看这个男孩命中注定的那头独角兽。

斯堪德顺着联结进入了那头神兽的身体。这头荒野独角兽不同于他以前在梦中进入的独角兽。它的意识里没有悲伤或痛苦，但有困惑，有愤怒，当然，还有嗜血的欲望。然而除此之外，还有些别的，完全不可思议的东西——细碎的快乐。这使它比其他同类幸福。这使它的不死之死变得值得。

这时疼痛充满了斯堪德的头颅。他挣扎着想呼吸，他知道此时已经超过了通常醒来的时间。但他没有醒来，而是继续沉溺其中。他困在了这头荒野独角兽的身体里、意识里。疼痛远超他的负荷，他想喊却喊不出来。他要死在这里了。他做得太过头了。

肯纳，他拼命地想着，我不能再离开她，我永远也不要离开她——

姐姐的脸跃入他的脑海，斯堪德发现，他又是自己了。

他抬眼看了看面前的荒野独角兽。

在梦境的最后一瞬，他认出来了。

那是苍鹰之恨。

斯堪德醒了，坠入了剧痛之中。他隐隐约约地感觉到围栏里有很多人在跟自己说话，说耳塞没用，说他们也睡着了，说他们没能喊醒他，真是抱歉。

但斯堪德的脑袋里只有一件事。他从福星恶童腿边抓过速写本就开始画，画他记忆里的那个男孩：浅灰色的眼睛，金色的头发……一切的一切。

博比、弗洛和米切尔跪在他身旁，撑着他的身子，而他给那男孩加上了雀斑，还有手上的胎记。斯堪德抹了抹鼻子——血？但他不画完是不会停下的。

终于，他扔掉了铅笔，端详着这幅画，筋疲力尽。

梦里盘腿而坐的男孩，也从速写纸上凝望着他。

"苍鹰之恨命定的骑手，"斯堪德对他的独角兽说道，"咱们找到了。"

福星恶童痛苦地尖叫起来，斯堪德失去了意识，黑暗将他淹没。

肯纳
怀疑

肯纳·史密斯心里冒出了怀疑。

怀疑,是印在海报上、贴在树干上的她的脸,是艾伯特发现特勤在四大区域边缘搜寻追捕,是在朋友们中间也不再感到安全。

怀疑,是困惑。困惑于她在流浪者之中的位置,困惑于她即将成为的模样,困惑于她想要的未来。

怀疑,是她思绪中的苍鹰之恨,是关乎荒野蛮力和离岛和平的权衡之战,是对下一次、下下次突变的恐惧。

怀疑,是失望。失望于每天早上接受斯堪德没有乘夜到访的事实,失望于夜复一夜地结束弟弟不在身边的一天——只有他足够了解肯纳,能提醒她应该成为什么样的人。

流浪者动身向烁火区迁徙的前一晚,肯纳和艾伯特坐在岩洞里热气腾腾的水潭边,晃悠着脚丫。不久前,元素季节已经由丰土季转为烁火季,但埃洛拉担心,在有这么多特勤搜索的情况下带着肯纳走动不太稳妥。

终于,巡视放哨的流浪者发现沛水区和长风区已经遍地都是特勤,他们只好收拾行李,准备开拔。到处都有人在寻找独角兽卵或与荒野独角兽有瓜葛的女孩,所以他们只能在夜间行进。可纵然如此也无法安抚肯纳的焦虑,几个月来她已把这里当成了家。

"要是在去烁火区的路上被人看见怎么办?看见我,看见苍鹰之恨?"肯纳忧心忡忡。

艾伯特摆弄着金色马尾辫的辫梢。肯纳已经发现,他感到不安的时候就会这么做。"不会有事的,"他安慰她,"特勤搜索时要轮班的,咱们也只趁夜深人静时才走动。再说,我们一向都走离岛上的偏僻小路,这些路早就没人走了。"

"这不公平,"肯纳叹了口气,抬脚一扬,激起热乎乎的水花,"我什么都没做!离岛却拿我当罪犯。不过,不知道为什么,我觉得很奇怪,凌云树堡把你们赶走时,也这么对待你们。"

艾伯特耸了耸肩:"他们对待所有游民都这样。我不符合他们对混沌骑手的定义。我觉得他们也没说错。我和晨鹰的火元素魔法控制得不好,我自己的平衡感也很差!"

"那他们就应该好好教你,像这些流浪者一样,"肯纳生气地说,"而不是把你的徽章摔成一千块!"

艾伯特笑她太夸张:"只有四块,小肯。"

肯纳愣住了。

艾伯特慌了:"我不是故意那么叫你的,对不起。我……我知道只有你弟弟才那么叫你。"

肯纳深吸了一口气:"没关系的。斯堪德都懒得来看我,不是吗?其实,听见别人用昵称叫我,还是挺高兴的。"

艾伯特的脸红了,突变的指关节也红了:"我相信他很快就会来的。"

"我可没那么笃定。"肯纳愤愤地说道,"我看他应该在凌云树堡过得很开心吧,假装他那问题重重的姐姐根本不存在。"愤怒一下子涌上心头,远远超出她自己情绪的浓度,噎得她几乎窒息。是苍鹰之恨,她猛然意识到。他们共同的怒意充满了联结。它强加的力量模糊了她的视线,一时间整个世界都笼罩在黑暗之中。她眨眨眼睛,不适褪去了。

要是艾伯特察觉到了,他就不会再说什么,然而,他却聊起了本土的音乐,因为他们都来自本土,应该有共同的喜好。他送给她一块巧克力,那是他的父母按月寄给他的。他说没有这个,他就活不下去。很多来自本土的流浪者仍然会通过四极城的公共邮驿树与家人保持联系。当然,他们与肯纳不同,并未遭受离岛当局的追捕。

但肯纳始终不明白,艾伯特为什么要跟她谈论本土,为什么如此念念不忘。也许他想念那里?他总是说起自己的哥哥,说在他离开前哥俩一起去旅行,说哥哥接受训练成了一名兽医,说他们怎样一起看混沌杯的电视转播。而肯纳只想将过去全部忘掉。她不知道自己的未来会是什么样子，但可以确定的是，无论如何她都不会再回到本土，回到只能在屏幕上看独角兽的日子。

于是她撇开艾伯特，走神了，只偶尔附和着点点头，并没有真的听进去。反而是他刚才无意说过的一句话，让怀疑如疾病一般，蔓延到她全身。

"我不符合他们对混沌骑手的定义。"

如果善良、体贴的驭火者艾伯特被离岛拒绝、淘汰了，那么肯纳又如何能归属其间呢？

第十一章
费尔法克斯出逃

斯堪德苏醒时正听见博比大骂他"白痴"。

"我不想说什么早就提醒过你——等等,其实我很想说。我早就提醒过你会出事。可你听进去了吗?没有,当然没有。无敌的斯堪德·史密斯才不会把致命的梦境放在眼里呢。现在好了吧?哦,是啊,你差点儿送掉小命!"

斯堪德眨眨眼睛,入目的是明亮的阳光。

博比停下了。"哎呀,你醒了。"她认认真真地看着他,脸色柔和下来,"这儿是医疗树屋。你已经昏迷了一整夜了。你……你还好吧?"

记忆一下子全都回来了。梦境、金发男孩、苍鹰之恨。

"我的速写本。"他发疯似的四处张望,吊床晃来晃去,"它在哪儿?我画下苍鹰之恨的命定骑手了!它——"

"冷静。我们告诉教官，你这种情况属于驭魂者会发生的某种意外，他们好像信了，除了阿加莎。对了，她气得够呛。后来我们直接去了议事广场，不见到尼娜就不肯走。米切尔亲手把速写本交到了司令手里。"

"交给她了？"斯堪德心里一松，这才发觉浑身剧痛。

"当然。"博比耸耸肩膀。

"尼娜有没有说什么？"斯堪德急切地问。

"没有。"博比揉了揉困倦的双眼，"我们一度以为你就此歇菜了呢，驭魂宝宝。"

他咽了口唾沫，用胳膊肘撑起身体："真不敢相信，我画出了那男孩的脸！这办法真的奏效了！"

博比唇边掠过伤感的笑意："你未必总是仙人掌上最锋利的那根刺，斯堪德，但你一定很爱你的姐姐，对吧？我真希望我也——"她顿住了，清了清喉咙。

"什么？"斯堪德皱起眉头。

"我最后一次见到我的妹妹时，你知道我跟她说了什么吗？我说：'别跟着我，伊莎贝尔。别出房间。别出门。尤其是，别去离岛。'我就那么离开了。而且最糟糕的是，我竟然忘记了我们当时是为什么而争吵。"博比停了停，"我特别希望赶紧找回孵化场失窃的那些独角兽卵，这就是其中一个原因。我必须更努力。那里面肯定有一头是伊莎贝尔命中注定的独角兽。我知道，她肯定是骑手。"

斯堪德拉住博比的手，使劲儿握了握："尼娜一定会找到它们的。她和你一样是驭风者。"

"要是她找不到怎么办？"博比严肃地说，"圣诞节你见到肯纳时，还是要好好问她，那些卵到底去了哪儿。"

斯堪德烦躁地说："我问过了呀，你不记得了吗？她什么都不知道。"

"听着，我可是肯纳·史密斯的铁杆粉丝，可是斯堪德，难道你就没想过，她有可能在撒谎？"

"不会的，"斯堪德坚持道，"她不会骗我的。"

博比叹了口气："你说什么就是什么吧，驭魂宝宝。"

接着，她换了话题："医师们把你送过来时，你奄奄一息，我还担心你不能参加舞会了呢。那样可就太糟了。"

"哦，是啊，"斯堪德阴阳怪气地说，"那可真是糟糕透顶了。"

四场秘洞舞会安排在冬至日前后举行：两场在前，两场在后。斯堪德听说舞会将持续一整夜，届时会提供不同元素主题的美食和娱乐节目，让大家彻夜狂欢，甚至还为那些一直玩到天亮的人准备了丰盛的早餐。秘洞舞会似乎比以前学校里那种没劲透顶的迪斯科舞会有趣得多，斯堪德本来挺兴奋，但现在，他却担心因此影响他和弗洛的友谊。自从他为补魂者梦境差点儿送命之后，她的态度友善了些，但远没有恢复到从前。随着第一场舞会——

湛炉舞会的临近，她又变得疏远了。

这天晚餐之后，树屋里的气氛像外面的天气一样冰冷，博比在楼上为舞会做准备，其他队员则默默不语。弗洛正给夹克打补丁，遮住烁火考验留下的焦痕。米切尔抓紧最后一点时间，读着关于舞会的历史资料。斯堪德则在速写本上不停地画着。

弗洛突兀地宣布要去睡了——比平日里早了三个小时。她离开后，斯堪德对米切尔抱怨道："我实在受不了了！"

"什么意思？"米切尔问，"今晚多美好——到目前为止，一切都很平静嘛。我已经为湛炉舞会做好万全的准备了，随便考我什么都行！"他冲着斯堪德挥挥手里的书，斯堪德只有苦笑。

"怎么，你今晚不开心吗？"米切尔轻声问道。

"因为弗洛。她还是……我们还是和以前不一样。"

"这样啊。"米切尔温和地说，"那你有没有跟她谈谈？"

"我不知道怎么谈！"斯堪德两手捂着脸，"我该说什么呢？"

"她是你的朋友啊，"米切尔说，"你只需要好好解释为什么你选了戾天骑手而没选她。你是不是连句'对不起'都没说？"

"我……我想说的，可是……太尴尬了。"有好几次，斯堪德想道歉，努力想化解误会，但弗洛总会转移话题，或干脆另寻他人搭话。这让斯堪德更害怕开口了。他会不会真的失去弗洛？要是她不愿再做他的朋友，他真不知道怎么办才好了。

"确实尴尬。"米切尔说，"可你们俩是我认识的最勇敢、最善良的人。你们一定能够解决这个问题的。"

斯堪德的五脏六腑都紧张得扭成了一团："可万一说了'对不起'还是不行呢？"

"那就要打开思路了。"米切尔耸耸肩，"至于今晚嘛，你可以替我擦鞋，好转移一下注意力。"

"哦，好啊，可真是谢谢你了！"

"不客气。"

斯堪德很快就全情投入进去。一个小时后，米切尔穿戴一新，又焦虑起来，觉得杰米肯定比他穿得帅。博比穿着一件红色连体裤出来时，他还在问斯堪德："我这衬衫是不是太红了？"所幸，他没时间再冲回去换衣服了，因为甲胄师已经从门口走了进来。

"你穿这身真是风度翩翩。"米切尔脱口而出。杰米穿了一身深红色的套装——红色裤子，红色运动夹克，内搭白色休闲 T 恤。

博比扬起眉毛说："不错啊，铁匠诗人。"

杰米没理会她。他轻松地笑着，大步走向米切尔，挽起他的胳膊，和他一起走进外面的寒冷夜色。两人都没有回头看一眼。博比也出了门，和邀请她参加舞会的驭火者碰面。

楼下只剩下斯堪德自己了。他来回踱着步。他根本不想参加那个愚蠢的沧渊舞会！他非去不可吗？把安布尔带进秘洞，然后立刻就撤，这总行吧？谁也不能拦着他，不是吗？然后他就可以回来，履行和弗洛的约定了。就像米切尔说的那样，打开思路！

有了这个念头，头脑就活泛起来了，于是斯堪德也出了门，他要去找几个不介意在舞会上迟到的驭水者。

二十四小时之后,斯堪德的计划已经就绪。他在等博比。感谢五元素,她愿意和他们一起前往沧渊舞会的现场。他紧张地拽了拽新买的蓝色衬衫。他不怎么购置新衣,所以穿着新衬衫颇有些慌张无措,而且衬衫上的纽扣是珍珠的。

"你平时也该好好弄弄头发,"博比从树桩楼梯最末一级跳下来,吓了他一跳,"这样看着……挺好看。"

"呃,是吗?"斯堪德不确定这是不是夸赞,"你也很好看。"他这句倒是真心实意。

博比穿了一件带有白色翻领的蓝色长袖连衣裙,她转了个圈,裙摆飘了起来。"你要知道,我是靠跳舞来熬过全程的。我可不是开玩笑。"

"熬过?"

"我喜欢舞会,可有时候人太多了,会让我惊恐症发作。跳舞能够稍微缓解一下。"

这时有人敲门。

"应该是海登。"博比说。听起来她对即将与这位若成生共赴舞会不怎么感到兴奋。

"呃,其实是——"

门外是安布尔·费尔法克斯。她极尽闪亮之能事。斯堪德简直见所未见,那条海蓝色的短裙上每一道皱褶都镶满了钻石,栗色头发高高束起，马尾辫上缠绕着电花，衬得她额头上噼啪作响的星形突变愈加夺目。

见开门的是博比，安布尔脸上掠过一丝奇怪的表情，但听到对方的欢迎词——"你打算闪瞎所有人的眼吗，费尔法克斯？"——时，这表情立刻化作了讥讽。

"你这衣服太老派了，布鲁纳。"

"你们好啊！"海登出现在外面的树屋平台上，全然未发觉自己正一脚踏进战场。

"你是哪位？"安布尔扬着翘鼻子，很不客气地问道。

"这位是海登，"博比慢悠悠地说道，好像安布尔是个不懂事的小孩，"他要带我去参加舞会。来吧，海登，咱们走吧。"

"她也顺路是吧？"海登高声说道。他尴尬地夹在两个英少生之间，笑容有些暗淡。

博比夸张地叹了口气。

安布尔朝树屋大门踢了一脚。

斯堪德松了口气，他想好了，舞会一开始，他就走。

海登和三个英少生走过摇摇晃晃的栈桥，爬下梯子。他比斯堪德高很多，棕色的头发细密地卷着，血管像纵横的河流一般，在他苍白的皮肤上泛着淡淡蓝光。

他跳下地面，伸出手想扶博比，却被她挡开了。

"这可不是个好的开头，海登。管好你的手。"

海登红着脸把手插进口袋里，领着他们深入凌云树堡的水元素区域。斯堪德很庆幸有人知道该往哪儿走。

两个女孩在后面彼此讥讽的时候,海登问道:"博比的独角兽叫什么名字?"

"鹰怒。"

"果然!你知道吗,名字与鸟有关的驭风独角兽大多很优秀。名字与河流有关的驭水独角兽也是,比如我的复仇曲湾。"

"真有趣。"斯堪德含糊地回应着。他在本土的时候就听过类似的说法。

"你能替我美言几句吗?"海登满怀希望地望着他。

斯堪德皱皱眉:"可是,它的脾气不怎么好。当然,它确实很漂亮。上次我不过是想摸摸它的鼻子,它就差点儿咬掉我的手。"

"博比吗?"

"什么?不是,是鹰怒。"

海登朗声笑道:"我不是让你在独角兽面前说好话。我听说博比打算参加所有的秘洞舞会,这很酷,但我希望她能给我个机会,你懂的。"

"哦,这个……啊,我想应该……可以。"斯堪德结结巴巴地说。这可真是折磨。

"多谢了,兄弟,万分感激。"

斯堪德尽力不去想象种种后果——要是他为博比当红娘,她会把他怎么样。这时他突然发现前面围着一群人。

他先看见了科比——系着蓝色领结,尴尬地垂头看着自己的鞋子。另外还有几个驭水英少生：尼亚姆的水晶项链衬托着她耳朵上的冰锥，马里亚姆戴着的蓝色头巾闪闪发光……

走近他们时，斯堪德才发现中央有一个大水潭。他们在水元素区域已经路过了好几个水潭，但这是最大的一个，巨大的睡莲叶上蹲着一只青蛙，正大声地呱呱叫着。

李凯斯站在水边，蓝色夹克上醒目地别着金属羽毛徽章，一旁的普利姆罗斯挽着他的胳膊。不知为什么，见到疾隼队的少校和上尉后，斯堪德平静了许多。

"不会弄湿的。"李凯斯一边向周围的非驭水者解释，一边将了捋波浪翻涌的头发，"有人需要示范吗？"

"你为什么总想成为焦点啊？"普利姆揶揄道，"你怕不是驭风者吧？"

李凯斯夸张地耸了耸肩膀，跨过水潭边沿走了下去。他听见一些非驭水者惊得直吸气，可水面波澜不兴，连一点儿水花都没有。他获胜似的扬起拳头，脚下出现了一截树桩，随后，浑浊的水中又冒出了好几截树桩，像台阶似的连缀起来，一直铺向水潭中央又大又厚的空心树干。

"如果你不是驭水者，可千万别这么干，伙计们，"李凯斯意有所指地冲着斯堪德眨眨眼睛，"除非你想游泳！"他说着向普利姆伸出手，两人敏捷地跳上半没在水中的树桩台阶，然后就钻进了空心树干里。

"尽情狂欢把，疾隼队！"李凯斯的声音回荡在木质空腔里，空心树干又沉回了水潭之下。

接下来是海登,他也走下水潭边,触发了秘洞入口的开关。他伸出手邀请博比,博比没有回应。

"等等!"安布尔命令似的大声说道,"这个斯堪德可做不到,我得跟你一起进去!"

斯堪德和安布尔跟着海登和博比跳过摇摇晃晃的树桩,勉强挤进了空心树干。

"真舒服啊。"博比用胳膊肘把她往边上挤时,安布尔冷笑道。

"走喽!"海登喊道。和深入魂元素秘洞时一样,斯堪德紧紧抓住把手,树干猛然下坠。

沧渊掩映在晶莹的瀑布后面。斯堪德跟着安布尔在水流的缝隙间穿梭,禁不住不时停下来打量四周。秘洞中央矗立着一尊独角兽冰雕,前蹄扬起,露着牙齿。它的骑手掌心朝外,露出在孵化场留下的伤痕,手指弯曲,抓着一块闪耀的石头。巨浪翻涌,环绕在他俩周围。洞壁上布满了闪烁的冰晶,就像科比睫毛上的那种。在光芒之间,斯堪德看见五颜六色的鱼儿和奇奇怪怪的水生动物游来游去,全然不在意走动的骑手。他想到了奥沙利文教官:她救助的鱼儿康复之后,是不是就来到这里定居了?

在另一处,深浅不一的蓝色灯光映出一个个小水井,里面漂浮着各色美食,秘洞舞会的宾客们就用鱼竿去钓。这让斯堪德想起了几年前,他和肯纳在跳蚤嘉年华上一起钓塑料鸭子的情景。他饶有兴致地在供应大块巧克力蛋糕的水井边转悠了一圈,紧接着又被倒悬在洞顶上的巨大冰棒吸引了。

斯堪德心里突然涌起一阵内疚。他怎能在这儿享受舞会？他的姐姐还在四大区域东躲西藏，无法返回凌云树堡呢。

博比和海登排队等着溜冰，当博比轻松自如地踏上溜冰场时，安布尔目不转睛地看着她。蓝色的冰场塑造成了水滴形状。人越来越多，这驭水者的舞池也越发明亮。海登扒在冰场边，费力地向博比挥手，博比却已经自顾自地旋转起来，蓝色裙摆翩然绽开，气得安布尔冷哼一声。几位吟游诗人从博比身边滑过，欢快的旋律随之流淌。

李凯斯过来了，和着音乐微微舞动："芬恩已经就位了。我送你上去吧。"

"好。"斯堪德鼓起勇气转向安布尔，"那，安布尔？"

"你知道不用一直陪着我，对吧？这舞会很棒，不过——"

"我要走了，"斯堪德打断了她，"我很乐意带你进来，但现在我得走了。"

安布尔歪着脑袋："你怎么总是这么怪呢，斯堪德·史密斯？"她轻轻甩了甩头发，好像他是只烦人的小飞虫。

斯堪德跟着李凯斯走过热气腾腾的温泉，瀑布渐渐消失在浓重的水汽中。

"我可以跟你谈谈吗？"一个戴着天蓝色面具的女人突然出现在斯堪德身旁，挡住了他的去路。不等他回答，她就将他从李凯斯身后拽走，朝着一处晶莹剔透的洞壁走去。

他们面对面时，水汽消散了，斯堪德一瞥见对方的手就认出了她。拇指上闪着蓝光的，正是司令的心情戒指。

"卡扎马司令？"斯堪德轻声说。

"你好，斯堪德。希望我没吓着你——戴面具多少显得低调些。"

"你是怎么进来的？"他惊讶地问道，"你不是驭水者啊。"

"啊，是啊，但我是司令啊。"尼娜说着，眼神里露出一丝狡黠，"要是连所有的舞会都不能参加，那管理这座离岛还有什么意思啊？"她压低声音说道，"我把你那幅画像转交给了离岛和本土当局。雷克斯甚至允许我进入银色要塞，查询了那些被刻意摒除的驭魂者的名单。当然，我没有跟他解释具体的原因。

"可惜，名单上的驭魂者都与你提供的画像不相符，所以我们认为，他极有可能是个本土生。警方今早开始调查了，我有几位顾问已经与他们秘密取得了联系。"

"那些失窃的独角兽卵有消息了吗？"斯堪德问。

"阿加莎告诉我，你们在烁火考验中看见了织魂人，但我觉得她在本土的可能性更大。"尼娜眼中掠过一丝不安。斯堪德一想到那些荒野独角兽可能会在本土破壳，甚至就在爸爸的身边，他就紧张得喘不过气来。尼娜注意到了。"别太担心。寻找苍鹰之恨的骑手要容易些。你画得很好，我想用不了多久我们就能找到。"

"真的？"斯堪德心里涌起希望，"你真的认为能够找到他？"

"我觉得很有可能。"尼娜笑着说，"下一步我们之后再讨论，好吗？"

"斯堪德，走不走哇？"李凯斯在瀑布边喊道。

"你要走了？不玩儿了？"尼娜很惊讶，"为什么啊？"

斯堪德咧嘴一笑："因为还有更加重要的事。唔，应该说，是更加重要的人。"

"那好吧，你去吧。"司令再次融入了人群之中。

李凯斯将斯堪德送出沧渊，祝他一切好运，斯堪德立刻沿着摇晃的栈道一路小跑，折回了自己的树屋。

弗洛窝在炉火旁的豆袋沙发里，一只手捧着一本书，另一只手拿着几块奶油夹心饼干。她看见斯堪德，差点儿噎住："小堪，你回来干吗？"

"呃……"斯堪德的声调比平时高了半个八度，"我回来看看你。"

"那秘洞舞会呢？"弗洛是真的糊涂了。

"你想不想去散步？"

"散步？可是……外面很冷。"

"去吧，求你了，"斯堪德哑着嗓子说，"我想跟你谈谈。"

可是到了外面，斯堪德却发现，他根本张不开嘴。他领着她回到他刚才走的那条路，心脏怦怦直跳，看都不敢看她一眼。在十二月的寒意中，他们呼出的热气变成了一团团白雾。

他们终于走到了水元素区域茂密的树林里，弗洛忍不住说道："斯堪德，这样太傻了。"

"马上就到了。你能闭上眼睛吗？"

弗洛皱起眉头，但还是照做了。斯堪德不禁觉得这是个好信号。又踉跄着走了几步，斯堪德朝着一根木棍重重踩了下去，表示他们已经到了。

"好了，睁开眼睛吧。"

灯光下，弗洛眨了几下眼，紧接着就惊奇地睁大了眼睛："小堪，下雪了！怎么可能下雪呢？是你弄的吗？"

他耸耸肩膀——他还是很紧张，两只手紧紧地插在口袋里。这是水元素区域中的一小块空地，四周环绕着凌云树堡最高的松树，空地上方就是天空，正符合斯堪德的计划。他们来到这里的第一年就下雪了，当时弗洛非常兴奋，因为离岛上下雪是很罕见的。于是，在李凯斯和芬恩的帮助下，再加上一些元素魔法，这片空地就覆满了白雪。斯堪德还请求芬恩在前往沧渊之前，再变出一些雪花。

斯堪德没有勇气去看弗洛的脸，他盯着地面，一股脑儿说道："对不起。我也不知道当时为什么没有直接对疾隼队说'不行'。你是我最好的朋友。我一直都想陪你留在树屋里吃零食，可我是个彻彻底底的傻瓜，我——"他终于抬起了头。

一只雪球砸中了他的脸。

空地对面，弗洛咧嘴笑着，眼睛里满是快乐和顽皮。"你确实是个傻瓜。"又一只雪球扔了过来，斯堪德一闪，还是被砸中了肩膀。

"我只是希望你先开口提这件事。"弗洛扔出了第三只雪球,这一次,斯堪德躲开了,雪球命中了他身后披着铠甲的树干。"我原谅你了,小堪。"她踩着积雪,嘎吱嘎吱地向他走来。

他们挨着彼此坐下,用厚实的黑靴子踩出各种图案,弗洛慢慢地坦陈心事:"我想我之所以那么生气,正是因为大家都觉得我是那种怎样都好、不会生气的人。从小到大,不管组什么队,还是参加什么聚会,只要人数有限制,我就总是那个被剩下的。不是因为他们不喜欢我,而是因为,他们没有那么喜欢我。而且,他们知道我不会为此做出什么夸张的反应,下次再见面,也还是会和和气气的,就跟以前一样。这样谁都没损失,不是吗?"

弗洛深吸一口气说:"我小时候,好朋友会告诉我,她们周末一起做了什么好玩儿的事,我就会想:难道你们意识不到我也有感情?即便我表现得不像你们那么强烈?但是当我来到凌云树堡,遇到了你们,一切都变了。我觉得,我属于这个四人小队。"

"当然!你就是四人小队的一员!"斯堪德大声说。

她接着说道:"博比要参加所有舞会,米切尔想邀请杰米,你……你也忘了我们的约定,好像那根本无所谓。小堪,我又成了被剩下的那个,和过去一样。而我本以为,那样的日子已经结束了。于是我告诉自己,你们都烦我了,找到了更好的朋友。我心里想,我喜欢斯堪德,超过他喜欢我,这是当然的。他对我的重要性,超过了我对他的重要性,这也是当然的。他怎么会记得我们的计划呢?我觉得自己太傻了,我竟然忘了,我是弗洛,是那个看起来不会在乎,所以别人也认为她不会在乎的弗洛。可是,小堪,我在乎,我非常在乎。"

"弗洛,我非常非常抱歉。那些人不该那么对你,我为你感到难过。"斯堪德轻声说道。

他无法想象自己会忘记弗洛,哪怕只是片刻。她是他走进树屋时第一个要找的人;她是他期待着第二天早晨再见面的人;她是他想要倾诉的对象,他想对她倾诉一切。

"这完全不是我的本意,"斯堪德继续说道,"我最希望的就是和你待在树屋里,不是去参加舞会。我把别人的期待和自己的心意弄混了。我没想清楚到底哪样才是对的。对不起,我竟然拖了这么久才道歉。我怕你永远也不肯原谅我。我怕你不想再做我的朋友。"

弗洛冲他笑笑,但笑意里似乎仍然蕴含着伤感:"我会一直在你身边,小堪。没有什么能改变这一点。相信我。"

"我相信,弗洛。我真的相信。"

她扬起脸,望着飘落的雪花,它们细小的影子映在树干的铠甲上,好像在舞蹈似的:"郑重地说一句,这道歉真是别出心裁。"

他们倒在地上,挥动四肢,在积雪上画出雪天使。这时,凌云树堡某处突然传出了叫喊声。

"你听见了吗?"

弗洛坐起来,头发上沾着雪花:"是不是出什么事了?"

叫喊声此起彼伏,两人都站了起来,正好看见闪电差飞驰而过,两侧跟着戴银色面罩的特勤。

"尼娜去沧渊舞会了?"弗洛皱起眉头。

"哦,是的,我忘了告诉你……"斯堪德话没说完就看见有人在附近的一棵树边倒下了,啜泣不已。

"那是——"

"安布尔?"斯堪德抢先两步,冲到驭风者身边,"怎么了?出什么事了?"

安布尔满是雀斑的脸颊煞白煞白的,她没有看斯堪德,好不容易才说出话来:"我爸爸跑了。他越狱了。"

他惊呆了:"西蒙·费尔法克斯?你是说他……怎么可能?怎么跑的?"

"织魂人把他救走了。他,还有乔比·沃舍姆和伊利斯·希斯顿。这三个驭魂者都是她的追随者。监狱的特勤有些也叛变了,他们帮了她。"

"有人看见织魂人了吗?他们追上去了吗?有没有找到独角兽卵?"斯堪德问。他惊慌失措,气息不定。

特勤帮助艾瑞卡?他突然觉得他的妈妈无处不在,正伺机逼近。

安布尔摇摇头:"谁都没看到,等发现时已经太迟了。三个犯人都关在戒备森严的牢房里。司法代表就在办公室里,可她什么动静都没听见。"安布尔转过头,直勾勾地看着斯堪德,愤怒而痛苦。"为什么我爸爸总是要毁掉一切!"她大喊。

第十一章 费尔法克斯出逃

"其实我去监狱看过他，"安布尔苦涩地笑着，"我没告诉我妈妈——她都不准我提起他。可我只是想见见这个人，这个我天生就应该爱的人。我觉得我应该试着了解他，或者了解我自己，或者……"

"那你如愿了吗？"斯堪德温和地问。

"没有，"安布尔冷笑，"他只是个坐大牢的可悲的人。我想，我是为他感到难过吧。他只是个陌生人。有正常父母的人是不会理解的。我感觉压力很大，因为我觉得，我应该对他有感情，可我没有。不过，他向我保证，他绝不会再跟织魂人扯上关系。他还说等他出狱了，要好好跟我妈妈道歉，也许我们可以好好了解彼此。他说我们可以出去玩，一起吃好吃的……显然，他骗了我。明摆着的。"

"我真为你难过，安布尔。"斯堪德真诚地说。他的脑海中闪过艾瑞卡·艾弗哈特涂着白色涂料的脸。虽然他不能跟安布尔明说，但对父母大失所望的感觉，他太明白了。本该爱你的人，却让你觉得你在他们眼里无足轻重。

"电闪雷鸣，我怎么偏偏姓费尔法克斯呢！讨厌死了！"安布尔蓝色的指尖将电花甩向地面，"你知道吗？费尔法克斯家以前的邻居就是艾弗哈特。"

"真的？"斯堪德未露出任何端倪。只有四人小队和阿加莎知道，他和肯纳虽然姓史密斯，但也是艾弗哈特家的人。

安布尔半哭半笑说："我家就住在织魂人的隔壁。驭魂者们的聚居区惬意极了。那些树屋现在还在呢，人人都能去看。"

斯堪德思绪飞旋。他从来没有想到过艾弗哈特家的树屋，从来没有想过阿加莎和艾瑞卡曾经的家仍然存在。

"可是现在，"安布尔愤怒地说，"我好不容易在疾隼队里交到了朋友，人们终于开始淡忘我和我爸爸还有织魂人的关系了。西蒙·费尔法克斯却在这时越狱了，又成了议论的中心。他们又盯上我了，而最糟糕的是，有些人还要可怜我呢！"

"炱天骑手不会那么对你的。"斯堪德极力安慰她。

"我猜，"安布尔吸了吸鼻子，"我的队友已经开始恨我了。"

"那你可以常来我们树屋里玩儿。"

"对呀，当然可以。"弗洛和气地说。

安布尔冷哼一声："布鲁纳要幸灾乐祸了吧。还有亨德森，小时候我就对他不怎么样。"

"他们会改变心意的。他们很乐于接受新朋友。"斯堪德对安布尔狡黠一笑，"我觉得博比很喜欢跟你吵嘴，对她来说这是种无穷无尽的乐趣。"

安布尔挤出一句："真的？"随后她又皱着眉头问："斯堪德，你为什么总是对我这么好？"

"因为我们的共同之处比你想象中还要多。"

一阵沉默。

"但愿你指的不是衣着品位，"安布尔扫了一眼斯堪德的蓝衬衫，"这珍珠扣子真难看。"

"确实难看。"弗洛赞同道。

三人都笑了。

第十二章
圣诞之乱

圣诞节当天,黎明时分,斯堪德独自骑着福星恶童来到了烁火区。他吹响了鹰形木哨,哨声沿着断层线传向远方,福星恶童蹄下多石的地面渐渐变成了沙漠。斯堪德雀跃欣然。就连越狱事件也没有影响他的好心情。今天是圣诞节,他终于要再次见到姐姐了!他要把交换联结的计划告诉她,还要跟她说,尼娜已经答应,一旦计划成功,就允许她回到凌云树堡。他真想马上看到她脸上的神情。只有一件事困扰着他,那就是他在补魂者梦境中体验到的苍鹰之恨的淡淡喜悦。斯堪德每每回忆起那种感觉,心里都会泛起一点点疑虑的涟漪。要是苍鹰之恨不想要它命定的骑手,怎么办?要是它认定了肯纳,怎么办?要是肯纳也是相同的感受,怎么办?

不。他不能想这些。秘洞舞会结束了,他和弗洛也和好如初。

昨天他们一起去吃早餐时,她甚至执意要他穿上铠甲。"以防万一嘛,小堪,穿上吧。"

所以,虽然现在织魂人已经将她的追随者从监狱里救走了,孵化场所有的独角兽卵也都在她手里,但整座离岛——乃至本土——都在找她,找到应该不成问题吧?那些独角兽卵,也很快就能找到吧?

"斯堪德!"

晨鹰朝着他们飞奔而来,四蹄掀起阵阵沙粒。福星恶童在白色独角兽身边停下,艾伯特领着他们离开了断层线。

"肯纳一直期待着你今天来呢!所以我一直在外面放哨。"他笑着对摘下头盔的斯堪德说道,"我觉得最好是你认识的人来接你。最近特勤很多。"

"在找独角兽卵吗?"斯堪德问。

艾伯特犹豫了一下:"是的……也在找你姐姐。尤其是几星期前还发生了越狱事件。"

"肯纳还好吗?"斯堪德焦虑地问。

"她适应得挺好。"艾伯特说着,拉起晨鹰的缰绳,掉转方向。福星恶童不耐烦地叫唤着,可也只能跟上。

"不过……"艾伯特有些迟疑地说。

"怎么了?"

"我想说的是,肯纳的勇敢是装出来的。她或是骑着苍鹰之恨,或是帮忙干些杂务,或是了解岛上的情况,看起来很好。但有时候，她觉得没人注意时，就似乎思虑重重的。但现在她肯定会真正高兴起来了。自打你离开后，她就一直盼着再见到你呢。"

艾伯特低声数着约书亚树，斯堪德则沉浸在四大区域的神奇之中。在参加联考、为获得凌云树堡的一席之地而战时，是很难欣赏这片大地的。现在想来，几天前他还和弗洛一起赏雪，此刻却置身于炎热的沙漠中，实在是不可思议。元素魔法真是奇妙绝伦。

"穿过那两棵树就到了。"艾伯特说。枝杈向着清晨绯红色的天空伸展，犹如挥舞着的绿色拳头。独角兽缓缓走过，斯堪德惊讶得张大了嘴巴。

沙丘之间，一座小湖波光粼粼，展现在眼前。湖畔环绕着各种植物——茂盛的棕榈树、带刺的仙人掌、点缀着缤纷沙漠野花的绿色灌木……几头独角兽——在辖独角兽和荒野独角兽都有——正垂头饮着晶莹的湖水。他认出了淡黄色的苍鹰之恨。

艾伯特见斯堪德满脸惊讶，便说："这里是一片沙漠绿洲，因为有淡水，所以欣欣向荣。我确信咱们在本土的地理课上学过这些。"

斯堪德大笑："我可把地理课全都忘光了！"真奇怪，他很少会想起在本土的那些日子。现在他只在乎福星恶童、四人小队和驭魂者的身份。

"这是烁火区沙漠地带最大的一片绿洲，"艾伯特解释道，"但如果没有向导，几乎不可能找到。走吧，我带你去找肯纳。"

斯堪德跳下地，铠甲叮当作响，福星恶童一溜小跑，和其他独角兽一起喝水去了。

和凌云树堡中的骑手一样，流浪者也睡在吊床上。棕榈树宽大茂密的树叶隔绝了大部分天气因素的影响，睡在这儿，最大的危险可能是掉落的椰子。

"肯纳的吊床就在那边。"艾伯特说，"那么，待会儿见了。啊，对了，圣诞快乐！"他说着朝斯堪德扔来一样东西。

"是本土的巧克力？"

"一个小礼物，"艾伯特耸耸肩，"我想这能让你回忆起故乡。"

"哎呀，艾伯特，我没给你带礼物！"斯堪德手足无措：他的背包里塞满了东西，但都是给肯纳的，没有其他人的份。

"你来了肯纳就高兴了，"艾伯特笑着说，"我只要这份礼物就够了。"

斯堪德穿过棕榈树，一眼就看见了姐姐。不管在哪里，他一下子就能认出肯纳。他想笑，同时也想哭。今时不同往日，让人茫然若失。有时候，他觉得自己还是那个没人看好、与骑手无缘、战战兢兢的小男孩。但有时候，他则完全不记得那个斯堪德。

吊床里的肯纳动了动。"小堪？"她用胳膊肘撑起身子，迷迷糊糊地说，"是你吗？真的是你吗？"

"是我呀，小肯！圣诞快乐！"

肯纳坐起来，缩在床边，看上去仍然不太精神。"你来了，"她说，"你终于来了。"

斯堪德心里内疚极了："我早就想来了，可是阿加莎一直劝我别给你增加风险。我得参加烁火考验，紧接着又是秘洞舞会——"

"舞会？"肯纳的眼神凌厉起来，"哦，我当然不能妨碍你去参加舞会了。"她语带讥讽，"你把我扔给一群陌生的流浪者，让我在这儿一等就是几个月。我从九月起就没再见过你了！"

"你不喜欢和流浪者在一起吗？艾伯特说你适应得还不错啊。"

肯纳猛地站起来，双手叉腰："这是重点吗，斯堪德？"

听到自己的大名，斯堪德仿佛胸口挨了一记重击。她极少这样叫他。

肯纳深吸一口气，一只手扶着最近的一棵棕榈树："唉，见到你我很高兴，真的。我只是以为，你会早点儿来看我。你答应过，烁火考验一结束就会来。我真的非常想你，小堪。我喜欢和流浪者一起生活，但我更想回到凌云树堡去训练。这里的每一个人，要么抗拒那种生活方式，要么是被它拒绝、驱逐的。可我连试都没试过呢。这不是我想要的结果。"

"对不起，"斯堪德喃喃说道，"我不该听阿加莎的。我应该早点儿来。"

"那我们什么时候可以离开这儿？现在就走吗？"肯纳满怀希望地问道。

"现在还不能回凌云树堡，小肯。"她的脸色一下子暗了下去，他觉得自己的心都要碎了。他连忙说下去："但我有办法了。我想先给你说说。这办法很有希望，一切都会解决的。"

第十二章 圣诞之乱

肯纳胡乱抹掉脸上的泪水。"看来逃跑只会起反作用。我不该抱太大希望，仅仅因为……"她的语气蓦地明快起来，甚至过于明快了，"对不起，我不该拿你出气。我知道你尽力了。可有时候，苍鹰之恨会钻进我的脑袋里，它——"肯纳停下了。

"什么意思？"斯堪德不安地问，"你们已经能够共享情绪了？"

肯纳耸耸肩："算是吧。唉，不是件好事，对吧。但这儿有些老骑手说，能和独角兽共享情绪是很厉害的。"她突然换了话题："今天是圣诞节。咱们就好好过节吧。你带礼物了吗？"

斯堪德笑得很勉强。借由补魂者的梦境，他知道了和荒野独角兽共享情绪是何种感觉。姐姐一直都经历着那种撕扯吗？

斯堪德一打开背包，肯纳就笑了。

"看来是艾伯特去接你的。"她说，"说实话，那个男孩和他的巧克力，真是烦人。"

肯纳一视同仁地喜欢所有礼物。关于离岛历史的皮质封面精装书、从搏斗折扣店买来的竞技圆盾都同样让她兴奋。史密斯家并非总有余裕购买礼物，所以重要的是心意，而不是礼物本身。礼物来自爱你的人，拆开它，你便知道，但凡做得到，他情愿给你整个世界。

给斯堪德的礼物，是肯纳亲手做的，她在流浪者奥托的帮助下，把一块黑玛瑙雕成了独角兽的头，甚至还在额头画了白斑，以示它就是福星恶童。

"这种时候爸爸不在,好像有点儿奇怪,是吧?"肯纳说。他们并排坐着,吊床上堆满了礼物。

"哦!我带来了爸爸寄来的圣诞贺卡!"斯堪德这才想起来。

贺卡正面是红鼻子驯鹿鲁道夫。斯堪德告诉肯纳,从阿芬顿飞往镜崖的那架直升机就是以圣诞老人的驯鹿命名的。肯纳乐不可支,她的怪笑声把斯堪德也逗笑了。姐弟俩好不容易才静下来读贺卡。

亲爱的斯堪德、肯纳:

圣诞快乐!你们和独角兽都还好吧?倒数计时中,到学期末时,我就能去参观了!我很想念你们,这是当然的啦。我的工作还不错,有个邻居总给我送肉饼,是住在30号的麦琪。所以日子还不赖。斯堪德,快给我多寄几幅画!我都不知道你的独角兽是什么模样。肯纳,我不擅长想象啊。

快写不下了。爱你们。

爸爸

对了肯纳,有几个朋友来找你,问你有没有收到他们的信。亲爱的宝贝,给他们回信好吗?我知道你和你的独角兽已经开始了新生活,但他们只是关心你嘛。

"你说麦琪是不是喜欢爸爸?"肯纳咯咯笑着,想去拿贺卡。

第十二章 圣诞之乱

但斯堪德惦记的并不是爸爸的感情生活。他还有最后一份礼物要送给肯纳。

"小肯,"他拿出画了好几个星期的画,"我得跟你说说让你回到凌云树堡的那个计划。"

肯纳低下头,看着斯堪德的速写本。那上面画着一头灰斑独角兽从凌云树堡呼啸而下。它背上驮着一个棕色头发、棕色眼睛的女孩,女孩脸上洋溢着快乐,正搭箭拉弓,周身笼罩着幽幽白光。斯堪德觉得这是他最好的一张绘画作品,或许是因为他倾注了全部的希望。

肯纳却露出了困惑的神情:"这不是苍鹰之恨。"

"这是你命中注定的独角兽,小肯,"斯堪德说,"就是你之前在极外野地遇见的那头。"

"我知道是那头灰斑独角兽,"肯纳的声音颤抖起来,"可我已经和苍鹰之恨有了联结,为什么还要——"

"我想,我有办法让你和命定的独角兽安全地重建联结。就是它。"他指了指那幅画,"现在要做的就是找到苍鹰之恨命定的骑手。我知道这听起来遥遥无期,但我已经借助补魂者梦境,画出了他的样子。司令已经派人去本土找他了!"

"等等,你说什么?"肯纳站了起来,手里还拿着那幅画。

"尼娜说,等你恢复了真正的联结,就可以回到凌云树堡了。然后,只要我完成所有的训练,几年之内,你就能够正正当当地作为驭魂者在离岛上生活了。不过我觉得阿加莎可能会暗中帮忙,让你提早开始训练。"

斯堪德停下了，他看清了姐姐脸上的神情——纯粹的愤怒。

"你是怎么想的？竟然要这样对待我和苍鹰之恨？你是我弟弟啊！竟然要切断我们的联结？我爱苍鹰之恨，你明明知道！"

"不是切断——"

"你和其他人没什么不同！"肯纳大喊，"因为我与众不同，你便恨我！你就是想让我和别人一样！"

"你的突变会伤害你，小肯！"斯堪德也站起来了，急切地说道，"我知道你爱苍鹰之恨，可还有四种突变在等着你！要是造成了无法挽回的损伤怎么办？难道你看不见伪造的联结把织魂人变成什么样了？它不止不休，吞噬着她的力量，消耗着她的生命！"

"我不是她！"肯纳吼道，"我原以为就算所有人都不理解，你也会理解！"

"我理解。我知道你不是她。可如果我们想要在一起，这是唯一的办法。"

"你可以留在这里啊！"肯纳泪流满面，"我正在向流浪者学习各种魔法，你也可以啊。这又有什么不行的？"

斯堪德仍然极力想让她明白："那样的话，苍鹰之恨就不是荒野独角兽了，它也能够和它命定的骑手团聚。就是我在梦里看到的那个男孩。真正的联结毕竟不同于伪造的联结。"

"你怎么知道？"肯纳冲他大嚷大叫，"你怎么知道织造联结是什么感觉？"

"我非常清楚，这两者不一样。"斯堪德央求道，"只有放弃你与苍鹰之恨的联结，尼娜才能帮你回到凌云树堡。这是唯一的办法，你仔细想想行吗？"

"如果代价是苍鹰之恨，那这凌云树堡不回也罢！"肯纳说着，把那幅灰斑独角兽的画撕成两半，冲向了沙漠。

"小肯，回来！快回来！求你了！"斯堪德在她身后大喊，可她头也不回。他盯着落在地上被撕成两半的画，浑身僵住了，只觉得沮丧和伤心。真的是他错了吗？他只是希望肯纳安全，只是希望姐弟俩在一起。他知道肯纳爱着苍鹰之恨，可她难道不明白，命定的联结能让一切重回正轨？

几分钟后，熟悉的嘶鸣声将斯堪德从混乱的思绪中惊醒。福星恶童从棕榈树间冲出来，联结里回荡着它的惊恐。紧接着，斯堪德听见了叫喊声。

叫声是从树林后面的水坑边传来的，爆发的元素魔法将整片天空都染成了不祥的红色。

斯堪德跨上鞍座冲了出去，越过三三两两的流浪者，向前飞奔。斯堪德绝望地搜寻着肯纳的身影，却只看到埃洛拉骑着她的银骥独角兽一马当先。他跟着她冲向了树林边。

水坑边，二十几名特勤全副武装，银色面罩映着正午的太阳，寒光闪闪。他们正向一名骑手和一头独角兽——一头荒野独角兽逼近。

肯纳和苍鹰之恨被包围了。

恐惧攫住了斯堪德的心。他满脑子只有一个念头,那就是去救姐姐。他揽起福星恶童的缰绳,暗自感激弗洛——幸亏她坚持要他今天穿好铠甲。可他们才动一下,特勤就发起了进攻。

火焰、水波、沙粒、闪电从他们掌中涌出,扑向了肯纳和苍鹰之恨。

"我们得帮她!"他冲着流浪者们喊道,可突如其来的暴露让他们全都愣住了。"你们还在等什么?"

埃洛拉脸上唯有绝望。"我们不战斗。这就是我们的生活方式。"寻路人几乎要哭出来了,"休想让我用我的魔法去争斗。"

斯堪德不明白她在说什么,但知道此刻没有时间争论。要是流浪者不肯帮忙,那么他飞到空中与特勤对阵,可能更容易些。然而,就在福星恶童起飞的几秒钟里,情势发生了变化。

苍鹰之恨扬起前蹄,冲着敌人们立起,双眼血红,裸露的骨骼映着阳光。

肯纳举起手掌,亮出黄光。"对不起了,埃洛拉。"她叫着,一股龙卷风应声而出,冒着黑烟,打着旋儿直奔对方而去。巨大的风力撕碎了独角兽的胸甲,扯掉了特勤脸上的面罩。流浪者们彼此叫喊着后退躲避。斯堪德知道,在这一刻冲上去救人是毫无意义的。

因为,肯纳似乎并不需要帮助。

有些特勤从独角兽背上跌落，倒在地上，痛苦地呻吟，但还有一些仍在进攻。肯纳拉起一个又一个盾牌抵挡他们的攻势，不费吹灰之力。她冲着他们喊道："走开！"

随后她的掌心发出蓝光，向正面的特勤喷出汹涌巨浪。水流冲得独角兽连连后退，有几头失去平衡，直接跌进了水坑里。而当肯纳掀起的黑烟碰到水面时，死鱼竟然漂了起来。肯纳比凌云树堡的任何骑手都强大。她甚至超过了……不，斯堪德不允许自己深究这个念头。

特勤一片大乱，他们显然没料到，追捕对象居然如此厉害，还与流浪者结下了友谊。尽管流浪者回避与特勤正面对抗，但他们带着各自的独角兽——还有那几头荒野独角兽幼崽——也迅速行动起来，尽可能地为肯纳打掩护。埃洛拉沿着湖岸，炸出一个个巨大的沙坑，逼得特勤不得不四散躲避；烁火区的鸟儿向着银面特勤俯冲，死死挡住他们的视线；艾伯特和晨鹰从水坑中掀起水花，声东击西，让那些攻击者惊慌无措，被他的水元素魔法拖向水坑更深处。

斯堪德和福星恶童抓住机会往前冲。他们比几个月前更亲密了，福星恶童知道肯纳对它的骑手有多重要。斯堪德向特勤掷出惊电投枪，又投出三支冰晶三叉戟，接着是一连串的钻石匕首。福星恶童的四蹄射出闪电，咆哮的嘴里喷出火球。那些荒野独角兽幼崽帮了他们，只要有谁瞄准这头黑色独角兽，它们就一哄而上群起而攻之。它们仿佛在保护这名驭魂者，斯堪德不禁想起了第一次与织魂人对峙的情景,那时,也是荒野独角兽救了他。

很快,福星恶童和苍鹰之恨开始背对背地扬蹄奋战,姐弟二人携手应对银面特勤的围攻。

斯堪德感觉到姐姐身上有一股不可思议的能量。它缠绕着她,低声嗡鸣,微光闪烁,就像暴风雨前的空气。黑暗的气息让斯堪德后脖颈上的汗毛都竖起来了。肯纳将各种元素召唤至掌心,一股脑儿地发起进攻,甚至都不看看她的目标。魔法周围泛着黑烟,碰到棕榈树时,树叶就开始打卷发黑。不知为什么,她的魔法似乎能使活物枯萎、腐烂,一如苍鹰之恨永恒之死的映照。她的脸上淌下了泪水。颜色模糊了,肯纳速度太快,元素在她的联结中混合:火焰、冰凌、暴风、砾石。

"后退!"埃洛拉和特勤同时大喊。出于对荒野独角兽背上那个女孩的恐惧,敌对双方突然步调一致了。

"小肯!停下!他们已经撤退了!"斯堪德喊道。但肯纳不听。

"魔鬼!""女巫!""织魂人!"特勤惊恐的叫声钻进了斯堪德的耳朵。他不愿承认,可他确实也怕她。在她毁掉游民树的时候,他就猜到了她的力量,可直到现在才完全明白。肯纳几乎没受过训练,可她仍然比他见过的艾瑞卡·艾弗哈特更强大。而艾瑞卡曾身为司令——连任两届。

斯堪德惊恐无状。肯纳不想放弃她与苍鹰之恨的联结。如果没有任何改变,离岛是不会放过她的。因为恐惧,他们会追踪肯纳,追到天涯海角也在所不惜。离岛害怕时,猎杀便开始了。

肯纳突然尖叫起来,水流激荡着,冲向她身边的沙丘。这叫声不是愤怒的,而是痛苦的。特勤退得更远,而流浪者们抓住这片刻的优势,在进攻者和姐弟二人之间围成了一道防护墙。

艾伯特在晨鹰背上关切地大喊,埃洛拉则叫着肯纳的名字。

斯堪德在鞍座上转过身呆住了。苍鹰之恨用后腿直立起来,胸腔里迸发出低沉的吼声,闪烁的红眼睛里燃烧着愤怒。肯纳反手抓着自己的脖子,冰凌穿透了她的皮肤,犹如可怖的项链——第二种突变出现了,但并未就此打住。肯纳捂住了耳朵,再次痛苦地哀号起来,蜜色的羽毛从她的耳廓钻出,就像十个精巧的耳洞同时打就。特勤们大喊大嚷,又震惊又恐惧又嫌恶。

"小肯!小肯!你……"斯堪德翻身跳下去,把肯纳从她的独角兽背上拉下来。苍鹰之恨冲着他咆哮,嘴里满是鲜血。肯纳在他怀里颤抖着,两人一起倒在地上。斯堪德感觉流浪者们在靠近,用土元素魔法堆起沙堤,将他俩围住。

"我没事。"肯纳声音嘶哑,仿佛在说服自己,而不是安慰斯堪德。"我没事。"她抬手摸了摸右臂上的荆棘藤蔓,又碰碰环绕脖颈的冰凌,最后抚过双耳上的羽毛。

"三种,"她喘息着,沙尘呛得他们咳嗽连连,"三种突变。"

肯纳挺起身子,本能地想把一缕碎发捋到耳后,但羽毛挡住了她的手。

"过一阵子就习惯了。"她哑着嗓子说道,伸手去摸苍鹰之恨腐烂的鼻子。

"你真的没事吗？"斯堪德的声音哆嗦着。沙堤能为他们争取多少时间？

"我没事，小堪。我只是累极了，和上次一样，记得吗？"她说着垂下眼睛，身体愈发无力，沉沉地靠在斯堪德身上。

这时，增援的五十名特勤赶到了。

全副武装的独角兽闯过沙丘向他们飞奔而来，掀起阵阵沙尘。第一批特勤舒了口气般开始大呼小叫，而流浪者们警惕地彼此呼唤。空气中立即充满了各种元素的刺鼻气味。流浪者一个接一个地倒下，斯堪德至少看到有五人受了伤，躺在沙地上。可他们仍然不肯正面回击，只是用魔法改变周围的环境，避免直接击中对方。于是，他们节节败退。

肯纳几乎失去了意识，两种突变的同时出现让她无暇顾及增援的特勤。

"小肯！"斯堪德拼命地摇晃她的肩膀，"咱们得离开这儿！"

烟雾尘霾之中，他瞥见艾伯特在冲他们打手势。流浪者们把非骑手抬到独角兽的背上，让他们尽快冲出绿洲。特勤开始搜寻藏匿的流浪者和荒野独角兽幼崽，棕榈树间爆发出阵阵尖叫和怒吼。独角兽引发了爆炸，刺鼻的烟味卷着大火四处蔓延，吊床都烧着了。

突然，埃洛拉和银辉斗士出现在斯堪德面前。埃洛拉的额头挨了一刀，平时恬然静好的面容此刻痛苦不堪。"我们必须离开这儿！马上离开！我已经失去了两个伙伴，另有十人受伤，决不能再有伤亡了！我也不会强迫他们使用魔法还击！"

"肯纳好像没知觉了！我不知道她还能不能骑行！"斯堪德搀着姐姐大声说道。

埃洛拉翻身下地，在他们身旁跪下细瞧。"山崩土裂！"她一看到那两处突变就狠狠骂道。

爆炸发生在不远处，霎时沙粒乱飞，崩进了斯堪德的嘴里、眼睛里，硌得他生疼。

斯堪德又是咳嗽，又是吐唾沫。这时，他看见一个骑着铁灰色独角兽的特勤，穿过飞旋的沙尘向他们走来。福星恶童的胸腔里发出一声闷吼，提醒着斯堪德。斯堪德伸手触摸它的身体，将魂元素召唤至联结中。他知道一场大战近在咫尺。然而，那特勤却跳下地来，抬手摘掉了脸上的面罩。他的双眼中跃动着火焰——是火元素突变。火眼特勤想靠近肯纳，但埃洛拉和斯堪德挡在了他面前。

"没有我的帮助，你们无法带她离开这里。"特勤大声说道。肯纳挣扎着睁开了眼睛，看了看四周：银光闪闪的特勤，伤痕累累的流浪者，毁于一旦的绿洲家园。斯堪德觉得她的神情不一样了——她的眼神变得冷硬。

"我跟他走。"肯纳坚定地说道，脖子上的冰凌泛着寒光。

"他是特勤。小肯，你不能相信——"

"我认识他，"她坚持道，"他去年在银色要塞帮过我。"她跟跄着站起来，在火眼人的帮助下骑到苍鹰之恨的背上。肯纳仍然虚弱至极，她将双手伸进了独角兽凌乱的鬃毛里。

也许埃洛拉也困惑于肯纳愿意跟特勤离开的决定，但她没有表现出来。"肯纳，我们会去找你的。"她转而对火眼人厉声道："她是我们中的一员。我希望事情结束后，她仍然安好无恙。"

那特勤微微点头，翻身骑上了自己的独角兽。

斯堪德也回到了福星恶童的背上。

埃洛拉紫水晶般的眼睛紧紧盯着他："斯堪德，你不能和你姐姐一起去。"

斯堪德想反驳，但埃洛拉扬起纤细的手："我需要你飞到空中，转移特勤的注意。召唤元素，塑造兵器，尽你所能。你身处凌云树堡的保护之下，特勤不敢把你怎么样。我们流浪者会尽力突围。至于肯纳，她会和这个特勤从另一个方向离开。同意吗？"埃洛拉先后凝视着斯纳德和火眼人。

斯堪德不想同意，但也没有更好的办法。他望着极力保持清醒的肯纳："我不想跟你分开。"

"你总是这么说，"肯纳昏昏沉沉地说，"却从不留下。"

"就这么办。"埃洛拉说着，翻身骑上了银辉斗士。她压低声音，只对斯堪德一个人说道："要是想保证你姐姐的安全，就再也不要来找流浪者了。所有人都会盯着你的。尤其是，那些特勤会报告他们今天的所见所闻。"

"那我要怎么确认她好不好呢？"斯堪德慌了，"我都不认识那个特勤！"他还惦记着那个金发男孩——苍鹰之恨的命定骑手。如果他不知道肯纳在哪里，又该如何说服她放弃伪造的联结呢？

"让阿加莎想办法。"埃洛拉恨恨地说。她旋即骑着银辉斗士回到混战之中，高喊道："倒数十秒！"

火眼特勤戴上面罩，把苍鹰之恨和自己的独角兽拴在一起。

八秒！

"我能搞定的！"斯堪德冲着姐姐喊道。

肯纳望着他，眼神里充满了悲伤。这是他们之间常有的长久对视，斯堪德总能准确地从中读出姐姐的所思所想。可是现在，他猜不到了。最后，她只说了一句："你搞不定的，小堪。但你已尽力，我不怪你。记住我的话。"

六、五、四。

"小肯，我爱你！"眼泪从斯堪德的脸颊淌下。他说不清为什么这次分别的感觉很不一样。他想起了给肯纳的圣诞节礼物——还留在她的吊床上。他第一次怀疑，他是不是应该留在本土。也许，放弃他的梦想，留在那里陪着肯纳，会更好。

二。

然而，当斯堪德重新骑上福星恶童，感受着心中联结的吟唱时，他就知道，自己别无选择。无视离岛的召唤，无视命中注定的独角兽——根本就没有这个选项。绝对没有。

一。

福星恶童扬起前蹄，拍打着巨大的黑色翅膀。男孩和独角兽冲向绿洲的水畔。他听见特勤在叫喊。他们认出了这头有着白色头斑的驭魂独角兽，也认出了背上的骑手——他是那个被通缉的女孩的弟弟。

"她跟他在一起吗？"斯堪德听到有人询问彼此，听到身后的沙漠里蹄声回荡。就在即将冲入水坑时，福星恶童腾空而起。

"小伙子，给他们点颜色瞧瞧。"斯堪德咬着牙说。他召唤了风元素，并在气流盘旋于绿洲上空时，释放了联结中的魂元素。福星恶童黑色的兽角化作电花，随后是它的头、脖子，乃至整个身体。追捕他们的特勤不由得慢了下来，其中有不少人从未见过化作元素魔法的驭魂独角兽。斯堪德的掌心射出闪电，霎时电花四溅，空中噼啪作响。

接着，他召唤了火元素，福星恶童随即从闪烁的电花化作熊熊燃烧的烈焰。

火焰勾勒出独角兽的轮廓，也舔舐着斯堪德包裹着铠甲的双腿。当更多特勤骑着独角兽从地面起飞时，他用火焰塑造了一张炽烈的长弓。箭镞如浓烟缭绕的烟花纷纷落下，特勤不得不拉起晶莹的水盾，遮在头上抵挡。

斯堪德从福星恶童的翅膀间向下张望，看见流浪者的独角兽正逃离战场，他们化整为零，四散开来，以躲过特勤的追捕。福星恶童飞得太高，斯堪德认不出肯纳、苍鹰之恨和那个火眼特勤的身影，唯有祈愿他们早已离开。

特勤的胆子大了起来，他们向燃烧的驭魂独角兽发起元素攻击。该撤了。斯堪德握起手掌，福星恶童变回了黑色。他们以最快的速度飞行——真的很快，他们可不是无缘无故入选疾隼队的。斯堪德和福星恶童轻松甩掉了特勤，将烁火区的炽热抛在身后。

当斯堪德遥遥望见凌云树堡的树林时，季节又回到了寒冷的十二月。他再次回头张望，追踪者已不见身影，天际空空荡荡。

斯堪德把福星恶童送回马厩，然后爬上了熟悉的梯子。但他没有回自己的树屋，因为他必须立刻去见阿加莎。阿加莎开门时还生气地咕哝着，但一见到外甥脸上的绝望，神情就立刻变了。

"你去找你姐姐了，是不是？"

斯堪德点点头，哭了起来。

肯纳
内疚

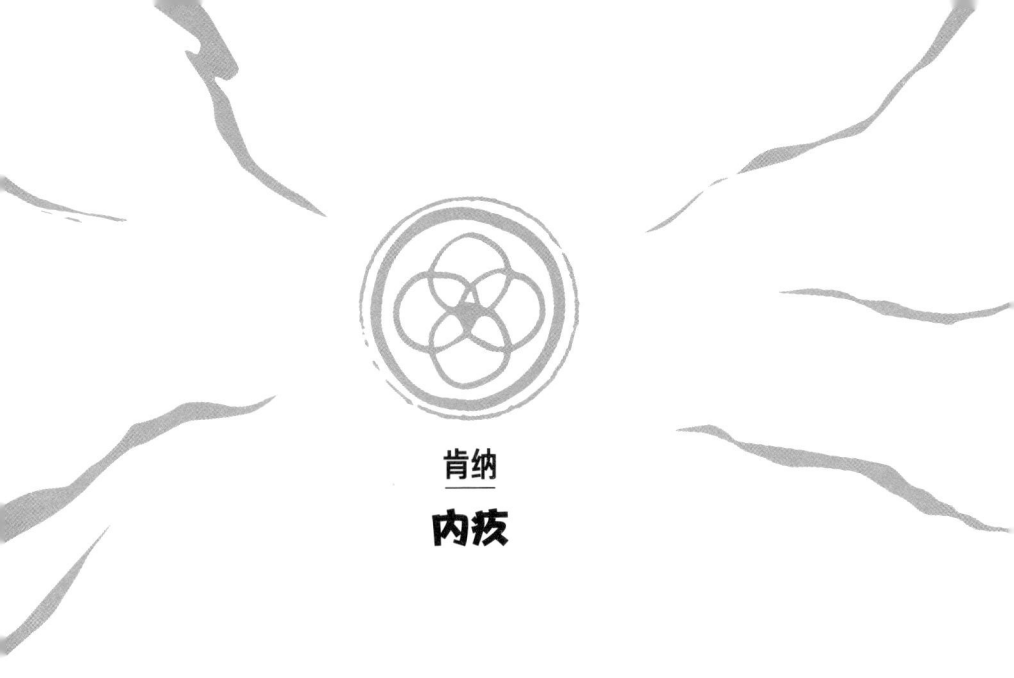

肯纳·史密斯非常内疚。

内疚于烧毁绿洲。内疚于荒野独角兽幼崽的四散逃离,内疚于保护它们的誓言成空,内疚于脆弱的友谊就此断送。

内疚于屈从。屈从了伪造的联结对她的心的强势束缚,屈从了苍鹰之恨对毁灭的强烈欲望,屈从了她灵魂深处的荒野。

内疚于流浪者。因为她,他们不得不弃家而去。因为她,最平和的人不得不身陷战场,那双紫水晶般的眼睛里满是惶恐。

内疚于羞愧。她恣意释放能量,打破牢固的陈规,以为自己可以安全。这全都让她羞愧难当。

在四大区域跋涉了几天之后,火眼人把肯纳和苍鹰之恨藏在了一条晶莹剔透的瀑布后面。一连三天,水流冷漠地撞击着水潭,激起层层水浪，让肯纳精神恍惚。几个小时就像几分钟。几分钟又好像几天。她没碰火眼人留下的食物。

她只是呆坐——披着毯子，坐在悬垂的岩石下，任由水从头顶上方跌落，如同一道活的帘幕，将她与世界隔绝开来，将以前和之后隔绝开来。

她任由内疚吞噬自己，一遍遍回忆着绿洲的惨状：棕榈树冒着黑烟，恐惧的叫声四起，荒野独角兽幼崽四散逃窜。她强迫自己去想象沙漠里受伤的身躯：既有倒在她手下的银面特勤，也有拒绝对抗的流浪者。她放任自己回想释放能量、拯救自我的感受：它在她的血管里涌动，那势不可挡的劲道，她真喜欢。她故意回忆敌人和朋友脸上的恐惧，甚至包括弟弟脸上的恐惧——因为她唤醒了元素力量的阴暗面。

斯堪德有没有寻找过她？在这样的混乱和破坏之后，他还能照常返回凌云树堡吗？他就这样回了自己的树屋，把她一个人扔在外面不管了？

她忘不了斯堪德的计划，他竟然想把她和苍鹰之恨分开，竟然想将她选定的，并且深爱的这头独角兽，与另一个不过是出现在梦中的陌生人建立联结。斯堪德想改变她。因为她不同意，所以他离开了，是吗？因为他现在也相信她是个魔鬼了，对吗？

苍鹰之恨靠近肯纳，将翅膀搭在它的骑手身上。凄凉孤绝暂时褪去，肯纳告诉自己，绿洲遭袭，也有些好处。她和苍鹰之恨之间一直缺少的亲密，现在有了。以前的苍鹰之恨对世界和世界上的一切只有恨意，但现在肯纳发觉，独角兽的关注，从它自己转向了它的骑手。他们好像在共享情感，而不是苍鹰之恨单方面地将情绪灌进联结。当肯纳特别害怕或不安时，独角兽的愤恨就会减弱，仿佛它需要倾听，需要观察，需要确认它的骑手是不是还好。

"谢谢你，苍鹰之恨。"肯纳呢喃着，轻轻抚摸它蜜色翅膀的边缘。一根羽毛脱离了，正好落在她的手中。有时很容易忘记，苍鹰之恨每时每刻都在死去。哪怕肯纳死了，它也无法从死亡中脱身。

肯纳猛然抬头。天鹅的叫声压过水声，传到了她的耳朵里。那叫声很执着，一遍又一遍地重复着。苍鹰之恨站了起来，幽灵般的兽角指向瀑布外面。叫声不断地传来，肯纳再也不能假装听不见了。她侧身绕过瀑布，水花瞬间溅了她满头满脸。

水潭里没有天鹅，只有一头银色的独角兽兜着圈子盘旋，背上驮着一个女人，嘴里吹着一只木哨。

"埃洛拉！"肯纳兴奋地喊了出来。

寻路人放下天鹅木哨，让银辉斗士在瀑布后面着陆。她一跳下来，肯纳就扑进了她的怀里。银辉斗士抖落银色翅膀上的水珠，苍鹰之恨不高兴地咆哮着，让她忍俊不禁。

"五元素赐福，总算找到你了！"埃洛拉气喘吁吁地说着，拉开肯纳，看着她的脸，"那个特勤走了？"

肯纳点点头，抛出一连串的问题："你会带我去找大家吗？你们在沛水区安顿好了吗？"直到这一刻，她才发现自己有多么渴望和流浪者在一起生活。

但埃洛拉摇摇头："对不起，肯纳。流浪者分散到各个区域了。现在，特勤也在追捕我们。这是最好的藏身之法。"

"那让我加入人最少的一队，行吗？"

寻路人回避着她的目光："我会每天派不同的人来探望你。看看你好不好，给你带点儿吃的，陪陪你。当然，艾伯特已经主动请缨了。"

肯纳愣住了，恐惧和愤怒卡住了她的喉咙："探望？你是说，我得和其他流浪者区隔开？我得自己留在这儿？"

"只是暂时的。"埃洛拉伸出手，想安慰她。但她像只受伤的动物，甩开了。苍鹰之恨低吼着。

几个小时之后，埃洛拉的"探望"结束了。肯纳看着银辉斗士和埃洛拉消失在瀑布的另一边，心里感到悲伤、委屈、失落、内疚，还有别的——没有流浪者的陪伴，她很害怕。

害怕她自己。

第十三章
生日惊喜

之后的一个星期里,阿加莎一直在四大区域寻找肯纳。斯堪德解释了绿洲发生的事,阿加莎并没有震惊于肯纳展现出的能量,反而对那个破例来帮忙的火眼特勤很感兴趣。

到了一月,仍然毫无消息,斯堪德觉得必须做些什么。他不停地跟队友提起那些风险重重的计划,比如自己去四大区域找肯纳。他们劝他三思,他却咄咄逼人。他的心情一直十分低落,就连福星恶童也没能通过联结让他高兴起来。

一月下旬,沛水节将至。一天晚上,斯堪德正在速写本上描画那个火眼人。这不是第一次了。特勤的身份牵动着他的心神,着迷程度堪比米切尔之于黑板。唯一能让他抽离一会儿的就是去陇驿树岗查看有没有尼娜的来信。但关于苍鹰之恨的命定骑手,也没有进展。

博比出现在斯堪德身后,差点儿因他写给爸爸又扔掉不要的信而滑倒。"真是的,肯纳怎么会认识那个特勤呢?"

"他在银色要塞帮过她。"斯堪德擦掉了火眼男人的一部分面孔,努力捕捉绿洲中那短暂一瞥留给他的记忆。

"也许是他帮肯纳逃出来的?我还以为是因为雷暴呢。"

"不知道。"斯堪德咬牙切齿地说,"我不知道他是谁,也不知道肯纳跟他走是不是安全。我什么都不知道。啊!"他使劲儿一戳,把铅笔的笔尖戳断了。

弗洛回来了,把夹克挂在树屋门边。

"银环社的例会怎么样?"米切尔欣然问道。自打杰米陪他参加了湛炉舞会,他的心情就好得令人恼火。

弗洛把绿色豆袋沙发拉到炉火边:"乏善可陈。我和银刃本该和有经验的骑手一起练习元素转换——对于银骥独角兽来说,这是最难做到的事情之一——可他们都被雷克斯叫走,去开紧急会议了。"

斯堪德站起来:"什么会议?说了什么事?"

"他们找到独角兽卵了吗?"博比问。

弗洛摇了摇头:"没有。真抱歉,博比。自打越狱事件之后,雷克斯就一直不停地开会。接着,那些特勤从烁火区回来,说发现了——"

"肯纳。"斯堪德接口道。

"嗯,对。他就让他们描述所见所闻。尼娜要求他收集与伪造联结相关的信息，有多强大之类的。他们想弄清楚，一旦织魂人织造出更多的联结，我们会面临怎样的威胁。"

"他们为什么不来问我呢？"斯堪德苦恼地说，"我当时就在那儿。我可以告诉他们。"

"是啊，问得好。"博比揶揄道，"他们怎么没来找你的麻烦？为了阻止特勤逮捕肯纳，你竟然袭击了他们！"她好像还挺自豪。

斯堪德也在琢磨这件事。从绿洲回来之后，他就在一直等着被抓到议事广场去呢。

"我爸爸说，尼娜在保护你，还有肯纳。"弗洛轻声道，"她坚持要把力气花在寻找独角兽卵上，而不是专注于追捕一个十几岁的女孩和她的荒野独角兽。"

博比叹了口气："尼娜做得对。他们本来就应该专心寻找独角兽卵。我妹妹前几天屈尊写信给我，问我登岛要带什么东西，我该怎么说呢？"

"我去看看尼娜有没有寄信来。"斯堪德说，但他注意到，其他人面面相觑。

"怎么了？"

弗洛深吸一口气说："小堪，你还要继续寻找苍鹰之恨的命定骑手吗？还要继续这个计划吗？你不是说，肯纳听说时很生气吗？"

"而且你也不清楚交换联结会有什么后果。对肯纳，对那个男孩，都是风险。"米切尔补充道，"你甚至都不确定到底能不能成

第十三章 生日惊喜

功。没有关于它的书——克雷格和我已经查了个底朝天。这根本是未经验证的理论。"

斯堪德想反驳，但他明白，朋友们说得有道理。肯纳与苍鹰之恨的关系比他以为的要亲密得多，他们共同施展的惊人魔法，他已经见识过了。再说，他也仍然没有弄懂交换联结的具体方法。不过，斯堪德不会放弃的——朋友们不曾亲眼看见她的突变、她的痛苦。

"埃洛拉在银色要塞时做过研究，"斯堪德正要说下去，只听——

砰！

阿加莎站在门口，棕色的眼睛扫视了一圈，最终锁定在斯堪德身上。

"她很安全，"阿加莎粗声粗气地说，"埃洛拉把她藏起来了。"

"那个火眼特勤呢？"

"走了。"

斯堪德心里一松。肯纳回到流浪者当中了，他们会保护她的。

"谢谢你，阿加——呃，艾弗哈特教官。"斯堪德舒了口气。但他的姨妈似乎仍然忧心忡忡。"还有什么？"

阿加莎好像很不情愿回答似的："埃洛拉很担心肯纳的突变，不知道后续会怎样发展。一下子出现两种，把她吓得够呛。"

"什么意思？"

阿加莎顿了顿："还有火元素和魂元素的突变在等着肯纳。埃洛拉担心它们会造成严重的伤害。最糟糕的情况就是——"

"性命堪忧？"米切尔猜测着，声音压得低低的。

"让大家保持冷静的重任全靠你了，亨德森。"阿加莎讽刺道，"埃洛拉可没这么说，她只是很担心肯纳的未来。"

"同样生死攸关啊，不是吗？"博比直截了当地说。

"倒也未必。"阿加莎看了看缩在豆袋沙发里的四个人，"你们这儿该不会连杯茶都没有吧？"

"我认为现在不是喝茶的时候！"斯堪德抗议道。

"'现在'永远是喝茶的好时候！"阿加莎语气严厉，吓得斯堪德不敢吱声。

烁火节庆典时，弗洛买了些茶，斯堪德去取时，脑袋里嗡嗡作响。他要不要现在就把交换联结的计划告诉阿加莎？他以前很犹豫，因为她总是劝他别那么干，可要是接下来的突变有可能伤及肯纳的性命……反正他得做好准备，一旦找到苍鹰之恨的骑手就立刻行动。

茶泡好了，阿加莎在炉火旁盘腿坐下。"在为肯纳的生死操心之前，我们先弄清几个事实。"她喝了口茶，下嘴唇被烫到，小声骂了一句，"整座离岛都深陷恐慌之中，也没人会听我的话。但实事求是地说，我就是比大多数人更了解伪造的联结。我和艾瑞卡小时候就照着一本非法读物研究过织造的联结，那书是我们从父亲塞拉斯那儿弄来的——"

斯堪德趁自己还有勇气时打断了她："阿加——呃，艾弗哈特教官，埃洛拉跟我讲过一个理论，据说可以将织造的联结重塑为两条命定的联结。我已经知道肯纳命定的独角兽是哪头，司令也答应去寻找苍鹰之恨的命定骑手，所以……这样就能保证肯纳的安全了吧？"

没什么能让阿加莎感到震惊，但此刻，她的脸上却拂过了一丝惊异："你真是做了不少事啊，小驭魂者。我倒没听说过这种理论，而且，我觉得肯纳也未必会热衷于此，对吗？"

斯堪德不明白，阿加莎怎么知道他已经把计划告诉了姐姐。

"其实寻路人没必要担心肯纳其他的突变，"阿加莎继续说道，"艾瑞卡和我读的那本书里没提到荒野突变会引起什么伤害，更不用说送命了。我跟你说过，艾瑞卡本打算为我织造一条联结，这样哪怕我没有命定的独角兽，我们也仍然可以在一起。她不想伤害我。那时不想。现在也不想。"

阿加莎离开时，斯堪德把她送到外面的平台上。仿佛事事毫无希望。他以为鼓起勇气提起交换联结的理论，她哪怕不情愿，至少也能给他指出方向，让他知道该怎么做。只凭他自己，如何才能从伪造的联结中救出肯纳呢？

折回树屋，斯堪德发现弗洛和博比都坐在黑板前，而驭火者米切尔正拿着粉笔，准备往上写些什么。

弗洛拍了拍身边的蓝色豆袋沙发。"这是要干什么？"斯堪德问。

米切尔高声宣布："欢迎参加第五十三次小队会议。"

"你这数字肯定是瞎编的。"博比说。

米切尔没理她,自顾自地讲下去:"到目前为止,关于肯纳的伪造联结,我们已知的信息有哪些?我们能否预估可能发生的情况?寻找苍鹰之恨命定的骑手这一计划进展如何?可行性如何?"问题写满了黑板,斯堪德心里充满了感激。还有朋友们关心着他。他们现在知道肯纳有危险,完全站在他这边了。

至少,他不是在孤军奋战。

进入沛水季,四人小队的生活中塞满了深夜会议、联结研究以及令人沮丧的训练。英少生的独角兽很容易觉得训练无聊,转而考验起骑手的极限。鹰怒热衷于把博比召唤至联结的元素堵住,换成别的元素。斯堪德本想帮忙,因为还是初出生时,他和福星恶童不能使用魂元素,多少有点儿类似的经验。但博比实在恼火,又很骄傲,不愿接受建议,鹰怒也和它的骑手一样固执。

福星恶童和红夜悦总是在训练时打打闹闹,不肯好好训练。一黑一红两头独角兽不是在训练场上狂奔,就是倒在草地上比赛谁能更快入睡,要么就是——这是最烦人的——径直返回凌云树堡,一路拿别的小动物打牙祭。斯堪德和米切尔对此却束手无策。

至于银刃,因为不受弗洛的控制,好多次连训练都未能参加。有一次,它喷出的冰雹过于猛烈,把好几个骑手砸得浑身瘀伤,叫人心有余悸。弗洛最不愿意伤害别人,回到凌云树堡,能安慰她的就只有同为银骥骑手的雷克斯·曼宁。他把自己和银光女巫过去的糗事讲给她听,直到她重展笑颜。

到了三月,所有英少生都非常紧张,因为关于沛水考验的说明迟迟没有公布。于是,除了花费数小时梳理关于织造联结的各元素的经典著作,米切尔还抽空背诵了曾出现在沛水考验中的各种挑战。

"你知道吗,1927年的考验完全是在水下进行的。"

"不,我不知道,米切尔。"博比翻了个白眼。

"那你知不知道,1989年,有十名弄错方向的英少生飞到海上去了?"

"米切尔……要是你再叨叨个没完,我就要……"

疯狂的训练,和戾天骑手一起寻找独角兽卵,等待苍鹰之恨命定骑手的消息……一周又一周就这样过去了。到了三月底,混沌杯资格赛的最后一天,恰逢斯堪德的生日。他来到福星恶童的马厩,让这一天从补魂者的梦境开始。

高的。矮的。有雀斑的手。粉红色的指甲。短发。秃头。带串珠的辫子。站着。坐着。瘦的。胖的。壮实的。纤弱的。

在不同的身躯间穿梭,透过别人的眼睛去看,视线一次次地聚焦,景象断断续续。他们各不相同,但似乎都在等待。斯堪德想逃脱不停更迭的身躯,但也想理解他们。他们为什么在这儿?为什么聚在一起?他竭力抽离梦中人的身体,想用自己的眼睛去看,但每次才脱离一副躯壳,另一人就将他攥住,让他心神俱颤。

他凝视天空,凝视冬季的滚滚海浪,又凝视一片森林。他手托下巴趴着。他盘腿坐在崖顶,将草叶抛向风中。等等,斯堪德失控似的想着。他要吐了;他看不见;他无法呼吸——

斯堪德惊醒了,气喘吁吁。阿加莎说,要是他再敢请吟游诗人唱什么催眠曲,她就要亲手把他扔进监狱。所以他只能自己到梦中去梳理那些细节。梦中有些部分似曾相识。森林、大海和天空的景色没什么用——可能是千万个不同的地方。不过,最后一副躯壳——往风中扔草叶的那个——很像苍鹰之恨的命定骑手。这个金发男孩,与斯堪德和福星恶童梦中的那些人在一起吗?他们都在本土吗?

这个念头让斯堪德觉得,补魂者的梦境可能终究还是有些用的,尽管剧烈的头痛算不上多好的生日礼物。早餐也没开好头。因为肯纳战力超群的新闻已经传开了,斯堪德和弗洛为了躲开关于姐弟俩的各种窃窃私语,只好早早地来吃早餐。但今天他们来晚了,部分归咎于补魂者的梦境,另一部分原因则是博比执意要给斯堪德做一份生日款救急三明治。至于区别嘛,就是她另加了些果冻软糖,斯堪德表示还是留着以后再品尝吧。

四个人来到争春食屋时,很多骑手甚至不屑于压低声音。

"我听说他姐姐一下子干掉了二十个特勤。"

"我听说是斯堪德帮她逃脱的。"

"唔，我听说她比织魂人还厉害呢。"

"我听说，"博比一边把盘子里的煎饼堆得高高的，一边大声说道，"如果你们再不闭嘴，博比·布鲁纳就会揍扁你们的脸。"

争春食屋瞬间静了下来。

"多谢，博比。"斯堪德喃喃道。

"毕竟是你的生日嘛。"她冲他眨眨眼睛。

他们爬上平日常去的平台，却发现这儿已经被一群若成生占了，海登也在其中。自打沧渊舞会之后，博比就一直躲着他。

博比连忙一闪："快撤！"他们从近旁的栈桥绕开了。

"他……比汉堡里的鼻屎还烦人？"弗洛模仿着博比的俏皮话，期待着她的反应。

"简直是青出于蓝而胜于蓝。"博比说。弗洛听了颇得意。

他们往没人的平台走时，米切尔像往常一样，对生日抱怨起来："真不明白，生日有什么好庆祝的。出生又不是什么成就。互相说着'哦，恭喜你，又活了一年，还没死呀'，这听起来不是更叫人沮丧吗？"

"雷霆密布，米切尔！"博比翻了个白眼，"你可真能破坏生日气氛！"

"离岛上确实不太讲究，"弗洛说，"除非像尼娜那样出生在自己的元素季节——她是驭风者，又出生在长风季。人们认为这很幸运。"

"尼娜才不需要什么好运气呢，"博比自豪地说，"驭风者天生神力。你们知道吗,她双脚带电,脚指头上电花缭绕,嗡嗡直响呢。"

"你这都是听谁说的?"米切尔讥讽道。

"所以她才那么喜欢跳舞——像我一样。"博比满足地感叹道,"我们是如此地相似。"

斯堪德没有说话。他早上已经去过陇驿树岗,收到了爸爸寄来的生日贺卡。当然,肯纳不会寄来任何东西。他尽力不去回忆在本土时她别出心裁的生日礼物:她亲手做的独角兽蛋糕,攒了好几个月的限量独角兽卡牌……可这个生日,他想要的礼物只是她安好的消息。他颓然地坐在一张餐桌旁。

博比拉了把椅子,要在他旁边坐下。

"不!不行!"米切尔大声说,"咱们不能坐这儿!"

"呃……为什么?"斯堪德问。

"这张桌子被诅咒了!别坐这儿!斯堪德!"米切尔着急地说着,想把斯堪德拽起来。

"我也听说过。"弗洛跨了一大步,远远地躲开那张桌子。

"你们在开玩笑吗?"博比似乎被惊到了。

"我没开玩笑。"米切尔严肃地说,"自打联考开始以来,每个坐过这张桌子的英少生都失掉了一块四分石。"

"只是巧合罢了,肯定的!"

斯堪德简直不敢相信,他这位注重事实的朋友竟然会认定一个无生命的物件遭到了什么诅咒。

第十三章 生日惊喜

-253-

"米切尔，你没拿到烁火石，"博比直截了当地说，"可你也没在这儿坐过啊。"

"不，我坐过。丰土考验后，杰米来给斯堪德修理铠甲时，我们俩来这儿吃过午餐。当时我们坐的就是这张桌子！"

"别犯傻了。"博比嫌弃地说。

"我不要在这儿吃早餐，"米切尔提高了音量和声调，"我已经没有烁火石了！我决不能冒险再失去沛水石或长风石！已经够糟的了，我爸爸——"他刹住口，不说了。

"你爸爸怎么了？"斯堪德问，"我觉得他今年挺支持你的啊。"

"是挺支持的，"米切尔的眼睛泪汪汪的，"可就支持到我搞砸烁火考验为止。秘洞舞会之后，他写信给我，骂我不够努力，说我不该再见杰米，因为显然是他让我无法专心训练……"米切尔深吸一口气，颤抖着说："我以为他有了改变。我以为无论怎样他都会支持我。可是……他不会。"

"你怎么不跟我们说呢？"弗洛轻声问。

米切尔头发里的火苗摇晃着："我觉得很尴尬。爸爸又变回了老样子，这就像另一场失败。"

"他才是应该感到尴尬的人。"斯堪德站起来，给了米切尔一个拥抱。

四个人不再争论，另找了个平台吃早餐。大家聊天时，斯堪德终于打开了爸爸寄来的贺卡，看到贺卡内容，他的喉咙一下子堵住了。

斯堪德：

　　生日快乐！再过几个月就能见到你和肯纳了！等不及啦！
　　爱你！

爸爸

"雷克斯·曼宁要参加资格赛吗？"米切尔向弗洛打听。斯堪德忍住了眼泪，他真想向爸爸倾诉，他有多么担心肯纳。

弗洛咽下嘴里的食物，点点头说："有天风元素训练结束后他跟我说了。真叫人激动，是吧？要是雷克斯获得资格，他可就是离岛与本土签订条约以来第一个参加混沌杯的银骥骑手！要是尼娜也拿下了资格，那她就可能第二次连任司令——小堪，那是什么？"

斯堪德正盯着一张潦草的字条。

"是贴在信封背面的。"他咕哝着，把信封摆到桌子上，好让大家都看到。

　　他的名字叫泰勒·汤姆森。本土警方仍在尽力搜寻他的下落。——尼

"苍鹰之恨的骑手？"弗洛猜测道。

斯堪德点了点头。泰勒。

"'仍在尽力搜寻他的下落'，"米切尔皱起眉头，"怎么耽搁了

这么久？"

"现在有了名字和画像，肯定很快就能找到。"弗洛乐观地说。

"生日快乐，驭魂宝宝。"博比给了他胳膊一拳。斯堪德笑了。好消息就这么来了，感觉有些怪怪的。但那个骑手终于有了名字，这让他有了实感。泰勒。

"哎呀，我怎么给忘了！"弗洛嚷嚷着从口袋里掏出四个褐色的小纸包，给了每人一个，自己也留了一个。

"呃……这是我自己做的，用鞍具线编的。你们在本土会赠送生日礼物，但我只知道斯堪德的生日，所以今天就把大家的一起送了吧。"她有些紧张。

斯堪德打开褐色的纸包，一条手环掉了出来。它是由象征各种元素的彩线编成的，"斯堪德与福星恶童"字样则是白色的。他看到旁边博比的那条也一样，但她和鹰怒的名字是黄色的。

"也不是必须得戴啊。要是你们不想戴的话，没关系的。"弗洛小心地添了一句。

"这是你编的？"米切尔已经戴上了，"我只知道你擅长修补夹克，可这也太精致了！"

博比盯着手腕上的手环，若有所思地说："我怎么这么喜欢它呢？我所有东西里面最不赖的就是它了。"

"谢谢你，弗洛。"斯堪德说，他浑身都洋溢着纯粹的快乐。

"啊！"米切尔叫了一声，一张叠起来的纸落在了他们这张餐桌上。

斯堪德抬起头，想看看这张纸从何而来。加布里埃尔、萨莉卡、扎克和梅布尔都在上层平台。斑驳的阳光映着梅布尔脸上的雀斑，很是显眼。她示意斯堪德四人打开看看。

米切尔把皱皱巴巴的蓝色纸张展开，一下子睁大了眼睛。"谢了！"他冲着上方喊道。

> 水是一种灵活且适应性极强的元素，能够自如流动。因此第三场考验，关键是"选择"。所有人在开始时都不会领到沛水四分石，骑手们必须做出抉择，是主动寻找，还是等待时机，夺取别人的石头。
>
> 通往成功的道路不止一条——水可以给予，也可以索取。出于水的仁慈，此次奖励将属于那些逆流而上的人，它将使前方的大海重获安宁。

"所有人都领不到石头？"斯堪德喃喃说道。

"这就说明要弄到一块很容易。"米切尔松了口气。

"而且还有奖励！"博比指着最下面一行说，"咱们肯定能帮米切尔拿到烁火石！"

"没错,一定可以!"弗洛热情地说。

"梅布尔的小队是怎么拿到说明的?"斯堪德问。

"他们愿意和我们分享,这不是很好吗?"弗洛很高兴。

米切尔和博比意味深长地看了对方一眼。

"尼亚姆的小队表现最好,四分石有的是。"博比说。

"我也这么想,罗伯塔。对咱们来说,拉拢他们有百利而无一害。他们现在有富余的丰土石、沛水石和长风石。"

米切尔将那张蓝色的纸折成纸飞机,递给博比,点了点头。斯堪德困惑地看着他们。

博比的纸飞机正中尼亚姆、班吉、阿特和法鲁克的餐桌。"投得漂亮!"米切尔鼓起掌来。班吉一打开就扬起了眉毛。

"你们俩合起伙来可真吓人。"斯堪德咕哝道。

"你们想让尼亚姆的小队对咱们有好感,"弗洛明白了,"跟咱们结成同盟?"

"他们的成绩比咱们好啊。"博比不情愿地承认道。

"会不会沛水考验的说明只有这一份?"斯堪德恍然大悟,"和谁分享说明也是一种测试?"

"这可是混沌联考,斯堪德,"米切尔激情澎湃地说,"一切都是测试。"

第十四章
诱饵

上午,英少生们领着独角兽来到四极城的一条街上,给它们开开荤腥,暂做放松。在前往首府观摩混沌杯资格赛的路上,鹰怒和银刃的表现简直像场噩梦。两头独角兽不知为什么闹翻了,博比和弗洛绞尽脑汁才让它们勉强在同一空域飞行,更不用说并排走在四极城里了。杰米在铁匠铺旁与四个人碰面,与米切尔和博比走在一起。到处都挤满了人,到处洋溢着资格赛的狂欢气氛。但斯堪德却难以自控地有些格格不入。泰勒。尼娜就要找到苍鹰之恨的骑手了,可万一肯纳还是对那头荒野独角兽情深难舍,该怎么办呢?斯堪德拼命争取,想让魂元素回归离岛,可要是肯纳甘愿被放逐怎么办?那时他该怎么做?

"你还好吗,小堪?"弗洛小声问。

"我也不知道,"他勉强笑笑,"担子太重了,不是吗?"

"是啊，确实是。"

"今年比前两年更难。"斯堪德坦陈。

"英少生嘛，在所难免。"

"不，我指的不是混沌联考。我是觉得，因为肯纳来了，所以更难了。虽然这么说很不好，可她在本土时，至少我知道她是安全的。至少，我还能为我们在离岛上的团聚做些计划。至少我还能做梦，梦想一切都会顺利。可现在她来了，一切都不对了。我不知道她想要什么。我甚至觉得有点儿不认识她了。"

"怎么会呢，"弗洛搭着斯堪德的肩膀说，"你当然比任何人都更了解她。"

斯堪德想起了肯纳在绿洲施展荒野魔法的情景，想起了让他时时感到陌生的眼神。"以前是这样的，可自打我抛下她来到这儿，她就变了。"

"你没有抛下她，小堪，"弗洛说，"你也没得选啊。"

"我本来可以留在本土，"斯堪德承认道，"阿加莎去日落高地找我时，我本来可以不理会。"

"换作肯纳，她也会为了你那么做吗？"

斯堪德哽住了："我不知道。"弗洛把他最害怕的说出来了。换作肯纳，也许她不会抛下他和爸爸，不会像他那样。他害怕那个导致她变成现在这样的"弟弟"。在内心深处，他生怕肯纳的伪造联结都是拜自己所赐。

"我觉得她同样会选择来离岛，"弗洛很自信地说，"她渴望成为独角兽骑手，和你一样，也许更甚。"

可是，斯堪德永远也不会知晓确切的答案。

弗洛这么直言不讳，不过是想让他高兴起来。和庆典时不同，今天，骑手们的衣着都是各自结盟元素的象征色，红色、蓝色、绿色、黄色混在一起，聚成一群，叫人兴奋无比。

竞技场外面也环绕着各种颜色的帐篷，有些是医师的，有些是甲胄师的，有些是鞍具师的。斯堪德看见沙克尼鞍具的橙色篷布在微风中轻轻飘动。

"快走呀！"博比催促道。他们穿过人群，走向距离最近的竞技场入口。"我听见扩音器里说，下一场有雷克斯·曼宁和尼娜·卡扎马。"

当他们好不容易找到五人连座时，比赛已经开始了。米切尔自顾自地把资格赛的规则讲了又讲，也不管博比每隔几句就要插一句："我们都知道了，米切尔。"

"今天是资格赛的最后一天，也是唯一对公众开放的一天。此前四天都是短程预赛，用来淘汰骑手。这么安排首先是因为选手众多，毕竟技术上来说，任何若成生以上的骑手都可以参加混沌杯。"

"不过极少有若成生和步威生能获得资格，"杰米补充道，"他们通常还得在元素训练场上再磨炼几年。尼娜是个例外——直接从凌云树堡进入赛场了。对吧，米切尔？"

杰米说话时，米切尔一直看着他，满脸傻笑。"是的，一点儿不错,正确极了。"他有些慌乱地接着说下去,"然后,呃,对,今天的资格赛分四组,像混沌杯一样,每组二十五名骑手,包括每组预赛最快的六名骑手,外加一名外卡骑手。"

"外卡?"

这一次回答的是弗洛。她正俯着身子,绕过紧盯大屏幕的博比。赛道上空战一触即发,独角兽们向前冲去。"外卡骑手是资格赛委员会选出的,他们通常表现优异,只是因为预赛分组的原因而没能进入前六名。委员会会全程观察骑手,比如整体表现之类的。"

"你爸爸就是委员会成员吧?"米切尔问。

"对,"弗洛自豪地说,"委员会包括一名鞍具师、一名甲胄师、一名——"

"尼娜领先了!"博比大喊。斯堪德连忙专心去看前方的大屏幕。

当独角兽们飞向赛道的最后一段直道时,观众突然全都站起来了。尼娜·卡扎马在沙克尼家特制的鞍座上侧着身子,手中擎着闪电长弓,向后方的骑手射出一支又一支箭。她那头栗色的独角兽闪电差则挥动着翅膀,时不时地向后踢出一道道闪电。看着他们的完美配合,斯堪德很难想象,在尼娜还是英少生那年,闪电差也曾不听尼娜的招呼。

"尼娜的平衡感一向很棒。"解说员通过扩音器赞赏道。

"但雷克斯·曼宁和银光女巫追得很紧。这位年轻的银骥骑手是首次参加资格赛,其表现令人目眩。"另一位解说员补充道。

"天哪,他就要拿到决赛资格了!"弗洛叫道。

但还没有结束。当闪电差和银光女巫在竞技场上空缠斗时,元素魔法频频爆炸,碎片纷纷散落,观众只好东躲西逃。比赛将近尾声时战斗仍然激烈,这可不寻常——大多数骑手在这个时候都会收起魔法,直奔终点。

"尼娜在干吗?直接争第一不就行了?"博比嚷嚷着。

"她好像要干掉雷克斯似的!"米切尔说。

"为什么啊?"弗洛茫然无措。她和雷克斯关系很好,但她爸爸是尼娜的鞍具师。

斯堪德知道这是为什么。他记得问及雷克斯为什么偏要将独角兽卵失窃的事公之于众时,尼娜的回答是:权力,没有人会嫌多。

也许,司令想在雷克斯拿到更多权力之前将他击败,而赛场空战是唯一合法合理的机会。

当独角兽冲向竞技场的沙地时,尼娜的掌心喷出一股水柱,水柱击中雷克斯全副武装的肩部,只听一声巨响,就连闹哄哄的观众席上都能听得清清楚楚。雷克斯连忙在鞍座上稳住身体,及时召唤出一支烈焰投枪。火势极其猛烈,浓烟罩住了他的整个身体。

"当心啊,雷克斯,"弗洛喃喃说道,"他被银骥魔法控制了。"

解说员仿佛是顺着弗洛的话头说了下去:"对于雷克斯·曼

宁来说，这支投枪似乎弊大于利。看起来，他还无法完全控制魔法。"

雷克斯将投枪投向尼娜，但他的动作太慢了。闪电差已经着陆并冲过了终点拱门，比银光女巫只快了那么一瞬，尼娜也举起了胜利的拳头。观众为现任司令欢呼起来，为雷克斯和银光女巫欢呼的声音则更为热烈。斯堪德没有凑这个热闹。目前看来，雷克斯·曼宁是无害的，但他忍不住想，要是银骥骑手赢得了混沌杯，肯纳还能保住现有的安全吗？

"嗯，德克兰，这场比赛真是可圈可点啊！"解说员大声说，"雷克斯·曼宁和银光女巫轻松获得了混沌杯的参赛资格，这可是许多年来的头一遭！我认为他极有竞争力——"

"而尼娜·卡扎马，"另一个解说员打断他，抢着说，"已是第三次闯入混沌杯决赛，又一次创造了历史。她是第一个获胜的本土选手，这次能否成为首次连任三届的司令呢？"

斯堪德不可避免地想起了另一对拥有同样机会的骑手和独角兽：艾瑞卡·艾弗哈特和她的彼岸血月。

斯堪德的视线仍然锁定在沙地上的雷克斯和尼娜身上，这时，七人委员会中的五人突然冲向银光女巫和闪电差。

"这是要干什么？"杰米问。

"出什么事了吗？"弗洛说。

尼娜好像在下达什么命令，雷克斯和银光女巫则迅速离开了竞技场。

"弗洛，"斯堪德对她说，"或许你可以问问你爸爸，这到底是怎么回事。"

五个好朋友费劲地挤下台阶，穿过吵吵嚷嚷的观众。人们显然在琢磨，下一场比赛怎么还不开始。

弗洛钻进了橙色的帐篷。"爸爸？"

奥卢·沙克尼正和另外几位鞍具师说话，那几位鞍具师一见到四人小队和杰米进来，就点点头离开了。奥卢一把抱住弗洛，仿佛松了一口气。

"怎么了？"弗洛挣脱开，"我什么事都没有啊！"

"沙克尼先生，您知道这是出什么事了吗？"斯堪德问，"下一场比赛迟迟没有开始。"

奥卢清清喉咙，严肃地说："银色要塞出事了。今天早晨，三十名特勤发动了叛乱。他们的诉求是，掌握自己的命运，绝不再做二等骑手。"

斯堪德想起了两年前的极外野地，当时，艾瑞卡·艾弗哈特极力拉拢他，想让他倒戈，她说：让命运见鬼去吧！

"他们转投织魂人了，是吗？"斯堪德猜测道。

奥卢点点头："被捕的特勤承认了。他们频频谈起织魂人的新一代骑手，但拒绝透露独角兽卵在什么地方。其中不少人都曾在去年夏至帮过她。"

"这么说，那些特勤都被抓住了？"米切尔抱着希望问道。

奥卢面色沉郁："还有漏网的。你们的独角兽在四极城吗？"

第十四章 诱饵

四人一起点点头。

"那么即刻返回凌云树堡。杰米,你最好赶紧回铁匠铺。消息传开后,四极城肯定会非常乱。"

他们离开了帐篷。斯堪德一门心思想着尽快和福星恶童远离首府,却没想到另有惊喜。克雷格守在四头独角兽身旁翘首张望,一见他们就迎上来,发髻一阵摇晃。

"五元素赐福,你们可算回来了!"

"我们已经知道特勤叛乱的事了。"米切尔说着骑上了红夜悦。

但书店老板摇摇头说:"不,我不是为这件事来的。斯堪德,我发现了关于织造联结的资料。完全是凭运气啊!我偶然翻到了一本旧书,里面提到了一句。你敢相信吗,这书竟然逃过了审查!所有提及魂元素的地方都保留下来了!"

"克雷格,对不起,我们必须尽快离开这儿。"弗洛道歉的声音都是颤抖的。远处已经传来了叫喊声。

"斯堪德,那书上说,只有命中注定能成为骑手的人,才能被织造出假的联结。不是人人都行的。你听懂了吗?"

这句话一下子揳入了斯堪德的思绪:"这就意味着,织魂人的新一代骑手,来自那些命中注定、本该拥有独角兽的人,但他们却失去了推开孵化场大门的机会?"

"符合条件的是谁?最大的那个群体是哪些人?"克雷格问,"多年来一直被挡在孵化场外面的,是什么人?"

斯堪德呆住了:"是驭魂者。"

"正确。"克雷格沉沉说道。

四个人一路上一言不发,直到独角兽们安全地回到了各自的围栏。

"小堪。"弗洛在福星恶童的栏门外找到了他,满脸惊恐。斯堪德知道,她正和他想着一样的事。

"织魂人说我挡了他的路,"他喃喃说道,"丰土考验的时候。她说:'你挡了我的路,斯堪德·史密斯。'"

"怎么了?"米切尔和博比跑过来。

"还不明白吗?"弗洛几乎要哭出来了,"如果织魂人的目标是驭魂者,那么她计划最大的威胁、唯一能为那些驭魂者找回独角兽的人,就是斯堪德。他是补魂者!"

"我能找回他们的独角兽,不止一头。"斯堪德肃然道,"我能帮他们与各自命定的独角兽重建联结。"他的双手颤抖着,"难怪她要我别挡她的路。"

"这么说,织魂人屡屡出现在考验现场,是为了……杀死斯堪德?"米切尔吃了一惊。

"如果真是这样,那她可不怎么认真。"博比冷然道。

"她只是还没有认真起来!"弗洛又对斯堪德说:"后续的考验你不能再参加了,小堪,如果织魂人要把你怎么样,那就太危险了!"

"那他就没有长风石和沛水石了。"米切尔下意识地说道。

"那又如何?"弗洛喊道。银刃感受到骑手的痛楚,也低吼了

第十四章 诱饵

一声。"要是被织魂人杀了,就连命都没了!"

大家沉默了好长一段时间。

斯堪德最先开口了:"弗洛,我必须通过混沌联考。要是我现在放弃了,驭魂者就永远被隔绝在孵化场的大门之外了。肯纳也永远无法获得自由。我不能让织魂人得逞。"

他踱着步子,福星恶童的目光跟着他。"我觉得,我在补魂者梦境里看到的那些人,就是流落在外的驭魂者。艾瑞卡肯定把他们集中在某个地方了,等待夏至到来。"

"可她怎么知道谁是驭魂者呢?"米切尔问。

"银色要塞的档案。"弗洛立刻答了出来,"叛变的特勤可能几个月前就把名单给了织魂人。"

斯堪德深吸一口气说:"所以,也就难怪本土警方找不到泰勒了。我今天早上在梦里又见到他了。他一定是织魂人计划的一部分。虽然不知道确切的地点,但他已经被她找到了。"大声说出这句话时,斯堪德心里七零八落的。

他想到了突变带给肯纳的痛苦,想到了荒野独角兽传递给她的愤怒,想到了她可能因荒野魔法而送命的风险。不能放任织魂人将这些强加于更多的无辜之人。那些驭魂者命定的独角兽,还在极外野地痴痴等待着自己的骑手。

"咱们不能让织魂人得逞,"斯堪德坚定地说,"不只是因为泰勒,也不只是因为其他驭魂者,或者由他们集结而成的、与五元素结盟的强大军队。还有博比的妹妹,她怎么办?还有许许多多像她一样的孩子。他们本该是命定的骑手,他们的独角兽卵却不翼而飞。"斯堪德顿了顿,心里满是愧疚。"对不起,"他对博比说,"我一开始没拿这当回事。我只想着肯纳,没有听从你的建议。"

"我明白的,驭魂宝宝。不过,找到那些独角兽卵,就能帮助你的姐姐、我的妹妹。找到那些卵,就能找到苍鹰之恨的命定骑手,夏至时,我妹妹也能得到她命定的独角兽。"

"还能阻止织魂人毁掉整整一代骑手。"斯堪德坚定地说。

"但还是要告诉尼娜吧?织魂人出现在联考现场,是为了跟踪你。小堪,尼娜能保护你,说不定还能一举抓获织魂人!"弗洛仍然哽咽着。

"我会把这些消息告诉尼娜的。"斯堪德承诺道,"你说得对,抓住织魂人,就能解决一大堆难题。"

"真是不幸,这下你不得不当诱饵了。"博比闷闷地说。

第二天傍晚,卡扎马司令和闪电差在余晖天台着陆,黄昏的微光勾勒出他们的身影。在凌云树堡的制高点碰面是尼娜提议的。斯堪德猜测,银色要塞叛变事件之后,她不太愿意让他靠近议事广场。据杰米说,现在流言四起,都说肯纳和叛徒脱不开干系。斯堪德心烦意乱,又想到了那个火眼特勤。他和织魂人是一伙儿的吗?如果是,那么是否意味着,肯纳仍然与艾瑞卡·艾弗哈特有着某种联系?他极力打消这个念头。阿加莎说过,肯纳和流浪者们在一起。

"你还好吧，斯堪德？"尼娜走近了。她的衣着和普通骑手一样，黑色衣服搭配对应元素季节的蓝色夹克。这件夹克显然修补过好多次，有好几块深浅不一的蓝色补丁，烧得最严重的地方绣着闪电图案，有一道大口子甚至是用甲片盖住的。斯堪德觉得，她在凌云树堡训练时，穿的应该就是这件。

"福星恶童呢？"尼娜又问。

"它，呃……这会儿不见了。"斯堪德尴尬地说，"它还是经常失踪。英少生这年难免会这样，是吧？"

尼娜有些困惑："那你是怎么上来的？"

"事实证明，爬上余晖天台是可行的，但真的不推荐——我花了一个多小时。"他拂去头发上的几片树叶，"我有件事要告诉你。"

他和司令盘腿坐下，就像等着和戾天骑手一起烤棉花糖时一样。斯堪德讲述时，尼娜听得很认真。

"你确定织魂人是在追踪你？"听他讲完，她问道。

"我是唯一一个能帮驭魂者和他们的命定独角兽重建联结的人。我和她的计划，二者只能存一。织魂人肯定很清楚这一点。"斯堪德深吸了一口气，"我猜，本土警方仍然没有找到苍鹰之恨的命定骑手吧？"

尼娜摇摇头："他们说他失踪了。我想你是对的。泰勒应该和织魂人在一起。在离岛，或者——"她一扬手。

"会不会在本土？"

"本土当局没有任何发现。"

斯堪德不禁松了口气。所有本土人,包括爸爸,都是手无寸铁、毫无准备的,他们根本招架不住与五元素结盟的邪恶骑手。而离岛至少拥有在辖独角兽,还有一线生机。

"我会继续进入梦境,尽力找出织魂人藏匿那些驭魂者的地方。"斯堪德保证道,"叛变的特勤有没有提起独角兽卵?"

"没有。雷克斯……啊,曼宁教官,已将他们尽数逮捕。作为银环社的新任首领,这可真是太糟了。"她猛然抬起头来,"这话不能再说了。我这么说……不太合适。"

"没关系的。"

尼娜叹了口气:"我想是因为在这上面,让我仿佛回到了还是疾隼队队员的日子。那时候,闪电差和银光女巫并肩竞飞。那时候,一切都要简单得多。"

"等等……雷克斯也曾是疾隼队队员?"斯堪德很惊讶,"他从来没说过啊!"

尼娜转动着拇指上的心情戒指:"哦,是啊。在凌云树堡的时候,我和雷克斯是很亲近的朋友,不过一开始我觉得他有点严肃——他比我更认真,训练更努力,默不作声地与他人竞争。但蒙稚生那年,我们一起被疾隼队选中,他变得开朗多了。我想,也许是飞行让他暂且抛下了部分忧虑。"

斯堪德完全能够感同身受。

"那时我们常常一起开怀大笑——他很喜欢听我聊起本土的童

第十四章 诱饵

年生活。后来,若成生那年结束时,即将离任的少校要选定她的接任者。雷克斯应该是志在必得吧,毕竟他拥有一头银色独角兽啊。可后来我当选了。我邀请他做我的上尉。真傻啊,我还以为他很愿意和我一起维护疾隼队呢。"

"但他不高兴是吗?"

"他离开了疾隼队。"尼娜简单地说道,"他没有生气,也没有冲我大声嚷嚷什么的。他只是默默地交出了金属羽毛徽章,告诉我,他不会再参加例会了。直到去年六月,我请他担任银环社新首领前夕,我们都没有说过一句话。现在,我不知道那么做到底对不对。"尼娜突然停下来,"今年跟他一起工作,实在不太容易。我希望有一天他能明白,共赢比独赢更好。"

尼娜骑上闪电差:"别担心联考。只要织魂人露面,我们就能抓住她。另外,我会尽一切努力去寻找那些独角兽卵,还有泰勒。我们还有时间。"

"谢谢你帮我,"斯堪德诚恳地说,"我知道这是在冒险。"

"做正确的事往往需要冒险。"尼娜笑笑,"咱们本土生可得团结一心哪,是吧?"

"我能再问你一件事吗?"见她颔首,斯堪德便一股脑儿地说了出来:"他们说,要是想顺利通过联考,想拿到成为司令的机会,我们就必须不惜一切代价去赢。可是,你看起来并不是那种会为了四分石而背叛朋友的人。"烁火考验之后,这个念头就一直盘桓在斯堪德的脑海里。

"我不像吗？"尼娜喃喃说道，眼神背后隐藏着伤感，"其实，你并不知道我走到今天都付出过什么。但我要给你一个忠告：永远不要让别人来告诉你，你需要成为什么样的人。世上有各种各样的司令，就像有各种各样的驭魂者，你说对吗？"

第十五章
沛水考验

从资格赛到四月初的沛水考验之间还有一个星期,斯堪德、弗洛、米切尔和博比花了不少时间举行四人小队的空中会议。米切尔认为,既然眼下的主要任务就是寻找失窃的独角兽卵和流落的驭魂者,那么就不要浪费时间,赶紧找就是了。斯堪德很高兴,他宁愿做些有建设性的事,也不愿坐在那儿担心肯纳的安全,或是妈妈要追杀自己之类的小问题。

四人小队选定了几条能搜遍全岛的路线,有空中的、地面的,还有环绕悬崖的,十分周密。博比不再提起肯纳知晓独角兽卵下落的可能,但斯堪德觉得,在独角兽翅膀搅起的气流之间,还是隐隐地流淌着这种指责。

与此同时,尼娜征用了凌云树堡五年级的全体学员——步威生,着力寻找独角兽卵。时不时有人看到他们飞越离岛边境,在大海上空盘旋——也许是猜测织魂人会把独角兽卵藏在某种船上。

在训练和搜寻的间隙,他们还会定期和阿加莎一起喝喝茶。对于克雷格发现的关于伪造联结的资料,她似乎有些不安。

"所以艾瑞卡打算为我织造联结的想法,其实并不是一定能行得通的?"

"如果你命中没有独角兽,那么就算是艾瑞卡·艾弗哈特也不能硬塞给你一头。"米切尔答道。

"她弄错了,"阿加莎喃喃说道,"这怎么可能?"

"艾瑞卡当年只有十四岁,对吧?"博比说,"我妹妹今年四月就满十三岁了,她觉得自己比所有人都聪明,但——"

"我姐姐十四岁时已是天才。"阿加莎生硬地打断了她。斯堪德连忙换了个话题。

另外,阿加莎仍然坚持认为,织魂人没有能力织造出五十条联结。可斯堪德知道,他梦境里的那些人一直都在增加。如果要等上好多年才能获得独角兽,织魂人何必现在就把流落的驭魂者集结起来?斯堪德已经认定织魂人要追杀他,噩梦中总有一个披着黑色裹尸布的骑手,穿越极外野地,对他穷追不舍。

四月到了,沛水考验将至。要担心的事太多了,斯堪德根本没有做好心理准备,来迎接混沌联考中的第三场。

英少生们跟着奥沙利文教官来到了锦鳞湖畔。这是离岛上最大的湖，鱼群如云。熹微的晨光中，天庭海鸟幽然似幻。

博比在鹰怒背上打了个哈欠："为什么这些愚蠢的联考总是在日出时开始？"

斯堪德知道博比比他们睡得少，因为她得早早起床把鹰怒打扮得精致而完美。

"英少生们！"奥沙利文教官喊道。安德森教官和艾弗哈特教官跟在她两侧。"沛水考验欢迎你们！你们应该大多传阅过那页说明了，但现在我还要补充些细节。"

英少生们默然聆听，就连独角兽也全都安安静静的。也许独角兽们终于明白联考有多重要了，尽管训练科目还是那么无聊。

"此次考验旨在检测大家的解题能力、逻辑能力和决断能力。所有英少生都不会领到沛水四分石，但每个四人小队都会分到三条线索——驭火者、驭土者、驭风者各一条。线索各不相同，每一条都指向一枚沛水石的位置。"

"线索？逻辑？解题？"米切尔坐在泰廷家特制的鞍座上，兴奋地上下晃悠，惹得红夜悦直冲他哧哧哈气。

奥沙利文教官眼中的漩涡涌动着："驭水者一开始不会拿到线索，但你们帮助其他队友找到的四分石，都会蕴含相应的线索，最终指向你们自己的那枚沛水石。"

博比立刻举起手提问："那奖励呢？说明上说会有奖励！"不少英少生热切地附和着。

安德森教官大笑起来，耳朵上的火苗跳跃着："是的，齐心协力找到最后一条线索的四人小队将获得奖励。除了沛水石，他们还会得到一枚额外的四分石。这样一来，距离集齐所有四分石的目标就更近一步了。"

斯堪德和米切尔兴奋地交换了个眼神：帮他弄一块烁火石看来很有希望。

"考验将在日出时正式开始。"奥沙利文教官宣布，"日落之前，你们必须到达三角洲第一支流处的终点线。好，现在为你们分发线索。"

像以往一样，阿加莎最先来到了斯堪德的四人小队。她拧着眉毛，额头上挤出了一道沟。"这场考验最危险的一段是最后两百米。你们不能飞到终点，因为没有足够的陆地来降落，那里正是河床收窄的地方，所有骑手都得挤在一起。"

米切尔有些困惑："那有什么危险的？这次不是要分析线索、解决谜题吗？"

"别天真了，亨德森。"阿加莎厉声道，"骑手们愈发不顾一切了，有不少人根本就不会费心费力地去找什么线索，他们只会守在终点附近，偷抢别人的石头。反正换成我，我也会那么做。"

"所以每场考验你都在，是吗？"博比问，"为了警告我们可能会遭到袭击？毕竟，这一点越来越明显了。"

阿加莎摸了摸北极绝唱的脖子："我来参加考验，比别的教官容易些，毕竟这就是我唯一的学员。"她指了指斯堪德。

"哦。"博比礼貌地表示了歉意，弗洛则有些尴尬。

第十五章　沛水考验

阿加莎拿起蓝色的抽绳袋，里面的东西锵锵作响："这是你们的线索。"

她给了弗洛、米切尔和博比一人一个扇贝壳。贝壳外侧都是白色的，只是标着数字1、2、3，内侧则整整齐齐地写着蓝色的字。

就在这时，闪电差还有十二名特勤朝着英少生们飞了过来。有人为司令来观摩感到兴奋，但斯堪德和朋友们明白，她是来巡逻的。

"尼娜在这儿，艾瑞卡应该不会轻举妄动。"阿加莎将一张沛水区的地图塞给斯堪德，"但无论如何，你们都要谨慎小心。"她转身走了，粗哑的声音也随之远去，斯堪德更紧张了。

"你快把贝壳放进口袋里，"米切尔催促博比，"先不用管咱俩的线索，这些编号肯定是有用意的。我们先集中精力研究弗洛的线索，还有——小点声儿——有人可能会抢先一步偷走四分石。"

他们聚拢在弗洛身边，一起看了看写在贝壳内侧的文字：河流背叛树哀叹。

"这叫哪门子线索！"博比气呼呼地说，"这根本是个谜语！要是我知道当独角兽骑手还得猜谜语，那我宁可留在本土！"

奥沙利文教官向空中射出一束水柱，教官们随之飞起，在沛水区上空盘旋巡视。沛水考验开始了。

与丰土考验和烁火考验不同，英少生们没有立即散开。他们大多仍和队友聚在一起，仔细研究着三条线索。毕竟，大家都没有沛水石，没什么好偷好抢的。

米切尔默念着线索，念了一遍又一遍，最后还是弗洛迈出了解谜的第一步。

"'哀叹'这个词——哀伤悲叹——会让我想到'垂头丧气'。"她轻声道，"所以我这条线索是不是指向那些垂首叹息的树木？"

"树才不会叹息呢！"博比冷哼一声。

"不是真正的树，是树的名字，"斯堪德兴奋了起来，"垂首——垂柳！弗洛真聪明！"

"太对啦！"米切尔喊道，大家连忙让他噤声。

"不是我打击你们啊。"博比咕哝道，"在沛水区，垂柳算是原生树种了，我现在就能看见五棵。"

斯堪德望向锦鳞湖，果然，芦苇丛生的湖岸上，好几处都生长着垂柳，柳枝摇曳，垂向水面。

"咱们得把其他线索弄明白，赶快。"米切尔咬着牙说，"虽然每个骑手的线索都不一样，但要是偶然发现了咱们的石头，可没人会客气！"

周围的小队时不时爆发出欢呼声，紧接着便一队一队地飞奔而去，或飞上天空。这让他们更加紧张了。

博比越来越急躁了："咱们就不能边走边猜谜吗？"

"往哪儿走？"米切尔讥讽道，"弄清线索才能知道往哪儿走。"

斯堪德知道，这是博比最受不了的状况。他冲她笑笑，想安慰她，可她却下意识地开始捋鹰怒的鬃毛，呼吸粗重。斯堪德让

第十五章 沛水考验
-279-

福星恶童靠近鹰怒，又伸出手让惊恐症发作的博比抓着。

"哎哟！好痛！"他叫道。她抓得非常用力。

她喘息着笑了一声，斯堪德也咧嘴笑了。

博比恢复正常之后，斯堪德打开了阿加莎给他的地图。他的手指沿着河流滑动，停在了他们去年年初发现荒野独角兽尸体的地方。他脑海中浮现出当时的景象——前方的水流被一座沙洲隔开，沙洲上长着两棵垂柳。

等等。他按照记忆中的方位去查地图，果然，是两条河流的交汇点。背叛。

"我明白了！"斯堪德顾不上压低声音了。除了罗米利、伊莱亚斯、马里亚姆和沃克，湖畔就只剩下他们四个人了。

"河流背叛——看地图上这里，两条河流交叉两次。分道扬镳、出尔反尔，这就是'背叛'，对吧？[①]"他看看弗洛，希望得到认可。

弗洛点点头，鼓励他说下去。

"所以，河流在这里、这里交叉。"他指着地图说道，"在这两处之间有一座小沙洲，我们之前曾在那儿野餐，记得吗？那座沙洲上有两棵垂柳。"

博比已经拽起了鹰怒的缰绳："这可真是个好消息啊，驭魂宝宝。"

[①]英文 double-cross 的字面意思是交叉两次，引申义是欺骗、背叛。——译者注

弗洛笑了："确实！"

"叫人刮目相看哪！"米切尔推推鼻梁上的眼镜。

他们决定冒险飞行前往，但愿大部分英少生都在忙着寻找第一个线索，而不是盯着别人的。米切尔用指南针导航，红夜悦红色的尾巴引领着大家。

这是个僻静的地方，四周尽是恣意生长的灌木和矮树丛。四个人从独角兽背上下来，望着河流交汇处的两棵垂柳。

"我不确定那座沙洲够不够四头独角兽着陆。"斯堪德谨慎地观察着。

"我和鹰怒可以飞起来，然后俯冲下去。"博比自告奋勇。

"不行，不行。"弗洛连忙说，"那样一下子就暴露了，几英里外就能看见你。"

博比抱起双臂："那怎么办啊，亲爱的弗洛伦斯？咱们到底要不要去那座沙洲啊？"

弗洛已经脱掉了蓝色夹克、靴子、袜子，接着又扬手掀起T恤。

"她疯了吗？"博比跟斯堪德嘀咕，"现在才四月啊！"

"呃，弗洛，"米切尔说，"你到底……"

弗洛站在河边，身上是一件浅蓝色的泳衣，银刃在她身边，银光闪闪。她望着队友们的表情，乐不可支。她一只手叉着腰，模仿着博比的调调说道："你们来参加沛水考验都不知道穿个泳衣吗？太不专业了！"

大家哄然大笑。

"嘘！嘘！"弗洛忍住笑，提醒大家，"我游过去，好吧？你们看好银刃，它看见我在水里可能会有点慌张。"她说着将银刃的缰绳交给了斯堪德。银刃的眼睛立刻像熔岩般打着旋儿燃烧起来，仿佛在说：想拦住我？我倒要看看你有没有这个本事。

弗洛蹚进水里，走到够深的地方才游起来。斯堪德、博比和米切尔看着她的脑袋，她那掺杂着银色的黑发上下起伏，越来越远，抵达沙洲后，整个身子才露出来。弗洛在两棵垂柳之间消失了片刻。它们的树干相向弯垂，就像一对老夫妻在互相鞠躬。

突然，斯堪德背后响起了树枝折断、草叶窸窣的声音。

"什么东西？"米切尔回头看了看。

斯堪德转过身，看见两名特勤从低空飞过。他略略安心了些。尼娜的卫兵就在这么近的地方，织魂人肯定不敢做什么吧？

博比的目光仍然锁定在沙洲上。

米切尔再次望向矮树丛："可能只是只兔子。"

"她一下子就成功了！"博比的话将斯堪德的注意力拉回了河边。

弗洛从两棵树中间钻出来，胜利似的举起了拳头，蓝色的沛水四分石映着清晨的阳光，晶莹剔透。斯堪德很想大声欢呼，但他知道，不能让别人发现他们已经找到了第一枚沛水石。于是，博比、米切尔和他在岸边悄无声息地跳起了庆祝舞蹈，看起来傻乎乎的。

弗洛从水中爬上岸，浑身透湿，无法控制地颤抖着。

"我的包、包、包里有、有毛、毛、毛巾。"她抱着自己的肩膀，费力地说道。

斯堪德立刻帮她拿来了毛巾："你要不要——"

弗洛裹上毛巾，冻得牙齿咯咯直响。斯堪德不由自主地张开双臂搂住了她。

"谢、谢谢你，小堪。"她说。他连忙松了手，不知怎的红了脸颊。

"真是太厉害了！"博比兴奋地说。

斯堪德想到弗洛从不以勇敢自居，却敢在寒冷的天气里，在沛水区变幻莫测的河流中游泳。他很希望她能像他们一样看清自己。

等弗洛擦干身体，四人就在河边坐下来，细细端详那枚沛水四分石。正如考验说明所言，它揭晓了斯堪德那条线索的第一个词。蓝色的石头上缠着一条金属链，上面挂着标签，标签上写着：百合。

"好，有了一个了。"博比说着站起来，"还有两个要找。米切尔，让大家看看你的傻帽儿线索吧。下一个是你的，对吧？"

"哦，阿加莎给我的时候我就已经猜出来了。"米切尔云淡风轻地说道。

他把贝壳扔给博比。博比不知该生气还是该高兴："你不是说不能给我们看吗？"

"这是为了你好。我们得按特定的顺序解谜。我可不希望有谁冒出抢先一步的念头。"

博比翻过手里的贝壳,斯堪德和弗洛也凑上来看。只见蓝色的笔迹写着:威力紧闭光与壳。

"好吧,我猜不出来,"博比说,"你们呢?"

斯堪德和弗洛也摇摇头。

米切尔志得意满:"'威力'让我想到了'肌肉'——muscle。相同发音的还可以拼作 mussel——贻贝。有些贻贝能在壳里形成珍珠,'光'指的就是珍珠的光泽。很简单。沛水区有个淡水珍珠养殖场。"

三个人齐齐盯着他。

"你这个比我的还要难啊。"弗洛喃喃说道。

斯堪德不可置信地晃晃脑袋:"米切尔,你太聪明了。"

博比揉揉米切尔的火苗头发:"咱们当中竟有个天才!"

斯堪德觉得这是她对米切尔说过的最好听的话了。

四人小队沿着蜿蜒的河岸飞行,偶尔掠过当地居民的树屋——纵横的水系像一条条蓝色丝带,这些树屋借由桥梁彼此相连。有一次,他们远远地看见了马特奥、迪维亚、哈珀和内奥米。两个小队都专心致志地寻找着四分石,谁也没搭理谁。斯堪德、博比、弗洛和米切尔终于到达了珍珠养殖场。这是一座小湖,几

百枚浮标浮在水面上,据米切尔说,贻贝就在浮标底下的网里。

"怎么才能从这里面找到石头啊?"博比烦躁地说。斯堪德想,她应该和他一样,也急着想去找自己的那枚沛水石。现在已经过了中午。

"我也不太确定。"米切尔咕哝着,"四分石应该就在湖底。或许独角兽可以驮着咱们潜下去,但我担心它们会被那些网缠住。"

"鹰怒可不能下水。那水里干净吗?让它下水,它恐怕永远都不会原谅我!"

"等一下!"斯堪德发现一枚圆形浮标上有个亮晶晶的东西,"在那儿!我看见了!"

那枚浮标距离湖岸有直径的四分之一远。浮标上托着一个临时搭起来的鸟巢,沛水石就像珍稀鸟蛋似的安居中央。

米切尔抓起缰绳:"好极了!我骑着红夜悦飞过去,然后降低高度,把它拿走。"

"让斯堪德去不是更好吗?"博比说,"他们飞得更快,而且他在那个鸟社团也常常练习这个动作。"

米切尔黯然道:"确实这样更好。"

斯堪德犹豫了。他很清楚混沌联考的目的是让他们明白,身为混沌骑手,为了胜利可以不惜一切代价。然而那天和尼娜交谈之后,他开始思考,自己是不是真的想要成为这样的人。此刻,斯堪德只想做一个好朋友,他知道米切尔和红夜悦有能力拿到那枚沛水石。

第十五章 沛水考验

"不，我觉得米切尔去最合适，毕竟那是他的石头。"斯堪德大声说。

起飞时，红夜悦高兴极了，它的尾巴燃着火花，拂过水面，恍若凤凰神鸟。

"这可一点儿也不低调。"博比咕哝道。

红夜悦降低高度，靠近了浮标。到目前为止，一切顺利。米切尔俯下身子，伸出手去抓沛水石，可是——

没抓住。红夜悦突然一侧身，冲向了一条跳跃的鱼。

"拜托，米切尔！"博比咬着牙说。

红夜悦猛然飞回空中，巨大的翅膀在水面上扇起阵阵涟漪。米切尔抚摸着它红色的脖颈，鼓励着它。骑手和独角兽再一次俯冲靠近浮标，米切尔垂下胳膊，几乎要碰着湖水了，他张开手指，去拿石头。红夜悦飞得很稳，米切尔的手靠近了那块珍贵的蓝色宝石。这时——

水中伸出了一条灰绿色的胳膊，手指——或者说是爪子——紧紧地攥住了米切尔的手腕。他吓了一跳，大喊一声，可那东西死死抓着他，就是不肯松开。斯堪德惊恐地看着那怪物把米切尔拖下鞍座，拖进了水里。

红夜悦感到背上一轻，立刻警觉地尖叫起来，烧红的双眼四处搜寻着它的骑手。

"救命！"米切尔的脑袋钻出水面，"它还抓着我！"他用力扑腾，想甩开怪物死抓不放的爪子。

红夜悦冲了过去,脑袋半没在水里,想让米切尔抓着它脱险。但那怪物非常有劲儿,一直拖着他往水底拽。

福星恶童紧张地冲着它的好友尖叫,红夜悦也嘶吼着回应。独角兽们知道,绝不能让骑手掉下去。

斯堪德毫不迟疑地揽起福星恶童的缰绳。独角兽拱起身体,助跑三步,在湖面上展开翅膀。

他们仿佛一颗黑色的子弹,直冲挣扎的米切尔而去。斯堪德看见他脸上露出如释重负的神情,而后就消失在水中,只有胳膊还高高伸着。

福星恶童好像能读懂骑手的所思所想,立刻照着他的需求去做。黑色独角兽挥动强壮的翅膀,盘旋在米切尔右侧,好让斯堪德能抓住他的手腕——驭火者露在水面之上的部分仅此而已了。

斯堪德立刻感觉到怪物正往相反方向用力,他用尽全身力气紧紧抓着沙克尼特制鞍座的前鞍桥。有那么一瞬间,他想使用元素魔法,可湖水荡漾,他怕误伤到米切尔。

只有一个办法了。斯堪德将全身重量都挂在鞍座上,然后催促福星恶童用力拍打翅膀,好将米切尔拉出水面。独角兽绷紧肌肉,拼命地往上飞。

慢慢地,米切尔的脑袋、脖子、整个身体都露了出来。

不幸的是,那湖怪也一起被拉上来了。

"我甩不掉它!"黏糊糊的爪子仍然钳着他的另一只手腕,他大喊道,"我要被扯成两半了!"

这时，红夜悦冲向了挂在骑手手腕上的怪物。它平日里是温和、逗趣的独角兽，但今天可不是。它决不能看着湖怪谋害它亲爱的骑手。红夜悦不屑使用魔法，直接暴力相向，用兽角刺穿了怪物的胸膛。

那东西惨嚎一声，听得人毛骨悚然，终于松开了米切尔的胳膊。

斯堪德立刻松了口气，但紧接着他就意识到，米切尔全身的重量都靠他一只手拽着呢。红夜悦抽出自己的角，把那怪物哗啦一下甩进水里，然后连忙飞到米切尔身边，让他抓住鞍座，爬了上去。福星恶童和红夜悦并肩飞回岸上，米切尔原本黝黑的皮肤苍白得吓人。

红夜悦刚着陆米切尔就翻身滚下来，瘫倒在地。其他人赶紧围上来，检查他的伤势。斯堪德仔细察看了他的胳膊，弗洛为他披上了毛巾，博比贡献了一份救急三明治，而他刚好冲着她呛出了一口水。

等米切尔缓过神坐起来，他一开口就说："我想那应该是个水精。"

"我的老天，米切尔，谁在乎那是什么玩意儿！"博比自己也是脸色惨白，"你差点儿死在它手里！"

"我等不及要跟杰米讲讲了。水精可是很罕见的。它们常常出现在古老的吟游之歌里，是守护珍珠的精灵，也有人说它们其实是海豹……"他的声音渐渐低下去，思绪不知飘向了何方。

大家沉默了好一会儿。"现在该怎么办呢？我可不想为了抢回四分石，跟那湖怪再斗一回。"斯堪德哆嗦着说。

"别去了，"弗洛比平时强势了许多，"咱们去找博比的线索吧。"

"不行！"博比跳起来，"这样米切尔就连丢两块石头了，而且也没法儿拿到斯堪德的线索了！那咱们就无法全员通过混沌考验了。我们的小队不能被拆散！"

整个地球都慌神了，因为博比·布鲁纳竟然哭了。

弗洛立刻站起来，伸手拉着她："没关系的，博比。没关系的。"

博比生气地抹掉眼泪。"我希望大家通过混沌联考，并不是为了我妹妹来的时候，我还拥有完整的四人小队……"她推翻了自己之前的话，眼泪不断地涌出，抽抽噎噎地说，"我总是嘴上说得好像我不需要你们似的，好像我到处都吃得开——不过我确实受欢迎，想要什么样的朋友都行。可是，我需要你们。我讨厌像去年那样的'分枝'。没有人像你们这样了解我。你们甚至知道我有惊恐发作的毛病，帮我撑过去。你们接纳全部的我。我不想再跟你们分开，我不能失去你们任何一个，包括米切尔——"她哭着冲他笑笑，"可是现在，我们已经丢掉了烁火石和沛水石，那——"

米切尔终于站了起来，摇摇晃晃的，满脸困惑："罗伯塔·布鲁纳，你在说什么啊？"

他摊开了拳头，就是被水精攥住的那只手。

博比长大了嘴巴，弗洛惊叹一声，斯堪德则欢呼起来。

米切尔的掌心，躺着一枚蓝色的四分石。

第十五章 沛水考验

-289-

肯纳

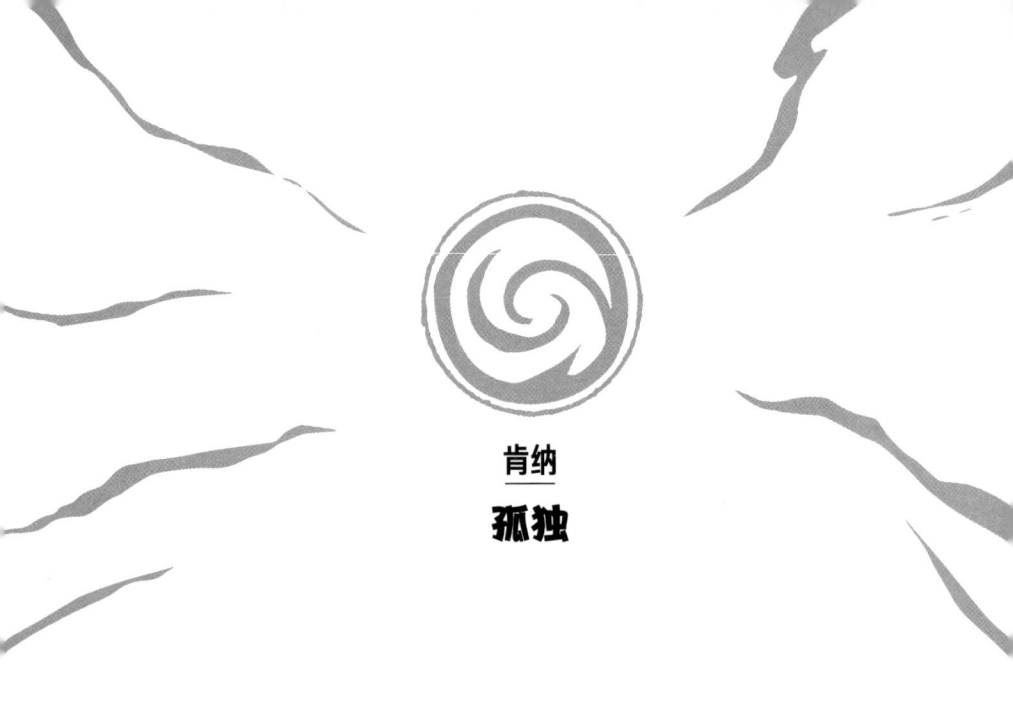

孤独

肯纳·史密斯无助而孤独。

孤独，是每日清晨一成不变的鸟鸣，是让忍耐的时间短一些的久睡，是站着吃饭以免独坐。

孤独，是痛苦。是岩浆从皮肤细纹中渗出的痛苦，是知道自己的哭声无人知晓的痛苦，是第四次突变让她远远超过了离岛能够接受的极限的痛苦。

孤独，是探访者来时不知该说什么，是他们谈论天气和树木的时候，她只想大喊：求你留下来！别抛下我！

孤独，是等待。是一天一天地等着弟弟；是由于等得太久，就算他来了，她也会愤怒得说不出话；是等得已不在乎。

肯纳坐在石头上，用膝盖支着下巴，望着水从高处落下，在水潭中翻腾。她已经几天没有睡好觉了,所以想让水流单调的节奏催自己陷入疲倦。

可她的脑海中全是新出现的突变。

还有一场噩梦,得靠她独自一人熬过。

发生第四次突变那天,她孤零零地醒来。哦,她现在再也不算真正的孤独了——她应该感谢她的头脑里、心脏里有了苍鹰之恨。但有时候,苍鹰之恨的仇恨压在她的灵魂之上,沉重滞涩,压得她连起床都要挣扎一番。在那样的日子里,她前所未有地理解了爸爸。她想拥抱他。她惧怕自己。

但是突变那天,肯纳是随着透过瀑布的阳光一起起身的。她突发奇想,想自己制订计划,和苍鹰之恨一起练习魔法。每天上午,她都专注于一种合法的元素——火、土、水、风,试着通过联结强化苍鹰之恨的反应。她学习控制魔法中的阴暗力量,从而不让水变得有毒。她从没跟任何一个流浪者——包括艾伯特——提起过她遇到的这种特殊情况。肯纳将下午留给了魂元素——每一天的下午。去年被囚禁在高塔银戟中时,多里安·曼宁曾给过她一本《魂之书》,她还记得不少内容。她很擅长使用魂元素——她清楚地知道这一点。

白色的光很容易就能出现在她的掌心,它和她召唤的所有魔法一样,暗藏着阴暗的力量,但她感觉得出,这是她的结盟元素。她能瞬间塑造出离魂长剑,能挥动比她的头还要大的珠光闪闪的散魂狼牙棒。她知道可以像书中讲解的那样,通过想象一些根本不存在的兵器来蒙骗对手。她确信，如果有人想切断她的联结，她不会手下留情。

突变发生的那天，她正在瀑布下的水潭边，试着用双手稳住一张由火元素塑造的弓。她到现在也不知道，是苍鹰之恨将更多的能量注入了联结，还是仅仅是突变的时辰已到。弓越来越大，边缘的黑色烟雾越来越重，向四周扩张，连瀑布边的植物都枯萎了。肯纳想握起手掌，止住魔法。但苍鹰之恨的全部鬃毛和尾巴连同它翅膀上的每一根羽毛，都燃烧了起来。它冲着水面咆哮，喷出一缕缕炽热的灰烬，好像和肯纳一样，急着要将火扑灭。

就在这时，疼痛出现了。和绿洲那次一样，其他的突变率先发作，犹如示警一般——右臂上的荆棘、脖子上的冰凌、耳廓上的羽毛全都刺痛起来，随后是新的灼痛，攫住了左手手腕。

她犯了个错误，她不该看。液态的火焰从她皮肤上的每一条皱褶间沁出，冒着气泡，蜿蜒而上，一直延伸到肘部。左臂在灼烧下剧痛无比，她无法再骑在苍鹰之恨的背上，转而跳进了瀑布下的水潭里，用潭水的清凉稍作缓解。如果有位医生让她为自己的疼痛程度打分，那么从一到十，她都不会选。这完全是另一个层次的剧痛。

肯纳仅有的念头就是，没有人在这儿。没有人来告诉她：没事的，不要紧。瀑布倾泻而下，并未察觉有个孤独的女孩借着这点水抚慰她几乎熔化的手臂。

这时，苍鹰之恨来到水潭边，用冒着烟的红色眼睛望着它的骑手。肯纳回头，感觉到联结中竟有极微弱的恐惧滑过。苍鹰之恨在担心她——肯纳的眼泪夺眶而出，却并不是因为疼痛。这是幸福的眼泪，孤独的眼泪。她渴望与人倾诉，讲讲她的突变，讲讲苍鹰之恨的关心。这个人该是斯堪德。

　　肯纳检查着手臂上的岩浆纹路，这时，一只小小的棕色鹩鹨落在了她坐着的那块石头上。它圆身子，短尾巴上上下下地摆动着，仰着脑袋看她时，羽毛上便隐约闪着白斑。一瞥之下，肯纳突然意识到，它那颗小小的心脏正在跳动——血液在小鸟的身体里流淌，随着它自己的旋律颤动。

　　她向这只小鸟伸出了手。它还在鸣唱，丝毫不惧怕阳光下、岩石上、陌生人手臂的黑影。肯纳张开手指，又合拢，极慢极慢地——鸟儿清晰有力的心跳紧贴着她的皮肤。

　　水潭水花飞溅的声音突然回来，肯纳一下子明白了自己的意图。她飞快地缩回了手，害怕得瑟瑟发抖。这来自苍鹰之恨的意识吗？还是，完全来自她自己？

　　肯纳没那么笃定了。

第十六章
欺骗

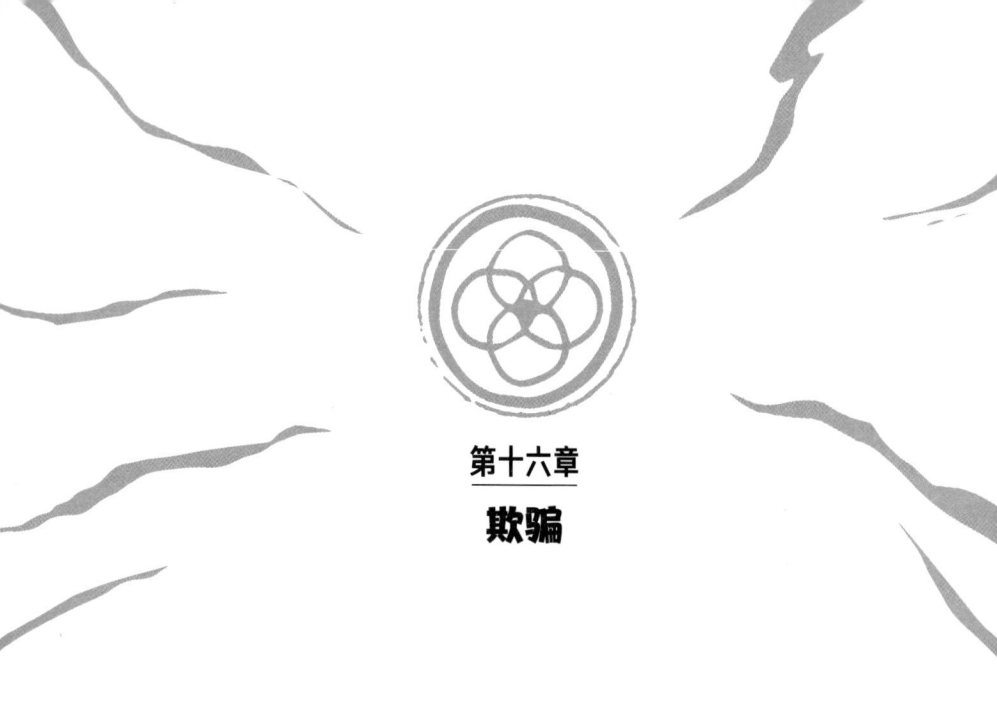

尽管米切尔扛住了水精的袭击，保住了自己的沛水四分石，但带有线索的金属标签却遗失了。斯堪德得知后心里一沉。就算他们能及时找到博比的沛水石，可指向他那枚石头的三条线索，就只有两条了。

四人小队回到了河岸茂密的灌木丛中，觉得已经够远够隐蔽时，斯堪德、弗洛和米切尔让各自的独角兽靠近鹰怒。博比拿出了她的贝壳。

就在这时，斯堪德突然感觉后脖颈上的汗毛全都竖起来了。他无法解释，但就是感觉不对劲。一根小树枝随即折断，灌木丛中窸窸窣窣，似乎有什么东西在移动。福星恶童低声咆哮起来。

"肯定有人在跟踪咱们。"斯堪德轻声说。

弗洛顺着他的目光望向层层叠叠的枝干："你说会不会是织魂

人？她怎么没发起进攻呢？"

"哎呀，你别撺掇她呀。"博比说。

四名骑手本能地让独角兽背朝内、面朝外，围成一个防御圈，掌心亮起了不同颜色的光。

他们等待着。等了又等。

"可能是另一支小队？"米切尔说。

"雷霆密布，根本就没人！"博比不屑地说，"现在能集中精力去找我的石头了吗？就要日落了！"

"我想离开这儿！"弗洛小声说，"小堪可能有危险。"

"冷静，冷静。"米切尔虽然这么说，但他自己也有点儿慌神儿，"博比，拿好你的贝壳。不要大声说出线索，以防别的小队偷咱们的石头。赶快解谜，一旦解开，马上离开这里。"

斯堪德看了看贝壳上的字，却完全不明白它的意思：有鳃商会身穿羊。和"鱼"有关吗？和"羊"有关吗？

但米切尔和弗洛却意味深长地互相看了一眼，露出了胸有成竹的笑容。

"你们俩互相傻笑什么呢？总不会是无缘无故的吧？能不能告诉我啊？"博比把贝壳往夹克口袋里一塞，抱怨道，"我讨厌猜谜语！战斗我在行，解字谜还是算了吧！"

"我们知道该去哪儿了，"弗洛轻声说，"虽然还不太确切，但大致范围应该是对的。走吧。"

斯堪德很乐意赶紧离开这里。那种被人跟踪的感觉仍然让他不寒而栗。有几次，他确信自己听到了背后的蹄声，可后来发觉，那不过是福星恶童的蹄子在踏河岸的石头。斯堪德非常紧张，就连司令的独角兽从上空掠过，也无法叫他平静。

"你怎么有点儿焦虑啊，驭魂宝宝。"博比骑着鹰怒靠近福星恶童，总算行动起来了，她开心多了，"这之后就是最后一场考验了，是吧？你爸爸会来吗？"

"什么？"斯堪德心不在焉，"哦，是啊，他会来的。我爸可兴奋了。"

"你这语气不怎么兴奋呀。"博比察言观色道。

"没有，我也挺兴奋的，只是……我爸一直问起肯纳的训练选拔赛，什么都得撒谎、糊弄，实在叫人难受。"这些话脱口而出，斯堪德并没有意识到，它其实一直堵在他心里。

"也许可以多想想将来？"博比建议道，"我惊恐症发作时就会这么做。我会快进到恢复如常的那一刻，想象自己又能够轻松自如地呼吸了。所以，来吧，畅想一下你的未来。你在凌云树堡中撑过了步威生那年，魂元素不再是非法的禁忌了，而你那位聪明的朋友——博比·布鲁纳最终赢得了混沌杯……"

"哈哈！"

"别打断，后面还有呢。分汇点为七名新加入的驭魂者亮了起来，其中就包括肯纳和她的灰斑独角兽。你们的老爸受邀前来观摩——因为那时我已经是新任司令了嘛，我说可以就可以。所有人都很开心，织魂人也被打败了，我们从此过上了幸福的生活。"

斯堪德说不出话来。博比描述的一切都是他所渴望的。

"我不知道肯纳是否愿意放弃苍鹰之恨，"他轻声说，"就算我真的知道怎样将一条伪造的联结换成两条命定的联结，也不一定办得到。"

"两年前，阿斯彭·麦格雷斯的联结，你不是处理得挺好吗？"博比耸耸肩，"当时也没人告诉你该如何修复新元飞霜的联结啊。你肯定办得到。你挺聪明的，有时候。"

"喂！"斯堪德佯嗔道。

她冲他眨眨眼睛："或许你可以给肯纳看看那个什么发光的骨头，你之前跟我们讲过的那个。"

"魂之光？"

"对。要是她目睹了灰斑独角兽为她发光，看到他们的灵魂认出了彼此，她会不会改变心意呢？同样，苍鹰之恨也会为泰勒发光啊。让她看看，没准儿就能说服她呢。你的骨头也不是天天都为你的命定独角兽发光吧？"

斯堪德失笑："真是的，我觉得你说得没错。"

后来他才发觉，博比让他转换思绪，轻松了下来，不再担心被谁跟踪了。

过了一会儿，河流中出现了船。这些船窄而长，有人站在上面，拿着一支长杆反推向前。有些速度惊人，有些则载着沉甸甸的货物——从苹果到家具，应有尽有——只能慢悠悠地行进。再往前走，河岸上的灌木丛渐渐稀疏，人声嘈杂，树屋纵横交错，

第十六章 欺骗

一派热闹景象。三角洲变得开阔,离岛居民从船上走下,或跨过步桥,来到设有摊位、浮在水面的宽敞平台上。商贩大着嗓门叫卖,孩子们划着小艇追逐嬉戏。斯堪德这才想到,这一定就是著名的水上市集了。

尽管正在参加联考,斯堪德还是忍不住为这近在眼前的市集雀跃。他们把独角兽拴在岸边的金属环上,置身于熙熙攘攘的人群之中——终于可以自由地讨论博比的线索了。

"线索中的关键是那个'商'字。'商'意味着商品、买卖。"米切尔解释道。

"我们俩都想到了水上市集。整座离岛最著名的购物胜地就是这里了。不过我们只能猜到这儿。"弗洛皱起眉头,"我们以为来了就会有更明确的思路,可这里太热闹了。"弗洛不喜欢喧闹的地方。她是在野花山那样安静优美的地方长大的,受不了嘈杂喧哗。

"有鳃商会身穿羊。"博比又拿出扇贝壳看了看,"羊?羊毛?是不是要咱们去找羊毛做成的东西?"

"有可能。"米切尔难掩声音里的惊讶。博比兴致高昂地跨上了最近的木头平台,大家连忙追着她挤进了人群里。

大排档旁边就是市集。斯堪德瞥见了"弗雷德酥鱼"的招牌,黄油嗞嗞融化,馋得他肚子咕咕直叫。每个摊位都各踞一张浮在水面的平台,平台间以绳子相连,上面缠着水藻,顾客要跳到各平台上选购商品。博比一马当先,其他三人跟在后面,从这个平台跳到那个平台,终于找到了售卖毯子、靠垫、混沌杯 T 恤和各种布料、织物的货摊。

博比绕了一圈,很快就泄了气,折回来说道:"羊毛制品太多了,从哪儿下手呀?"

弗洛抬头望望天空。以太阳的位置来判断,显然已近傍晚,距离落日只有几个小时了。

"有鳃商会……"米切尔琢磨着,"鱼有鳃。商会意味着许多人聚在一起,对吧?这些人身穿羊毛衫吗?可是跟鱼有什么关系呢?"

"腌鱼针织!"弗洛喊道。她一直在打量四周的招牌,突然笑了出来。

"啊?"博比大惑不解。

弗洛干脆抓起她的胳膊,拉着她往相隔几个平台的一处摊位那儿跑。

"对不起!借过一下!"弗洛礼貌地在人群里钻来钻去。米切尔和斯堪德手忙脚乱地跟在后面。

弗洛停在了摊位前。这里出售各种颜色的毛衣。是隆冬时节的厚款,穿上一件就像躲进了温暖的怀抱。

"什么?我不明——"博比刚开口就被弗洛打断了。

"看看这名字!"

腌鱼针织俱乐部。他们的商标缝在每一件毛衣上,图案是末端呈鱼尾形状、互相交叉的两支编织针。

米切尔已经大笑起来,斯堪德却还在等着弗洛解释。

第十六章 欺骗

"你看,"弗洛说,"鱼有鳃。腌鱼也是鱼。编织这些毛衣的人自称'俱乐部',这不就和'商会'差不多嘛。毛衣是羊毛织成的,是穿在身上的,完美对应'身穿羊'!"她激动得差点儿失态。

博比扫视着堆在摊位上的毛衣:"就算你说得对,线索指向的就是这个'腌鱼针织',那我的石头在哪儿呢?难道要全都找一遍?"

"看看那件蓝色的。"斯堪德急切地想贡献些什么,哪怕是傻乎乎的想法,"蓝色象征着水元素,对吧?"摊主点点头,似乎表示肯定。斯堪德希望他并不是打算真的做成这笔生意。

博比冲了过去——像电花一样快——一下子拽出了那件蓝色毛衣,把摞在上面的全都掀翻了。摊主生气地瞪着,弗洛连忙把那些毛衣拿起来放好。

当啷一声,紧接着就是博比的欢呼。蓝色毛衣里掉出一样东西,滚进了桌子底下,博比立刻钻进去捡。

"我拿到了!"她大呼小叫,"我拿到了!"沛水四分石映着下午的阳光,显得晶莹剔透。她兴奋地拿给弗洛看,然后一把抱住了她。

摊主不以为然地摇摇头:"这些英少生啊。"他叹了口气,把毛衣一件件重新叠好。

"上面有金属标签吗?有我的线索吗?"斯堪德急切地问。

博比点点头,亮出了那枚标签。

桥。

"百合和桥。"米切尔说,"我肯定在哪儿见过……"他拿出沛水区地图,在人群中盘腿坐下,自顾自地研究起来。

弗洛和腌鱼针织俱乐部的老板聊了几句,老板似乎立刻就高兴起来了。顾客越来越多:一个男人拿起一件紫色的毛衣,放在小儿子身上比着;一位身穿蓝色连帽斗篷的女士举着一顶羊毛帽端详;还有弗洛。斯堪德看见她在口袋里翻找着什么,递给老板,老板则拿给她一件翠绿色的套头毛衣。

"你怎么还拿在手上啊?"博比见弗洛回来便问。

"我买下来啦!"弗洛脱掉蓝色夹克,把毛衣套在身上,"算是联考的纪念。而且我也觉得很冷!"

米切尔放下地图,抬起头说:"你在冰冷的河里游泳,我差点儿被水精害死,博比可能这辈子第一次哭了,斯堪德极可能被织魂人跟踪——你想纪念这段时光吗?"

弗洛耸耸肩:"我只是喜欢和大家在一起嘛。"

博比咯咯笑着:"就是嘛,米切尔,别那么扫兴。"

"好吧,好吧,对不起。"米切尔揉揉眼睛,"时间不早了,咱们还没弄明白斯堪德的线索呢。说实话,百合和桥没什么用啊。这儿有一百多座桥呢,百合和水百合——睡莲——也不一样,到底指哪个啊?"

"你能找到莲叶桥吗?"弗洛轻快地说,"摊主说,听到我们要找百合和桥,他第一个想到的就是这个。"

第十六章 欺骗
-301-

米切尔疯狂地在地图上搜索着:"找到了!在这儿!我们去终点时会经过它!"

弗洛咧开嘴笑了:"有时候跟人打听比查地图有用。"

"快走!去拿奖励!"博比叫着。"哦,当然,还有斯堪德的石头!"她不好意思地补充道。

四人小队别无选择,只能用飞行的方式前往莲叶桥。米切尔估计,要按时到达终点三角洲,他们只有不到一个小时的时间。福星恶童飞过下方纵横交错的蓝色河流,斯堪德看到其他英少生也正往终点赶去。他不知道有几支小队找全了四枚石头,又有多少人正守在终点附近,谋算着把别人的石头偷到手。

"喂,那是不是梁上旋风?"鹰怒振翅的声音里传来博比的喊声。

果然是安布尔——只有她自己——正朝着他们左侧飞来。

"她应该还好吧?"弗洛说。

"离她远点儿!"米切尔提醒道。红夜悦尖叫着欢迎梁上旋风。"她的小队又不管她了,她说不定会偷咱们的石头!"他说着摸了摸胸甲上的蓝色宝石。

斯堪德没搭茬,飞到左侧,以便和安布尔说话。毕竟,他没石头可偷。

"你没事吧?"

"什么?"安布尔在风中喊道,头上的星形突变噼啪作响。

斯堪德竖起大拇指比画,苍鹰之恨留下的永久性伤口迎着风时有些刺痛。"我说，你还好吗？"

安布尔由衷地笑了。她也竖起大拇指，指了指自己的金属胸甲，那上面佩戴着四分石，闪闪发亮。

她随即大声说："终点见啰，失败者！"可她的语气是那么欢快，斯堪德根本没把什么"失败者"放在心上。

即便在空中，莲叶桥也很好找。桥两侧的水面上覆盖着大小不一的圆形绿叶，每张叶子上都有一朵粉色或白色的莲花。斯堪德翻身下地，率先冲上了桥，希望能轻松地找到他的蓝色四分石。

可是，桥上没有鸟巢似的浮标，只有光秃秃的木板。

"在水里！"弗洛没拦住博比，让她直接喊了出来。其他三人和斯堪德一起站在桥上，顺着博比指的方向看去。果然，桥底下有一片硕大的睡莲叶，叶子托着一个树枝编成的小鸟巢。斯堪德没有看见沛水石，因为他的视线被白色的睡莲挡住了，但他已经想出拿到石头的办法了。

斯堪德趴下来。"抓住我的腿！"他冲着其他人喊道，"我要探身下去！没有那么深，我应该够得着！"

"没有固定的东西怎么行！"弗洛说着冲回银刃身边，召唤土元素，朝着莲叶桥射出了几根藤蔓。博比立刻会意，抓住藤蔓，绕过桥上的木板，再绑住斯堪德的脚踝。

藤蔓固定在桥上，朋友们拽住斯堪德两只脚踝，让他趴在木板边缘，向桥下探身。留在岸上的福星恶童担心地小声尖叫，斯堪德尽力向联结中注入安慰，告诉它自己能搞定。

很快，他的身子悬到水面上了，接着是两条腿。他听见朋友们在桥上使劲儿。他就要摸到那个小鸟巢了，越来越近，越来越近——

他拿到了。他把睡莲叶上的小鸟巢整个儿抓在手里，然后高呼着，让米切尔、弗洛和博比把他拉回去。

"额外的石头！是烁火石！火球威猛，谢谢你！"斯堪德一回到桥上米切尔就嚷嚷起来。他从小鸟巢里拿起那枚红色的四分石，紧紧地捂在胸口，接着又猛地拥抱了斯堪德和弗洛，还有博比，博比却不情愿地喊着："快放开我！"

斯堪德望向那个小鸟巢，期待看到晶莹的蓝色。

"小堪，"弗洛试探着问，"怎么了？"

他指了指，一句话也说不出来。沛水石不见了。

太阳渐渐落下，四人小队骑着独角兽赶往沛水区三角洲。阿加莎说得没错，河流之间的陆地越来越窄，拐过最后一个弯时，藏在岸边植被中的一双双眼睛叫斯堪德如芒在背。他们或许能躲开织魂人，可这一关躲也躲不掉。朋友们胸甲上的蓝色宝石犹如灯塔般闪亮——米切尔的红蓝两枚四分石更加惹眼。斯堪德努力不去看自己空荡荡的铠甲。他有种被欺骗的感觉。

他们一起分析线索，齐心协力地寻找，可他还是没有得到沛水石。难道争春食屋那张餐桌被诅咒是真的？

博比仍然惦记着被偷走的四分石:"拿了沛水石,却没拿烁火石,哪个英少生会这么干?"

弗洛叹了口气:"也许有人集齐烁火石就罢手了,也还算有点良心。"

"良心?"博比爆发了,"弗洛伦斯,这是混沌联考,没人会把良心当回事!"

米切尔紧张地清了清喉咙:"咱们现在得赶紧决策。有两个选择:一是全速冲过终点线,二是挑一个英少生打一场,帮斯堪德抢一块沛水石。"

"不行,"斯堪德立刻说,"不能拿你们的四分石去冒险。还有第三个选择:你们冲过终点线,我自己想办法弄块石头。"

"我可不能把你一个人扔给他们。"博比眯着眼睛,看着那些伺机而动的英少生,"你虽然没石头可抢,可你是驭魂者,没几个追捧你的忠实粉丝。"

"而且还有织魂人……"米切尔沉沉说道。

"我同意,"弗洛说,"小堪,我们不能丢下你。"

斯堪德明白朋友们给予他的一切,也明白他们已经做好了冒险的准备。但他不能让他们那么做。"那咱们就一起冲过终点吧。"他说。

"只剩下最后一场考验了。"米切尔提醒他。

"我知道,"斯堪德坚定地说,"但咱们小队里有聪明的驭风者啊。"他冲博比笑笑,"到目前为止,每场考验都提供了额外的四

第十六章 欺骗

分石。我觉得咱们下次也有可能拿到奖励。"

博比咧着嘴说:"你就等着瞧吧,驭魂宝宝。"

"好,"米切尔说,"那我倒数十下,然后咱们就一起冲——"

"你就不能倒数三下吗?"博比央求道,"哪还有那么多时间啊!"

米切尔叹了口气:"好吧。三!"

斯堪德抄起缰绳,在他与福星恶童的联结中传递了一个简单的愿望:小伙子,带我去终点,越快越好。

"二!"

铠甲铿锵作响,鞍座上的四名骑手都压低了身子,尽可能呈现出流线型的轮廓。

"一!"米切尔喊着,四头独角兽踏着最后一段沙地冲向终点。

两侧河岸霎时魔法齐发——火焰喷射,电箭飞旋,冰雹席卷。一柄钻石利斧砸中了福星恶童的铠甲,又当的一声弹开,气得黑色独角兽连连尖叫。进攻的独角兽和骑手一拥而上,多得数都数不过来。

斯堪德、弗洛、博比和米切尔很快就被包围了,他们背靠背围成一个小圈,面朝外迎战。在混乱的魔法招数之间,斯堪德根本看不清攻击他们的都有谁,但那把钻石利斧肯定是阿拉斯泰尔的。

元素碎片散开的间隙,斯堪德看见科比向米切尔投掷了一支冰矛，米切尔则及时拉起烈焰盾牌，把它融化了。归星搅动细沙，马里亚姆以此塑造出小型旋风，抛向银刃和弗洛。弗洛的手上闪着绿光，迅速撑起玻璃盾幕，虽然强风之下它不断摇晃，但还是挡住了。玛丽萨疯了似的，让水中仙立起身子，前蹄冲着博比喷出水柱。博比立刻收起闪电盾牌，免得触电，紧接着换上了沙盾，将水流吸收殆尽。

斯堪德很快就发现没有人攻击自己——鉴于离岛生活的经历，这可不是常态。原因明摆着：他没有沛水石。太阳就快落下去了，何必白费力气呢？不过，这也意味着他有机会帮助朋友们抵达终点。

趁混战的英少生们没有注意，斯堪德召唤了魂元素。骑手们的联结立刻显现出各种光晕，缠绕在各自的独角兽周围。他要削弱那些进攻队友的骑手。魂元素像细丝一般，从斯堪德掌心中抽出，伸进了联结。先是马里亚姆的，然后是科比的，最后是玛丽萨的。所有的进攻戛然而止，他们连忙四下张望，困惑不已。

就在三人重新召唤元素魔法的时候，斯堪德急匆匆地对朋友们说道："五秒钟后，玛丽萨、科比和马里亚姆都会扭头看背后。趁他们莫名其妙的工夫，你们就赶紧往终点冲。"

"你要——"米切尔想弄清楚。

"相信我。"

斯堪德将魂元素召唤至联结，四周弥漫着肉桂的香气。福星恶童配合着他，和他一起集中意念，翅膀尖端开始发光。就在科比的手中再次亮起蓝光时，斯堪德前所未有地将注意力凝聚于他想让对方听到的话语上。

"我在你身后，科比。"

"我在你身后，马里亚姆。"

"我在你身后，玛丽萨。"

三个人齐刷刷地看了看身后，又回过头看了看斯堪德。玛丽萨甚至使劲儿地搓了搓眼镜的蓝色镜片，好像想看得更清晰似的。他们肯定正绞尽脑汁地琢磨到底哪个斯堪德是真的。

银刃、鹰怒和红夜悦抓住这转瞬一逝的机会，甩开其他独角兽，冲向了终点。

现在就剩下斯堪德自己还没有脱身了。他上下挥舞手臂，铺开一张亮晶晶的御魂盾牌，盾牌越来越亮，把他和福星恶童完全包裹住，让别人看不出轮廓。

"我来了。"他心中默念，这一次尤其洪亮。随即他听见了马里亚姆的叫声。

"我来了。"科比惊恐地叫了起来。

"我来了。"梅丽莎呼喊着求救。

这时斯堪德收起盾牌，在进攻者的恐惧中，任由福星恶童追赶他的朋友们，奔向终点。

河流冲刷泥沙，堆积成了三角洲，福星恶童抵达河滩时，奥沙利文教官鼓起掌来，但她随即看清斯堪德的胸甲上没有佩戴沛水石，脸色一下子沉了下来。

几分钟后，博比和米切尔从终点线后面的后勤帐篷里取来了一份龙虾比萨。四头独角兽在不远处吃着鲜肉，像它们的骑手一样，熬过了漫长的一天，终于能大快朵颐了。博比排队取比萨时听来不少八卦，正津津有味地讲给另外三人听。

"那个倒霉小队——"

"别这么称呼人家，博比。"弗洛责备道。

"好吧。马特奥、迪维亚、内奥米和哈珀到现在都没有拿到一块石头，记得吧？但这一次他们解开了三条初始线索，最后一条也弄清楚了。"

"哦，那很不错啊。"斯堪德嘴里塞得满满当当。

"不不。"博比晃晃手指，"有人偷了他们的第一块沛水石。快到终点的时候，敌意……三人组？暂且这么叫吧，又抢走了另外三块。"

"显然安布尔只管自己的那条线索，没管小队的其他人。"米切尔说。

其实，斯堪德看见她佩戴着四分石的那一刻就猜到了。

博比掰着手指头数起来："加布里埃尔的小队拿到了全部四块石头，尼亚姆的小队也是，而且还得到了额外的四分石。哦，对了，马里亚姆最后抢了艾莎的。我本来以为她们俩是朋友呢。真尴尬啊。沃克没找到……"

阿加莎走过来回收他们的四分石。米切尔骄傲地递上沛水石和烁火石，斯堪德则只想躲在他背后。

"你都找到了啊,亨德森。"阿加莎赞许地说着,把石头放回蓝色抽绳袋里。

"斯堪德?"她打量着他的胸甲,"你的四分石呢?既然亨德森拿到了额外的烁火石,你也该拿到你的沛水石啊。你们一起解开了线索。"

斯堪德摇摇头:"我们到那儿的时候它已经不见了。"

"这也太奇怪了,"阿加莎冷哼,"谁会拿走沛水石,留下烁火石呢?"

"我说什么来着?"博比一扬下巴。

斯堪德有点儿生气了。混沌联考只剩一场,他偏偏少了一块石头。爸爸来观摩长风考验,难道要看他如何成为游民吗?这一切都够烦人的了。"我又不知道是谁偷的。事情已经这样了,还要怎样?"

阿加莎更生气,对着小队的另外三人说:"好吧,如果长风考验中有机会拿到沛水石,请你们务必帮忙。这是你们该做的。"她又转向斯堪德:"我看见你对进攻者使用魂语了,还不赖。"

"谢谢——"

"发现艾瑞卡的踪迹了吗?"她没等他说完就问道。

阿加莎提起姐姐的名字时总是那么随意,却总是让斯堪德心惊。他回过神来,答道:"我们听见有人在跟踪我们,但一直没看见对方。"

阿加莎哼了一声。"肯定是尼娜让她忌惮了。你们听到的也许是另一个英少生。你平安无事就好。"她飞快地补充道。

斯堪德觉得这或许是阿加莎对他说过的最为情感流露的话。但他还没来得及回答,她就已经走了,白色的斗篷一拂而过。

晚上,四人小队回到树屋,斯堪德疲惫的大脑仍然不肯停下来。他想着肯纳,想起年初她刚来时,就在这里拥抱他和他的朋友。可是现在,肩并肩的愿景变得那么遥远。他总是梦见苍鹰之恨,它——一头荒野独角兽——竟然也会感到快乐。他提议分开他们的时候,姐姐的脸上怒意尽显。这一切都纠缠着他。

"你这是滥用职权,雷克斯!你完全辜负了我们的信任!"是奥沙利文教官的声音。斯堪德瞥见身披蓝色斗篷的教官就在他们的树屋门口。紧接着,五名特勤破门而入。

"出什么事了?"斯堪德看着雷克斯和特勤问道。

"你们闯进我们的树屋,想干什么?"博比瞪着他们。

奥沙利文教官漩涡涌动的双眼紧盯雷克斯:"是你来告诉他们,还是我来说?"

"珀瑟芬,理智些。这些敏感信息对离岛安全至关重要。英少生掺和进来不太合适吧。我可不想吓着他们。"

"也许你在闯入他们的树屋之前就该考虑到这一点。"奥沙利文教官生气地说。

年轻的银环社社长转向四人小队,言辞恳切地说:"四分石不见了。少了第一枚的时候，我们以为是计数出了错。发现又有一枚不见的时候，我们警觉起来。现在，第三枚又不翼而飞了。唔，看来是被窃贼盯上了。"

"那些四分石不就是漂亮些的石头吗？和离岛安全有什么关系？"博比问道。弗洛也质疑道："会不会是银色要塞内部人员偷的？比如叛变的特勤？"

雷克斯愣了一下——惨遭自己人背叛的刺痛尚未淡化。"不会。我们分析后认为盗窃是在混沌联考期间发生的。只有我能够进入存放四分石的地方。唯一的解释是，窃贼就是参加联考的人。因此，搜查这间树屋也是合理的。"他一副公事公办的模样，颧骨上的突变闪着电花。

"那么，你们一共搜查了多少间树屋？"斯堪德挖苦道，"让我猜猜，除了我们的，应该只有另外一间吧？"

"兹事体大，艾弗哈特教官很理解，很配合。"

"她才不会呢。"米切尔咕哝道。

"毕竟，"雷克斯继续说，"自从我允许阿加莎与北极绝唱团聚，我们就成了朋友。我可以向你保证，我们把她的屋子恢复原样了。"

斯堪德困惑了。难道他该对这种"和气"的搜查心怀感激？可雷克斯好言好语，他也没法儿再生气了。

"其实，"雷克斯绿色的眼睛流露出恳求之意，"四分石出了问题，我有责任。我这银环社的社长才当了不到一年，错肯定在我。

我也不知道还能怎么办。恐怕我只能要求你们翻一翻口袋了。就当是走个过场吧。"

"这种事绝不可以发生！"奥沙利文教官怒不可遏。斯堪德从未见她如此大发雷霆。

"我……"雷克斯迟疑了。他的人不敢动。"好吧，或许我太心急了。抱歉！"他转身就要离开，好像委屈得很。

"你还没回答我的问题呢！"博比大声说，"你为什么这么在意四分石失窃？"

"你不会懂的。"雷克斯说。

"大人总是这么说！"斯堪德的怒火又燃起来了，"与其指责我们，不如好好跟我们解释。与其闯进我们的家，不如好好向我们询问。就那么难吗？你就想不到，或许我们能帮上忙？"

"你说得完全正确，斯堪德。下一次我会那么做的。我会询问你。我诚挚地表示歉意——"

斯堪德打断了他，他急切地想让这位年轻的银骥骑手明白自己的意思，希望他不要重蹈他父亲的覆辙："说实话，我不在乎你闯进我们的树屋搜石头，今天、明天、任何一天，都随便你。甚至你要搜我的衣服口袋，我也无所谓。你什么也搜不到。雷克斯，不能因为我是驭魂者，你就预设我有罪。"

他直呼了教官的名字。斯堪德还以为奥沙利文教官会因此斥责他，但她却转向雷克斯，用代表凌云树堡的权威语气说道："斯堪德很大度，但你搜不搜树屋甚至衣服口袋这件事我很介意。我

第十六章 欺骗
-313-

建议你带着你的手下立刻离开凌云树堡。"

"我是在保护离岛，珀瑟芬。独角兽卵还没找到，现在四分石又——"

"就算是这样，恐惧也永远不能给你恣意妄为的权力。你现在这么做是错的，曼宁教官。"

"非常抱歉。"雷克斯对四人小队说道。他转身出门，走向外面的平台，脸上的红晕顺着金色的发际线漫了上去。

博比站在门里，往外瞥了一眼，倒吸一口冷气，说："他们怎么有脸说什么恢复原样。看看我的马麦酱，他们把罐子都打碎了！"

弗洛跟了出去，她和斯堪德一样困惑。雷克斯方寸大乱，一点儿也不像他平时的样子。

"还嫌我麻烦不够多是吧，独角兽卵没找到，马麦酱也完了。"博比生气地大声说，"从本土再寄来一份得花好几个星期呢！"

"对不起，我真的很抱歉。"奥沙利文教官环视树屋，严肃地说，"凌云树堡本应是年轻骑手的庇护所，这种事确实不该发生。"

"雷克斯压力很大，我理解，算了。"斯堪德咕哝道。

奥沙利文教官却摇头道："不能算了。记着我的话，我永远不会忘记今晚发生在这里的事。你们也不要忘记。"

半个小时后，四人小队喝着烁火区的茶，渐渐平静下来。

"你们注意到了吗？"博比说，"雷克斯没有回答我的问题，不肯明说那些四分石到底有什么用。他这么担心，究竟是为什么呢?"

"我也在想同样的问题。"米切尔喃喃说道。他从书架上找出四本书,疯狂地翻阅起来。

"如果雷克斯早就发现丢了四分石,那么英少生也会察觉啊,尤其是在联考期间。"弗洛说。

斯堪德突然灵光一闪,仿佛被风元素魔法击中了一般。他明白了。"也许,骑手们确实察觉了,只是都以为是参加联考的人干的。毕竟,大家都琢磨着怎么偷别人的、抢别人的。"

"什么意思?"博比问。

"山崩土裂!"弗洛惊道,"烁火考验!"

"没错!"斯堪德站起来,对博比说,"记得吗,烁火考验之后,阿拉斯泰尔说我偷了他的石头。当时那么黑,浓烟滚滚,到处都是元素碎片,也许是织魂人趁他不注意偷走了烁火石?织魂人确实出现了,弗洛看见她了!"

"还有丰土考验的时候,"弗洛补充道,"科比、阿拉斯泰尔和梅伊发誓说内奥米的石头不是他们偷的。我们当时还不信呢,因为他们攻击了我们!可也许他们说的是真话!"

"那么沛水考验也一样啰。"博比说,"斯堪德感觉有人跟着咱们,没准儿就是织魂人。说不定就是她偷走了沛水石!"

"所以她留下了那枚烁火石!因为她已经从阿拉斯泰尔那儿偷到一枚了!"斯堪德喊道。

"所以咱们一开始都猜错了?织魂人只想偷四分石,并不是要杀你？"弗洛升起了希望。

"我觉得二者皆有吧。"斯堪德淡然道。

"米切尔！"博比嚷嚷着，"我们现在有了非常重要的发现，你不打算参与一下吗？"

米切尔终于放下书，抬起了头。斯堪德很了解这位朋友，他知道，有坏消息了。"查到了，四分石并不只是漂亮的石头，"米切尔说，"想必织魂人就是因此才想要把它们弄到手。"

"哦，原来我们说话你也听着呢。"博比不满地说。

米切尔指着在腿上摊开的书："这里介绍了离岛历史上几场战争。显然，许多年来——可以追溯到开鸿骑手时期——四分石一直都是被当作能量源使用的。它能够储存骑手的元素能量。"

"你是说，四分石就好比是……"博比停下来搜寻词汇，"元素电池？"

米切尔严肃地点点头："这本《战争与胜利》中提到，骑手们把它当作力量源泉和战场上的制胜法宝。为了达到最好的效果，骑手通常每种元素的四分石都要备上一块，出战之前用自己的能量将其充满。"

"可是怎样把能量从石头输送到自己身上呢？"博比问。

这一点米切尔也查到了："只要在孵化独角兽时留下的伤痕上放置四分石，其中的元素能量就能与骑手自己的能量融合。"

斯堪德想起来了："参加沧渊舞会时，我看见有座雕塑就是骑手托着一块石头，可当时我不知道那是四分石。看来那就是在汲取能量！"

"所以，织魂人现在已经有了丰土石、烁火石和沛水石。"博比掰着手指数道，"显然，她和我们一样，也想集齐一整套，对吧？"

恐惧像水泥似的堵在斯堪德胸口："织魂人打算利用四分石来织造联结。她要使用古代骑手贮存在四分石里的能量。"

"这就是我的猜测。"米切尔踱着步子，"这样她就能解决自己能量不足的问题了。"

弗洛皱着眉头说："不对啊。凌云树堡用四分石设置联考，让我们争来夺去，甚至都没提醒我们要当心。万一哪个英少生不小心释放了古代骑手贮存的能量呢？教官们应该会事先检查一下吧，确保四分石是'空的'，才能用在混沌联考里啊。"

"这我倒没想到。"米切尔承认道。

"也就是没电的电池？"博比仍然乐观。

弗洛点点头："也许织魂人偷走的是没有能量的四分石。"

可斯堪德摇头说："就算是这样，织魂人也可以用她自己的能量注满四分石，赶在夏至日织造联结之前就行了。"

听了这话，四人小队沉默良久。

最先开口反驳斯堪德的悲观结论的是博比。"但艾瑞卡还没集齐四分石呢，"她说，"她没有长风石，也没有净魂石。也许她必须集齐所有四分石才能得逞，不然为什么一定要冒着被抓住的风险出现在联考现场？"

"阿加莎告诉过我,所有的净魂石都被销毁了。"斯堪德稍稍松了口气。

"看吧,"博比指着他说,"一共五块,她只弄到了三块。"

斯堪德知道博比只是在猜测,但他忍不住想相信这些话。他紧抱着这一点希望:就算找不到那些独角兽卵,织魂人的计划也会失败。

第十七章
长风节庆典

四月，天气越来越暖，夏至也带着恐怖的气息越来越近了。似乎是受到了资格赛的鼓舞，卡扎马司令明确表示，要像往年一样，为孵化场选拔考试做好准备。她任命了新的孵化场主管，准备迎接独角兽卵的完璧归赵和夏至日在孵化场大门外的重要仪式。她就大范围搜索工作接受了采访，不得不谈起最坏的可能时，她坚称织魂人为了织造联结，必定会在夏至日现身，所以离岛必须严阵以待。斯堪德不知道司令这番言辞是不是为了避免恐慌，但他和别人一样，也希望这是真的。

然而，尼娜的冷静坚毅并不能打消《孵化场先驱报》上那些人员失踪报道带来的影响。一位甲胄师的女儿曾于三周前到沛水区徒步旅行，却再也没有回来。一位图书馆员的男朋友去玉米饼店买晚餐，也一去不返。

斯堪德本以为织魂人会先瞄准本土下手，所以才没有惊动离岛居民，可目前看来，已经有部分特勤倒戈叛变，夏至日步步逼近，她也开始搜寻离岛上的驭魂者了。

对于即将到来的长风考验，四人小队主要担心三件事：斯堪德没拿到沛水石；织魂人可能会利用联考偷到长风石；织魂人仍然可能趁机杀死她的补魂者儿子。

关于米切尔的推测——织魂人希望在四分石中储存能量——阿加莎有很多见解，其中不少都让人稍稍放心了些。

"这些石头如今不能储存能量了，亨德森，这是当然的。"阿加莎坐下来，享用着烁火区的茶，"如果石头里还存着古代骑手的能量，你觉得凌云树堡会允许英少生把它们抢来抢去吗？"

"看吧，我说什么来着？"弗洛一挥拳，做了个很不像她会做的手势。

"你怎么知道？"米切尔急切地说，"凌云树堡的图书馆里查不到这种说法。"

阿加莎耸了耸肩。"有了混沌杯之后，四分石很快就不流行了——因为禁止在比赛中使用它们，所以谁带了四分石，就等于承认自己很弱。"她喝了口茶，"不过要看出四分石有没有能量也很容易。把它托在手掌上，召唤与之相应的元素，如果只有元素符号发光，而其他部分是暗的，那么它就没有能量。"

"所以，如果整个石头都亮了，就说明它充满了能量？"米切尔追问。

"对。"阿加莎说，"你们大可以在长风考验开始时试一试，我保证你们只能看到螺旋图案在发光。哦，对了，混沌联考也是禁止使用这种能量的。所以还是别试了。"她冲着博比扬扬眉毛，博比立刻回敬："我才不需要别的能量呢！"

"可是，既然四分石里没有能量，为什么每次考验之后，银环社还要把它们锁起来呢？"斯堪德问。

"年初时雷克斯说它们是圣物，象征着离岛的能量。也许只是因为这个吧？"弗洛说。

"银环社就是喜欢把什么都锁起来。"阿加莎指了指自己，"你还推测艾瑞卡打算用她自己的能量充满四分石？"

"是的。"米切尔飞快地答道。

阿加莎沉重的目光聚焦于斯堪德。他发现，姨妈那深不可测的眼神里，似乎闪烁着恐惧。

"确实有这种可能。"阿加莎坦陈，"我曾用自己的能量充满过一块四分石。不，亨德森，我不想解释原因。"米切尔刚张了张嘴，她就举起手指制止了他，"但是我要告诉你，那之后一个星期我都无法使用元素魔法。充满一块四分石需要消耗巨大的能量。"

"是不是应该让雷克斯取消长风考验？"弗洛问，"尽量别让织魂人偷到长风石——以防万一。"

"当然不行。斯堪德还差一块石头呢。要是凌云树堡跳过补考，直接让他成为游民怎么办？我已经说过一千遍了，我认为艾瑞卡没有能力织造那么多条联结，即便她充满了全套四分石。"

可斯堪德还是在阿加莎脸上瞥见了恐惧，所以很难相信她的话。

幸运的是，流浪者传来了关于肯纳的消息，就在四月底长风节庆典的前一晚。阿加莎一进门，斯堪德就从她手里抢过小纸条，自己读了起来。

> 她安全，尚好。第四种是火。魔法能力日渐强大。想见斯。大赛当日可。燕子区。第五种应不久矣。——寻路人

斯堪德看了好几遍，终于还是望向阿加莎，希望她能解释一下。

"埃洛拉说你或许可以在混沌杯那天见到肯纳。流浪者认为当天大多数特勤都会在四极城巡逻，所以相对安全。她会去长风区。我想他们会派人放哨。这么做有点儿蠢，不过……"阿加莎看着斯堪德脸上毫不掩饰的喜悦和放松，最终还是说道，"但应该还好，毕竟是计划之中的见面。"

"第四种是火？"斯堪德突然反应过来了，"意思是，她又出现突变了？仍然没事？"

"看起来是这样。"阿加莎露出笑意，"我不是说了嘛，她不会有事的。"

尽管如此，夜里躺在吊床上时，斯堪德还是睡不着，纸条上的话不停地盘桓在他的脑海中：第五种应不久矣。最后一种突变。

魂元素突变。魔法能力日渐强大。

日渐强大？黑暗之中，斯堪德忧心忡忡。肯纳在沙漠绿洲时已经够惊人的了。"日渐强大"，究竟会是什么样子？

五月的第一天，天亮了，温暖而晴朗。斯堪德不由得乐观了些，爬下树桩楼梯等弗洛。他走到外面的平台坐下，心不在焉地摆弄着生日那天她送的手环。阳光洒进凌云树堡的树林，枝叶将它拨散开来，斑驳地映着他夹克上的魂元素和水元素徽章。此刻，斯堪德允许自己拥有片刻的希望。

他就要见到爸爸了，尽管还得帮姐姐圆谎。在那之前，他还会见到肯纳。埃洛拉说她很强大。四次突变都安然无恙，下一次也不会有事的，不是吗？尼娜似乎笃定能够找回独角兽卵。就算最坏的情况发生了，夏至日还没找到，织魂人也不一定就能赶在今年织造出那么多联结。她没有长风石，也不可能弄到净魂石。也许，一切都会——

"小堪，你怎么没看见这个啊？"弗洛急迫的声音打破了初春的氛围。她还在树屋里面，屋门半开着。

斯堪德跑回屋里，看见弗洛站在布告栏旁，米切尔和博比穿着睡衣咚咚咚从树桩楼梯上冲下来。

一张染成黄色的纸钉在布告栏里。这是最后一场混沌联考的说明。

第十七章 长风节庆典

风是一种强大的、不受拘束的元素,能够撕裂天空。因此,在最后一场考验中,关键是"信念"。每一名英少生都要于飞行全程中保护好自己的长风石,但这尚不足以获得成功。

到达终点需要真正的信念飞跃。风,要求绝对地投入。它将以激情奖励那些加速抵达并敢于率先一跃的人,它的奖励将助你在未来的天空中翱翔。

博比欢呼起来:"太好了!比速度!"

米切尔点点头:"看起来确实如此。'撕裂天空','加速抵达',是混沌杯那种形式吗?你们说终点会不会有观众啊?"斯堪德知道,米切尔肯定想到了爸爸。他撕碎了艾拉·亨德森在沛水考验后寄来的贺信。"我需要他每时每刻都是我的爸爸,而不是只在能夸耀我的成绩的时候才想起来。"他当时生气地说。

"说明上说终点另有奖励!"博比兴奋得猛击斯堪德的胳膊。

"哎哟!"

"我一定要给你弄块沛水石,驭魂宝宝!"

"你都不知道到底有没有呢。"斯堪德虽然这么说,却很乐意相信她。他觉得其他英少生不太可能在凌云树堡的大门口将额外的四分石送给他这个驭魂者。而且,雷克斯前来搜查一事发生后,骑手们更加怀疑斯堪德了。他们信任那位风度翩翩的驭风教官,不信任姐姐和荒野独角兽牵扯不清的驭魂者。

"说明里提到了'一跃',"弗洛焦虑地拽着衣袖,"还有最让人担心的'信念飞跃'。这意思是不是说,赛道上会设置障碍?"

"太棒了。"博比吸了一口气。

在那天的风元素训练中,英少生们的心情大为不同,所有人都友好了许多,就连独角兽也是。斯堪德不知道这是不是因为充满不确定性的混沌联考终于接近尾声了。跟米切尔说起来时,他也点点头:"建立同盟在比赛中没什么用处。大家都只能靠自己了。而且我们之前也参加过竞速比赛,压力就没那么大了。"

博比在鹰怒背上大笑道:"你们俩太天真了。大家看起来和气,只是因为很多人没拿到四分石,所以才讨好那些成功的骑手,指望他们能拉自己一把。"

弗洛骑着银刃不停地兜圈子,想让它平静下来,听见这话便说:"博比,我觉得你太愤世嫉俗了。你为什么不相信大家本来就是友善的呢?"

"因为——你看!"博比指了指黄色亭子旁边的尼亚姆、法鲁克、阿特和班吉,"那支小队已经赢得了额外的四种元素的四分石,看看凑上去打招呼的都有谁?哦,罗米利——需要烁火石。还有沃克和玛丽萨,他们俩都没拿到烁火石和沛水石,肯定紧张得要命。艾莎急需沛水石，她也过去了。看，加布里埃尔也去了——他也差一块烁火石。事实胜于雄辩。"

"你这样有时挺压抑的吧。"

博比耸耸肩："现实有时就是这么压抑。"

尖锐的哨声响起，韦伯教官局促地摸了摸长满青苔的脑袋："好吧，恭喜你们注意到我不是那位年轻帅气的曼宁教官。银环社有急事，把他叫走了，所以今天的风元素训练，你们就只能看着我这张不太完美的脸了。"

博比大笑："伯纳德什么时候这么幽默了？"

斯堪德也笑道："而且还阴阳怪气的。"

韦伯教官继续说："我想或许有人认为，土元素和风元素是对立的两极，但重要的是谨记，尽管你们需要驭风者的精神来取得成功，可要通过最后一场考验，其他元素也是不可或缺的。"

"他应该跟我们说这些吗？"弗洛小声问。

"老天，别提醒他啊！"米切尔咬着牙说，"咱们事先知道的情况越多，就越有利！"

韦伯教官絮絮叨叨地说着，座下的瑶尘躁动不安："当然，有四枚四分石作为奖励，你们必然会拼尽全力发挥最佳水平的。"

"他说四枚？""每种元素一枚？"训练场上一下子热闹起来，韦伯教官这才意识到自己说得太多了。

他清清喉咙："好了好了，还是训练吧。折返飞怎么样？"

韦伯教官喜欢折返飞。其实这个科目就是让独角兽从训练场的这一端飞到那一端，然后再折返飞回。对于斯堪德和安布尔这样的疾隼队成员来说，这种练习很没意思，轻轻松松就能超过别的骑手。

果然，福星恶童和梁上旋风的最终用时相差不过几秒钟。曾几何时，和安布尔·费尔法克斯一起待上几分钟，都是斯堪德的噩梦，但自从沧渊舞会之后，景况就大不一样了。安布尔甚至还跟他和弗洛一起吃过几次早餐。

"这有什么意义？"在亭子旁边等着其他骑手完成任务的时候，安布尔气冲冲地说，"考验之前已经没几次风元素训练了，应该练些有针对性的科目啊。曼宁教官到哪儿去了？"

"谁知道呢。"斯堪德耸了耸肩。自从被雷克斯怀疑盗窃四分石之后，提起他总是有点儿怪怪的。

"听说你少一枚沛水石。"安布尔说，但并没有以前那种幸灾乐祸的语气。

"是啊，"斯堪德说，"你呢？"

"丰土石，"安布尔坦陈，"韦伯教官说这次考验有四份奖励，我真的很希望……"

"我也是。"

"要是我成了游民，我妈妈肯定不会再跟我说话了。"安布尔喃喃说道，"真不知道怎么办才好。"

"不会有问题的。"斯堪德努力表现出很有信心的模样，"咱们是疾隼队的，这样的比赛很简单。"

第十七章 长风节庆典

"这些考验就没有简单的。"安布尔悲观地说着，望向附近聚在一起的科比、阿拉斯泰尔和梅伊。

斯堪德正要表示赞同，突然觉得四周热烘烘的。他本能地看了看手掌，没有红光。他又向前伏在鞍座上，想看看是不是福星恶童喷出了火球，也没有。这时——

"升空！所有人立刻升空！"韦伯教官的声音颤抖着。

福星恶童低吼起来，斯堪德发现它蹄下的草地竟然变成了岩浆。

"斯堪德，快起飞！"安布尔催促道，梁上旋风展开了翅膀，"雷霆密布，整个山坡都着火了！"

真的。凌云树堡绿油油的山坡此刻成了一片火海。有些独角兽因蹄子被烫到而惊慌失措。福星恶童不想冒险，助跑三大步就腾空而起。

一飞到空中，这场灾难的罪魁祸首就清楚了。

银刃站在训练场中央，扬起前蹄，眼睛冒着火，四周的石头渐渐熔化成岩浆，并有愈演愈烈之势。

"去找雷克斯！"弗洛叫着，"去找曼宁教官！"

"弗洛！"斯堪德大喊。这时，鹰怒和红夜悦也飞过来了。

"快去找雷克斯！他是银骥骑手！他能救我！"

可话音刚落，银刃脚下的液体就恢复成了坚硬的地面，草地不再燃烧，只是闷闷地冒着浓烟。

他们在银刃身旁着陆，斯堪德问道："怎么回事？"

弗洛强忍着泪水："还不明白吗？你们独角兽的叛逆期快结束了，可我不知道还能不能控制好银刃，也不知道还能不能信任它。"

"你能！你当然能！"博比极力安慰她。

"你们不会理解的，"弗洛哽咽道，"你们不是银骥骑手。"

那天晚上，所有骑手都把蓝色夹克脱下，换上了象征长风季的黄色夹克。斯堪德还没参加过长风节庆典，温暖的暮色中，兴奋的气息感染着他。他劝自己暂且忘记失窃的独角兽卵，忘记伪造的联结和四分石，哪怕仅此一晚。弗洛似乎也做出了同样的决定，大家一起骑着独角兽穿过四极城蜿蜒的街巷时，谁也没提起熔岩事件。

驭风者往往热情奔放、外向大胆，拐进元素广场时，斯堪德更加心悦诚服地认为他们就是风元素的最佳代表。广场高处拉起了绳子，有人摇摇晃晃地走在上面；巨型蹦床旁边大排长龙，等着绑上安全带，跳到难以置信的高度。每个角落里都少不了激烈的竞争——鞍上比武、闪电长弓比试，还有一种涉及风洞的竞赛，斯堪德连规则都没弄明白。

有些离岛居民仰着脑袋，欣赏着高空杂技。有个骑手从独角兽背上一跃而起，蒙着眼睛连翻四个跟头，待独角兽飞掠而过时，他刚好落在鞍座上。弗洛都不敢看，等人群欢呼叫好时，她嚷嚷着问:"结束了吗?结束了吗?"

四人小队走向广场一侧的小吃摊。摊位都漆成了鲜艳的黄色。他们的独角兽到处凑热闹,总想吃点什么。鹰怒抢了一整条长风区特产面包,博比高兴地说了句"多谢你",弗洛却严肃地让她把面包还给烘焙师。福星恶童叼了一支向日葵形状的巨型棒棒糖,红夜悦偷了一块真鸟大小的鸟形巧克力,把它融化成了巧克力酱,而银刃……唔,银刃用一柄遮阳伞磨了磨牙齿。

"英少生的独角兽!讨厌死了!"万用伞摊位的摊主冲着他们叫道。

斯堪德帮弗洛从银色独角兽下巴上拿掉亮晶晶的黄色伞布,笑得上气不接下气:"难道它以为这是什么好吃的?"

"银刃就喜欢闪亮的东西。"弗洛有些护犊地说道,"再说它今天挺不开心的,也许并不想吃,只想留着玩儿。"

接着,博比坚持要大家在一个摊位旁排队,摊位招牌上写着:西蒙超绝旋风糖——味觉探险,大吃一块,大吃一惊!

"这些糖果的形状都与风元素有关,"博比说,"但是夹心不一样,有的很酸,有的很甜,有的特别咸,还有的非常辣,模仿的是各种元素的味道。"

"咸的?啰——"米切尔说,"我一块都不想吃!"

"代表水元素的旋风糖就是咸的。不过不用害怕,反正我们每种口味都会尝一尝!"博比邪恶地笑着。

"有没有普通口味的?"弗洛期待着。

"显然没有,弗洛伦斯,普通的多无聊。据说吃一块能让你大吃一惊呢!"

"哪有什么'据说',明明是招牌上写的!"米切尔较真儿道。

博比耸耸肩:"我的脑子告诉我的,总可以吧。"

旋风糖装在玻璃罐里,斯堪德正辨认着它们的形状,这时,庆典的气氛突然变了。表演杂技的独角兽着陆了,鞍上比武的爆炸声停息了,闪电长弓的电花熄灭了,七人委员会各自骑着独角兽,由两列特勤护送,从欢庆的人群中走过。

四人小队很好奇,领着独角兽向广场中心靠拢。尼娜麾下的委员们没有按庆典礼节身披黄色斗篷,而是从头到脚一身黑色,聚集在四元素雕塑前面。两名特勤迅速搭起了一座小台子,还在上面蒙上了黑布。其他戴着银面罩的特勤排成两列,立正站好,中间留出一条狭窄的小路。

"出什么事了?"博比轻声道。

米切尔和弗洛互相看了一眼,某种不可言说的东西在两人间传递。

"尼娜呢?"斯堪德四下张望,寻找着司令的身影。

更多的特勤赶来,给所有鲜艳明丽的黄色摊位都罩上了黑布。四周一片窃窃私语声。莎拉、奥卢和埃比尼泽从人群中挤出来,和四人小队站在一起。埃比紧紧地握着妹妹的手。奥卢显然哭过,黝黑的脸上湿漉漉的。

特勤清道后,雷克斯·曼宁骑着银光女巫来了。这位银环社社长也是一身黑衣,唯有夹克翻领上的银环闪着光。他脸色惨白,平时活泼的浅绿色眼睛也蒙上了一层阴影。走到七人委员会跟前时,他跳下银色的独角兽,然后走上了小台子。长风节庆典仿佛在这一刻冻结了。

雷克斯·曼宁的声音响彻整个元素广场:

"尼娜·卡扎马去世了。"

第十八章
阿加莎的礼物

"司令，去世了。"雷克斯又重复了一遍。

四周先是一片震惊的死寂，接着所有人像是同时反应过来一般，广场上满是伤心的哭声和不愿相信的喊声。斯堪德的脑海里一遍又一遍地重现着这句话，却怎么也不能理解，怎么也不能接受。尼娜怎么能死呢。她是司令。就在几个星期前，他还亲眼看着她赢得了混沌杯资格赛，还和她一起坐在余晖天台上谈心呢。这不可能是真的。

雷克斯·曼宁扬起手，请求大家安静下来："我怀着深深的悲痛向诸位传达这一噩耗。今早，我于凌云树堡惊悉，我们的司令并非安然去世，而是惨遭他人毒手。"最后几个字仿佛震耳欲聋。

人群中传出了惊恐的叫声。

"目前细节尚不清楚，我们只知道卡扎马司令和她的闪电差昨天一直训练到很晚。见她迟迟未归，她的甲胄师克拉拉·马修斯报了警。午夜后，搜救队出发，最终在长风区发现了闪电差和尼娜·卡扎马。我实在悲痛，不忍心告诉大家，当时已回天乏术。"

斯堪德满脸是泪，广场上处处传来啜泣声。骑手们脱掉了黄色夹克，无力地抱在怀里。弗洛倚着哥哥的肩膀，掩面而泣。

"依据我们目前掌握的线索，"雷克斯继续说道，"杀害卡扎马司令的，正是离岛最强劲的敌人——织魂人。这是她企图建立新秩序的计划的一部分。"

气氛陡然变了，人们叫嚷着，要为尼娜报仇，织魂人刹那间成了千夫所指的对象。

"既然织魂人连司令都敢碰，那么我们每一个人都不再安全。"雷克斯铿锵有力地说，"我们必须做好准备，以防织魂人率领她的非法骑手伺机夺权。"

非法？斯堪德不寒而栗。他知道雷克斯指的那些人里也包括肯纳。他感觉喉咙哽住了。尼娜相信肯纳不是恶魔。尼娜愿意帮他寻找苍鹰之恨的命定骑手。尼娜是他这个驭魂者的朋友。可现在，她不在了。

"作为银环社社长，在这个关键时刻，我自当担起重任，领导风元素委员会，乃至整个离岛。"雷克斯郑重宣布，"我将采取一些紧急措施，目的是保证最易受织魂人侵害的人的安全。很多人都知道，我母亲的独角兽即'二十四难士'之一，她的痛苦全拜织魂人所赐。我必定会尽全力保护他人免遭类似的厄运。现在如此，将来亦然。"

"这是什么意思？"米切尔脱口而出。但斯堪德惊惧非常、悲痛难当，已经听不进雷克斯的话了。

"请相信，我并非贪恋权力。"雷克斯继续说，"在混沌杯之前的这段短暂时间里，我仅临时代理司令之职，待获胜者决出，即按惯例程序组建新一届委员会。在那之前，我们将共同哀悼陨落的挚友、创造历史的搭档——尼娜·卡扎马和闪电差。"

随后，雷克斯微微颔首，骑上他的银光女巫，领着诸位委员及其独角兽缓慢而庄严地离开了广场。

"我不喜欢这样。"奥卢喃喃说道，"你们看见那些委员的表情了吗？他们根本不知道雷克斯会当众宣布自己兼任代理司令。他今年连银色要塞都没管好。他有什么权力领导我们？"

莎拉伸出手指按住了丈夫的嘴唇："先别说了，再等等，他们还没走。"

仿佛所有人都在等待委员会离开，成百上千个声音汇成了令人痛断肝肠的旋律。歌吟学院的吟游诗人们哼唱着离岛哀乐。没有歌词。在这一刻，词汇显得冗余，又难以传情达意。哀乐让斯堪德以自己的方式将尼娜·卡扎马铭记在心。身为司令，她知道做正确的事有风险，却还是做了。

斯堪德透过泪眼望着手牵手的埃比和弗洛，望向以眼镜掩饰通红双眼的米切尔，望向仍然怔怔地盯着小平台的博比。斯堪德心里五味杂陈：悲伤、不真实、不安……雷克斯这个银环社的成

第十八章 阿加莎的礼物

员竟然成了司令,尽管是临时代理的。

虽然他比他爸爸更愿意接受驭魂者,但这种大度能惠及肯纳吗?切断肯纳和苍鹰之恨的伪造联结,如今还重要吗?他觉得自己一直为之努力的一切都崩塌了。

四人小队回到凌云树堡门口时,更糟糕的情况出现了。北极绝唱等在门外,在吊灯的柔光下,阿加莎揉搓着突变的透明脸颊。

她顾不上寒暄,直接说道:"雷克斯把那些上年纪的驭魂者关起来了,说是为了保证他们的安全。"

斯堪德没听明白:"什么意思?他们的安全?"

"他的理由是,织魂人可能会将他们视作伪造联结的目标。倒是也能自圆其说。"

"他确实是这么想的吧?"米切尔在红夜悦背上轻声说道,"他在元素广场也是这样解释的。"

"如果驭魂者的独角兽死了,织魂人还能为他们织造出联结吗?雷克斯的做法到底对不对?"斯堪德没有心理准备,不能确定雷克斯是不是无缘无故想把驭魂者都关起来。毕竟,他继任银环社社长之后,头一件事就是把北极绝唱放出来。

阿加莎耸耸肩说:"理论上说有什么不行的呢。就算独角兽死了,那也是命定的啊。我的意思是,织造出来的联结代替了曾经的独角兽,想想都觉得可怕。骑手们仍然能够使用元素魔法,这和织魂人自己的那条假联结可不一样。我想,这正是费尔法克斯、沃舍姆、希斯顿情愿投奔她的理由。"

"可如果真是这样,"弗洛说,"那些驭魂者就应该被保护起来啊,不然就会被织魂人盯上。雷克斯没说错吧。"

阿加莎沮丧地咕哝道:"我讨厌这样。保护和关押之间的界线非常微妙,我比任何人都更清楚这一点。我不相信银环社的人总能守着分寸。"

"你以前可从没这样说过雷克斯,"斯堪德皱着眉头,"你不是挺喜欢他的吗?"阿加莎的结论是不是有些草率?虽然雷克斯是银环社的社长,可这并不代表他就一定是坏人。搜查斯堪德的树屋确实过分了些,但他好像也挺抱歉的。

"'喜欢'这个字眼过于强烈了,斯堪德。我对任何人都谈不上'喜欢'。"

"总得有人在混沌杯之前管理各种事情吧。"米切尔小心翼翼地说,不想再激怒阿加莎。

"哦,所以雷克斯就认为非他不可?"阿加莎反诘道。

"那我们应该怎么办呢?想办法帮帮那些驭魂者?"斯堪德问。他不知道姨妈来找他到底是什么意思。

"目前吗?目前什么也做不了,只能祈祷雷克斯千万不要赢得混沌杯。"阿加莎沉沉说道,"在这之前,就是好好训练。斯堪德,你绝对不能成为游民。尤其是现在,银环社当权,尼娜不在了,"阿加莎有些哽咽,"要是没了凌云树堡的庇护,我真不能保证你和福星恶童还能安然无恙。我敢用我最喜欢的匕首打赌,等不到你会说'若成生'这个词,雷克斯就会为了'保护你的安全',把你也关起来。"

"雷克斯不会那么做的。"弗洛反驳道。

阿加莎没理睬她,冲着博比和米切尔说道:"你们明白我的意思了吗?你们要么帮斯堪德弄块石头,要么永远失去他。"

阿加莎打开凌云树堡的大门时,耀目的白光犹如一张大网,将树皮上粗糙斑驳的凹痕映得莹莹烁烁。斯堪德第一次觉得害怕,怕离岛永远不会接纳驭魂者的回归。

五月过去,六月到来,卡扎马司令突然离世带给离岛的震惊渐渐化作了痛苦的悲伤,凌云树堡各处摆满了寄托哀思的黄色花朵。

博比为司令的去世悲愤万分,她认为这是因为尼娜有可能第三次捧得混沌杯,而织魂人不愿自己的纪录被打破。米切尔的观点则是,对于一个屠杀成性、渴望权力的疯子来说,这样的目的显得"野心不足"。斯堪德不禁觉得这很有道理。

雷克斯·曼宁继承尼娜的遗志,扩大范围继续搜寻独角兽卵,同时也试图寻找并"保护"其他的驭魂者,不过运气不怎么样。斯堪德担心有些驭魂者已经投奔了织魂人。不过据他所知,克雷格位于书店上层的私人住宅里就藏了至少十名驭魂者。所以,也许另有些心怀怜悯的离岛居民也会那么做。雷克斯针对驭魂者的行动无疑让阿加莎陡然紧张起来,于是她把斯堪德的课程安排得更满了，就连每天吃早餐之前，他也要先进行两个小时的魂元素训练。

在北极绝唱的配合下，阿加莎向斯堪德展示了能在比赛中派上用场的元素兵器——锋利的夺魂马刀、美丽的摄魂弓箭、朦胧的刺魂长枪。阿加莎不感到烦心的时候，确实是位好老师。

他们也深入探索了魂元素在心理上的作用——通过联结潜入另一个骑手的神志，从而制造幻觉。或者，按照斯堪德更喜欢的说法，是"搅乱他人的意识"。阿加莎演示的时候一点儿都不客气。有一次，斯堪德召唤了沙盾，以抵挡巨浪的袭击，可仍然被浇了个落汤鸡，因为阿加莎其实是从另一侧进攻的。为此，阿加莎足足笑了十分钟。

还有分身术的挑战。复制自己和福星恶童，对斯堪德来说仍是难点。当然，福星恶童没心情配合他的时候，就更不可能成功了。

不过有时候，当他们心灵合一、步调一致时，斯堪德便能复制自己，或独角兽，但同时复制他们俩，还是做不到。他复制出另一个自己时，效果叫人毛骨悚然，因为只有人影飘在半空，身下却没有独角兽。

距离长风考验只剩一周了，斯堪德两眼迷离地来参加训练。他睡得不好，不是和福星恶童共赴补魂者梦境，就是躺在黑暗中忧虑到失眠。失窃的独角兽卵，肯纳的联结，织魂人的纠缠……还有，爸爸就要来离岛了，到时候，该怎么对他解释肯纳的事？

当阿加莎骑着北极绝唱朝着福星恶童走来时，有那么一瞬，

第十八章　阿加莎的礼物

斯堪德还以为自己仍在睡梦中。这是斯堪德从未见过的景象——他们全副武装，锁子甲泛着珍珠般的白色光泽，映着晨光，骑手和独角兽的胸甲上都嵌着象征魂元素的白色标志。

阿加莎见斯堪德一脸惊叹，脸上露出得意的笑容："看来我那位老甲胄师还没失去为驭魂者锻造铠甲的天赋。不过，最好不要把这件事告诉我们好心肠的代理司令，他会晕过去的。"

斯堪德大笑："我倒很想看看他的表情。"他随即好奇地问道："艾弗哈特教官，你今天怎么穿上铠甲了？"

她狠狠地咧嘴一笑："我想，咱们今天可以来一次空中对战。"

"我和福星恶童？对你和北极绝唱？"

阿加莎伸手摘下挂在鞍座上的头盔："我看这儿也没别人了。怎么样啊？"

斯堪德一阵紧张："呃，长风考验中应该不会有其他驭魂者跟我对战吧？难道咱们真的有必要——"

"你怕了吗？"阿加莎打断他，"长风考验考的不就是胆量吗？"

"是的，可是……"斯堪德结结巴巴地说，"就在下周了，阿加——呃，艾弗哈特教官，我得活着才能参加考验啊。"

"哦，反正我很久没动手，都已经生疏了，"阿加莎不屑地挥挥手，"尽管使出你所有的本事吧。"

斯堪德的心跳得极快，和他在墓室里面对开鸿骑手与荒野独角兽女王时差不多。他怎么可能打得过阿加莎呢？她可是训练有素、经验丰富的驭魂者，而他——唔，什么也不是。

"准备好了吗?"阿加莎喊道。北极绝唱已经飞上了半空。

"呃,没有!"斯堪德虽然这么说,但他还是迅速地拿起了头盔。这个动作让他心中一动:他已经和福星恶童并肩作战过那么多次了,突然之间,他觉得对手是教官、姨妈还是"夺魂刽子手",似乎都不再重要了。不过是空中对战,仅此而已。

福星恶童好像很想追上北极绝唱,等不及要起飞。它助跑了五步,冲上天空,朝着北极绝唱拍打它那覆满羽毛的巨大翅膀。而阿加莎释放了她的能量。

她的掌心亮起白光,一柄闪耀夺目的离魂长剑闪现在她手中。北极绝唱使出全力,咆哮着冲向福星恶童,场面犹如恐怖加强版本的鞍上比武。斯堪德都来不及撑起盾牌抵挡剑刺,全靠福星恶童动作敏捷地一闪,再差一英寸就会命中。

"应战啊,斯堪德!"阿加莎喊道,"如果这是比赛,你这都算弃权了!"

阿加莎和北极绝唱在空中掉头时,斯堪德深深吸了一口气。

"想要获胜,咱俩就得配合起来出击。"他对着他的独角兽喃喃说道。斯堪德将魂元素召唤至掌心,肉桂的甜香立刻充满了他的鼻孔,联结里流淌着期待,他知道,福星恶童明白了他的意思。

斯堪德迅速地召唤了火元素和魂元素,福星恶童的鬃毛变成了烈焰。他向着冲过来的白色独角兽抛出了火球,福星恶童则从嘴里喷出火柱,整个黑色的身体都化成了火焰。

"两个驭魂者才能这么玩儿!"阿加莎叫道。她拉起冰盾,很快便被斯堪德的火攻融化，但北极绝唱已经化成了水，晶莹剔透地浮在半空。它扬起水凝聚成的翅膀，扑灭了对方的火势攻击，逼得福星恶童又变回了黑色。阿加莎得意地大笑，斯堪德却已经开始下一步的行动了。

他将掌心换上了黄色，并将全部意念灌注于联结，要福星恶童化为纯粹的风元素。电花从福星恶童的四蹄开始爆裂，接着是腿和身体，直到它变成了独角兽形状的猛烈电流。斯堪德塑造出一张闪电长弓和一支咝咝作响的利箭，他看见阿加莎惊讶地睁大了眼睛。

突然，弓箭塌了下去，掌心的颜色消失了，福星恶童也恢复了浓墨般的黑色——是她使用魂元素阻断了他们联结中的能量，中止了他们的进攻。

"喂，这不公平！"斯堪德喊道。

阿加莎笑道："现在你知道对战驭魂者是什么感觉了吧？很沮丧，是不是？"

斯堪德思绪飞旋，尽力不为阿加莎的嘲讽分心。

用什么计谋才能打败她？硬碰硬是赢不了的。而且她很狡猾，得出其不意才行。

"你会配合我吧，小伙子？"斯堪德轻声对福星恶童说道。他回想着他们在一起的日子。他想起了孵化场里的那一刻：福星恶童凝视着他，白色的驭魂头斑就此形成。他想起了第一次飞行：为了逃离惊跑的独角兽群，福星恶童黑色的羽毛翅膀乘风而起。

但斯堪德想得最多的是他们的联结：初次形成时心脏周围的感觉，去年分离时的痛苦，以及随着一次次混沌考验日渐加深的信赖。他们已经了然，只要在一起，就能面对一切。

抱着这样的念头，斯堪德将魂元素召唤至掌心。北极绝唱再次朝他们冲来，阿加莎这回挥舞着一支破魂投枪。斯堪德掌心的白色光球越来越亮，福星恶童的翅膀尖端也随之光芒四溢，直到他笃定阿加莎和北极绝唱已看不清魂元素的源头和他们的轮廓。

就在这一刻，分身出现了：两个斯堪德，两个福星恶童。

和补魂者梦境很像。斯堪德能清楚地意识到真实的自己，但也能在另一个斯堪德身上感觉到自己，仿佛他真的一分为二了。两个福星恶童冲向北极绝唱，斯堪德则以意志让另一个由魔法构成的斯堪德举起右手，佯作进攻。福星恶童理解了骑手的意思，两个它更卖力、更凶猛地挥动起翅膀。真正的斯堪德也举起了右手，但故意动作更慢，更迟滞，好像他才是那个分身。

北极绝唱直立起来，困惑地扬着前蹄。阿加莎有些震惊，但仍然眯起眼睛，来回打量着两个对手。她的手臂后扬，白色的投枪尖端在两个斯堪德间摇摆不定。斯堪德极力让呼吸保持平稳。别动。

阿加莎瞄准了斯堪德和福星恶童。

她投出了投枪。

投枪穿透了空气。

真正的斯堪德抓住机会反击，意在锁定胜局。他塑造出最喜欢的夺魂马刀,骑着福星恶童径直飞向北极绝唱。双方势均力敌,但斯堪德险胜一筹——阿加莎来不及撑起盾牌,闪亮的刀锋已经抵住了她的喉咙。

两个驭魂者重重地喘息着。

阿加莎点点头,斯堪德收回了兵器。

他的姨妈摘掉头盔,眼睛亮晶晶的。"你已经准备好了,"她对他说,"我真为你骄傲。"

斯堪德百感交集,一下子哽住了。从小到大,他一直渴望妈妈为他骄傲。他和肯纳曾无数次地畅想——成为骑手,让她骄傲。阿加莎是他生命里最接近真正的母亲的人。而现在他让她感到骄傲了。

他们跳下地来,阿加莎给了北极绝唱一块糖,任由它去追一只跑过训练场的兔子。

"斯堪德,坐,我有东西给你。"

他们在烧焦的亭子台阶上坐下,斯堪德的铠甲叮当作响。"你要给我礼物?"福星恶童在附近溜达,时不时嫉妒地瞥一眼北极绝唱那毛茸茸的"零食"。

"算是吧。"阿加莎咕哝着,从泛着珠光的铠甲里面掏出一根链子,链子下面坠着一个白色的小袋子。她摘下来摆弄着,把袋子里的东西倒在手掌上托着:"可别小题大做啊。"

那是一枚四分石,但不是斯堪德之前见过的那种。他当然想象过。几个月前,他甚至还开口问过阿加莎。石头映着阳光,晶莹闪烁，四环缠绕的图案镌刻在白色的石面上。

"是净魂石。"斯堪德喃喃惊叹，"你从哪儿找到的？"

"是我的。唔，姑且算是。"阿加莎凝望着白色的石头，"是我英少生那年参加净魂考验时赢的。后来就一直留着了。"

斯堪德入迷似的问道："可你不是应该把它交还给教官吗？"

"是啊，不过……安保措施并不总是那么严密。我们家族里的叛逆少女可不止艾瑞卡一个。"

妈妈的名字把斯堪德拉回了现实。

他跳起来："你不可能有净魂石！你不是告诉我，所有的净魂石都被销毁了吗？难道你之前在撒谎？"

"我可没撒谎，"阿加莎有些不好意思地说，"我只是没算上这一枚罢了。"

斯堪德突然想到了可怕的事："织魂人知道你有一枚净魂石吗？"

阿加莎终于生气了："冷静点儿，行吗？艾瑞卡不知道。几十年来我都把它藏得很严密——这种事我再擅长不过了。"

"小点儿声！"斯堪德咬牙切齿，尽管这附近只有他们俩。

"我想把它送给你。"阿加莎执意递过石头。

"为什么？"斯堪德觉得，姨妈在这个节骨眼儿突然来了送礼物的兴致，似乎另有深意。

"因为你今年表现得不错。"阿加莎沉沉一叹，"如果事情不如人意，如果艾瑞卡……反正，如果还有净魂考验，你也会以优秀

第十八章 阿加莎的礼物

的成绩通过的。我希望你在长风考验中记住这一点。记住,你属于这里。"

斯堪德感慨万千,不知该说什么才好。阿加莎竟然愿意把净魂石送给他,他感动至极。他很想接受,但在这之前,还有件事得弄清楚:"阿加莎,这……这里面储存着能量吗?"

阿加莎没有回答,而是叫来北极绝唱,一只手抚摸着它的鼻子,召唤了魂元素,让掌心的孵化场伤痕亮起了白光。斯堪德看见净魂石正面的四环缠绕标志一下子亮了,而石头其他地方还是暗的。

"空的。"斯堪德大气也不敢喘。

"我通过混沌考验之后就把它充满了,以备不时之需,"阿加莎喃喃说道,"结果还真的派上了用场。"

"那是什么事?"斯堪德想起之前阿加莎不肯告诉米切尔她曾充满一枚四分石的前因后果,愈发好奇了。

"一趟马盖特之行。"阿加莎的眼睛亮亮的。

"因为我没通过选拔考试。"斯堪德明白了。

"北极绝唱和我需要额外的能量,不然你以为我们是怎么越狱的?"

阿加莎把净魂石放进斯堪德的手中:"现在它应该归你了,小驭魂者。拿着吧。放在袋子里藏好。答应我,不要告诉任何人。"

斯堪德握起手指,将净魂石攥在掌心:"你确定艾瑞卡不知道?就算它是空的,她肯定也会想办法充满它。她可能会盯上你……或者我。"

阿加莎摇摇头:"我姐姐不知道。但即便她知道,她也猜不到,我会把这么珍贵的东西送给你。"

"为什么?"

"因为她从来不相信我除了她还会爱别人。"

斯堪德看着阿加莎。爱。他真的拥有一个爱他的姨妈吗?无论如何,他心里还是溢满了暖意。

"阿加莎,我……我不知道该说什么。"

姨妈想保护他。她为他骄傲。她爱他。

"好了,姨妈和外甥的温情时光结束了,回凌云树堡去吧。"

斯堪德站在台阶上,迟疑地问道:"阿加莎?"

"嗯?"她满怀爱意地望着洁白如雪的北极绝唱,不自觉地嘴角上扬。

"距离夏至日只有几个星期了,独角兽卵还没找到。"

"我知道。"

"如果织魂人真的织造出五十条联结,你觉得会发生什么?"

"她没有那个本事,斯堪德。"

"万一她有别的办法呢?"

阿加莎看着斯堪德。她的眼睛和肯纳的很像。很像艾瑞卡。也像他。"我不知道会发生什么。"她说。

"我们要一起战斗。我们要阻止她。"

"嗯,"阿加莎沉郁地说,"但是能撑多久呢?"

第十八章 阿加莎的礼物

肯纳

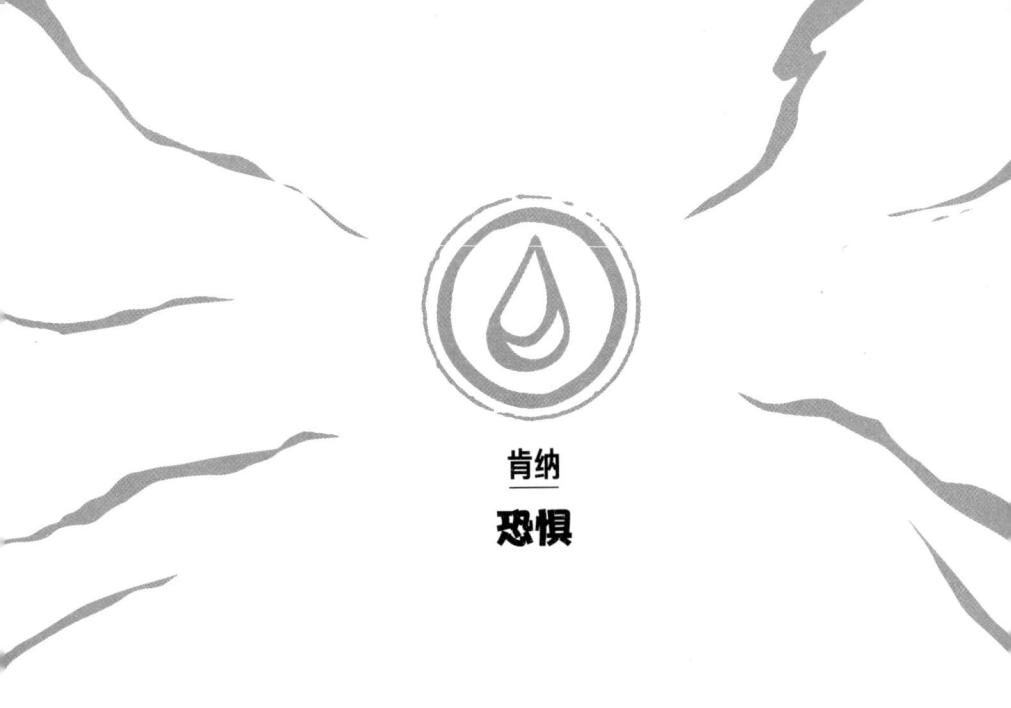

恐惧

肯纳·史密斯陷入了无尽的恐惧。

恐惧于殒命于森林中的司令。恐惧于埋葬在驭风纪念树之下的、世界上最强大的独角兽。恐惧于将这一切迫切归咎于某人的离岛。

恐惧于改变：每周来"探望"的人越来越少，频频向更安全的地方转移，艾伯特唇边的笑容渐渐消失。

恐惧于传来的消息：驭魂者被关押于银色要塞，雷克斯·曼宁自封为临时司令。

恐惧于未来：不再存在可能的未来，已告终结的未来，无论发生什么都终将降临的未来。

和瀑布相比，肯纳更喜欢新的藏身地。她一向喜欢树。小时候,所有够结实、够茂密、能把她包裹在里面的树,她都爬过。但她从未见过这样高大、壮丽的红杉。当艾伯特领着她第一次钻进巨大的树干,踏上隐蔽的踏板,她觉得简直像是要爬到星星上面去。

这一次,苍鹰之恨总算愿意屈尊跟在晨鹰后面,拍打翅膀向上飞去,和两位骑手一起进入高处的树洞。

他们坐在洞边,垂着双腿,随意地晃悠着,两头独角兽则惬意地卧在身后。肯纳看见周围的树干上也有深邃的大洞,于是问艾伯特:"这些洞是流浪者凿出来的吗?"艾伯特掰下一块巧克力,递给肯纳,自己也吃了一块。

"不,它们都是天然的树洞。"他说,"我们从来不把深空森林当作长风区的营地,不过我偶尔会来这儿过夜。"他的语气有些古怪,好像还想说些什么。

肯纳叹了口气:"怎么了?"

她看见艾伯特咽了口唾沫,白皙的喉头鼓起又瘪下:"你的下一次突变。我很担心。埃洛拉很担心。"

她努力说得很轻松:"不会有事的。不过是个小小的魂元素突变。"

艾伯特低头盯着自己的指关节:"我只见过斯堪德的。他胳膊上的骨骼和筋腱都能看得清清楚楚。发生在你身上,会是什么感觉呢?那也是荒野突变啊。"

肯纳早就听烦了。一切都叫她厌烦。"你何必这么在乎呢,艾伯特？"她知道这话听起来很不客气，但苍鹰之恨一直在联结中恶毒地怂恿着她。

"肯纳，这……我……我想——"

"别说了。"肯纳打断了他。她知道他要说什么。她受够了，再也不想听了。他们已经揪着这件事迂回了好久，她希望他永远也不要鼓起勇气把它说明白。

"我甚至不知道你为什么要和我做朋友。"她试图主导谈话的方向，试图回避他的情感，还有她的。

"别这么说。"他最后憋出一句。

在另一种人生里，她会跟他说"对不起"，会告诉他，他们当然是朋友，是最好的朋友。如果不是在此时此地，她也许会允许这样一个善良、体贴、细腻的人来爱自己。可是在这一种人生里，她的心已经另有所属。一头荒野独角兽给予了她所渴望的一切，同时也夺走了她所渴望的一切。

"艾伯特，"肯纳尽可能温柔地说，"你不该在我身上浪费时间。另寻他人吧。只要不是我，任谁都好。"

艾伯特大笑起来，让她吃了一惊。"我觉得好像办不到啊，小肯。"他说。

"你根本不了解我，"她坚持道，"你只看到了你眼中的我，却并不知道我是什么样的人。你不知道自己在跟谁纠缠。"

"那就告诉我啊。"

肯纳闭上眼睛，呼吸着森林里的清新空气。身处这么高的地方，被树皮和树叶的香气包围，她几乎可以假装自己回到了凌云树堡，好像一睁开眼睛，就能看到弟弟的树屋——圆形的窗户亮着灯，映出吊床的暗影。她想冲向那摇晃的栈道，敲响他的门。救救我，小堪，我太害怕了。我不知道我是谁，我不知道我想要什么，我不知道该怎么办。

"我想了解你的一切。"艾伯特继续说道。

肯纳缓缓摇头："相信我，你不想。"

第十九章
秘密

距离夏至日只有一个星期了,焦虑在凌云树堡蔓延。时间飞逝,独角兽卵仍然不见踪影。斯堪德和疾隼队一起,每天搜寻全岛两次,弗洛、米切尔和博比则负责查漏补缺,边边角角都找了个遍。可一切都是徒劳。据《孵化场先驱报》报道,本土也同样一无所获,而连篇累牍的文章更加引得人心惶惶——尼娜已逝,雷克斯·曼宁成了混沌杯夺冠的热门,他已着手准备夏至的决战,要为离岛的未来而战。

"很好,"米切尔厌恶地叠起报纸,还啐了一口,"不过,要是根本找不到独角兽卵,也就用不着和织魂人对战了,是吧?"

"雷克斯已经尽力了,"弗洛轻声说,"又不是他自己把责任揽过去的。"

斯堪德知道阿加莎肯定不这么想。

博比眨眨眼睛说："要我说，大众情人雷克斯就喜欢这么戏剧化。明天，混沌杯还要如期举行。船要沉了，可他偏要当船长。我的意思是，我理解他，毕竟我也是驭风者。"

"混沌杯不能不办，"弗洛仍然维护雷克斯，"不然整个本土都会察觉到出事了！"

"当所有年满十三岁的候选人都因为独角兽卵不翼而飞而不得不打道回府的时候，他们也会察觉到出事了。"米切尔反驳道。

博比烦恼地摆弄着弗洛送的手环，显然想到了妹妹。要是伊莎贝尔·布鲁纳通过了选拔考试，那么她也会是要打道回府的一员。

斯堪德暂且还能把混沌杯当作希望的灯塔。趁其他人都忙着观看大赛，斯堪德要去见肯纳。在绿洲遇袭之后，这是姐弟俩第一次见面。他打算再跟她说说那头灰斑独角兽，谈谈让她和她的荒野独角兽都获得自由的可能。不过，找不到独角兽卵，也就找不到苍鹰之恨的命定骑手。要是能找到，斯堪德已经打定主意，只把交换联结当作一种选择，绝不强求。这一次，他要认真听听，肯纳到底想要什么。

第二天一早，四人小队离开凌云树堡，下了山。朋友们和斯堪德挥手暂别。

"代我们向她问好！"弗洛说。米切尔和博比立刻让她噤声。

第十九章 秘密

"你不如干脆广而告之吧！"博比厉声说道，又转而跟斯堪德耳语："记得把我做的救急三明治送给那谁啊。"

斯堪德点点头，心想要是他路上弄丢了这份三明治，姐姐说不定还要感谢他呢。随后他便骑着福星恶童赶往长风区。

斯堪德在一片高大茂密的红杉树林边着陆。鉴于上次与肯纳在绿洲见面时发生的事，他一直保持着高度警觉。福星恶童踏在地面上发出的每一声都显得特别响亮。按照阿加莎的指点，斯堪德从口袋里掏出雕成燕子形状的木哨，吹了起来。

立时就有回应。埃洛拉——显然正等着他——应着燕子鸣叫般的声声啁啾，骑着银色独角兽，从森林深处现身。福星恶童和银辉斗士走近彼此时，斯堪德看见流浪者们的寻路人手上赫然有一道新伤。他内疚地想，也许那是绿洲突围时留下的。

"很高兴见到你，斯堪德。"埃洛拉白色的短发映着斑驳的阳光。

"你好，埃洛拉。肯纳好吗？"他立刻问，"她在这儿吗？"

"她不能出来接你。有些离岛居民的树屋就在四极城和深空森林的边界地带，不太安全。不过她很好。她……"埃洛拉迟疑了一下，紫水晶般的眼睛里满是警惕，"她越来越强大了。她现在能够更好地控制魔法，我认为她对魔法的理解更深入了。她已经出现了火元素突变，你知道了吧？"

他点点头："别的还没有吧？"

寻路人摇头："还没有。"

短暂的沉默。一时只有头顶的树叶在沙沙轻响,以及独角兽的翅膀拂过矮枝时的窸窸窣窣。

"肯纳非常想念你。"埃洛拉伤感地说。

"我也很想她。"

"在绿洲遇袭之后的这段日子里,你姐姐十分煎熬。大部分时间她都是独自一人扛过来的。"

斯堪德皱起眉头:"她没和你们在一起吗?那个特勤没有把她送回你们那儿?"

埃洛拉摇摇头:"流浪者们只能分散在各个区域。当然,那些需要我们的人,我们也仍然欢迎。比如有些驭魂者宁愿选择加入我们,也不愿接受雷克斯的'善意保护'。常常有人去探望肯纳,但让她和大部队待在一起太危险了。每个人都步履艰难。不过肯纳更甚。"埃洛拉哽住了。

"都怪我把特勤引到了绿洲,对不起。"歉意毫无预警地涌出,"我不是故意的,我只是想——"

"想见你的姐姐。"埃洛拉温和地说,"那次遇袭也不能怪你。是因为无知、怀疑和偏见。要怪就怪它们吧。"

"还是很抱歉。"斯堪德喃喃说道,"有没有人伤势严重?"

"到了。"埃洛拉没有回答他的问题。

银辉斗士在一棵最高的红杉树下停住。斯堪德没有看见肯纳,也没发现任何表明她在这里的痕迹。

"艾伯特正陪着肯纳待在上面,"埃洛拉遥指天空,"来得最勤

第十九章 秘密

的就是他。他们打算听听广播里转播的混沌杯赛况。她不确定你能不能来。"

斯堪德使劲儿仰头望向高高的树枝,但还是什么也没看见。

埃洛拉微微一笑:"相信我,他们就在上面。苍鹰之恨和晨鹰也在。福星恶童也可以飞上去跟它们玩儿。你就别骑它了,不然不好钻过树枝。你可以踩着这些踏板爬上去。我负责放哨。如果你听见燕子叫,可千万不要下来。"银辉斗士掉转方向,沿着来路离开,斯堪德这才行动起来。

他翻身下地,开始爬树,福星恶童则自己飞上了半空。

他爬啊爬啊,爬到肌肉都开始酸痛的时候,上方传来了转播混沌杯的声音。福星恶童笨拙地东躲西躲,生怕撞到树枝,解说员的声音刚好盖过了它振翅的声音。

"……还有一头银色独角兽。这颜色还从未出现在混沌杯的赛场上,是吧,哈利。名字是……银光女巫。至于它的骑手,则是名不见经传的雷克斯·曼宁。"

"我可要插一句了,莫娜,实在是不吐不快啊。他——帅——呆——了。"

"显然他已经俘获了整个演播室的心。不过,一张帅脸并不能让你在赛道上领先多少。"

"其实,雷克斯在本土已有不少粉丝……"

是本土的混沌杯转播信号。斯堪德仿佛一下子回到了207号公寓的客厅,仿佛能看见家里破旧的沙发,闻见爸爸在厨房里煎炸食物的香味，感觉到自己胸腔里翻涌的兴奋。

福星恶童轻轻尖叫起来。它看见两个相对的巨大的树洞里探出了两头独角兽的兽角，一只是不透明的白色，另一只如幽灵般透明。它又兴奋，又有些困惑，于是磕磕绊绊地钻进了另一个树洞。

"小堪！"一只手抓住了斯堪德，把他拉进了树干里的一处洞口。当眼睛适应了昏暗的光线后，他看清了姐姐的脸，一下子跌进了紧紧的拥抱里。突然间，再糟糕的情况也不重要了。夏至日那天可能找不回独角兽卵，不重要。织魂人谋划着造出一整代荒野骑手，不重要。只要躲在肯纳的臂弯里，斯堪德就觉得一切都没什么大不了。

可当她向后退开，露出她的四种突变时，这种心情便瞬间烟消云散。带刺的荆棘缠绕着她的右臂，羽毛勾勒着她的双耳，冰锥像项链似的箍着她的脖子。第四种突变斯堪德还没见过：她的左臂仿佛流淌的火焰，从肘部到手腕遍布熔岩，恍若文身；它一直在动，随着她的动作穿破皮肤，喷涌出来。

"小肯。"他哽咽了。

她顺着他的目光低头望去，脸上滑过一丝阴影："哦，这个啊，好久了，我差点儿都把它忘了。我当时在瀑布底下站了大半天才把它浇灭，那场面很令人激动，可惜你没赶上。唔，很多大场面你都没赶上。"

肯纳的语气很奇怪。她似乎并没有生气，可她言语间隐隐透

第十九章 秘密

出的东西，让斯堪德不安。

"对不起，我一直没能来看你。我怕再把特勤引来。埃洛拉刚才才告诉我，你没和流浪者在一起——从绿洲逃脱之后，你就一直一个人撑着。要是我知道就好了！"

"现在已经无所谓了，"肯纳生硬地说，"没有你，我也过得很好。就算谁都不来，也一样。"然而，她的眼神里仍然透出伤怀的意味。

"可是没有你，我过得并不好。"斯堪德轻声说着，伸出了手。他突然觉得有些摸不透姐姐。她的一举一动都是那么怪异，好像在极力隐藏着什么。是愤怒？还是伤心？

"行了，小堪，我今天不想提起那些事，"肯纳的神色明朗了些，"还是聊聊混沌杯吧！像以前那样！"

她指指身后。他扭头去看，只见树洞很高，足以站直身子，不必担心撞到头。树洞也很深，勉强才能看见里面的艾伯特。他正坐在毯子上，摆弄着一台收音机，转播混沌杯的声音嗞嗞啦啦地传出来。

肯纳走到洞口，坐下，把两条腿伸出去晃着，又拍拍身旁的位置。斯堪德暗自庆幸他们没有马上就到艾伯特那儿去。他需要一些时间——只有他们俩。然而，当他们并排坐下来，望着前方郁郁葱葱的庞然树冠时，斯堪德却沉默了。现在就提起凌云树堡，提起将她从织造的联结中解脱的可能，显得有些心急。

"呃，苍鹰之恨，它怎么样？"他勉强挤出一句。

肯纳棕色的眼睛似乎很疏离:"有点难办。它总是闯进我的脑袋里。埃洛拉正帮我想办法,试着屏蔽掉它传递过来的那些不太……有益的情绪。可有时候我的思绪就像在打仗似的,很累人。"

"对不起。"

"用不着。我宁愿这样和苍鹰之恨在一起,也不想再回到本土了。"

姐弟间沉默了好一会儿。

斯堪德想找点别的话说。他仍然觉得不该提起她的未来,尤其是当她如此……他也说不清这是种什么感觉。最终,他问道:"小肯,你在这森林里,有没有看见什么?你知道吗,据说尼娜和闪电差的遗体就是在这里被发现的。有没有织魂人来过的迹象?"

"你凭什么认定是妈妈杀死了尼娜·卡扎马呢?"

斯堪德心里一惊。在肯纳的心里织魂人和妈妈并不矛盾,但在他看来,她却是分裂的——艾瑞卡,司令,杀手,妈妈,织魂人。

斯堪德耸了耸肩:"不然还能是谁?"

"谁从她的死亡中获益最多?如果尼娜如期参加混沌杯,这个人恐怕根本没有赢的机会。"

"你觉得是雷克斯·曼宁杀了尼娜?"

这次是肯纳耸了耸肩:"有这个可能。"

"我知道,因为他派特勤追捕你,所以你不喜欢他,"斯堪德

第十九章 秘密

说,"但他不可能杀人。"

"为什么?"肯纳扬起眉毛,"因为他看起来不像那种人?"

"织魂人把孵化场洗劫一空。她显然想造出一整代骑手,占领整个离岛。她当然不希望司令碍事。尼娜她……她很强大。"

"你这么说,也不过是推测罢了。"

"小肯,快来,别错过精彩的地方!"艾伯特招呼他们。

肯纳站了起来。

"你和艾伯特很亲近。"因为艾伯特喊了姐姐的昵称,斯堪德有点儿不高兴。

"他一直陪着我。"

"斯堪德!见到你真高兴,"艾伯特开心地说,"幸好埃洛拉把你平平安安地送来了。"

"是啊,你好,艾伯特。你怎么样——"

"快听吧!"肯纳说。斯堪德觉得自己好像回到了五岁,又被姐姐骂了,可不知为什么,他一点儿也不介意。

"……比赛已经过半,阿洛迪·伯奇和蒹葭王子处于领先地位。她已是经验老到的选手,五年来孜孜不倦地追寻着难以捉摸的胜利。不过由于尼娜·卡扎马的离开,她可能终于迎来了机会。现在,瑞恩·赫尔南德斯和康沃尔海妖,还有艾玛·坦普尔顿和惊山——他们也是一对老选手——正从内圈追赶上来。"

"和从前一样,是吧?"肯纳冲斯堪德笑笑,"那时我最喜欢艾玛,你还记得吗?"

他用力点头，想迎合肯纳，却忍不住想，这根本不像从前。肯纳仍在逃亡。他们藏在高高的树洞里。爸爸也不在。爸爸。爸爸明天就要登岛了，期待着见到他，还有肯纳。斯堪德应该跟他说什么？

另一个解说员说道："目前，本土选手哈贾迪·马利克位居第二，不过邪恶蔷薇好像有些累了……哦！"

扬声器中传来观众的叫喊声。

"怎么了？！"肯纳冲着收音机嚷嚷。

"我还从没见过这种场面，蒂姆。天空中电闪雷鸣——雷克斯·曼宁和银光女巫一举干掉了他前面的三位选手。瑞恩·赫尔南德斯、汤姆·纳扎里和艾玛·坦普尔顿失去了争夺混沌杯的资格。真不敢相信，我竟然得说出这句话——这三位骑手都从空中坠落，因此出局了。新人雷克斯·曼宁和银光女巫目前暂列第三，仅次于驭水者阿洛迪·伯奇和驭土者哈贾迪·马利克。他们已进入最后四分之一的赛程。"

雷克斯真能做出这种事？

"请大家放心，我已接到通知，艾玛、汤姆和瑞恩并无大碍。在坠地之前，他们的独角兽就接住了他们。"

"让我们把目光转回赛道。邪恶蔷薇被阿洛迪的冰晶猛击，一定很痛！"

"现在他们只剩最后一段直道了。阿洛迪·伯奇暂时领先，雷克斯·曼宁位居第二，费德里科·琼斯和残阳血追上来了。排在第四位的是特里斯坦·麦克法兰和酸岩大天使，第五位则是彼得·惠特克和神圣轻骑兵。可是，看看银光女巫那疾飞的英姿！"

斯堪德想象着强大、威严的银光女巫，正像银色的子弹一样劈开空气。难怪雷克斯在本土已经有了不少粉丝。若是前几年，斯堪德也一定会把雷克斯这样的骑手当作偶像。英俊、健美、成功，还拥有一头魔力超群、卓越出众的银色独角兽。他肯定会把雷克斯或银光女巫的混沌卡牌当作宝贝一样珍藏，无论拿什么来都不会换。因为他们看起来就是胜者的模样，英雄的模样，荣耀的模样。

"加油啊，阿洛迪！"肯纳抓着斯堪德的手，一如在马盖特时那样。

"雷克斯·曼宁和银光女巫已经反超，阿洛迪和蒹葭王子距离那银色的尾巴只有一步之遥，仍然紧咬不放。"

"他们正飞掠看台上空，雷克斯召唤了风元素，观众全都为他疯狂！"

"雷克斯塑造了闪电长弓。哦，我从没见过这么大的弓。他在鞍座上转身向后，银光女巫则朝着竞技场，降低了高度。他拉开了弓弦——放箭！正中目标！阿洛迪·伯奇挨了一记电击，速度慢下来了。"

"雷克斯·曼宁和银光女巫着陆了。他们在沙地上开始最后的冲刺！"

"不。"艾伯特和肯纳异口同声地说。

欢呼声震耳欲聋，几乎压过了解说员的声音。

"他成功了！他冲过了终点的拱门！雷克斯·曼宁和银光女巫赢得了混沌杯！新的混沌司令诞生了——雷克斯·曼宁！今年，他将组建全新的风元素委员会。从现场的欢呼声来看，雷克斯一定会成为颇受爱戴的领袖，他——"

"关了吧。"肯纳沉沉说道。

艾伯特立刻照办，红杉树洞里瞬间安静下来。

斯堪德瞪着收音机，感觉整个世界都倾覆了。银骥司令。正式的。对于他这样的驭魂者来说，这意味着什么？他极力说服自己。雷克斯不是为阿加莎释放了北极绝唱吗？也许，他会遏制银环社对驭魂者的恨意。也许，他会做出改变。

肯纳的神情明显指向另一种可能："这下，非得我进了监狱他才能开心了。"

艾伯特将一只手搭在她岩浆涌动的胳膊上，但她飞快地闪开了。

"小肯，他没有你想象的那么坏。也许会没事的。也许……"斯堪德没有说下去。现在，也不是谈论肯纳未来的好时机吧？

可是，整个下午，直到他们和埃洛拉、艾伯特一起享用篝火晚餐，肯纳都闷闷不乐的。斯堪德曾抓住机会建议她骑上苍鹰之恨，让他见识见识她的魔法，这样也能让姐弟俩单独聊聊。可肯纳说她太累了，拒绝了。

来这里之前，阿加莎建议斯堪德留在这里过夜，清早再离开，

第十九章 秘密

以避开从混沌杯的庆祝活动中返回长风区的离岛居民。不用匆忙离开，这让斯堪德稍稍松了口气，他需要和肯纳多待会儿。

独角兽们已经在红杉树的高处找到了适合睡觉的树洞。深邃的树洞里满是青苔，厚实柔软，非常舒服。斯堪德爬上去时，福星恶童已经在打呼噜了，覆满羽毛的翅膀上偶尔划过星点电花。

苍鹰之恨挑的树洞就在福星恶童上方，肯纳枕着它的肚子向下望，就能看见斯堪德。斯堪德的头靠着树洞里面，那儿有个枕头。他在黑暗中仍然能看见姐姐，就像上下铺似的。

"小肯，"斯堪德问出了盘桓他脑海好几个月的问题，"从绿洲把你带走的那个特勤是谁？"

肯纳看着他愣了一会儿，好像没听见似的。

"你说你之前被关在银色要塞时，他帮过你？"斯堪德追问。

"是的。他给我送过食物和一些东西。我觉得他是个好心的特勤，"她苦涩地笑道，"这样的人可不多见。"

"可是，在绿洲遇袭之后，你和他待了挺久吧。他没告诉你他是谁吗？他为什么帮你呢？"

肯纳耸了耸肩："我们不怎么说话，只顾着逃命。"她换了个话题："明天你打算怎么跟爸爸说我的事？"

斯堪德叹了口气，心里十分忐忑："我就跟他说，你在训练，明年六月才能见他。"

"你应该说，咱俩吵了一架，所以我不肯去观摩你的长风考验。"

他们静悄悄地躺着，这句话悬在半空中，仿佛远处幽幽鸣叫的猫头鹰。我们吵架了吗？斯堪德一边思忖，一边听着姐姐的呼吸声，就像在本土时那些失眠的夜晚。那些半梦半醒之间，是他最安心的时刻。不用照顾爸爸，没有凭空变出钱来的魔法，但肯纳就在那里，保护着他，不让他受到任何伤害。

"小堪，有个秘密，你想听吗？"在斯堪德眼皮渐渐发沉的时候，肯纳突然轻声问道。他们小时候总玩这样的游戏，在睡前坦承一些或愚蠢、或吓人、或机密的事。因为很安全，没有人会听到。

"好啊，"斯堪德小声说，"告诉我吧。"他满怀期待，就像过去一样。

肯纳深吸了一口气："我其实不太希望你通过混沌联考。我忍不住想，要是你成了游民，不就可以和我在一起了？我们可以一起东躲西藏，一起当亡命之徒！你说，这念头是不是很可怕？"

斯堪德的心怦怦直跳。他一直害怕她会这么说。在内心深处，他知道今晚不仅关乎她的未来，也决定着他的。"这就是你想要的吗？你希望我离开凌云树堡？"

肯纳用胳膊肘撑起身子，低头凝视着他。

斯堪德连忙说下去："小肯，我现在所做的一切都很重要。如果我能完成凌云树堡的训练，魂元素就能回归离岛。只需要再等两年。那时你就能名正言顺地成为一名骑手了。我们一直以来的梦想——成为混沌骑手——就能实现了。我们就可以在一起了。"

"一起逃亡，也是在一起。"肯纳说，"而且，小堪，他们不会允许魂元素回归的。我知道，你相信人人都有好的一面，可他们不相信啊。他们怕它，他们忌惮我们。再说，我也不算是驭魂者。我的联结是织造出来的，我的独角兽是荒野独角兽，与我结盟的是五种元素。就算他们接受了魂元素，也不会接受我，永远不会。"

斯堪德犹豫了，比在绿洲时更加小心翼翼："可是我很担心魂元素的突变。咱们之前聊过，要是你没了与苍鹰之恨的联结，要是我——"

"别说了，"肯纳厉声说道，"我和苍鹰之恨是一体的。不管你喜不喜欢，事情已经是这样了。别毁掉我们难得在一起的时光，拜托。"

"好吧。"斯堪德嗫嚅道。夜色中，他为姐姐设想的计划似乎土崩瓦解了。他本来以为一切水到渠成，却没想到肯纳的真实意愿完全相反。没想到她扛过了四次荒野突变。没想到她有了那么强大的魔法。肯纳一向比他厉害。是他低估了她。"好吧。"他又说了一遍，声音沉甸甸的。

"斯堪德，我不能怂恿你离开凌云树堡，"她继续说，"我不想成为那个让你放弃梦想的人。一切都取决于你。你得决定自己想要什么，认定哪个重要、哪个不重要。把这些强加在我身上，是不公平的。"

沉默再次降临，斯堪德极力想要打破它。

"我也有个秘密,你想听吗?"他冲着黑暗喃喃说道。星光穿透红杉树叶,亮晶晶的。斯堪德答应过阿加莎,不告诉任何人,但这是他的姐姐,他觉得她正渐渐远离。他需要一个秘密把他们重新拉近。

"当然。"肯纳说。

斯堪德拉开黄色夹克,从内侧口袋里掏出一只白色的小口袋。

"把你的手伸过来。"他把那枚净魂石放进了肯纳的手掌。

斯堪德听见她吸了口气。"这是……这是真的吗?"她惊叹着问道。

"这是四分石。就是我们联考时要想办法得到的宝石。现在已经没有净魂石了,但阿加莎把这个送给了我。这是她在英少生那年自己得来的。"

"她送给你了?"肯纳把石头放在手上,翻来覆去地看。

"算是对我在训练中表现优秀的一种奖励吧。"斯堪德有些骄傲地说道,"我知道这么说有点偏心,可这真的是最漂亮的四分石。"

"确实非常漂亮。"肯纳称赞道,把石头举起来,对着星光看了又看。

"我得把它藏好了,"斯堪德咕哝道,"这可能是唯一的一枚了。"

肯纳把石头还给弟弟,斯堪德把它装回了夹克口袋。

他们躺着,听着彼此的呼吸。"你知道吗,我那时常常忘记你已经走了，"肯纳轻声说，"在 207 号公寓的时候。我会跟你说话，就像现在这样。我完全忘记你已经登岛了。"

"对不起，小肯。"斯堪德说。听她说起这些，他才意识到，他一点儿也不知道肯纳过去两年是怎么过的。

"没事。"肯纳叹气。

然而，当斯堪德想到她手臂上的荆刺、耳朵上的羽毛、皮肤下的岩浆和脖子上的冰锥时，他并不确定她那句"没事"是真是假。他反复思量，直到阖目睡着。

第二十章
长风考验

第二天一早，斯堪德就要去参加长风考验了。肯纳挤出几丝笑容，用力地抱了抱弟弟。斯堪德再三保证过几天就回来，但姐姐声音中的距离感表明，她并不相信他。

"要是你成了游民，不就可以和我在一起了？"赶回凌云树堡，在入口处与杰米碰面，为福星恶童的铠甲做最后的检查时，斯堪德一直在想肯纳的这句话。和队友一起吃早餐时，他也无法把这句话从脑海中赶出去。他每一口都吃得很艰难，即便有健康美味的蛋黄酱。内疚和考验带来的紧张感已经塞满了他的肚子。

和其他几场混沌联考不同，长风考验没有选择清晨或黄昏，而是定在了下午。博比吹牛说，这表明风元素是最优秀、最文明的元素。米切尔则认为，这只是因为有很多本土家属来观摩，纯粹是为了迁就后勤的安排。除了骑手的家人们，五大元素的教官——包括新任司令——也将和英少生们一起前往长风区，参加最后一场考验。

正午时分，英少生们穿过凌云树堡的大门，鱼贯而出。他们途经了荒野独角兽女王的纪念树。从五彩斑斓的树叶下走过时，米切尔瞥了一眼斯堪德，弗洛看了看博比。他们都深知这棵树的意义，就连博比也没有嬉笑。如果没能全员通过混沌考验，会怎么样呢？四人尽力不去想这种可能。但凌云树堡被远远抛在身后时，这些念头却怎么也止不住。如果有人没有集齐四分石，那么他将永远无法回到凌云树堡。

斯堪德一飞过凌云树堡的围墙就心慌不已。肯纳的话回荡在他的脑海：要是你成了游民，不就可以和我在一起了？福星恶童困惑地嘤嘤尖叫，因为斯堪德拧着缰绳，仿佛全身都在拒绝离开这个他称之为"家"的地方。不行，他绝不能离开凌云树堡，对吧？

斯堪德紧张地拍了拍风元素夹克的口袋，摸了摸小袋子里的净魂石。这是阿加莎送给他的好运和鼓励。她说：记住，你属于这里。净魂石在身边，一定会保护他，这让他渐渐平静下来。

英少生的队伍在福星恶童前面排开，独角兽们像候鸟似的拍打着翅膀。他们已经越过了红杉密布的深空森林，正飞在大草原的高茎野草上方。野草中点缀着一丛丛蒲公英，明丽的向日葵在微风中摇头晃脑。他们又经过了几十座风车，随即望见了两侧满是梯田的山谷。正是得益于这些梯田，长风区变幻莫测的风才能被风车捕捉。终于，寒光闪闪的银光女巫在山谷边缘着陆，再往前，就是极外野地了。

福星恶童降低高度，斯堪德一眼就看见了爸爸。他看起来比上次到访离岛时苍老了些，黑色的短发中显出星星点点的灰白，肩膀也愈发佝偻。他穿着斯堪德没见过的漂亮的条纹衬衫，正排队等待进入专为欢摩长风考验搭建的临时看台。他的头转来转去，目光追着那些着陆的独角兽张望。

父子目光相接，斯堪德翻身跳下，朝着爸爸跑去，朝着他的家跑去。

"哎哟！"全副武装的斯堪德一头撞了过来，爸爸咕哝一声，却还是张开双臂紧紧抱住儿子，把他拉得近些，再近些。

"我好想你。"斯堪德窝在爸爸肩头呢喃。肩头。现在，他比爸爸高了。

"我也很想你呀。"爸爸笑着松开手，好清楚地看着儿子的脸，"你准备得怎么样啦？我听说新任司令也来啦！"

"一如既往，准备充分。"斯堪德说着，尽量不去想织魂人可能会来窃取四分石……可能会来找他。

"我还没看见肯纳。"爸爸回头看了看台上的其他家庭。

斯堪德一直害怕的时刻还是来了。他颤抖着吸了口气："爸爸，肯纳今天不来。"

爸爸皱起眉头，前额上挤出了皱纹："为什么不来？"

"她，呃——我们俩吵了一架。再说她还要训练，想来还得请假，怪不值当的。所以她就不来了。我们俩，唔，还没和好呢。"他心想，这话有一半是真的。

爸爸既生气又难过。"之前就因为什么流程错误让我错过了她的训练选拔赛，这次她就不能来见见我？这地方的组织工作简直就是噩梦。我得跟管事的谈谈。"他盯着教官们看，好像在琢磨哪个能说得上话，"我有权利见到她，对吧？等她下午结束训练之后行不行呢？"

和爸爸面对面，斯堪德真的不忍心告诉他，训练之后也见不到肯纳。或许在很长一段时间里，他都见不到女儿。

爸爸敏锐地瞥了斯堪德一眼："她今天都不肯来为你加油，看来你们吵得很厉害啊。这可不像你们俩。你们不是一直很亲密吗？"

斯堪德咽了口唾沫："很快就能和好的。"

爸爸这才满意，点点头说："必须和好。你和你姐姐感情多好啊，为了对方，你们什么事都愿意做，不是吗？别让琐事影响你们。世界上可只有一个肯纳啊，是吧？她属于我们，这可是我们的幸运啊。好了，别哭。"爸爸伸手抹掉斯堪德脸上的眼泪，"等你和福星恶童今天大获全胜，她肯定会给你个笑脸的！"

爸爸漫无边际的信任让斯堪德哭笑不得，噎得直打嗝："爸爸，我可不觉得自己能大获——"

"斯堪德，快点儿！"米切尔大声喊，"要列队了！"

爸爸又抱了抱斯堪德。"祝你好运，儿子。"

斯堪德和福星恶童回到队伍里，站在弗洛和银刃右边。教官们已经开始分发黄色的长风四分石了，阿加莎拎着黄色的抽绳袋走向四人小队。斯堪德突然一阵心慌，但立刻想起这次每个骑手都会先拿到一块四分石。

阿加莎将一枚多面宝石扔到斯堪德手里。他有点儿好奇，想召唤风元素，看看这石头里有没有能量。

凌云树堡的驭风教官、银环社的社长、新任混沌司令清了清喉咙。紧张的英少生们立刻安静下来，唯余将四分石戴上铠甲的咔嗒声。阿加莎无声地对斯堪德说了句"好运"，随后便骑上北极绝唱，走过去和其他四位教官站在一起，面对着英少生。

"欢迎大家参加长风考验！"雷克斯·曼宁大声喊道。尽管语气明朗，但他一贯淡然的脸上仍旧显露出承受压力的痕迹。夏至日近在眼前，寻找独角兽卵的事却没有任何进展，他一直没能好好休息。"这是你们迄今为止时间最短的一项考验，不过千万不要轻敌。考验的方式你们或许并不陌生，那就是在长风区进行越野竞速赛。你们可以把它想象成更加难以预测的混沌杯。赛道就在这里。"他停下来，掌心亮起黄光，向右侧的空中放射出电流。不管从哪个角度看，他都俨然离岛最强大的骑手。

观众中的本土家属发出了阵阵惊叹，目光仿佛被一条隐形的线牵着。只见电花炸开，在半空中哒哒作响，噼噼啪啪地越过风车，消失在视野之中，而后又绕过梯田山谷，回到他们的座位上方。

电花勾勒出的巨大环线在阳光下闪闪发光。

雷克斯继续说道:"正如我所说,此次考验的赛道,就是我刚刚用电花标出来的路线。起点在看台这边,终点在看台另一边。出界即意味着失去长风石。我们五名教官,以及二十名特勤,将全程巡视,以确保……万无一失。"斯堪德以为雷克斯会解释一下为什么要派出特勤,比如让大家小心织魂人、守护四分石之类的,但他就这么略过去了。看来,雷克斯仍然打算装作一切正常,对前几场考验中发生的怪事一概不提。

"这条赛道涵盖了长风区独有的种种障碍——风车帆叶快速闪避、离岛最恶劣气候下的草原飞越、红杉树林障碍回旋、梯田山谷迎战风精灵——然后回到这里,即为完赛。"

"风精灵是什么?"斯堪德轻声向弗洛询问,但弗洛正扭头冲着米切尔。

"这也太简单了吧,"米切尔咕哝道,"连正规比赛都算不上啊。"

"还有奖励的四分石呢,怎么说?"博比焦躁地问。

其他英少生也都在交头接耳,雷克斯抬起手,要大家安静。他轻声笑笑,脸颊上拂过电花。"你说得对,博比,我还没说完呢,不是吗?想必教官们不介意帮个忙。哦,抱歉,不包括您,艾弗哈特教官。"斯堪德都想象得出奥沙利文教官冲着阿加莎翻白眼、漩涡激荡的情景,不过天庭海鸟还是随着瑶尘和沙漠火鸟一起起飞了。

曼宁司令再次召唤风元素，挥动胳膊，画了一个大大的圆环。其他教官也纷纷召唤自己的结盟元素，空气中充斥着元素魔法的气味。不过，直到那些成年独角兽返回地面，英少生们才明白教官们的意思。

四个由元素魔法构成的圆环水平地悬在空中：一个由熊熊烈焰组成，一个由凌厉电花勾勒，一个是汩汩流淌的水环，最后一个是虬结的环形藤蔓。每一个圆环中央，都悬着一只电流纵横的笼子，笼子里面有一枚四分石。每个元素一枚。斯堪德忍不住盯着蓝色的沛水石，它由水包围着，悬在他头顶上方百米高的空中。他想得到它，他需要得到它。必须如此，才能成为若成生。

"想通过长风考验，仅仅完赛是不够的。为了保住长风石，将它添进你的成绩单，为了再一次进入凌云树堡，你们必须从独角兽的背上跳下，像自由落体那样，穿过这些元素圆环中的一个。穿过圆环后，独角兽要接住你，四蹄落地，就算成功。这是对勇气的终极考验，也是对独角兽与骑手之间的信任的终极考验。我们称之为'信念飞跃'。混沌联考的最后一场，目的就是展示在这一年中，你和独角兽之间的关系有何进展。"他笑着环顾众人，"别这么愁眉不展的！你们都有这个能力，我知道你们可以做到。我相信你们。"

斯堪德看见弗洛惊恐无措，无声地念叨着"信念飞跃"几个字。不过米切尔看起来更加害怕，这时斯堪德才想起来，他恐高。

"要是独角兽不想接住我们怎么办？要是我们从独角兽背上滑

脱了怎么办？要是——"罗米利的声音盖过了各个小队的窃窃私语。斯堪德感同身受。她和他一样，少一块石头。她需要一枚烁火石。

这一次，不等雷克斯继续长篇大论，奥沙利文教官就抢先回答道："'信念飞跃'不是**必选**项目，但一旦你选了这个项目，却没能成功落地，你就会失去长风石。"

博比一点儿都不慌。"那圆环里的石头归谁？"她高声问道，"谁快归谁是吗？"

"完全正确，博比。"雷克斯温和地说，"谁先到，谁先跳，谁就能得到额外的四分石。不过，跳过了一个圆环，就不能再跳其他的了，要谨慎选择。"

英少生的队伍蠢蠢欲动，夹杂着失望的哀叹。斯堪德很清楚这是为什么：有的骑手需要不止一枚四分石。就算他们先完成了越野赛，也跃过了元素圆环，拿到了一枚额外的四分石，也无法集齐全套。他们仍然无法回到凌云树堡，除非在入口处有人愿意慷慨相救。

"长风考验将在三十分钟后开始。"雷克斯说完，就去和那些开始搭建帐篷的医师打招呼了。甲胄师们——包括杰米在内——也抓紧最后的时间调整铠甲。斯堪德回过头，向着看台张望，看见爸爸和沙克尼一家坐在一起，后排有个人发辫闪着蓝光，是艾拉·亨德森。

"居然还给咱们留了讨论战术的时间！"米切尔气呼呼地小声

说道，故意不去看他的爸爸。为了避免被偷听，四人小队离开其他英少生，将四头独角兽聚在一起，商量起来。

"还需要讨论吗？"博比耸耸肩，铠甲叮当作响，"这对我来说简直易如反掌啊。不过鹰怒，你可得接住我，"她又叮嘱她的独角兽，"不然你也会完蛋的。"

"你怎么能说得那么轻巧？"弗洛压着嗓子说，"咱们是要从空中跳下去啊！"

"那就请你帮帮忙，弗洛伦斯。要是你不跳，我就把你扔过去。"博比警告道，"咱们都坚持到这一步了，可不是为了看你沦为游民。"

"哦，我会跳的。"弗洛咕哝着，不放心地看了银刃一眼，"但我不一定会觉得好玩。"

"都静一静好吗？"米切尔说，"咱们得定个计划。斯堪德需要一枚沛水石。还有，万一织魂人在半途中袭击他，该怎么办？"

弗洛提议道："我们三个掩护你，小堪，让福星恶童尽快回到终点，这样就能拿到沛水石了，对吧？空战时我们给你帮忙，你肯定能先到终点。"

"我同意。"米切尔说，"斯堪德是咱们当中飞得最快的。而且对庆天骑手来说，'信念飞跃'应该不在话下。对吧，斯堪德？"

但斯堪德不太愿意。他不希望朋友们为了他以身犯险。这已经不是第一次了。这样做值得吗？也许肯纳是对的？也许他应该离开凌云树堡，也用不着去争取沛水石了。也许，他一直以来坚持的都是错的。

这个计划让博比有些失望,但她也没有反对,而是说:"论速度,斯堪德最强有力的竞争者是安布尔和梁上旋风。不过,安布尔需要的是丰土石,所以就算她领先一步也不要紧。"

"但是根据我的计算,需要沛水石的英少生,至少有十人,"米切尔补充说,"所以咱们也不能掉以轻心。"

"那又怎样?"博比不以为然,"反正斯堪德飞得比他们都快。就听我的,只有安布尔——"

"这不是重点,"米切尔坚持道,"你没听见曼宁司令的话吗?这就像越野赛版本的混沌杯,骑手们在过程中也会互相使绊子的。斯堪德无疑是他们的目标。他是戾天骑手,人人都知道他速度快。而且因为他是可怕的驭魂者,谁也不会因为坑了他而心里内疚!"

"你这语气可真像阿加莎姨妈!"博比抱怨道。

"等等。"斯堪德恳求道。朋友们对他内心的惊涛骇浪一无所知,他还没跟他们讲过去见肯纳时都发生了什么。"你们不用掩护我。万一为此丢了自己的长风石怎么办?万一碰见织魂人呢?你们真的不用——"

"我们心甘情愿,"弗洛安慰他,"你也帮过我们啊。"

"再说,"博比补充道,"阿加莎说了,要是我们没能帮你弄到一块沛水石,她就要我们的命,所以也没得选。"

"咱们是一个小队,一个集体,"米切尔坚定地说,"就这么说定了。"

斯堪德咽下了其他的话。他们是一个小队,他和他们同属于凌云树堡,不是吗?

博比夸张地指了指米切尔:"快,关于风精灵,你都知道些什么,全都告诉我们。"她又对弗洛说:"你看,弗洛伦斯,我已经学会稳扎稳打了。记得石笋妖吗?我成熟了,对吧?我都会提前问一问了。"

弗洛哑然失笑。米切尔解释说,风精灵是一种攻击性很强的阵风,它们拥有意识,并且有着幽灵般变幻莫测的面孔。它们在梯田山谷出没,会对气流造成严重破坏。英少生们将在最后一段赛道遇到它们,得想办法突围。

三十分钟无声无息地过去了。安德森教官在四个元素圆环下方的草地上烧出一条黑线,它既是起跑线,又是终点线。英少生们在此集合,做最后的准备。他们整理铠甲,束紧腰带,拉下头盔上的面罩,独角兽则已经按捺不住,元素爆炸此起彼伏。

福星恶童跃跃欲试,眼睛转来转去,变成红色又变成黑色,翅膀上的羽毛一时燃起,又一时冻结。斯堪德几乎看不见银刃了,浓烟遮住了它的整个身体。红夜悦已经连放了五个屁,蹄尖轻轻一弹就把屁点燃了。鹰怒却很平静,只是偶尔喷喷电花,用蹄子刨刨地面。斯堪德极力保持镇定。这只是一场比赛,他告诫自己,现在不用考虑肯纳,也不用去想织魂人会不会来。反正你肯定飞得比她快,对吧?

雷克斯·曼宁骑着独角兽踱步到起跑线旁,掌心亮起了黄光。

斯堪德感觉到所有英少生都拉紧了缰绳，都在鞍座上俯下了身子。司令扬手向空中射出一道闪电，长风考验开始了。

"福星恶童，出发！"斯堪德喊道。但其实他的独角兽早就等不及了，联结中涌动着对比赛的渴望、对飞翔的热爱。他们一起撑过了每一场考验，终于来到了这里。在考验中，在一切中，他们都是一体的。

福星恶童助跑三步，飞上天空，银刃、红夜悦和鹰怒紧随其后。左侧已经开始用火元素魔法轰炸，热浪裹着烤面包的气味扑面而来。斯堪德尽力保持速度。他只有一项任务：他必须是最快的那个，必须最先抵达水元素圆环。

朝着风车前进时，福星恶童简直乐在其中。它更喜欢飞行，对空战则没什么兴趣，现在在速度最快的英少生当中，他们是领先的。

"斯堪德，小心上面！"博比的声音从后方几米处传来。斯堪德透过头盔瞟了一眼。水中仙正从上方向他们逼近，玛丽萨的手掌亮着蓝光，准备和他们大战一场。她的眼中满是决绝——和他一样，她也需要那枚沛水石。

可斯堪德不想跟她对战，只想保持住领先的位置。他很清楚，要是浪费珍贵的时间和能量与玛丽萨缠斗，他就会失去最初的优势。于是他让福星恶童降低高度，直冲风车旋转的帆叶而去。

嗖嗖振翅的声音提醒着斯堪德，玛丽萨在追他。果然，锋利的碎冰从肩头擦过，还有几块击中了他的铠甲。玛丽萨非要打一仗不可。

"好吧,"斯堪德咕哝道,"既然他们想追,那就尽管追吧。你相信我吗,小伙子?"

斯堪德再次降低了高度,福星恶童距离尖尖的风车帆叶越来越近。这时他瞅准时机,让独角兽做了一个他最喜欢的疾隼队专属动作——旋箭。福星恶童用力拍打翅膀,像子弹似的向前猛冲,随即收拢翅膀,紧贴身体。斯堪德则双腿紧紧夹住独角兽,免得从鞍座上滑下,同时拉紧缰绳,水平旋转,向左、向右、再向左。成功了。他们以毫厘之差,精准地穿过了每一座风车的帆叶。完成最后一个动作后,福星恶童重新张开翅膀,拉升高度,继续比赛。

斯堪德回头张望,见玛丽萨仍然被一座座风车挡在后面。福星恶童疾飞穿过草原,风从四面八方吹来,他听见朋友们在身后欢呼,倍觉欢欣鼓舞。他们支持着他。他会赢的。

过了草原,就是半程折返点深空森林了。斯堪德和福星恶童是第一个抵达的。电花划出的赛道只包括了森林的一小部分,但仍然陷阱重重。一棵棵粗大的树干拔地而起,挡住了去路,福星恶童沮丧得直叫唤,因为它不得不放慢速度,小心翼翼地穿梭其间。斯堪德留意听着其他独角兽进入森林的动静——蹄子踩断树枝的咔嚓声,翅膀尖端扫过树叶的噼啪声。他可不想在这儿和谁打起来,却止不住地想象着黑布缠绕的身影、荒野独角兽,以及尼娜和闪电差遭受致命一击时的叫声。

终于，眼前豁然开朗，福星恶童飞出了森林。斯堪德迅速向后瞥了一眼，高兴地看到鹰怒冲出森林，接着是红夜悦，然后是银刃——

糟了。

弗洛尖叫起来。银刃痛苦地哀嚎。它四蹄猛踹，在半空中扭动，试图甩开某种看不见的力量。

斯堪德立刻掉转方向，冲回森林。博比呼唤着弗洛，弗洛紧紧抓着狂躁的银刃，鹰怒焦急地盘旋着，怎么也够不着银刃乱蹬的四蹄。米切尔和红夜悦焦急地在附近的低空飞来飞去，想找到袭击的源头。更多的独角兽从树影中冒出来，继续比赛——他们显然不会为此停下来。

"怎么了？"斯堪德喊道。

"我够不着弗洛！"博比大声说，"银刃好像掉进了某种元素囚笼，它要把弗洛甩下去了！"

福星恶童靠近了，斯堪德才看清银刃和弗洛被火笼困住了。火焰时而化作电花，随后又凝成冰晶。银刃想往外闯，可一动弹，元素的能量场就会伤到它，所以它只能无助而痛苦地咆哮。

斯堪德和福星恶童加入米切尔和红夜悦，在这一带四处俯冲，拼命地寻找元素魔法的来源。英少生们陆续经过，专注地往前飞去。阿努什卡和云端海盗与阿特和地狱怒火还在红杉林外的空中打了一架。

"救命！它忘了还驮着我！"弗洛喊道。银刃困在囚笼的能量场中,乱踢猛踹,肆意乱炸,它越来越紧张,越来越生气,每次碰到笼子边缘都会大声咆哮。博比无奈之下转而向囚笼发起进攻,各种元素轮番上阵,试图用巧劲儿打开它。

"这到底是什么魔法?"博比折腾了半天,一点儿用都没有。

"织魂人肯定在林子里!"盘旋搜索时,米切尔冲着斯堪德喊道。

恐惧淹没了斯堪德。难道织魂人想杀死弗洛?让她步尼娜和闪电差的后尘?难道她的目标不是他?

砰!

突然,缠绕着弗洛和银刃的元素魔法爆炸了,巨大的橙色火球将银刃轰向一侧,飘然向下。而弗洛从鞍座上掉了下来,尖叫着往下坠落。银刃想接住她,可它伤得太重,银色的翅膀无力地垂着,只能听天由命。

斯堪德惊慌失措,无法思考,也无法呼吸。不,弗洛,不。

但福星恶童已经冲了过去。它明白弗洛对斯堪德有多重要。它明白友谊胜过一切。毕竟,在这个世界上,它最好的朋友就是斯堪德。

鹰怒和红夜悦也冲向了弗洛坠落的地方,不过福星恶童已经赶到,就在她的下方,等着接住她。

啪!弗洛的铠甲撞上了斯堪德的。她一只手抓着他的胳膊,另一只手拽着福星恶童的鬃毛,猛烈的撞击痛得她差点哭出来,只能拼命地稳住呼吸。银刃已经坠落在地,它一只翅膀耷拉着,悲伤地抬头望着福星恶童。

"好了，没事了，没事了。"斯堪德一遍又一遍地安慰着弗洛。

"不，小堪，不好。"弗洛哭道。

"你怎么——"她转过头看着他，他一下子明白了为什么"不好"。

弗洛的长风石，没了。

第二十一章
另一个海岸

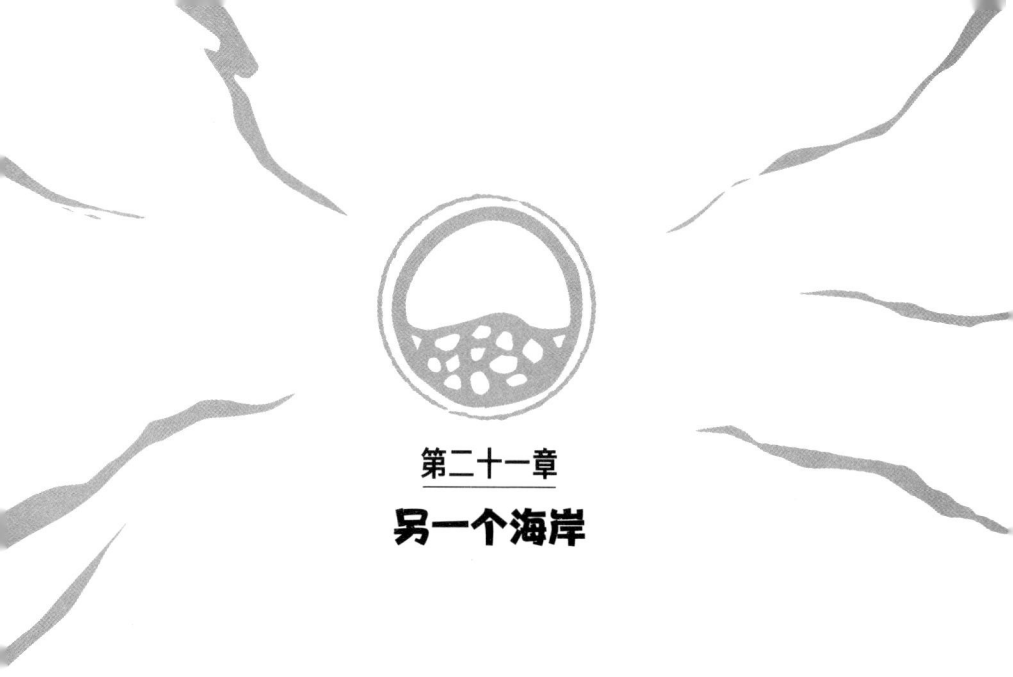

斯堪德惊恐地看着弗洛佩戴长风石的地方。

"肯定是刚才掉了。"弗洛绝望地说。

但斯堪德很清楚,长风石被织魂人偷走了。现在她有了四枚四分石,可以向里面充入更多的元素能量了。他的手指紧紧地攥住口袋,攥住阿加莎给他的那枚净魂石,极力地稳住情绪。她还没集齐五个,斯堪德慌乱地想着,这是唯一的一枚净魂石,决不能落进她的手里。

博比和米切尔赶了过来,斯堪德和弗洛仍然挤在福星恶童的背上。又有三名英少生超过他们,朝前飞去。

"斯堪德,米切尔,你们两个赶紧走!"博比厉声说。

"你在说什么呢?"米切尔顶了一句。斯堪德仍然在树丛的阴影中搜索着。他能找到织魂人吗?他能夺回弗洛的长风石吗?

"弗洛伦斯，"博比严肃地说，"快到鹰怒背上来。"

博比让鹰怒靠近福星恶童，悬停在它旁边。弗洛心存疑虑，这里距离地面足有五十米。

博比急得重重击掌，催着队友们赶紧动起来。"这是比赛！是长风考验！别浪费时间了。要是你们俩现在赶紧走，也许还有机会拿到额外的石头！现在我们需要沛水石，还有长风石！"

米切尔摇头说："罗伯塔，你比我快，你先走！"

"不行，我在这儿陪着弗洛等待救援。"博比瞥了一眼银刃。它瘫在地上，根本站不起来。

"曼宁教官，"弗洛哽咽道，"他能救银刃。"

"可要是织魂人来了怎么办？"斯堪德不同意。弗洛艰难地爬到了鹰怒的背上。

"弗洛已经发出了求救信号，"博比说，"教官们马上就会来的。没时间争了。我可不想带着半个小队成为若成生。要是树屋里只剩下我和米切尔，肯定天天打得不可开交。"

"她说得对，"米切尔咕哝道，"我们需要额外的四分石。"

"弗洛和银刃安全了我就来，你们快走！走啊！"博比说着让鹰怒降低了高度，带着弗洛一起向银刃飞去。

斯堪德和米切尔重新回到比赛中，他们看到前方的电花赛道内有好多英少生正在你追我赶，要一一赶超实在是巨大的挑战。福星恶童和红夜悦虽然算不上垫底，但还是落在那些竞争对手后面了。

"你能飞多快就飞多快！"红色独角兽和黑色独角兽掠过下方的草原，米切尔冲着斯堪德喊道，"不要等我！"

"你确定？"斯堪德问。

"快走！"

福星恶童振翅的速度几乎翻了一倍，四蹄在空中跨步向前，联结中满是坚定——它一定能追上前面那些正在穿越风车的独角兽。

在最后一座风车上空，激烈的空战正在进行，福星恶童一个急转绕了过去。透过硝烟和元素碎片，斯堪德看见安布尔和梁上旋风正被她自己的队友——梅伊和亲亲睡美人、阿拉斯泰尔和寻暮围攻。斯堪德不敢停下，继续向前。他现在决不能放慢速度。

福星恶童在疾隼队的训练派上了用场。在最后三分之一赛程中，伊莱亚斯、伊凡、艾莎的独角兽已经没了后劲儿，斯堪德迅速地反超了他们。

"加油啊，小伙子，"斯堪德伏在沙克尼家族特制的鞍座上，冲着他的独角兽耳语，"咱们一定能行。"

他们飞进了梯田山谷，两侧的田地犹如阶梯，次第增高。狂风劲吹，将玉米茎秆吹得东倒西歪。但斯堪德和福星恶童已经学会了倾听风的声音，能及时做出反应。他向左倾斜，又向右倾斜，变换着身体的重心，福星恶童则猛力振翅，在急风呼啸的山谷中疾飞。突然——

嗖！

是风精灵。斯堪德四周的空气一下子幻化出几十张尖叫的面孔，刺耳的声音塞满了斯堪德的耳朵。福星恶童摇晃着脑袋，被突如其来的风弄迷糊了。风向不停地变着，毫无规律，他们仿若被困在了糖浆里，迟滞难行。风精灵的呼号愈发响亮，撕扯着独角兽的翅膀，福星恶童忍不住低吼起来。这些危险的精灵像旋涡似的扑来，斯堪德只好紧紧地抓住鞍座。

经由疾隼队练就的每一块肌肉都拼尽全力，完成一次又一次的振翅，他们坚持着，直到风精灵退去，转向下一个目标。

福星恶童一摆脱纠缠就加快了速度，先是超过了罗米利和午夜星，接着又把阿努什卡和云端海盗、法鲁克和毒雾抛在身后，他们飞出了山谷，终点线上方那四个元素圆环正亮着诱人的光。

可还有其他英少生飞在他们前面。

驭风者扎克和昨日幽灵已靠近圆环，紧随其后的是沃克和野火蝾螈——沃克也缺一枚沛水石。

斯堪德慌了，催福星恶童再快些，想追上野火蝾螈棕色的尾巴。要阻止沃克率先到达水元素的圆环，斯堪德只能与他一战。

沃克急于冲到终点，没注意福星恶童从后面追上来了。斯堪德决定利用这一点。他召唤了魂元素，专注于他与福星恶童之间的联结，想象着两颗心合二为一、一齐跳动的样子。另一个斯堪德和另一个福星恶童随即出现在右侧空中，每个微小的动作都一模一样。

"沃克！"斯堪德喊道。驭火者闻声回头。

他惊恐万状，忘记了飞行，也忘记了圆环，在空中掉转方向，来回张望，看看这个斯堪德，又看看那个斯堪德。

斯堪德希望他们的分身能引诱沃克和野火蝶螈来一场空战，这样他就能趁此机会跳过元素圆环了。要是他的分身能投出一支破魂投枪、主动开战就好了。

"啊！"沃克撑起沙盾，抵挡直冲他胸口而来的破魂投枪。斯堪德连忙转头去看，只见他所希望的——也是他需要的，真的发生了。

挡住斯堪德分身投来的投枪之后，沃克撤下沙盾，掌心亮起红光，准备塑造一把烈焰长剑还击。

斯堪德没有犹豫，趁沃克分心，让福星恶童加速。扎克已经完成了他的"信念飞跃"，火元素圆环中的那枚烁火石已经不见了，但沛水石还高高悬在由水围成的牢笼里，等人去取。

这时，斯堪德看见了那枚长风石——弗洛需要的长风石，正静静地悬在电花四溅的圆环里。在圆环下方，欢呼雷动的人群中，他看见了爸爸。他深爱的爸爸——尽管有时候，爱他不是件容易的事。斯堪德觉得自己仿佛被风元素击中了。"世界上可只有一个肯纳啊，是吧？她属于我们，这可是我们的幸运啊。"福星恶童在圆环上方盘旋时，爸爸的话让斯堪德几个月来混乱模糊的思绪变得清晰起来。

肯纳需要他。这一整年，她都需要他。而他决心竭尽全力为她赢得凌云树堡里的一个名额，解除她的伪造联结，一直也没能

第二十一章　另一个海岸

陪在她身边。现在，尼娜·卡扎马不在了，银骥骑手当权，肯纳的命运、斯堪德的命运、所有驭魂者的命运，都远不如他和阿斯彭·麦格雷斯彼此承诺时那样确定了。他不知道能不能相信雷克斯，不确定新任司令愿不愿意接纳魂元素的回归。他甚至不敢完全信任凌云树堡了。可是，他信任他的姐姐。他已经忘了这有多么重要。他想说服肯纳放弃她与苍鹰之恨的联结，可这需要时间。既然她说"不"，那么他就该好好倾听，像以前那样，和她一起面对，一起解决。

而弗洛需要他面前这枚晶莹的长风石。想到弗洛可能无法回到凌云树堡，可能与朋友们隔绝，孤零零地待在银色要塞——不，绝不可以。

他想起沧渊舞会那天晚上，他们在雪地里打闹，她的笑声那样美好；他想起她银色的头发映着阳光，闪亮夺目；他想起她来找他吃早餐时，微微笑着，嘴角向上翘起。米切尔担心爸爸不高兴时，她永远知道该说什么安慰他；博比那长久以来深深埋藏的保护欲，也因为她重新生发。不错，没了斯堪德，他们三个也能好好的。可没了弗洛，他们谁都不会好。

所有的困惑都消失了。一枚四分石，能成全斯堪德的两个选择。这两个选择都不符合凌云树堡训练的目标——不惜一切代价取胜，成为不带任何感情的战士。他可以帮弗洛，也可以做肯纳的好弟弟；他可以成为让自己感到骄傲的那种人，即便这意味着他不再是能够赢得混沌杯的骑手。

斯堪德知道，只需要几秒钟，其他英少生就会赶来，于是他骑着福星恶童飞到了风元素圆环上方。

"你可要接住我啊。"斯堪德抚摸着独角兽的脖子，对着它黝黑的耳朵轻声叮嘱。

随后，趁紧张还没袭来，趁自己还没改变主意，斯堪德抬起左腿，转身侧坐在鞍座上，随即一跃而下。

他向下坠落。天空飞掠而过，视野中只有模糊的蓝色。他感觉到联结中福星恶童的惊慌和他自己的恐惧混合在一起。他祈祷福星恶童快快飞到他的身下，因为这坠落实在漫长。他不敢张望，因为看一眼就能晕过去。但他确实瞥见自己的双脚进入了电花四溅的风元素圆环。

四分石。他必须拿到弗洛的四分石。

斯堪德瞅准时机，伸出手，探进风元素织就的樊笼，一把抓住了那枚黄色的宝石。他壮着胆子向下看了一眼，立刻就后悔了。地面已近在眼前。他看见教官们骑着各自的独角兽，他甚至看清了阿加莎的白色斗篷。他绝望地盘算着，以这样的速度撞击地面，自己还有没有生还的可能？医师们能救他一命吗？还是说——

嗖！

黑色的翅膀在斯堪德身下张开，下一秒他已经趴在沙克尼家族特制的鞍座上了。等他直起身子坐好，福星恶童便振翅击空，得意地咆哮着，盘旋着。

"你可真够慢的！"他说。但他的独角兽不理他，只是仰首向

第二十一章　另一个海岸

天，欢快地尖叫着。斯堪德抬头一看，只见圆环上方像堵车似的，挤着好几位骑手，他们显然非常紧张，都不敢从独角兽背上跳下去。沃克和野火蝶螈还在兜圈子呢。

这时，斯堪德才明白福星恶童看见了谁。

米切尔·亨德森和红夜悦正朝着圆环冲过去。红夜悦燃烧的尾巴拖着一缕青烟，掠过那些迟疑不决的骑手，而米切尔已经看清，剩下的两个圆环中只余沛水石和丰土石。斯堪德都能猜出他的朋友在想什么。他肩膀一垂，好像恼怒地叹了口气，但立刻就摘下眼镜，塞进夹克口袋里，抬腿、转身、侧坐，然后——

僵住了。

米切尔的目光越过红夜悦的翅膀，投向地面，惊恐的神色藏也藏不住，就连他下方的斯堪德都看得见。

"激流奔涌！米切尔！跳啊！"艾拉的声音突兀地响起。

米切尔倏尔望向爸爸所在的方向，睁大了双眼，愈发害怕。这时，杰米手脚并用地挤过人群，爬上临时看台的最上层，靠近了米切尔的爸爸。当艾拉·亨德森转向杰米时，斯堪德瞥见他发辫上的蓝色一晃而过。

"亨德森先生，请你明白，他需要知道，无论如何你都相信他。"杰米试探着碰了碰艾拉的肩膀，"他需要知道，就算他不跳，你也仍然会为他骄傲。"

斯堪德屏住了呼吸。

"米切尔，你——呃，你挺棒的！"艾拉的语气仍旧威严，却透着几分尴尬。

"亨德森先生,还有进步的空间。"杰米冲他眨眨眼睛,"请你告诉他,即便他不敢跳,你也仍然爱他。"

福星恶童在看台上方盘旋,斯堪德看得清清楚楚,艾拉·亨德森听见这话时吃了一惊。"你是说,米切尔以为我……"他问,"他以为,他失败了,我就不爱他了?"

杰米耸了耸肩。

"米切尔!你不是非跳不可!"艾拉大声喊道,"你不用为了我或别人而跳!不管怎样我都爱你!我的儿子,我非常非常爱你!"

"太好了!"杰米欢呼着,"米切尔,我们相信你,无论如何都相信你!"

"我们相信你!"艾拉也跟着一起叫起来。

米切尔侧坐在红夜悦背上,小心翼翼地向下挪,向下滑,两只脚都已经伸进水元素圆环了。显然,米切尔的方法要比斯堪德明智得多。只见他伸直了胳膊,松手了。

斯堪德心里涌起满满的骄傲。米切尔怕高,却做到了——半空中还有好多骑手都没能鼓起勇气完成"信念飞跃"呢。

红夜悦冲到圆环下方去接它心爱的骑手,快得像一团模糊的红色烟雾。在因痛苦和胜利而发出的喊叫声中,米切尔重重地落在了鞍座上。

红夜悦和福星恶童迎着观众的掌声,在终点线旁着陆。"火球威猛，斯堪德！"米切尔嚷嚷着，"你傻不傻啊？为什么去拿长风石？我们不是说好你去拿沛水石吗？沃克可就在旁边！要是他抢在我前面跳了怎么办？要是我没拿到怎么办？"米切尔晃着拳头，手指紧紧握着那枚蓝色的宝石。

"呃，我没看见你！我不想让弗洛变成游民。既然必须做个选择，那我就选了——"

"你选了她，没选自己。"米切尔半是恼怒，半是感动，脸上终于绽放出大大的笑容。

这不是全部的实情。他确实选了弗洛，但同时也选了他的姐姐。

看着米切尔的笑脸，他很难去回想自己的选择。米切尔是他的朋友，他那么害怕这高空一跳，可还是跳了，就为了他斯堪德。突然，离开四人小队的念头变得让他难以接受。他们是他仅有的朋友。可他已经在空中做出了选择，现在已经不能反悔了。

米切尔嬉笑着，显然误解了斯堪德的神情："没什么好尴尬的。我们早就知道了。这是明摆着的。"

"啊？"

"你喜欢弗洛。"米切尔挑明了。

斯堪德感觉到自己脸红了。

"哎哟，他终于明白啦？"背后突然有人接茬，"想想吧，都能为某人人工降雪了，却还没察觉到自己对她有意思。"博比骑在鹰怒背上，嘴都要咧到后脑勺了，"可真不开窍啊！"

斯堪德与混沌试炼

-394-

斯堪德的脑子一团乱，突然意识到是谁在说话。"博比，你怎么……你怎么在这儿？"他结结巴巴地问道。她和弗洛不是落在后面了吗？足有几英里远呢。

博比却只是摊开手掌，露出一枚绿色的宝石——最后一枚额外的四分石。

"你怎么拿到的？"米切尔既兴奋又困惑。

斯堪德则急着问："弗洛怎么样了？"

"她没事，驭魂宝宝。难道我会扔下她不管？雷克斯把银刃送回银色要塞了，给它医治翅膀。"

斯堪德松了一口气。

"可是，罗伯塔，你怎么办到的？"米切尔追问，"你明明落后好远啊。"

"因为我们飞得特别特别快啊，是吧，小姑娘？"博比抚摸着她的独角兽，"我觉得他们应该将'疾隼队'更名为'飞鹰队'。唔，也许等我成了司令，就能这么干了。"博比笑道。不过斯堪德不太确定，她是不是在开玩笑。

三人翻身跳下，牵着各自的独角兽，走向等候的人群。艾拉·亨德森冲向他的儿子——把礼节全都忘得一干二净——将米切尔紧紧地抱在怀里。

爸爸开心地跑过来时，斯堪德也表现得很兴奋，但这兴奋像是浮在身体之外。虽然他没有受到织魂人的影响，通过了长风考验，但织魂人拿到了一枚长风石。所有的忧虑都跑回来了。织魂人。尼娜的死。失窃的独角兽卵。五十条伪造的联结。四人小队通过了混沌联考,可离岛的未来会是什么模样?推开孵化场大门的仪式没了。骑手走在断层线上的引路仪式也没了。就算织魂人还无法将能量充满她手里的四分石,或四种元素的四分石还不足以助她得逞,可离岛不能再等下去了。

等织魂人造出一整代魔法超群的骑手就晚了。与此同时,肯纳的未来也岌岌可危。她的未来现在也成了他的。因为他已经做了决定——艰难的决定,重要的决定,即将改变一切的决定。

"斯堪德!"阿加莎打断了他奔腾的思绪。她双手抓着他的肩膀,用力摇晃。"你成功了!你就要成为若成生了!"随即她压低声音,轻轻地说道,"你会安全地留在凌云树堡的。"

"是'我们'成功了!"米切尔纠正阿加莎。他笑眯眯的,杰米的胳膊紧紧地搂着他的腰。

"斯堪德,你为什么要跳风元素那个圆环?"杰米好奇地问,"你缺的不是沛水石吗?"

博比翻了个白眼:"因为斯堪德不计后果又慷慨无私。说实话,这对普通人来说,可是个危险的美德组合。"

阿加莎叹了口气:"我都跟他说过八百遍了。"

"喂,"斯堪德抗议道,"反正都搞定了,不是吗?"

"可你那枚长风石是给谁的?"杰米还是不明白。

"是给我的。"弗洛突然出现了。她棕色的眼睛亮晶晶的,双臂环住斯堪德,两人的铠甲撞在一起,叮当作响。他感受着她的气息，内心一阵异样的战栗，他不想放开她。

"哦，是给弗洛的啊？"他听见杰米揶揄，"那就可以理解了。"

然而，当朋友们围着斯堪德庆祝时，他仍然止不住地想着：此时此刻，一切意义非凡，一切又毫无意义——都在同时发生。

与家人道别后，英少生们当晚要住在长风区的帐篷里。成功通过混沌联考的骑手，将在转天——夏至日——带着四分石重返凌云树堡，成为若成生。

有些小队的帐篷早早就熄灯了，他们成为游民的命运已定；另一些则讨论着最后的可能，努力地与那些拥有额外宝石的人谈判；还有的骑手则抓住机会彻夜狂欢，庆祝着得到保障的未来。博比因为四人小队全员通过而高兴得过了头，坚持要教队员们跳胜利之舞，还要唱一首关于英雄、恶龙、发疯的本土歌曲。熄灯很久之后，米切尔和弗洛还在哼着这支曲子，兴奋得睡不着觉。

但斯堪德不然。

夜幕降临时，孤独的驭魂者带着他的黑色独角兽离开了英少生的营地。他还没跟队员们说，迟早会说的，但今晚他不想毁掉大家的兴致。他的心都要碎了，看见他们的脸，他说不定会改变主意。福星恶童飞上天空，斯堪德回过头，看了一眼燃烧的篝火，将朋友们的欢声笑语抛在身后。

福星恶童没飞多远，红杉树林就矗立在眼前。斯堪德立刻想到了织魂人。但这里一片静谧。如果织魂人还有理智，她应该早就走了，回到她藏匿独角兽卵和驭魂者的地方去了——苍鹰之恨的命定骑手也在那里。斯堪德催着福星恶童继续向前。他并没有放弃。他仍然打算阻止织魂人，找到苍鹰之恨的骑手，让灰斑独角兽与肯纳团聚。但是他要和肯纳一起努力。他不能再把她撇在一边。

斯堪德没带流浪者的燕子木哨，只能靠自己辨认肯纳和艾伯特栖身的那棵红杉。但是在黑暗之中，高耸的大树看起来全都一模一样，长风考验之后的疲惫也渐渐在他身体里、在福星恶童的联结里蔓延开来。

"好吧，小伙子，"斯堪德轻声说着，翻身下地，"咱们歇一会儿吧。"

他们在两棵树之间布满青苔的坡地躺下。斯堪德尽量不去想有朋友们在的温暖火炉和舒适帐篷。他蜷缩在福星恶童的翅膀底下，想打个盹儿，却进入了梦境。

斯堪德透过别人的眼睛看过去，视野不停地变化。眨眨眼——这双眼睛看得清楚些。眨眨眼——这双眼睛不太行。眨眨眼——戴上了眼镜。各种各样的情绪冲撞着他：恐惧、兴奋、期待、怀疑。他从不在一具躯壳里久留，顾不上弄清那是谁，就匆匆抽离，只能瞥见这些躯壳所看见的一个个场景。翻滚的海浪。灰色的岩石。

你在哪儿？斯堪德拼命地思索，我在哪儿？

突然，出乎意料地，有一个人抱住了他。他霎时感受到了千千万万变幻莫测的情绪。但有一个念头将这些情绪统一了起来：她来了。

他透过这个躯壳的眼睛看了整整五秒钟。视野很清晰，碎片渐渐拼合，全貌渐渐明朗。

他正在眺望一片水域。

斯堪德觉得心上一抽，看见了自己的联结。

福星恶童？是你？他想问，却已经进入了那条白色的光索，交换了梦境。

他潜入的这头荒野独角兽站在离岛的外滨，远离四极城，远离四大区域，远离聚居区。转动伤痕累累的脖颈，能看到背后灰色的极外野地。腐烂的蹄子踩着陡峭的悬崖，海水拍打着下方的岩石。斯堪德体验到了一种他从未在荒野独角兽的躯壳中感受过的情感。

希望。

他大叫一声，从这头荒野独角兽的躯壳里抽离，又进入另一头、下一头。快乐如此厚重，让他无所适从——他不知道在经历了这么漫长的等待之后，该如何感受"快乐"。

它们命定的骑手，正在靠近。

斯堪德渐渐迷失在荒野独角兽的狂欢中，他的视野在一双双沁血的眼睛之间变得模糊起来。他突然明白了。

他望着的，是一座岛。横跨一片水域，另一边的岛。

在即将梦醒的一刻，他明白了。他知道织魂人在哪里了。

为什么怎么找也找不到她，找不到独角兽卵，找不到落选的驭魂者——他全明白了。

她根本不在离岛，或本土。

她在另一座岛上。

肯纳
怀念

对往事的怀念让肯纳·史密斯措手不及。

怀念过去与家人在海滩上共度的良辰：她教斯堪德搭建沙堡，爸爸给他们买冰激凌和混沌卡牌。

怀念，是一种逃离。逃到没有联结的日子，逃到像家一样的海滩，逃到曾以为再也不想回去的那个地方。

怀念斯堪德称她为"英雄"，做他最好的朋友，收拾那些欺负他的坏学生，而非弄倒什么著名的树。

怀念，是回忆。回忆她有多害怕在选拔考试中落选，回忆那个曾指引她却已然面目全非的未来，回忆那段她尚能分辨是非曲直的时光。

肯纳看着斯堪德小憩。他一半身子缩在独角兽覆满羽毛的翅膀底下，闭着眼睛，看起来比实际年龄小——是肯纳记忆中的模样。多么奇怪，弟弟长大了，她却看不清这成长究竟是怎样发生的。她想起的斯堪德，似乎永远停留在八岁。

那一年，他第一次告诉她，他在学校里挨欺负了。那一年，他年纪刚好，既是她的弟弟，也能当她的挚友。那一年，他渐渐了解了爸爸的状况，了解了爸爸痛苦的过去，也明白了肯纳为这个家付出了多少。那一年，他们真正地成了一个战队。

可笑的是，肯纳和斯堪德都极度渴望长大。他们都想赶快长到十三岁，更确切地说，是赶快来到十三岁之后的那个夏至日。他们想象着成为混沌骑手，叱咤风云。不过现在，肯纳不太确定，当时他们是否真的认为想象可以成真。有时候她会想，他们如此执迷于这座离岛，或许只是因为这是他们能够分享的另一样东西——他们的秘密，他们的梦想，他们的逃避。

望着熟睡的斯堪德，肯纳第一次希望他们都没有如愿以偿。她希望他们参加选拔考试的日子就那样过去，希望他们不知道妈妈还在世，希望他们就像其他的驭魂者一样，在欺骗中失去本该属于自己的未来。

她希望，真心真意地希望，他们永远也不要长大。

第二十二章
手足情伤

"斯堪德!听得见吗?"一个声音刺破了疼痛的迷雾。

"他还有呼吸。"这个声音对另一人说道。

"独角兽也没事。"那人回答。

熟悉的尖叫。是福星恶童。

"有人告诉肯纳他在这儿吗?"第一个声音是埃洛拉。斯堪德眨眨眼睛,细细碎碎的阳光钻进他的视野。他睡了多久?

"她可能跟苍鹰之恨在一起。"第二个声音属于艾伯特。

斯堪德想坐起来,但埃洛拉把他按住了:"你现在最好别动。"

可斯堪德怎么能躺着不动。现在是夏至日的清晨,而且他已经明白了,他知道织魂人藏匿独角兽卵的地方了。他记得梦中的那头荒野独角兽正在极外野地的边缘等待着——历届落选驭魂者的命定独角兽,已经准备好加入织魂人的队伍。肯纳的灰斑独角兽闯入了他的脑海。他坐了起来。他不能放任悲剧重演。他不能让织魂人织造更多的联结。

他摇摇晃晃地站起来,靠着福星恶童。寻路人紫水晶般的眼睛盯着他:"斯堪德,你这身体状况哪儿也不能去,你——"

斯堪德拽了拽黄色夹克,打断了她:"我知道独角兽卵在哪儿了。织魂人在另一座岛上,就在长风区外极外野地的海岸对面。请你转告肯纳——"他顿了顿,咽了口唾沫,"告诉肯纳,我会解决所有问题。我会回来的。"

"斯堪德,别胡来!"艾伯特慌了。

"我跟你一起去。"埃洛拉急切地说。

"不行。"斯堪德不希望她受伤。埃洛拉不愿在战斗中使用魔法,可织魂人绝不会手下留情。"拜托你,去找阿加莎。她信任你。她知道该怎么办。"孤身前往还有另一个意图:他想自己面对妈妈。在她对肯纳做出那样的事情之后,他希望独自面对这场战争。

斯堪德不顾埃洛拉和艾伯特的阻止,骑上了福星恶童。他们穿过层叠的树枝,离开了深空森林,向着梯田飞去。

斯堪德瞥了一眼下方的英少生营地,只瞥了一眼。弗洛、博比和米切尔可能还在熟睡。飞下去叫醒他们——这诱惑如此强烈,强烈得刺痛了他的心。可他不知道还有多少时间。他不能冒险,他们可能会刨根究底,可能会阻止他。这次他只能一个人去。

飞过营地,斯堪德就只能依靠福星恶童来辨认方向了。长风区之外的极外野地仿佛没有边儿,而太阳已经升起,织魂人即将为那五十枚独角兽卵织造联结。他不知道时间是否允许他搜寻整个海岸。也许,她已经开始了。

穿行在清晨清洌的空气中,斯堪德抚摸着福星恶童的脖子:"你能找到他们吗,小伙子?"福星恶童响亮的咆哮声传遍极外野地,斯堪德觉得它一定听懂了。

不久,几十头荒野独角兽回应着它,那声音虽然遥远,却清晰无疑。

福星恶童尖叫一声,俯冲下去,挥动的翅膀搅起阵阵灰尘。等等,灰尘?

在他们下方,灰斑独角兽低吼着迎过来。福星恶童冲它叫了几声,它便跑到前面,领着他们穿过极外野地。福星恶童一会儿飞到左边,一会儿又冲向右边,好像在和它玩儿。好像他们早就是朋友,早就这样嬉闹过无数次。泪水从斯堪德的脸上滑落,他终于知道这一年里福星恶童屡屡失踪是去了哪儿,终于知道它为什么每次回来都满身灰尘。那根本不是什么"叛逆期"。斯堪德在补魂者梦境中遍寻不见肯纳的命定独角兽时,福星恶童早就在现实中去探望它了。

他们跟着肯纳的灰斑独角兽飞啊飞啊,一直飞到了悬崖边。一群荒野独角兽伫立在那里,灰斑独角兽停下来,成了它们中的一员。福星恶童从它们上空飞掠,斯堪德有些担心,不知它们会不会跟上,毕竟,荒野独角兽不擅长飞行。也许,对它们来说,另一座岛太远了。也许,它们害怕会撞上前来拦截的特勤。也许,它们并不真的相信,它们命定的骑手已在咫尺之遥。也许,无尽的失望比不死之死更难以承受。

无论这些荒野独角兽在想什么,它们冲着大海咆哮的场景都会深深地印在斯堪德的脑海里。这是离岛的恶行的佐证,是他们蓄意剔除一种元素的后果。

这些荒野独角兽本该与魂元素结盟,本该拥有同行共生的骑手,本该有人来爱它们。

也许还来得及。也许还不太晚。

斯堪德和福星恶童继续往前飞,下方,荒野独角兽幽灵般的兽角渐渐消失了。斯堪德不曾骑着福星恶童飞越过大海,他几乎立刻就感受到了空气中腥咸的气息,风也愈发难以捉摸。最糟糕的是,他一直也没发现梦中见过的那座小岛。他绝望地望着浩渺的海水,努力地回忆着他透过荒野独角兽的双眼看见的场景。

"肯定在这儿!"斯堪德沮丧地喊道。突然,他的余光瞥见下方的海面上掠过一道白光。紧接着,一抹绿色一闪而过。他的视线追寻着这色彩,这让他想到了……魂元素魔法。幻觉。掩蔽。心绪不宁。

她藏在另一座岛上,在补魂者的梦境中,斯堪德恍然顿悟,所以尼娜根本找不到独角兽卵,任何人都找不到。他透过荒野独角兽的眼睛看见了。他强迫自己将注意力集中于空旷的海面。他知道那座岛就在这儿,福星恶童亦然。

终于,一座绿色的小岛跃入他的视野。就是这座岛。

斯堪德希望那些驭魂者像梦境里那样，还站在原地，可福星恶童飞向悬崖边缘，却不见他们的身影。恐惧攫住了他的心。织魂人已经动手了吗？

斯堪德让福星恶童绕圈飞行，就像和戾天骑手一起练习时那样。小岛上覆盖着茂盛的植被，很难看清地面的情况。不过，福星恶童飞到第三圈时，他发现了一片空地。那片圆形的草地在晨光中十分显眼，有个人正站在中央。

在树林中着陆有点儿难，树枝卡住了福星恶童的翅膀，但斯堪德不想直接靠近那个陌生人。那应该不是织魂人——身高不够，没有黑色的裹尸布，也没有荒野独角兽在侧——但仍然不可大意。

斯堪德翻身下地，左手仍然按着福星恶童，随时准备自卫。他们在密实的灌木丛中费力地往前走，福星恶童越来越焦躁——有一回把整根树枝都烧成了灰烬——好不容易才走到空地边的林木间藏好。

那人身穿一件带兜帽的蓝色斗篷，站在火烧出来的这片圆形草地中央。草地四周等距立着四根木杆，就像指南针上的四个方位点。斯堪德清楚地看见每一根木杆顶端都绑着一枚四分石——丰土石、烁火石、沛水石、长风石，它们映着日光，晶莹闪烁。

第五根木杆就位于圆形正中央，那个裹着蓝色斗篷的人正把另一枚四分石绑在上面——白色的。

不。净魂石怎么会出现在这儿？阿加莎不是确定只有一枚吗？

第二十二章 手足情伤

斯堪德把手伸进夹克口袋，疯了似的抖着那只白色的袋子，落进他掌心的，是一块粗糙的黑色石头。

这时，那人转过身来，露出了帽兜下的面孔。斯堪德同时弄清了两件事：

他的净魂石被偷了。

面前的人是肯纳。

"小肯？"他向前一步，跨出藏身之处，走向圆形的草地。福星恶童低声叫着示警，但斯堪德已经听不见了。仿佛浑身血液都涌上来一般，他怎么也想不到，竟会在这儿见到肯纳。

"小肯？"他再次开口，声音颤抖，"你怎么在这儿？"

"你怎么在这儿？"肯纳反诘，"小堪，你可不该来。"

"你……听我说，织魂人在这儿。咱们得找到独角兽卵！还好，还不算晚。今天把它们送回孵化场，它们还能跟命定的骑手相见！你来帮我吧，这样大家就会知道你——"

肯纳歪着脑袋："知道我不是坏人？"

这句话悬在他们之间的空气里，不上不下。

肯纳吹了声口哨，苍鹰之恨从树丛里冲出来，跑到她的身边。福星恶童低吼着发出警报，但斯堪德只是安抚它：这是肯纳，她绝对不会伤害他。

"净魂石怎么在你这儿？"斯堪德想弄明白。

"这不是明摆着的吗？"肯纳简单地说道。她耸耸肩，蓝色的兜帽滑了下去。她冷硬地回应他的质疑，几乎是一种挑衅。她和苍鹰之恨离开了第五根木杆，朝着斯堪德靠近了一步。

"你跳了风元素圆环，"肯纳的语气听来好像在责备他，"你需要的不是沛水石吗？为什么跳风元素的那个？"

这个问题似乎与眼下的事无关——肯纳拿了净魂石，在这座笼罩着魂元素的小岛上，站在这片圆形空地中央。斯堪德百思不得其解，困惑得唯有尴尬一笑。

"这有什么重要的啊，小肯？你为什么——"

"这对我很重要！"肯纳突然大喊，"你宁愿变成游民也要冒这个险，为什么？"

她怒不可遏，面若死灰，斯堪德吓得想去拉她。可她后退一步闪开，紧靠着苍鹰之恨，等着他的回答。斯堪德意识到这就是她那天晚上压抑着的愤怒，是他无法理解的愤怒。

"我那么做是为了你，"斯堪德轻声说，"也是为了弗洛。因为我觉得，那样她就不会成为游民，而我离开了凌云树堡，就能和你在一起了——等等，你怎么知道我跳的是风元素圆环？"

"那我就直说了吧，"肯纳缓缓说道，"和我在一起，被摒除在外，只是因为，你想救另一个人？我的痛苦并不足以让你放弃你那珍贵的凌云树堡，但要是弗洛伦斯·沙克尼也可能被开除，这才够得上分量，对吗？我一直孤身一人。我一直承受着痛苦。我一直非常、非常害怕，我根本不知道该怎么办。"肯纳看了一眼净魂石，"可你却一次又一次地抛下我，不是吗？整座离岛都在追捕我、围攻我，你却选择了他们。"

"我没有选择他们！我只是在做正确的事！我努力地让魂元素重返离岛，你不就可以——"

"别自欺欺人了，斯堪德。你在凌云树堡里又待了一年，才不是为了我，也不是为了什么让魂元素重返离岛的高尚目标，或者随便你怎么说。你就是为了你自己。你留在凌云树堡，是因为你在那儿有了上学时从来没有过的朋友。是因为你被选进了高级飞行社团。是因为你想成为混沌骑手，想实现你的梦想。可我来到离岛，就碍了你的事！"

"不是那么回事！"斯堪德慌了神，"我会离开凌云树堡的，肯纳！我已经决定了！"可这时，他突然想起了资格赛那天他对弗洛坦承的话：因为肯纳来了，所以更难了。

"然后那天晚上，你来找我，"她继续说，"问我是不是想让你离开凌云树堡。这不矛盾吗？我清楚得很，你就是希望我当个勇敢的姐姐，顺着你的意思，让你和你的好朋友在一起！"最后几个字，她几乎是吼出来的。

斯堪德深吸一口气，想要解释："你听见我的话了吗？我已经决定了！我离开朋友们了。我不会再回凌云树堡了。你要求我离开，所以我就——"

"还要等我要求你吗！"肯纳暴怒。

然而，斯堪德看着圆形空地里的肯纳，看着她身后闪闪发光的四分石，更多的恐惧爬上了心头。她还没有回答他的问题。他又问了一遍："你怎么知道我跳的是风元素圆环？"

"你还没明白,是吗?"

斯堪德明白了,只是希望自己猜错了。有生以来第一次,斯堪德对他的姐姐生出了恐惧。这恐惧令人窒息,他只能挣扎着深深呼吸,说出下面的话。

"你就在长风区,"斯堪德哑着嗓子说道,"是你袭击了弗洛。是你设下了那个元素陷阱。是你偷了那枚长风石。"

"可不止那一枚哟。"肯纳骄傲的语气一如曾经,就像她考了个好成绩,想出了个好玩的笑话,"烁火石比较难办,因为你们都挤在一起。不过黑暗对我有利。我挑了最喜欢袭击别人的那个家伙,叫什么来着——阿拉斯泰尔,是吧?他丢了石头,别人也不会为他惋惜的。"

"他以为是我干的!"斯堪德喊道,"他认错了,以为你是我!"

"是啊,大家都说你和我长得很像,"肯纳耸耸肩,"至于沛水石——"

"那是我的。"斯堪德愤怒地打断了她。他伸出手指,指着姐姐,苍鹰之恨低吼起来。"我没猜错,在沛水区,有人跟踪我们。"

"这么指着别人很不礼貌,小堪。"肯纳扬起眉毛,"我告诉过你,我希望你别通过混沌联考。拿走你的石头不是很合理吗?而且也很容易——你的队友们在水上市集讨论时都懒得压低声音。"

"可是我在丰土区看见织魂人了,"斯堪德回忆着,"那肯定是她,不会错的。"

"我……"肯纳第一次露出迟疑的神色,"我那时还没想好要不要帮助妈妈。我那时还不明白她想干什么。她让我尽量留在凌云树堡,因为那样她就可以探听到更多消息,更容易介入联考。但我同意那么做只是因为我想和你在一起。我以为他们会接受我,让我成为骑手,也许尼娜会允许我参加训练。"她颤抖着,深吸一口气,"可后来所有人都开始针对我,就像妈妈早就告诫过我的那样。他们认定我和独角兽卵的失窃有关系——那时可真不关我的事啊。特勤袭击了流浪者——他们是我的朋友。所有人都被我的力量吓着了。随后,尼娜遇害,银环社的人接替了她。我的弟弟跑来告诉我,他想切断我和我挚爱的独角兽的联结,然后抛下我一个人……我终于明白,织魂人一直都是对的,这一切都只是无望的幻梦。从我的联结被织造出来的那一刻起,我就再也不能把离岛当作'家'了。"

"它仍然可以是你的家!"斯堪德向她靠近一步,"你不明白吗?你的生命里本来就有一头独角兽啊。你——我们——根本就不该遭到驱逐。苍鹰之恨的命定骑手应该就在附近,和织魂人在一起。我可以纠正错误。如果我将驭魂者带回离岛——"

肯纳翻身骑上苍鹰之恨,蓝色斗篷搭在荒野独角兽瘦骨嶙峋的身侧。斯堪德后退一步,突然意识到自己距离福星恶童太远了。

"他们永远不会允许驭魂者回归离岛的,小堪,你还不明白吗?那个银骥司令会不择手段地保住权力。他的母亲是怎么死的?是因为我们的母亲在当年那场纷争里使用了魂元素。雷克斯·曼宁是不可能允许你完成训练的。驭魂者也永远没有推开孵化场大门的希望。你花了这么多时间来游说离岛,可他们永远都不会接受你。他们只是在耍你,所有人都是。你执着于在本土时的梦想——成为独角兽骑手,归属于某个地方。我不会怪你,因为最初我也是那么想的。可这个梦成不了真,对于我们来说尤甚。除非,我们能为自己创造出一个未来。"

"我们怎么创造未来……"他恍然大悟,"独角兽卵。"

"所有人都把我当作恶魔,小堪。他们既然已经认定了,我又何必非要证明他们是错的?假以时日,你也会明白,你永远也改变不了他们对你的看法。"

"那我们就放弃了?"斯堪德说,"就甘愿被黑暗吞噬?"

"重新开始吧。"肯纳在苍鹰之恨背上说道,"但现在,你就别在这儿碍手碍脚了。"

福星恶童察觉到危险,立刻怒吼起来。一阵狂风将斯堪德向后一推,摔得他身上满是瘀伤。他被风噎得喘不过气,震惊中,迷迷糊糊地瞥见肯纳的手掌亮起绿光。藤蔓紧紧缠绕,把他捆在了一棵树上。

福星恶童愤怒地冲着苍鹰之恨连连反击,联结里回荡着它的怒意。斯堪德拼命地想要挣脱束缚,愤懑也溢满了心胸。这时,肯纳的掌心射出了一道泛着黑边的光,随后便是一声痛苦的尖叫。

福星恶童被掼向空地,咆哮声戛然而止。

黑色的独角兽侧身倒在地上,翅膀瘫软。斯堪德浑身的知觉都仿佛被恐惧夺走了,他僵了好一会儿,才意识到联结里仍然流淌着福星恶童的情绪,才看见它的肋骨仍然上下起伏。它还活着。

"你把它怎么了?放开我!"斯堪德大喊大叫,但肯纳根本不理他。她骑着苍鹰之恨回到圆形空地,在绑着净魂石的木杆旁停下。

"小肯!听我说!你不能放任织魂人做坏事!"斯堪德又喊道。

她竖起手指,压住嘴唇。"安静点儿。她什么也不会做。"

肯纳的声音钻进了斯堪德的左耳。他花了两年时间好不容易才学会的本领,她竟然已经游刃有余了。什么意思?织魂人不会做?他心里燃起了希望的火花。他望向肯纳身后的四分石。也许织魂人没能将它们充满?也许阿加莎的判断是对的?

他们来了。

树叶窸窸窣窣,细枝噼啪作响,茂密的树林里走出了几十个人。他们排成一长列,每人都抱着一枚独角兽卵。他们弯着腰,既是因为负重,也是为了保护独角兽卵。斯堪德认出了其中的几个——西蒙·费尔法克斯、乔比·沃舍姆,也有些局部似曾相识——眼镜、粉红色的指甲、带串珠的辫子、有雀斑的手。这就是出现在补魂者梦境中的那些人。这就是被摒绝于孵化场大门之外、独角兽惨死于银环社之手的驭魂者们。走在队伍最后的正是泰勒·汤姆森——苍鹰之恨命定的骑手。

"泰勒!"斯堪德喊道,"泰勒!我有话跟你说!"

没有人理睬他。他们沿着圆形空地的边缘站好，面朝内侧，单膝跪地，右手按住了面前的独角兽卵。

他们任由斯堪德大喊大叫，头也不回，甚至都没看一眼。树林里走出了一头荒野独角兽，嶙峋瘦骨映着阳光，背上的黑影披着裹尸布，身后两侧跟着特勤——银色要塞那些叛变的特勤。

织魂人现身了。

艾瑞卡面孔正中的白色涂料扭曲了她的五官，遮蔽了人的模样，像出现在不宁山那天一样令人不安。黑色的裹尸布缠绕着她瘦削的身体，犹如战场上的硝烟，缥缈莫测。她的独角兽肩上豁着一条伤口，半开半合的嘴边淌着鲜血。

织魂人走向肯纳，斯堪德奋力挣扎。但他根本不需要担心姐姐的安危。母女相见，双手越过荒野独角兽腐烂的翅膀紧紧相握，如朋友一般，如家人一般。斯堪德瑟瑟发抖。

织魂人伸出枯朽的手，摸了摸中央木杆上的净魂石。

"我就知道，阿加莎只要明白了我们的计划，就一定会回心转意。"她的声音里有一种疯狂的喜悦，"她惊讶吗？我竟然知道她有这块石头？真是的，她怎么总是以为能对我保密呢？"

肯纳摇摇头："我用不着去找阿加莎。"

织魂人的眼睛里闪过一丝困惑。

"我是从斯堪德那儿拿的。"她冲着他努努嘴。

斯堪德确信织魂人早就知道他在这儿，可偏要到这一刻才承认他的存在。"原来如此。"喜悦被失望取代，随后又变成了呲呲吸气的声音,像燃烧的煤炭在冒出热气,"斯堪德,你来见证这一切再合适不过了。你将看到你的姐姐拥有新的家人,他们的联结和她的一样。"

斯堪德真的害怕了,他慌不择言地想要拖延她的毒计:"你不可能一次织造这么多联结!你没有那么多能量!那样会害死你自己!你——"

织魂人大笑,声音又尖又冷。她看着肯纳:"原来他不明白这些四分石的用途啊。"

肯纳摇摇头。织魂人又笑起来。斯堪德拼命地挣扎,绝望地想要挣脱。

"看来你不太赞同我们的计划。"织魂人说。

斯堪德能做的就只是干瞪眼。福星恶童倒在地上,他碰不到它,没有能力阻止即将发生的事情。

织魂人继续说道:"你不赞同,是因为你还不明白。这些织造的联结,将终结所谓的元素忠贞带来的专治;它们将改变命运的路径,将开启元素能量不受约束的全新时代。我的新一代骑手将掌握全部的五种元素,并与不朽的荒野独角兽共享能量。我的女儿将在这全新的时代里成长,她不会再受人冷落,而只会享有荣光。"

"可那些独角兽卵是属于别人的!"斯堪德喊道。他的目光扫过围成一圈的驭魂者。五十人,齐心协力的话,足以压制织魂人。尽管艾瑞卡无意在混沌联考中杀死斯堪德,但这并不代表他无法撼动这个计划。他是补魂者，这一点也许能改变这些驭魂者的想法，进而拯救所有人。

"我知道你们为没有机会打开孵化场的大门而感到很遗憾、很不甘，"斯堪德瞥了一眼肯纳，"但这样不是解决问题的正确方法。我是补魂者。你们命中注定的那头独角兽一直在向我求助，它们此刻就在离岛的岸边等着你们。它们知道你们在这儿。"他说话时，有几个人转头看着他。"我能帮你们和命定的独角兽建立真正的联结，现在还来得及。你们不要做这种事。这是不对的！"

"你干吗那么在乎对不对呢？"肯纳冲着他喊道，"整座离岛都在拒绝你，而你自从登岛就在没完没了地收拾烂摊子。根本没有另一条路可走。你永远都是被摒绝在外的那个。不过，我们不会那样待你。"她指了指自己和织魂人，"你可以和我、和妈妈站在一起。也许爸爸也能算进来。规则由我们制定。我们允许你以驭魂者的身份活着。你将获得自由，像我们一样。"

斯堪德想起了两年前的情景，当时，同样的说辞曾让他心动。可现在，他已不是初出生斯堪德了。他见识过善，也见识过恶，他明白这二者之间的界线有时是模糊的。

然而，当他望着驭魂者手中的独角兽卵时，他能想到的只有极外野地那些荒野独角兽痛苦的呼唤。他的胸膛里颤动着炽热、美丽的联结，可那些有着幽灵般透明兽角的独角兽只能在对岸无望地苦等。那头灰斑独角兽将孤零零地困在永恒的死亡中，就因为织魂人对肯纳下了手——哦，他现在已经反应过来了，肯纳是心甘情愿的。

像是催他下定决心似的，苍鹰之恨靠近了驭魂者围成的圆圈，尤其是其中一位驭魂者。

泰勒惊奇地盯着自己的手，他的骨骼开始发光，魂元素的白光穿透了皮肤，先是手，然后是手臂，接着是脖子，连同他的脸。苍鹰之恨碎裂的膝骨应和着这道光，也亮了起来，全身整副骨骼随即亮得令人目眩。

"你看看啊，小肯，"斯堪德央求着，"他就是苍鹰之恨命定的骑手！他就在这里！你看见这光了吗？这证明他们属于彼此！"

泰勒想靠近苍鹰之恨，但树林中冲出一名特勤，紧紧地把他按住了。泰勒是知道的，他能感受到命运中的那条联结。

"这什么都证明不了，"肯纳猛然一拽，拽走了她的荒野独角兽，白光暗淡了下来，"苍鹰之恨是我的，永远都是我的。"

"不，她不是你的，肯纳，"斯堪德哽咽道，"我没想过织造联结是你自己愿意接受的。你一直告诉我，你是受害者。可现在看来，不是那么回事，对吗？"

肯纳大笑，仿佛另一个人："斯堪德，你认识我一辈子了，我什么时候当过受害者？"

斯堪德这才明白，一年前，这场戏就开演了。他本以为自己永远地失去了肯纳，她却带着刚出壳的荒野独角兽出现在凌云树堡门外。从那一刻起，好戏就已开锣。他选择性地忽略了那一刻。如果凌云树堡允许她参加训练，如果其他骑手不曾将她孤立，如果流浪者没有遭受突袭，如果他早点儿离开凌云树堡到四大区域去陪她……也许那样他就可以带她远远地躲开这条路，也许那样她就不会把四分石交给织魂人。可是肯纳甘愿选择织魂人，而不是他这个亲弟弟，这让他心痛欲碎。倒在不远处的福星恶童动了动，斯堪德的痛苦它似乎感同身受。

"开始吧。"织魂人粗哑地说。她骑着荒野独角兽走出了圆形空地，将肯纳和苍鹰之恨留在四分石旁。

斯堪德不明白。为什么织魂人出去了？为什么是肯纳留在那儿？

肯纳将魂元素召唤至掌心，而后挨次看了看围成一圈的驭魂者。她冲着其中几人微笑，还和年龄相仿的几个招了招手。斯堪德想起了爸爸寄给他们的圣诞贺卡：对了肯纳，有几个朋友来找你，问你有没有收到他们的信。他记起自己离家后，肯纳在网上结识了一些人，其中就有同样耿耿于怀的落选者。难道他们当中，也有肯纳这样的驭魂者？是织魂人帮助肯纳，把他们带到这座岛上来的吗？

"肯纳！"斯堪德大喊，"你要干什么？"

"安静。"织魂人的魂语像蜘蛛似的钻进了他的耳朵。

"你姐姐忙着呢。你们说对了，我很虚弱，织不出这么多联结。"

肯纳之前的话突然有了骇人的深意：她什么也不会做。

新一代骑手，将由斯堪德的姐姐造就。

一脉承继大统：黑灵魂之恶友。

真言之歌所言不虚。

肯纳将亮着白光的手掌放在净魂石上面。净魂石放射出更明亮的纯白光芒，它从圆形空地中央冲向半空，又倾斜而下，仿若撑起一座穹顶，笼罩着整个空地。肯纳和苍鹰之恨，还有独角兽卵和那些伸着右手的驭魂者，都被包在了白色光幕里。

在白光穹顶四角，四枚四分石被魂元素引动，也发出了更明亮的光：碧绿色、鲜红色、湛蓝色、明黄色。要不是恐惧于即将发生的一切，斯堪德一定会对这元素的光之盛会惊叹不已。四种颜色的光从四枚宝石中喷薄而出，在穹顶上方相会，如魔法挂毯中的丝线那样彼此交织，最终仿佛织就出元素大教堂的拱顶——鲜活、古老、美丽。

肯纳的手从净魂石上移到了自己的胸前——就在那里，织造的联结紧紧地攥住了她的心脏。她摊开手掌时，斯堪德看见魂元素的魔法能量从她的胸膛中汩汩而出，注入了净魂石。随后，水元素、风元素、火元素、土元素的魔法能量也分别注入了沛水石、长风石、烁火石、丰土石。这让斯堪德想起了骑手们的联结，只是这颜色要比他看到的联结鲜艳得多。不过他不明白，为什么元素能量是从肯纳身上流出而不是注入呢？

仿佛洞悉了他的困惑，织魂人的魂语再次响起，让斯堪德不寒而栗。

"你错了，斯堪德。我们并不需要这些四分石充当能量源。肯纳的能量足以织造几百条联结。你的姐姐只是需要它们来保持平衡。把能量引导到石头上，才能让它保持稳定，才好控制它，而不是反过来臣服于它。"

所以即便四分石是空的也没关系，这正是肯纳需要的。

能量如彩色瀑布一般从肯纳身上流出，斯堪德透过光幕看见了妈妈。艾瑞卡·艾弗哈特满面喜悦地看着她的女儿，她的继承者——青出于蓝而胜于蓝，比她强大得多。

肯纳暂停了能量的输出，但丝丝缕缕的能量仍然缠绕着她，嗞嗞作响，支撑着光幕和穹顶。肯纳骑着苍鹰之恨走到圆形空地边，在第一位驭魂者面前停住。

西蒙·费尔法克斯。

肯纳伸出手，她的掌心变换着颜色——红色、黄色、绿色、蓝色，最后是白色。魔法能量射向西蒙和他手中的独角兽卵，颜色浓丽依旧。

突然，斯堪德右侧传来一声凄厉的尖叫。他听得出来，这是独角兽痛苦的叫声。他想看看树林另一边，但什么也没看见。那叫声听起来很近，好像就在他的肩头，就在抬眼就能看到的地方。

西蒙·费尔法克斯和独角兽卵被肯纳的魔法能量包裹着，他的脸上露出了坚定的神情。骇人而悲伤的尖叫声仍然缭绕在斯堪德耳边，但他满脑子都是今年登岛的年轻骑手——他们此时此刻可能已经等在孵化场门外，却可能永远失去与命定独角兽形成联结的机会。

第二十二章 手足情伤

斯堪德想借助联结靠近福星恶童，可他的独角兽仍然倒在地上，一息尚存，但动弹不得。恐慌将他淹没，他唯一能做的就是大声呼救。肯纳的魔法愈发强劲，在晨光中越来越亮，斯堪德不停地呼救，直喊到喉咙嘶哑。他多希望有人能听见，能回应，能出现。

真的有人来了。

第二十三章
艾弗哈特姐妹

阿加莎·艾弗哈特和北极绝唱冲进了五彩的光幕穹顶。她没有理会那些驭魂者,没有理会织魂人,也没有理会被绑在树上的斯堪德。阿加莎只盯着那个正在织造联结的人,直接撞了过去。

肯纳从苍鹰之恨背上摔了下去,正旋转着拧成第一条联结的魔法消散了。有些年长的驭魂者认出了阿加莎,愤怒地叫喊起来:夺魂刽子手,就是她杀死了他们的独角兽。

肯纳失去与苍鹰之恨物理接触的那一刻,福星恶童挣扎着站了起来。黑色的独角兽冲向斯堪德,咬断了紧紧捆缚他的藤蔓。

斯堪德终于脱身了,他立刻跳到了福星恶童的背上。

肯纳显然吃了一惊,她爬回苍鹰之恨身边,满眼愤恨:"没想到在这儿遇见你,姨妈。"

织魂人骑着她的荒野独角兽踱步走近,波澜不惊,似乎笃定相信，凭女儿的本事，一定能保护她安然无恙。

"肯纳，你为什么要帮她？"阿加莎痛苦地质问。

"你休想阻止我！"

"你只是个孩子，"阿加莎悲伤地说，"你此刻正在作恶。如有必要，我一定会阻止你。"她手掌一晃，白色的刺魂长矛出现在手中。

"不！"斯堪德骑着福星恶童闯进了圆形空地。独角兽扬起前蹄，骑手撑起烈焰盾牌，挡在阿加莎和肯纳中间。"不要伤害我姐姐！"

肯纳看着他，困惑不已，手里的光变换着颜色，好像拿不定主意，不知该袭击哪一个。

"躲开，斯堪德！"阿加莎喊道，"绝不能放任她作恶！"

"别让孩子们掺和进来好吗，妹妹？"织魂人咬牙切齿，骑着荒野独角兽走近圆形空地，"咱们俩的恩怨也该了结了，你说呢？"

艾瑞卡边说边扬起亮着黄光的手掌，一股猛烈的狂风将斯堪德和福星恶童吹得连连后退。风绕着空地边缘，仿佛竖起一道屏障，将斯堪德和肯纳隔在外面，将艾弗哈特姐妹关在里面。

阿加莎眼睛都不眨一下。"艾瑞卡，你过去犯下的错误，我都能原谅，但你怎么能给你自己的女儿织造出一条联结？"阿加莎指指肯纳，"现在你又唆使她干这种事？你明明比任何人都清楚，贪婪织就的联结需要付出什么代价！"

艾瑞卡看了看阿加莎的白色斗篷："看来，你和新朋友玩得挺好啊。先是银环社的人,接着又是凌云树堡的人。真有意思,你怎么总是为了自己的利益而将我抛弃呢?"

"说话要凭良心,"阿加莎悲愤不已,"我一直在保护你。我做的早就超过了自己的本分。我给了你第二次机会、第三次机会。可你自从有了织造的联结,就再也不是过去的艾瑞卡了。荒野独角兽的灵魂完全吞噬了你。你不是艾瑞卡。你不是和我一起长大的姐姐。这一切必须就此了结。"

织魂人歪着脑袋,语带威胁:"你总是把我的所作所为归咎于我和荒野独角兽的联结。可你想过没有,也许这才是真正的我?"

最后一个字一落地,艾瑞卡的手掌就亮起了强烈的白光,她张开嘴巴,无声地呐喊宣战。

阿加莎猛地捂住耳朵,痛苦地大喊起来。斯堪德意识到艾瑞卡是利用魂语声东击西,实际上正准备发起猛烈的进攻。

"当心!"斯堪德喊道。艾瑞卡手里的光变成了黄色,紧接着塑造出一张他想都想不出来的弓弩。它闪烁着五种颜色,接连向阿加莎射出箭镞——冰凌的、火焰的、钻石的、闪电的。

冰箭擦过阿加莎的肩膀,但她顾不上理会,竖起一道又一道盾牌,挡住不断飞来的箭镞。

"走!"织魂人冲着妹妹嘶吼,汗水冲掉了她脸上的白色涂料,"我必须这么做!"

"这不是必须,是残暴武断!"一支水箭击中阿加莎的烈焰盾牌,咝咝化作水汽,"这些人命定的独角兽流落极外野地,而你

第二十三章 艾弗哈特姐妹

的儿子就是补魂者！你偷来的独角兽卵也拥有他们命定的骑手，那些骑手才应该见证破壳的一刻。艾瑞卡，你心知肚明，明知故犯！"

"那我们艾弗哈特家的人呢？"艾瑞卡沉重地喘息着，"遵循传统，遵守规则，我的女儿一整年都在被他们追击，永远不得安宁。今天，重新开始吧！"

"你就没想过你的儿子吗？他一直在努力挽回，而不是让事情变得越来越糟。"

"他太软弱，我对他没兴趣。"

斯堪德憎恨自己，因为他到这一刻还能感受到这些话带来的痛苦。

"斯堪德勇敢、坚强、善良。"一大蓬白色发光的云聚集在阿加莎上方，"但凡你肯花点心思去了解他，而不是只惦记着统治世界，就能注意到这一点。"

这时，魂元素凝聚而成的白云化作了一只巨大的、闪光的信天翁。斯堪德从没见过这样的景象，甚至都不曾想象过还有这种可能。它朝着艾瑞卡俯冲下来，大张着嘴巴，好像一只真正的鸟。而艾瑞卡也以牙还牙：一头白色巨狼扑向信天翁，齿咬爪撕，扯碎了它的翅膀，将它全身撕裂成亮晶晶的碎片。白狼冲向北极绝唱，而信天翁的碎片重新凝聚成一头白斑猛虎，体积大了一倍。在独角兽之间，两头巨兽彼此缠斗不休，直至魂元素塑成的躯壳幻灭消散。

"够了！"艾瑞卡怒道，"你已经浪费了我太多时间！"她掌上泛起白光，两个艾瑞卡赫然闪现，她们各自骑着一头独角兽，手里都擎着破魂长枪。

"对不起了，艾瑞卡，我只希望找回我的姐姐。"阿加莎悲伤地说道。她手中的夺目白光突然刺向了一个艾瑞卡，还有她的荒野独角兽。这头独角兽本该属于另一个人，阿加莎本该在多年前将那枚卵送回孵化场。

白光裹住两颗心脏之间不断变换颜色的联结，缠绕着，旋转着。斯堪德意识到织魂人使用分身术是个致命的错误。艾瑞卡断定妹妹分辨不出哪个是真，哪个是伪，可她忘了阿加莎有多么爱她。这深沉的爱，至今也不曾改变。如果你长久地爱着一个人，那么就能辨认出一切细节，认出她。

织魂人的分身一晃就消散了，破魂长枪化作黑烟，艾瑞卡紧紧地捂住心脏的位置。斯堪德亲眼看着阿加莎像当年杀死驭魂独角兽那样，扯断了那条织造出来的联结——就是它窃取了她姐姐的灵魂。

肯纳大喊着，想把苍鹰之恨推进旋风屏障。

"别去！"斯堪德叫道。他不再考虑切断肯纳的织造联结，是有原因的。正是出于那个原因，他才转而执着于交换联结的假想。埃洛拉的警告在他心里盘桓了好几个月，此刻再次响起：那可能会伤害肯纳，甚至可能会要了她的命。

命。在这一刻，斯堪德对一切踌躇不定，但他清楚地知道，阿加莎并不想杀死自己的姐姐。他也不希望他们的妈妈死去，尽管她做了这么多坏事，伤害了这么多人。

"阿加莎！住手！"斯堪德再次呼喊。然而魔法的巨响混合着驭魂者惊惧的叫声，整个世界仿佛都乱成了一锅粥，突然——

风停了。

肯纳鬼魅般地哭号着，姐弟二人冲进圆形空地，驭魂者们躲着福星恶童和苍鹰之恨，四散而逃。

斯堪德跑到空地中央时，看见肯纳已经滚下地来，推开阿加莎，扑向草地上的一团黑影。织魂人的荒野独角兽远远地站在后面。

阿加莎的双手无法自制地颤抖着，她棕色的眼睛望着斯堪德，哀哀辩解："我不想伤害她。我只是想切断她的联结，让她回来。我只是想——"阿加莎的声音像个幼小的孩子。

"我知道，"斯堪德哽咽道，"我知道你不是故意的。"

肯纳抽泣着，斯堪德跪在另一侧。无疑，织魂人快要死了。

四分石环绕着艾弗哈特家的两代人，一对姐妹，一对姐弟。在这一刻，他们之间终于获得了某种安宁。

艾瑞卡·艾弗哈特伸出双手，一只手拉住儿子，一只手拉住女儿。"我答应过，你们都会拥有独角兽，"她说着望向并排站在一起的福星恶童和苍鹰之恨——一头在辖独角兽，一头荒野独角兽——"至少，能给孩子们的，我都给了。"

艾瑞卡棕色的眼睛渐渐失神，仿佛凝视着遥远的某处，在那里，有着任何人都无法真正理解的东西。"啊，"她叹息着，"彼岸血月，你终于来了。"

她的身体发出白光，就像凌云树堡入口处凹凸皱裂的树皮。白光越来越亮，亮得将她完全包裹，再也无法看见。当光散去时，草地上只留下了织魂人黑色的裹尸布。

肯纳悲痛的哀号像匕首一样刺穿了斯堪德的身体。阿加莎望着地上的裹尸布，怔然无语。

原来，结局可以这么简单，简单得可怕。驭魂者只需要切断两颗心脏之间不合命运、不该存在的光索，就能破除伪造的联结。可代价呢？是人的生命，而非不死的独角兽。

斯堪德倚着福星恶童，试图整理思绪，理解眼下的情状。突然，肯纳手中亮起了魂元素，她眼神疯狂，全身翻涌着愤怒。白光泛着黑晕，肯纳脚下的草霎时枯萎。

斯堪德不明白，肯纳距离苍鹰之恨还有段距离，她怎么还能使用魔法？

肯纳的手掌向前一伸，毁灭性的白光喷薄而出。

阿加莎捂住胸口心脏的位置，痛苦地喊道："不要，肯纳！对不起！求你不要——"北极绝唱凄厉地嘶鸣，元素碎片从四蹄爆出，挣扎着想要靠近它的骑手，但苍鹰之恨挡住了它的去路。

斯堪德知道，肯纳是在攻击北极绝唱和阿加莎的联结。在阿加莎的哀号声中，他仿佛看见那条联结正在碎裂——裂缝从两颗心脏处的起始点向中央蔓延，就像化冻的河流。

斯堪德跳起来，骑上了福星恶童。"肯纳，住手！"他冲着她脚下发出火球，紧接着又是一道闪电。他慌不择法，只想拖住她。

然而，肯纳毫不通融，用庇魂盾牌挡住全身，继续痛击阿加莎的联结："这是她自找的！我妈妈死了！是她杀了——"

大地猛然震颤，一切都好像随之慢了下来——北极绝唱重重地倒下了。

肯纳终于收手了。阿加莎跌跌撞撞地扑了过去。

肯纳报仇了，如愿了。

斯堪德冲向阿加莎，望着已无声息的北极绝唱。这是他亲眼所见的第一头独角兽，是他亲身骑乘的第一头独角兽，是将他送到离岛、带向命运的独角兽。阿加莎痛不欲生，万念俱灰。安慰的话堵在斯堪德的喉咙里。他不知道该说什么，因为每一个骑手都明白，任何语言都无法消解这样的剧痛。

"啊——"肯纳痛苦的吼叫拉回了斯堪德的目光。苍鹰之恨扬蹄展翅，她背上的肯纳捂住了右脸。她不停地尖叫，仿佛抛开了一切。斯堪德慌忙跑过去，肯纳再次惨叫一声，苍鹰之恨四蹄落地。

"肯纳，你怎么——"肯纳垂下了手，斯堪德看见了。她撑过来了——第五次突变。和斯堪德的胳膊一样，肯纳一半的头颅都变成了透明的，皮肤之下，每一块骨骼、筋腱和肌肉都清晰可见，犹如魔鬼。也许，在经历了今天之后，她真的表里如一，成了魔鬼。

姐弟俩目光相接，斯堪德知道她要走了。去哪里？这一刻，他不知道，也不想知道。他猜她亦如是。

开鸿骑手在陵墓里的那句告诫猛然跃入他的脑海：你最爱的人会背叛你，斯堪德·史密斯。

肯纳一言不发，骑着苍鹰之恨冲过圆形空地，飞向天空。斯堪德第一次失去了追上去的意愿。

斯堪德跟跄着折回北极绝唱的尸身旁，直到这时，驭魂者的叫声才钻进他的耳朵。他们困惑、愤怒、失望，却仍然不敢冲进圆形空地。

"织魂人不在了，我们怎么办？"

"她不是不在了，是死了！是那个人杀了她！"

"夺魂刽子手，你必须血债血偿！"

"答应为我们织造的联结呢？"

"我们已经等了几个月，等了好多年。"

"一辈子都在等啊……"

泰勒望着被树冠遮蔽的天空。几分钟前，他的苍鹰之恨从那儿离开了。

阿加莎无知无觉，悲痛地伏在北极绝唱身旁。

斯堪德声嘶力竭，想让这些悲愤交加的驭魂者听见自己的话："我是补魂者。你们的独角兽正在等着你们，就在海那边的极外野地。我看见它们了。只要能回到离岛，我就能想办法修补好你们的联结。"

有人用力地按住了他的肩膀。这只手上戴着一枚戒指，戒指的颜色正由橙转红。"我认为那不大可能，你说呢？"

斯堪德猛然回头，和雷克斯·曼宁打了个照面。

戴着银面罩的特勤包围了圆形空地，奥沙利文教官、韦伯教官和安德森教官依次着陆。一定是驻守悬崖的特勤发现了斯堪德，进而报告给了雷克斯。织魂人死了，这座小岛也就无法继续隐形了。

接着是一连串的命令：驭魂者手中的独角兽卵被夺回，任何反抗都会遭到元素魔法无情的打击。乔比已经倒在地上，不省人事。其他特勤则在树林中搜索，寻找那些尚未成熟的独角兽卵——这个夏至，还不是它们出壳的时候。

"候选初出生已经在镜崖等候很久了，务必尽你们所能，将这些独角兽卵安全地送回孵化场。"雷克斯发号施令道，"来人，快抓住织魂人的独角兽，干站着等什么呢？"

"是，司令！"一队特勤应道。

雷克斯冲着斯堪德优雅一笑，转而命令另一个特勤："安顿好独角兽卵之后，逮捕所有驭魂者，包括阿加莎·艾弗哈特。"

"雷克斯，你不能这么做。"斯堪德央求道，"阿加莎救了我。她救了所有人！"

"阿加莎在你的训练课之外使用了魂元素。是她违背了我们的协议，怨不得别人。"

"是！"斯堪德喊道，"可她是为了对付织魂人！难道这不能算个例外？"

雷克斯耸了耸肩："有什么证据说明是她击败了织魂人呢？我

没看到啊。再说，协议就是协议，没有例外。哦，既然提到了例外——特勤！"他提高声调，指着斯堪德，手上的戒指一晃，"把这个驭魂者也抓起来。看来整个阴谋他都脱不开干系。"福星恶童低吼着，恐惧流遍了斯堪德全身，因为他认出了那枚戒指。尼娜·卡扎马的戒指。

"哎呀，别这么惊讶，"雷克斯盯着斯堪德的脸，"难道你真的以为我会放过这么好的机会？除掉你和阿加莎，这不是一箭双雕吗？你是驭魂者。魂元素杀死了我母亲的独角兽，也害死了她。如果你是我，你会怎么做呢？"雷克斯的眼睛里闪着可怖的凶光，那是斯堪德从未见过的，却一直根深蒂固地隐藏在他的身体里。

阿加莎是对的，雷克斯憎恨驭魂者。他想把他们都抓起来，包括斯堪德。那么，肯纳也是对的吗？是雷克斯杀害了尼娜吗？可是……可是他为什么要戴着她的戒指？

五名特勤扑向斯堪德，银面罩闪着寒光。现在想跑已经来不及了，唯有束手就擒。但这时，奥沙利文教官、安德森教官和韦伯教官突然骑着独角兽走过来，挡在了他和福星恶童前面。

"雷克斯，你休想。"奥沙利文教官的每一个字都仿佛警告，"斯堪德·史密斯仍然是凌云树堡的一员。他刚刚通过了混沌联考，你应该没忘记吧？"

愤怒从雷克斯英俊的面孔一闪而过，很快代之以愉快的微笑。"怪我，珀瑟芬。你说得对，他仍然是凌云树堡的骑手，至少目前还是。"

雷克斯骑上银光女巫，继续调兵遣将，一副十足的胜利者的模样——拯救了一整代独角兽骑手，堪称英雄。不到一个小时之前，肯纳说过："雷克斯·曼宁是不可能允许你完成训练的。"

斯堪德站在那儿，身子摇摇欲坠。一切发生得太快、太沉重，他接受不了。妈妈死了，阿加莎垮了，北极绝唱死了，肯纳走了。福星恶童突然出现在他身边，用翅膀撑住了他。

奥沙利文教官急匆匆地赶过来："我们得趁雷克斯干出别的事之前带你离开这儿。"她对安德森和韦伯两位教官说："把阿加莎带走，别让特勤抓走她。"

斯堪德尝到了嘴唇边的咸味，这才意识到自己一直在哭。

"到底怎么回事？"奥沙利文教官的声音从未有过地温柔，"织魂人怎么了？"

斯堪德仿佛突然回到了本土的学校，同学们在问他，他妈妈去哪儿了。"她不——她去——她——"当时他说不出话，现在也一样。只是那时她其实还活着，现在却……

"死了。织魂人已经死了。"韦伯教官替他说完，又轻声道，"北极绝唱也死了。"

安德森教官搀着阿加莎走过来，她的胳膊搭着他宽厚的肩膀。斯堪德泪眼模糊地望着他的姨妈，明白这一刻他们感同身受：他们不会懂的，他们不可能理解。

坏人死了，就不该感到悲伤。无论她是你最好的朋友、你的姐妹，还是你的妈妈。不该有人为坏人的死去而难过。但斯堪德此刻只想沉入地心深处，消失不见，因为今天他失去了妈妈，失去了很多，很多。他也不再能确定谁是"坏人"；是只有一个，还是有两个、十个。

阿加莎伸出手，把斯堪德揽进怀里。

"我想回我的小队，"他抽噎着，颤抖着，"我想回到弗洛、博比、米切尔身边。我需要他们。"

阿加莎抵着他的额头，点了点头。

斯堪德爬上福星恶童的背，虚弱的胳膊直打战。阿加莎和奥沙利文教官一起骑上了天庭海鸟，连同沙漠火鸟和瑶尘，四头独角兽将小岛抛在了身后。

飞到大海上空时，斯堪德看见阿加莎把手伸进口袋，掏出了五枚四分石。这五枚宝石差点儿断送掉整整一代骑手。宝石内充满了肯纳可怕的元素能量。阿加莎把每一枚四分石都握在手里片刻，仿佛在深思熟虑，而后在天庭海鸟的翅膀上方，松开了手指。四分石坠入大海，被汹涌的海浪吞没。

斯堪德回过头，向那座小岛投去最后一瞥。只见一头荒野独角兽飞掠树林，向着极外野地而去。这景象让斯堪德痛心入骨，唯有收回目光不再张望。这些年来，这头荒野独角兽曾与织魂人共享一条联结——以贪婪织就的联结——而今重获自由。它并不亏欠她，并将在死亡中永远地活下去。也许它再也不会想起那个缠着裹尸布、已然离世的骑手。

那个已然抛弃斯堪德而去的骑手。

第二十四章
回家

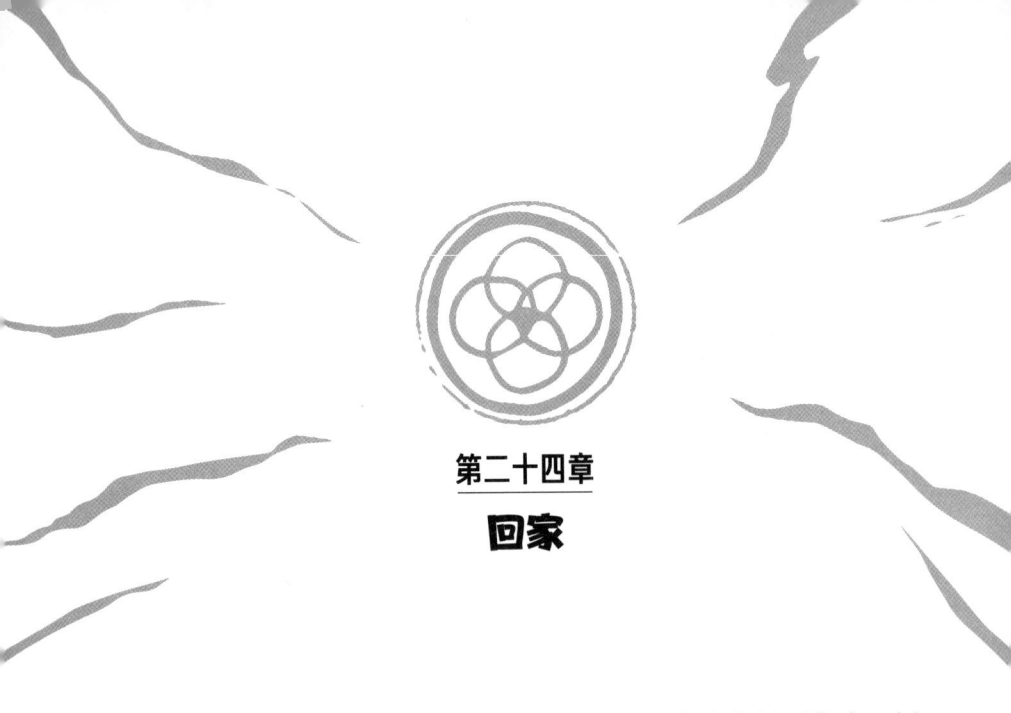

几个小时后,英少生们在凌云树堡入口处的大树下集合。树枝上悬挂着三十六个金色的圆环,仿佛纤细的王冠。金环上有四个凹槽,用于展示英少生们获得的四分石,另有标签,标明骑手的姓名。丰土石由绿色的藤蔓缠绕,沛水石由蓝色的冰晶衬托,烁火石嵌在烈焰之中,长风石被黄色的旋风环拱。四位主教官守候在入口处,金环将交到他们手中。金环上少于四枚四分石的英少生将无法进入凌云树堡,并即刻宣布成为游民。

英少生们急着想办法。那些获得额外宝石的人几分钟前才拿到小袋子,他们可以在返回凌云树堡前任选一位同伴,拯救他免于游民的命运。

尼亚姆的小队拥有四枚额外的四分石,被焦急求救的骑手们团团围住。有些英少生为了求得朋友们的一枚宝石,正为自己之前在联考中的背叛倒戈而道歉。还有的小队成员之间信任全无，彼此一句话也不说，已然形同陌路。

但斯堪德·史密斯、博比·布鲁纳、弗洛伦斯·沙克尼和米切尔·亨德森安静淡然，只是手挽着手站在一起。

斯堪德回到长风区营地之后，花了几个小时向队友们解释了另一座岛上——博比称之为"恶魔岛"——所发生的一切。他时不时地就得停下来哭一会儿，才能勉强讲完整个经过。他真希望那只是个故事，或者只是个无中生有、折磨自己的噩梦。然而，那是真的，是他不得不接受和承受的事实。

他讲完之后，三个好朋友一句话都说不出来——这很少见。有那么一会儿，他们只是静静地看着抱膝而坐的他，可随后就冲上去，紧紧地抱住了他。被他们护在中间，他感觉自己破碎的心又重新拼起来了。肯纳扬长而去时，他以为自己不会再有知觉了，因为姐姐的背叛永久地撕碎了他的心。

博比没有说什么"我早就告诉过你"——她不是那样的人——但斯堪德为自己的固执不听劝道了歉。肯纳的背叛其实就摆在面前，可他就是不愿看见。然而，博比的回答却一如他的揣度："你应该叫上我们一起去啊，驭魂宝宝。"

"我们一起想个计划就好了。"米切尔说。

"我们当时在你身边就好了。"弗洛说。

斯堪德垂下脑袋："是啊，我当时真希望你们在身边。对不起。"

第二十四章 回家

"别说'对不起'，"博比摇摇手指，"但下不为例。"

斯堪德笑了一下，又瘪着嘴哭了起来。

"准备好了吗？"弗洛问他。教官们走向了入口处。

他颤抖着点点头，但眼睛一直紧紧盯着雷克斯·曼宁。那位驭风者意气风发，神采飞扬。现在，离岛地位最高的三个职位都被他收入囊中——混沌司令、银环社社长、凌云树堡的教官。他将失窃的独角兽卵送回了孵化场，避免了一场灾难。甚至已有传闻称，是他亲手打败了织魂人。

可不是嘛，这位银骥司令整个下午都满脸笑容，英姿勃发，但斯堪德绝不会再被他的魅力所迷惑。他曾目睹那双漂亮的绿眼睛里满含凶光，他见不得尼娜的戒指戴在他的手上，尽管弗洛坚称那只是出于敬意与缅怀。雷克斯要求逮捕斯堪德，又通缉了阿加莎——所幸她已经被流浪者救走——还把所有的驭魂者都关了起来，号称为了"保护他们的安全"。雷克斯比想象中更危险，肯纳是对的。

肯纳。他仍然惦记她，担心她。他努力地阻止自己，可这恐怕是个很难改掉的习惯。

"你那枚额外的丰土石，打算给谁啊？"他向博比轻声问道，借此转移注意。

博比耸了耸肩。

"这些四分石得收回去，交给银色要塞，留着明年用，但这个金色圆环，咱们总可以留着吧？"弗洛满怀期待地问道。

"当然不能，"米切尔说，"安德森教官告诉我，这些金环也要重复使用上好几百年呢。"

奥沙利文教官吹响了哨子。"这一刻终于来临。大家都很勇敢，但对某些人来说，凌云树堡的旅程即将结束。我们会按照最公平的顺序，逐个叫你们过来。开始吧。"

加布里埃尔第一个从入口处的树枝上取下金环。斯堪德和其他英少生一样，都伸长了脖子，细数那上面的四分石。加布里埃尔牵着普利斯女王来到教官们面前，他低下头，让他们检查"皇冠"上的宝石。

"他没有烁火石！"弗洛担心地小声说道。

"放心，"米切尔说，"扎克会帮他的。"

安德森教官耳朵上的火苗跳动着，大声说："加布里埃尔没有烁火石，暂时不能返回凌云树堡。作为他的同伴，你们当中有谁愿意站出来，让他能够继续参加训练？"

"我！我愿意！"与加布里埃尔同属一个小队的扎克站了出来，他着急跑向队友和教官，差点儿把自己绊倒。他从袋子里拿出额外的烁火石，塞进了燃烧着的红色凹槽。加布里埃尔冲着他的朋友咧开嘴笑了。他们把完整的金环交给负责驭土骑手的韦伯教官，教官们便让出了通往凌云树堡的路。

加布里埃尔领着普利斯女王急匆匆地跑向树桩，用手掌按住树皮，沙子打着旋儿散开，凌云树堡敞开了大门。英少生们欢呼起来，而入口另一边，也有一群骑手在迎接他们归来。

加布里埃尔的队友们已经没有额外的四分石了,扎克和昨日幽灵、萨莉卡和赤道之谜、梅布尔和悼海交还了集齐四枚宝石的金色圆环,返回了凌云树堡。接着,伊莱亚斯将他那枚额外的沛水石给了艾莎,让她得以和阿贾伊、伊凡一起回到凌云树堡。

玛丽萨缺少三枚四分石,很难有那么多骑手愿意献出额外的宝石,于是她和水中仙也就基本没有机会了。这恐怕比宣布成为游民的惯例方式更加残酷。因遭受毒害而倒了的游民树经由驭土专家的努力,已经重新站了起来,但玛丽萨却无法亲眼看着自己的徽章揳入树皮。奥沙利文教官拿过她的水元素徽章,在入口外的石头上击碎了。阿贾伊、艾莎和伊凡都没来得及和她说声"再见",玛丽萨就骑着水中仙独自向山下走去。

斯堪德希望玛丽萨能回到朋友们、家人们中间,或者去找流浪者也好。他跟她不熟,可还是替她感到愤怒。她和水中仙已经尽力了。他们努力地争取,勇敢地保护队友,可现在却不得不离开凌云树堡这个曾经的"家"。

"我明白混沌联考是为了加强我们和独角兽的关系,可难道就没有比这更好的方式了吗?"米切尔说出了斯堪德的想法。

"更和善的方式。"弗洛说。

"离岛真该变变了。"斯堪德赞同道。

接下来轮到了敌意小队。科比和冰王子集齐了四枚四分石,也没有额外的,凌云树堡在水幕漩涡为他敞开了大门。

安布尔一直站在人群后面,阿拉斯泰尔和梅伊都远远地躲着她。她走上前来，肩膀耷拉着，栗色的头发半遮着脸。

斯堪德从来没见过她这么失意的模样。她走向教官，手颤抖得厉害，金环一不小心滑落了。她慌忙跪下，把它捡起来，可斯堪德还是看清了：那缠绕着绿色藤蔓的凹槽是空的。

安布尔垂着头，递上了不圆满的金环。韦伯教官清清喉咙，头上的青苔映着六月的太阳，显得格外葱郁："安布尔没有获得丰土石，暂时不能返回凌云树堡。作为她的同伴，你们当中有谁愿意站出来，让她能够继续参加训练？"

"我。"

斯堪德一时间拿不准说话的人是谁，看到博比往前面走才反应过来。

"你是在开玩笑吗？"米切尔也傻眼了，"博比竟然要帮安布尔？安布尔可是她的宿敌啊，安布尔——"

"就这么被开除也太不值当了。"博比回过头说道。

博比把那枚绿色的宝石往安布尔手里一扔，安布尔脸上震惊的表情都显得有些滑稽了。

"以后可别说我从没帮过你啊。"博比开玩笑道。

这时，片刻之前斯堪德还认为绝不可能出现的一幕出现了。安布尔伸出双臂，拥抱了博比。

"快松手哇。"博比拨开安布尔的头发，"多亏你总挤对我，我才能越来越厉害嘛。要是没有你跟我打架，这儿可要无聊死了。"

"我不会让你后悔的。"安布尔哽咽道。

第二十四章 回家

"哦，只要你恢复你平时那个让人讨厌的样儿，我就相信你。"博比说完就回到了弗洛、斯堪德和米切尔身边。

安布尔抽抽噎噎的，忙不迭地把丰土石放进了自己的金色圆环里。

"这么做真好啊，博比。"弗洛握紧了她的胳膊。

"我就知道你会夸我的，驭土者。"博比眨眨眼睛。他们一起看着安布尔和梁上旋风走进凌云树堡的入口，消失在一道闪电里。

下一个是阿拉斯泰尔。

"这下有趣了，"米切尔和斯堪德小声嘀咕，"他缺少丰土石，还有烁火石。"

敌意小队中只有梅伊有一枚额外的四分石，而且刚好就是阿拉斯泰尔需要的丰土石。毫不意外，她不等教官询问，立刻就把石头交给了他。阿拉斯泰尔放好宝石，大摇大摆地走到教官面前，也没行礼，就把金环交上去了。

"看他那样子，肯定知道有人会帮他吧。"弗洛说。

"你们当中有谁愿意站出来，让他能够继续参加训练？"韦伯教官也有点儿烦了。

没有人上前。

阿拉斯泰尔轻蔑地一笑："快来吧，尼亚姆，别让我干等着。我知道你在沛水考验中多得了一枚烁火石。"

尼亚姆摇摇头，右耳上的冰凌映着阳光，闪闪发亮："我不愿意给你。"

阿拉斯泰尔哈哈大笑,但笑声里多了一丝隐忧:"尼亚姆,我已经算过了。你的小队没人需要那枚烁火石,我是你唯一的选择。"

"那我的选择就是,不选你。"尼亚姆恶狠狠地说道。

斯堪德知道阿拉斯泰尔在联考期间袭击了尼亚姆的小队好多次,但这应该不是仅有的原因。尼亚姆是驭水者,她接受不了冷漠和自私的人,而阿拉斯泰尔正是这样的人。

"别开玩笑了,这可不是闹着玩儿的。"阿拉斯泰尔乱了阵脚,转而央求教官:"这是不允许的吧?她必须——"

"没有什么是她'必须'做的。"奥沙利文教官打断了他,"尼亚姆有权利不用她的四分石帮助另一个英少生。这也是混沌联考的一部分。"

尼亚姆走向前去,把那枚额外的烁火石交给了安德森教官。于是,敌意小队再也不是个完整的小队了。梅伊返回了凌云树堡,而阿拉斯泰尔离开了,徽章被砸碎了。斯堪德心里升起了一点希望的火花。"永远不要让别人来告诉你,你需要成为什么样的人。"尼娜曾在余晖天台如是说。也许,离岛还有空间可以接纳不同的混沌骑手。也许,无情之人并非总是赢家。

终于轮到斯堪德的四人小队了。第一个是弗洛和银刃。即便仍在悲伤之中,斯堪德将他在长风考验中获得的黄色宝石递给她时,还是感到了满满的自豪。

"干得漂亮,斯堪德。"雷克斯·曼宁干巴巴地说道,语气里没有一丝暖意。

斯堪德僵住了,想跑出一千英里,远远地躲开他。阿加莎辗转送来的字条仿佛在他的口袋里熊熊燃烧着。

字条言简意赅。她很安全。流浪者在那座小岛上找回了北极绝唱的尸体。他们会在明天将它安葬,一棵驭魂纪念树将长起。斯堪德不要露面。有朝一日他们可以一起去悼念北极绝唱,但现在还不行。一切待尘埃落定再说。最后,她写道:

决不能让他赢了,斯堪德·史密斯。

斯堪德转过身,没有理睬雷克斯。

决不!斯堪德向姨妈也向自己暗下保证。

弗洛走进凌云树堡时,等候的人群中爆发出一阵欢呼。银骥骑手通过了混沌联考。

斯堪德伸手摘下自己的金环,福星恶童凑上来,好奇地闻了闻。他发现金环中央另有一个凹槽。就像断层线——四条金线聚向中央,连接到中央的圆环。斯堪德可以用好几瓶蛋黄酱来打赌:这个空位原本是属于净魂石的。

斯堪德递上了金环,见那蓝色的凹槽空着,奥沙利文教官的眼中翻起漩涡:"你们当中有谁愿意站出来,让斯堪德能够继续参加训练?"

"我!我愿意!"米切尔一个箭步冲上去,把蓝色的沛水石塞进了斯堪德手里。

"很好,"奥沙利文教官热情地说,"你的元素以你为荣。你和福星恶童可以回到凌云树堡了。"她冲着他眨了眨眼睛。

斯堪德突然有些自豪。除了阿加莎和队友们,他还没有当着别人的面打开过凌云树堡的入口。几十年了,骑手们都没见过驭魂者是怎么开门的。

斯堪德一只手按住了那截古老树桩的粗糙树皮,众人顿时安静下来。在他的手掌之下,树皮的凹痕亮起白光,纵横交错,形成一张圆形的光网,令人目眩。所有人都屏住呼吸,看着那成百上千的细小裂缝越来越亮,随后猛然一起熄灭,犹如暴风雨中的灯光。

斯堪德牵着福星恶童穿过这黑洞,同伴们的欢呼声盈满双耳,泪水也涌上了他的眼眶。也许他还可以相信凌云树堡?也许它会帮他让魂元素重返离岛?也许事情还有变数。也许他能够改变他们。当他——一个驭魂者——返回凌云树堡,接受欢呼与荣耀时,他不禁想道,也许,改变已经发生了。

福星恶童欢快地尖叫着,享受着疾隼队的迎接——李凯斯、普利姆罗斯和马库斯扑上来拥抱斯堪德;芬恩挥舞着冰块拳头,狠狠地拍着他的背;阿德拉、利亚姆和帕特里克大呼小叫着。这时,米切尔也过来了,红夜悦兴奋得放了好几个屁来庆祝。鹰怒也穿过了入口,弗洛冲着队友们微笑,博比拨弄着斯堪德的头发,说今晚要看她的妹妹参加引路仪式。

第二十四章 回家

姐妹。

如果肯纳能看到这一幕，听到他们为一个驭魂者欢呼，也许她就能够明白，他为什么拼尽全力也要回到凌云树堡，他为什么相信改变应该自围墙之内而非围墙之外开始。然而，现在想这些已经太迟了。

姐姐，窃贼，背叛者，敌人——这就是现在的肯纳吗？

成功通过联考的英少生们继续从入口处返回，接连不断的欢呼声突然让斯堪德有些难以承受。他的队友们看在眼中，便和他一起往静谧的树林里走去。

茂密的松林遮蔽了他们的身影，斯堪德的忧虑突然压不住了。他脱口而出："肯纳太强大了，我不知道她接下来想干什么。"

"无论怎样，我们一起面对就好。"米切尔很有信心。

"你就别发愁了，驭魂宝宝。"博比赞同道。

在全副武装的树影间，弗洛的手钻进了斯堪德的手心。

这一刻，他允许自己相信，不管即将到来的是何种苦战，他们都能获得最终的胜利。

尾声

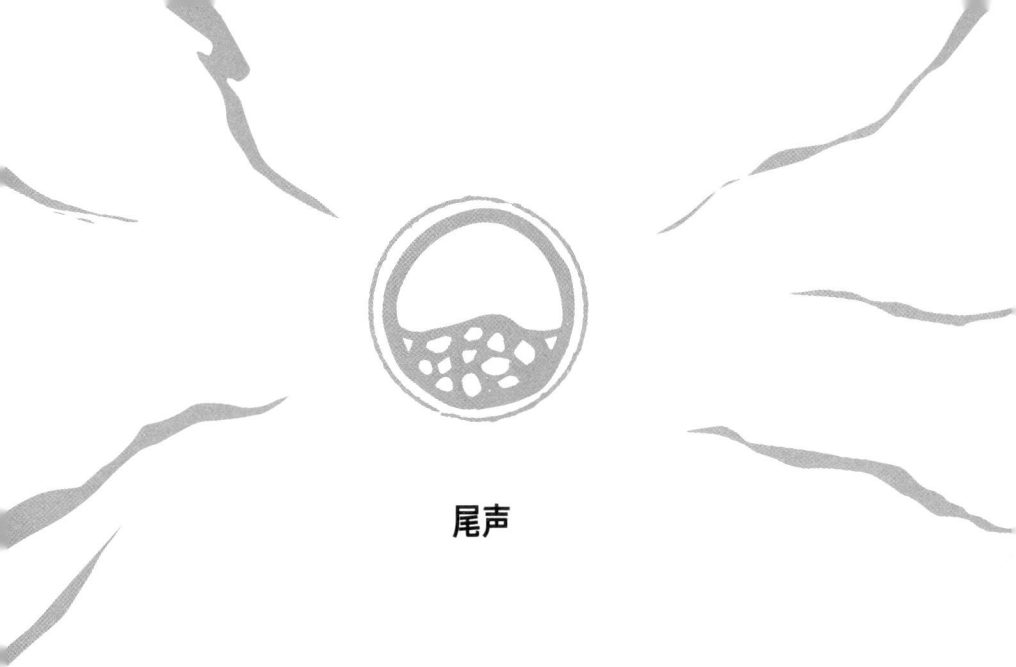

在遥远的地方，远离了凌云树堡的灯光和树屋中火炉的温暖，肯纳·艾弗哈特悲痛欲绝。

但她极力平复心情，极力让自己好受一些。

肯纳·艾弗哈特将手伸进白色涂料桶里，再对准面孔中央，慢慢地从上抹到下。

这让她觉得好些了。

肯纳·艾弗哈特眺望着极外野地，满目的荒芜映照着她心灵的枯竭。

到那里去，感觉会更好。

肯纳·艾弗哈特跪倒在尘土飞扬的大地，拢起开鸿骑手的尸骨手杖的碎片。

只要开始，就会越来越好。

肯纳·艾弗哈特打乱了那些碎片，按另一个顺序将它们重新拼起。

果然，好极了。

因为尽管织魂人已经死了……

肯纳·艾弗哈特却留了下来。

致谢

首先,我想感谢的是你,我的读者朋友。感谢你智取不宁山,脚跨火蜥蜴,拆解扇贝壳里的谜题,穿越风精灵的妖风,最终通过了混沌联考。我愿意把我所有的四分石都送给你,感谢你仍然陪着四人小队,抵达了第三次考验的终点。

创作"斯堪德"系列的第三部,对我来说就像英少生一样,面临着巨大的挑战。故事已经写得很长,所以我只能将所有的感谢都塞进这短短的致谢,深深地感谢支持我的每一个人。

斯堪德在家人和朋友的帮助下通过了混沌联考,而我也得到了家人和朋友的全力支持。感谢读过《斯堪德与混沌试炼》初稿的诸位给了我最最重要的信心。尤其是露丝和艾斯霖这两位同仁,她们是第三部的第一批读者,还说这是我写得最好的一部。不知是不是真的,但我还是先哭为敬!

正如凌云树堡的教官们为英少生保驾护航，我也很庆幸身边有山姆·科普兰这样可靠的经纪人。感谢你所有的建议和指导，以及第一次读完全稿时那种满头大汗、极为完美的反应。感谢电影经纪人米歇尔·克罗斯、编剧乔恩·克罗克，以及索尼的整个团队，谢谢你们将这些独角兽搬上大银幕。

正如通过混沌联考极其依赖团队协作，能与西蒙与舒斯特出版社的造梦者们继续合作，我何其有幸，你们每一个人都值得我好好感谢。

感谢蕾切尔·登伍德、伊恩·查普曼、乔纳森·卡普和贾斯汀·昌达对这些凶猛的独角兽的热情支持。感谢我的英国编辑阿里·杜格尔，他是如此关切书中的世界，却从不以牺牲我的幸福作为代价。感谢我的美国编辑迪巴·扎加布尔和肯德拉·莱文，他们全心全意地爱着书中的角色，并帮助我展现角色最好的一面。感谢你们将魔力赋予每一本书，让它们引人入胜，令人神往。

还有凯蒂·劳伦斯、阿鲁巴·艾哈迈德、奥利弗·蔡尔兹、丹尼斯·桑托斯，感谢你们敏锐、专业的编辑能力，使这本书更加完美。

感谢劳拉·霍夫、达尼·威尔逊、利奇·霍顿、林恩·纳尔蒂以及西蒙与舒斯特出版社全球销售团队，谢谢你们以进取心、竞争精神和疯狂而绝妙的点子（比如那些T恤！）将独角兽送到尽可能多的读者面前。另外要特别感谢伊芙·沃索基·莫里斯和EWM公关公司，莎拉·麦克米伦、杰斯·迪安、丹·弗里克、山姆·麦克维、艾米丽·威尔逊、布里安娜·贾米丽,以及西蒙与舒斯特出版社在英国内外的营销和宣传团队。感谢你们组织了令人难以置信的巡回售书活动,让我有机会见到斯堪德的粉丝,让全球更多读者认识、爱上这个系列。

感谢西蒙与舒斯特出版社的设计团队、"两点"插画工作室和索雷尔·帕卡姆创造出了最令人惊叹的书籍。这三者不就是最棒的铁三角?特别感谢你们让苍鹰之恨精彩地呈现于《斯堪德与混沌试炼》的封面上。它真是完美得叫人血脉偾张。

感谢全体版权团队和"斯堪德"系列的国际出版机构,感谢你们让《斯堪德与混沌试炼》在世界各地发售。还有所有的编辑、译者、编审、校对,以及敏感的读者,感谢你们帮我把这些文字打磨得如同四分石般美丽。

斯堪德只凭自己是无法成为若成生的;如果没有支持着这个系列的读者,我疯狂的独角兽之梦也无法成真。感谢了不起的书商、图书馆员和活动组织者把我的作品送到读者手中。感谢向学生介绍"斯堪德"系列并点燃阅读火花的辛勤教师,感谢向读者推荐"斯堪德"系列的图书博主、作家和热情的推荐人。我由衷地感谢你们为这个系列和儿童阅读所付出的一切。

最后,感谢我的丈夫约瑟夫——我的第一位读者,以及我最好的朋友。感谢你陪我散步,陪我聊天,陪我开心也陪我失落。感谢你给我从情感到实际的各种支持。说实话,要是没有你,我恐怕只能靠"救急三明治"来过日子了。